A ESTRELA DO DIABO

Obras do autor publicadas pela Editora Record

Headhunters
Sangue na neve
O sol da meia-noite
Macbeth
O filho

Série Harry Hole
O morcego
Baratas
Garganta vermelha
A Casa da Dor
A estrela do diabo
O redentor
Boneco de Neve
O leopardo
O fantasma
Polícia
A sede
Faca

JO NESBØ

A ESTRELA DO DIABO

3ª edição

EDITORA RECORD
RIO DE JANEIRO • SÃO PAULO
2021

CIP-BRASIL. CATALOGAÇÃO NA FONTE
SINDICATO NACIONAL DOS EDITORES DE LIVROS, RJ.

N371r
3ª ed.
Nesbo, Jo, 1960-
A estrela do diabo/ Jo Nesbo; tradução de Grete Skevik. – 3ª ed. – Rio de Janeiro: Record, 2021.

Tradução de: Marekors
Sequência de: A Casa da Dor
Continua com: O redentor

ISBN 978-85-01-10986-6

1. Romance norueguês. 2. Literatura norueguesa (Inglês). I. Skevik, Grete. II. Título.

17-44278

CDD: 839.82
CDU: 821.113.5-3

TÍTULO ORIGINAL:
MAREKORS

Copyright © Jo Nesbo, 2003
Publicado mediante acordo com Salomonsson Agency.

Texto revisado segundo o novo Acordo Ortográfico da Língua Portuguesa.

Todos os direitos reservados. Proibida a reprodução, no todo ou em parte, através de quaisquer meios. Os direitos morais do autor foram assegurados.

Editoração eletrônica: Abreu's System

Direitos exclusivos de publicação em língua portuguesa somente para o Brasil adquiridos pela
EDITORA RECORD LTDA.
Rua Argentina 171 – Rio de Janeiro, RJ – 20921-380 – Tel.: 2585-2000, que se reserva a propriedade literária desta tradução.

Impresso no Brasil

ISBN 978-85-01-10986-6

Seja um leitor preferencial Record.
Cadastre-se no site www.record.com.br e receba informações sobre nossos lançamentos e nossas promoções.

Atendimento e venda direta ao leitor:
sac@record.com.br.

Parte 1

1
Sexta-feira. Ovos

O prédio fora construído em 1898, em terreno argiloso, e já havia cedido um pouco de um lado, de forma que a água escorreu por cima da soleira da porta, no lado das dobradiças. Escorreu até o chão do quarto e desenhou uma listra molhada no assoalho de carvalho, sempre na direção oeste. Numa depressão do assoalho, a linha d'água descansou por um instante até que foi empurrada por mais água vindo de trás e correu para o rodapé feito um rato assustado. Lá, o fluxo foi para ambos os lados, parecendo espiar por baixo do rodapé até encontrar uma brecha na junção entre o assoalho e a parede. Nessa brecha havia uma moeda de 5 coroas cunhada com o perfil do rei Olav e a data de 1987, um ano antes de a moeda cair do bolso do carpinteiro. Mas aqueles eram tempos prósperos, com muita demanda de coberturas que precisavam ser construídas depressa, e o carpinteiro não se deu ao trabalho de procurar a moeda.

A água não levou muito tempo para encontrar um caminho pelo piso embaixo do parquete. Pois, salvo um vazamento em 1968, o mesmo ano em que o prédio ganhara um teto novo, as tábuas de madeira vinham secando e encolhendo ininterruptamente desde 1889, de forma que a brecha entre as duas tábuas de pinho mais recônditas agora media meio centímetro. Embaixo da brecha, a água caiu numa viga e seguiu no sentido oeste entrando na parede exterior. Lá, permeou o emboço e a argamassa que havia mais de cem anos fora misturada pelo mestre pedreiro Jacob Andersen, pai de cinco filhos. Andersen preparava, assim como todos os outros pedreiros daquela época, sua argamassa e seu emboço. Não misturava apenas cal, areia e água de acordo com a própria e única proporção, tinha também ingredientes especiais: crina de cavalo e sangue de porco. Andersen alegava que a crina e o sangue faziam uma boa liga, que reforçava o reboco. A ideia não fora sua, ele confessara uma vez a colegas incrédulos. O pai escocês e o avô usavam os mesmos ingredientes, só que de carneiro. E mesmo que tivesse renunciado ao sobrenome escocês para adotar o nome de seu mestre pedreiro, não havia motivo para abandonar uma experiência de seiscentos anos. Alguns dos pedreiros achavam que isso era imoral; outros, que ele havia feito um pacto com o diabo, mas a maioria apenas ria dele. E foi provavelmente alguém desse último grupo que espalhou a história que criaria raízes na próspera cidade que naqueles tempos se chamava Kristiania.

Um cocheiro do bairro de Grünerløkka casara-se com uma prima sua de Värmland, na Suécia, e juntos se mudaram para um conjugado na rua Seilduk, num dos prédios que Andersen ajudara a construir. O primeiro filho do casal teve a infelicidade de nascer com cabelo preto e olhos castanhos, e como o casal era louro de olhos azuis, e o marido ainda por cima era ciumento, no fim de uma noite ele amarrou a esposa e a levou para o porão, onde a emparedou. Seus gritos foram completamente abafados pela espessura das paredes, onde a mulher ficou amarrada e espremida entre as duas fiadas de tijolos. O marido pensou que ela sufocaria por falta de ar, mas se havia uma coisa que os pedreiros sabiam fazer bem era boa ventilação. Por fim, a coitada da mulher atacou a parede a dentadas. E talvez isso pudesse ter dado resultado, porque, já que o escocês usava sangue e crina, economizando na cal — que era mais cara —, o reboco era mais poroso e se desfez sob o ataque dos fortes dentes suecos. Mas sua voracidade de viver infelizmente fez com que ela abocanhasse mais argamassa e tijolo do que podia suportar. Acabou que não conseguia mastigar, nem engolir nem cuspir, e areia, pedrinhas e pedaços de argila queimada entupiram sua traqueia. Seu rosto ficou azul, o coração começou a bater mais devagar e, por fim, ela parou de respirar.

A maioria das pessoas diria que ela estava morta.

Mas, de acordo com o mito, o gosto do sangue de porco fez a infeliz mulher acreditar que ainda estava viva. Então ela se desvencilhou sem dificuldade da corda que a amarrava, saiu da parede e seguiu andando. Alguns idosos de Grünerløkka ainda se lembram da história que ouviam na infância sobre a mulher com cabeça de porco que à noite andava por aí com uma faca porque precisava sentir o gosto de sangue na boca para não desaparecer por completo. Nessa época, pouquíssima gente sabia o nome do pedreiro, e Andersen continuava, impávido, a fazer sua mistura especial de argamassa. Quando, três anos depois de erguer o prédio onde agora escorria a água, ele caiu de um andaime, deixando 200 coroas e uma guitarra, ainda levaria quase cem anos até que os pedreiros começassem a usar fibras artificiais parecidas com cabelo em suas misturas de cimento e até que um laboratório de Milão descobrisse que as muralhas de Jericó haviam sido reforçadas com sangue e crina de camelo.

A maior parte da água não se infiltrava na parede, mas escorria. Porque a água, assim como a covardia e o desejo, sempre é capaz de descer mais um nível. A água a princípio foi chupada pela argila granulosa e empoeirada do piso duplo entre as vigas de madeira, mas depois veio mais água, de forma que a argila ficou saturada; a água então a atravessou e molhou um jornal *Aftenposten*, datado de 11 de julho de 1898, que informava que o boom da construção civil em Kristiania provavelmente havia chegado ao seu ápice, e que os inescrupulosos especuladores imobiliários iam enfrentar tempos de vacas magras. Na página três podia-se ler que a polícia ainda estava sem pistas do assassino da jovem costureira que na semana anterior havia sido encontrada morta a facadas no banheiro de casa. Em maio fora encontrada uma moça assassinada e mutilada de forma parecida, perto do rio Aker, mas a polícia não quisera informar se acreditava haver uma ligação entre os dois casos.

A água escorreu do jornal, entre as tábuas de madeira ao longo do forro do teto pintado do cômodo abaixo. Já que esse forro fora perfurado no conserto de um vazamento feito em 1968, a água gotejou para fora pelos furos, formando gotas que ficaram pendendo até ganhar peso suficiente para a força da gravidade romper a película da superfície. Então se soltaram e caíram livremente por 3,8 metros. E lá encerraram sua trajetória. Dentro d'água.

Vibeke Knutsen tragou com força o cigarro e soprou a fumaça pela janela aberta do quarto andar. Era de tarde, e o ar quente que subia do asfalto queimado pelo sol levou a fumaça um pouco para o alto, ao longo da fachada azul-clara, até se dissolver. Do outro lado do apartamento ouvia-se o ruído de um ou outro carro na rua Ulleval, normalmente bastante movimentada. Mas estando o país de férias coletivas, a cidade ficara praticamente deserta. Uma mosca estava com as seis patas para o ar no peitoril da janela. Não tivera juízo para fugir do calor. Era mais fresco na parte do apartamento que dava para a rua Ullevål, mas ela não gostava da vista naquela direção. O Cemitério do Nosso Salvador. Cheio de pessoas famosas. Pessoas famosas e mortas. No primeiro andar havia uma loja que vendia "monumentos", como estava escrito na placa. O que queria dizer lápides. A ideia era se manter no mercado.

Vibeke encostou a testa no vidro fresco da janela.

Ela ficou feliz quando o calor veio, mas a alegria logo se desfez. Já sentia saudade das noites mais frescas e das pessoas nas ruas. Naquele dia, cinco fregueses estiveram na galeria de arte antes do almoço e três depois. Ela fumou um maço e meio de cigarros por puro tédio; seu batimento cardíaco acelerou e a garganta começou a doer. Quase não conseguiu responder quando o chefe ligou para perguntar como estava indo. Mesmo assim, mal havia chegado em casa e colocado as batatas na água para cozinhar quando teve vontade de fumar de novo.

Vibeke tinha parado de fumar quando conhecera Nygård, dois anos antes. Não por ele ter pedido. Ao contrário. Quando eles se conheceram, na Gran Canária, ele até pedira um cigarro a ela. Só de brincadeira. E quando eles começaram a morar juntos, apenas um mês depois de voltarem a Oslo, uma das primeiras coisas que ele disse era que a relação deveria suportar um pouco de fumaça. E que os pesquisadores do câncer com certeza exageravam. E que ele com o tempo iria se acostumar com o cheiro de cigarro nas roupas. Ela tomou a decisão no dia seguinte. Quando ele, à mesa de jantar alguns dias depois, mencionou que fazia tempo que não a via com um cigarro, ela respondeu que nunca fora fumante de verdade. Nygård sorriu, inclinou-se sobre a mesa e acariciou seu rosto.

— Sabe de uma coisa, Vibeke? Foi o que sempre desconfiei.

Ela ouviu o borbulhar na panela e olhou para o cigarro. Só mais três tragadas. Deu a primeira. Não tinha gosto de nada.

Ela não se lembrava bem de quando tinha voltado a fumar. Talvez no ano anterior, mais ou menos quando ele começou a ficar muito tempo fora em viagens de negócio. Ou foi no início do ano, quando ele começou a fazer horas extras quase todas as noites? Era por ela se sentir infeliz? Ela estava infeliz? Eles nunca brigavam. Tampouco faziam amor, mas era porque Nygård trabalhava muito, ele dissera, e fim de conversa. Não que ela sentisse muita falta. Quando eles de vez em quando faziam sexo, era como se ele estivesse ausente. Então ela concluiu que também não precisava estar lá.

Mas não chegavam a brigar. Nygård não gostava que levantassem a voz.

Vibeke olhou o relógio: 17h15. Onde ele estava? Pelo menos costumava avisar quando chegava tarde. Ela apagou o cigarro, deixou-o cair no pátio, virou-se para o fogão e olhou as batatas. Enfiou um garfo na maior. Quase prontas. Algumas bolotas pretas boiavam na superfície borbulhante da água. Estranho. Tinham saído da panela ou das batatas?

Ela estava tentando lembrar para que havia usado a panela da última vez quando ouviu a porta do apartamento se abrir. Do corredor ouviu uma respiração ofegante e sapatos sendo tirados aos chutes. Nygård entrou na cozinha e abriu a geladeira.

— Então? — perguntou.

— Bolinhos de carne.

— OK...

O tom subiu no final, formando um ponto de interrogação que ela já sabia o que queria dizer: carne de novo? Não deveríamos comer peixe mais vezes?

— Para mim está bom — disse ele, sem entusiasmo, e se inclinou sobre a panela.

— O que você estava fazendo? Está ensopado de suor.

— Não ia dar para malhar hoje à noite, por isso fui de bicicleta até o lago Sogn e voltei. O que são essas bolas na água?

— Não sei — respondeu Vibeke. — Só vi isso agora.

— Não sabe? Você não trabalhava como uma espécie de chef tempos atrás?

Rapidinho ele catou uma bolota com o indicador e o polegar e a enfiou na boca. Ela olhou para ele. Para o cabelo fino e castanho que no início ela achara tão bonito. Bem cuidado e curto. Partido de lado. Ele parecia muito inteligente então. Um homem com futuro. Com futuro suficiente para mais de uma pessoa.

— Que gosto tem? — perguntou ela.

— De nada — disse ele, ainda inclinado sobre o fogão. — De ovo.

— Ovo? Mas eu lavei a panela...

Ela se calou de repente.

Ele se virou.

— O que foi?

— Está... pingando. — Ela apontou para cima da cabeça dele.

Ele franziu a testa e levou a mão à cabeça. Então, como que obedecendo a um comando, os dois inclinaram a cabeça para trás e olharam para cima. Ali, no teto branco, pendiam duas gotas. Vibeke, que era um pouco míope, não as teria visto se fossem transparentes. Mas não eram.

— Parece que Camila está com uma inundação — disse Nygård. — Vá lá em cima e toque a campainha enquanto vou atrás do síndico.

Vibeke olhava para o teto. E para as bolotas na panela.

— Meu Deus — sussurrou, e sentiu o coração acelerar de novo.

— O que foi agora? — perguntou Nygård.

— Procure o síndico e vá com ele ao apartamento da Camila. Enquanto isso eu vou ligar para a polícia.

2
Sexta-feira. Lista de férias

A sede da polícia de Oslo, no bairro de Grønland, fica numa colina com vista para a parte leste do centro da cidade. Construída em vidro e aço, ficou pronta em 1978. Não pendia em nenhuma direção, estava perfeitamente nivelada e os arquitetos — Telje, Torp e Aasen — foram condecorados. O técnico do serviço de telefonia que instalou os fios nas duas compridas alas de escritórios do sétimo e do nono andares ganhou uma aposentadoria e a bronca do pai quando caiu e quebrou a coluna:

— Fazia sete gerações que trabalhávamos como pedreiros, equilibrando-nos entre o céu e a terra até a força da gravidade nos forçar de volta aqui para baixo. Meu avô tentou fugir da maldição, mas foi perseguido até o mar do Norte. No dia em que você nasceu, prometi a mim mesmo que você não ia sofrer com um destino igual. E achei que tivesse conseguido. Técnico em telefonia... O que diabos um técnico em telefonia estava fazendo 6 metros acima do chão?

E foi exatamente pelos fios de cobre que o filho havia instalado que nesse dia soou o alarme da Central de Emergência, passando pelos andares cimentados com um preparado industrial e subindo até a sala do chefe da Divisão de Homicídios, Bjarne Møller, no sexto andar, onde ele, naquele exato momento estava matutando se ansiava ou se temia as iminentes férias com a família, que passaria num chalé alugado na cidadezinha de Os, perto de Bergen. Em julho, aquele lugar era sinônimo de mau tempo. Por outro lado, Bjarne Møller não tinha objeções em trocar a onda de calor prevista para Oslo por um pouco de garoa. Mas entreter dois meninos cheios de energia embaixo de uma chuva torrencial, sem outros recursos a não ser um jogo de baralho do qual faltava o valete de copas, podia ser um desafio e tanto.

Bjarne Møller esticou as pernas compridas e coçou atrás da orelha ao receber a notícia.

— Como descobriram? — perguntou.

— Vazou água para o apartamento de baixo — respondeu o homem da Central de Emergência. — O síndico e o vizinho tocaram a campainha. Ninguém atendeu, mas a porta não estava trancada e eles entraram.

— Bom. Vou mandar dois dos nossos rapazes.

Møller desligou, suspirou e passou o dedo pela lista de homens de plantão, que estava na mesa. Metade do pessoal do setor estava de férias. Todo ano era assim durante as férias coletivas. Sem que isso significasse que os habitantes de Oslo corressem algum perigo especial, já que os bandidos da cidade também pareciam apreciar tirar férias em julho, que era baixa temporada para crimes da alçada da Divisão de Homicídios.

O dedo de Møller parou sob o nome de Beate Lønn. Ele discou o número da Polícia Técnica. Ninguém atendeu. Esperou a ligação ser transferida para a central telefônica.

— Beate Lønn está no laboratório — informou uma voz alegre.

— Aqui é Møller, da Homicídios. Vá procurá-la.

Ele esperou. Fora Karl Weber, o recém-aposentado chefe da Polícia Técnica, que havia requisitado Beate Lønn da Divisão de Roubos e Furtos para seu departamento. Møller considerava isso outra prova da teoria neodarwinista de que a única motriz do indivíduo é perpetuar os próprios genes. E Weber parecia ser da opinião de que Beate tinha muitos genes em comum com ele. À primeira vista, Karl Weber e Beate Lønn podiam parecer muito diferentes. Weber era resmungão e irascível. Lønn era quieta e apagada. Quando viera da Academia de Polícia, ela ruborizava apenas por alguém lhe dirigir a palavra. Mas os genes de policiais dos dois eram idênticos. Eram ambos do tipo passional que, ao farejar a presa, tinha a capacidade de deixar tudo e todos de lado e se concentrar em uma prova material, um indício, uma tomada de vídeo, uma descrição vaga, até que por fim as coisas começassem a fazer algum sentido. As más línguas diziam que o lugar adequado para Weber e Lønn seria um laboratório, e não entre pessoas para quem o conhecimento de um investigador sobre os seres humanos ainda era mais importante do que uma pegada ou um fio solto de um paletó.

Weber e Lønn concordavam quanto ao laboratório e discordavam quanto às pegadas e fios soltos.

— Aqui é Lønn.
— Olá, Beate. Bjarne Møller. Tem um minutinho?
— Claro. O que houve?

Møller deu-lhe um resumo e o endereço.

— Vou mandar dois dos meus rapazes também — disse ele.
— Quem?
— Vou ver quem encontro. Estamos de férias, você sabe.

Møller desligou e correu o dedo pela lista.

Parou em Tom Waaler.

A data de férias estava em aberto. Isso não o surpreendia. Vez ou outra ocorria-lhe que o inspetor Waaler nunca saía de férias, parecia até que nem dormia. Como investigador, era uma das duas maiores estrelas da divisão. Sempre presente, sempre disposto e sempre mostrando resultados. E, ao contrário da outra estrela, era confiável, dono de uma ficha impecável e respeitado por todos. Em suma, o subordinado dos sonhos. E com as indiscutíveis habilidades de liderança de Waaler, estava na cara que ele iria substituir Møller no cargo de inspetor-chefe, quando chegasse a hora.

A chamada de Møller soou no outro telefone, através das paredes finas.

— Waaler — atendeu uma voz forte.
— Møller. Nós...
— Um momento, Bjarne. Só vou terminar outra ligação.

Møller tamborilou na mesa enquanto esperava. Waaler podia se tornar o chefe da Divisão de Homicídios mais jovem de todos os tempos. Seria por causa da idade que Møller às vezes sentia certa inquietação ao pensar que sua responsabilidade seria transferida justo para ele? Ou seriam os dois episódios com troca de tiros? Duas vezes o inspetor pegara em arma ao prender alguém e, por ser um dos melhores atiradores da corporação, o tiro fora fatal em ambas. Mas Møller também sabia que, paradoxalmente, podiam ser justamente aqueles dois episódios que determinariam a escolha do novo chefe da Divisão a favor de Waaler. A investigação da Corregedoria não tinha revelado nada que pudesse contestar que Waaler agira em defesa própria.

Pelo contrário, concluíra que nos dois episódios ele mostrara bom juízo e agilidade em situações críticas. Que atestado melhor podia se dar para um candidato a um cargo de chefia?

— Desculpe, Møller. Estava no celular. Em que posso ajudar?

— Temos um caso.

— Finalmente.

O resto do diálogo acabou em dez segundos. Agora só faltava o último investigador.

Møller tinha pensado no policial Halvorsen, mas na lista constava que ele estava de férias. O dedo seguiu pela lista. Férias, férias, licença médica.

Møller deu um suspiro profundo quando o dedo parou no nome que ele tentava evitar.

Harry Hole.

O casmurro. O bêbado. O *enfant terrible* da Divisão. Mas — além de Waaler — o melhor investigador do sexto andar. Não fosse por isso, e pelo fato de Møller ter desenvolvido ao longo dos anos uma tendência a arriscar o pescoço por esse policial alto e alcoolizado, Harry estaria fora da corporação há muito tempo. Normalmente, Harry seria o primeiro a quem Møller ligaria para passar esse trabalho, mas as coisas não estavam normais.

Ou em outras palavras: estavam mais anormais que o normal.

Chegara ao cúmulo quatro semanas antes. Depois que Harry, no inverno, reabrira o caso Ellen Gjelten, sua colega de trabalho mais próxima, morta a pauladas perto do rio Aker, ele perdera o interesse em todos os outros casos. O problema era que o caso de Ellen havia sido esclarecido há muito tempo. Mas Harry tinha se tornado cada vez mais obsessivo e Møller começara a se preocupar de verdade pela saúde mental dele. O ápice fora um mês antes, quando Harry aparecera na sala do inspetor-chefe apresentando um monte de teorias da conspiração horripilantes que incriminavam Tom Waaler. Mas no fim das contas, não havia nada que pudesse provar as acusações fantasiosas.

Depois disso, Harry simplesmente sumiu. Passados alguns dias, Møller ligou para o restaurante Schrøder e constatou o que ele mais temia: Harry não tinha aguentado e voltara a beber. Møller acabou colocando Harry na lista de férias para disfarçar a ausência dele. Mais uma vez. Geralmente, Harry costumava dar sinal de vida após uma semana. Agora, porém, haviam se passado quatro. Suas férias acabaram.

Møller olhou para o telefone, levantou-se e foi à janela. Eram 17h30, e mesmo assim o parque em frente à sede da polícia estava quase deserto. Apenas um ou outro devoto do sol que ficara na cidade enfrentava o calor. Na rua em frente, havia alguns lojistas sentados sozinhos sob as marquises com seus legumes. Até os carros — apesar do zero engarrafamento — andavam mais devagar. Møller jogou o cabelo para trás com a mão, um hábito seu desde sempre mas que sua mulher dizia que teria de parar, pois podiam acusá-lo de tentar disfarçar a careca. Será que não havia nenhuma outra alternativa além de Harry? Møller seguiu com o olhar um homem cambaleando rua abaixo. Apostou que ia tentar entrar no bar Ravnen. Apostou que seria barrado na entrada. Apostou que acabaria no Boxer. O mesmo local onde se colocara um ponto final enfático no caso Ellen. E, talvez, na carreira de Harry como policial. Møller sabia que o estavam pressionando, em breve teria de decidir o que fazer com o problema Harry. Mas isso a longo prazo; por hora, tinha de solucionar o caso presente.

Møller levantou o fone e se deu conta de que estava em vias de colocar Harry e Waaler no mesmo caso. Férias coletivas são uma droga. O impulso elétrico saiu do prédio monumental da polícia em busca do seu destino e começou a tocar num lugar onde reinava o caos. Em um certo apartamento na rua Sofie.

3
Sexta-feira. Acordar

Ela gritou outra vez, e Harry abriu os olhos.

O sol piscava por entre as cortinas que esvoaçavam preguiçosamente enquanto o uivo dos freios do bonde na rua lentamente se desvanecia. Harry tentou se orientar. Estava deitado no chão da própria sala. Vestido, mas não bem-vestido. Não muito vivaz, mas pelo menos vivo.

O suor grudava como maquiagem úmida no rosto e o coração batia leve e agitado, como uma bola de pingue-pongue em piso de cimento. Pior estava a cabeça.

Harry hesitou um pouco antes de se decidir a continuar a respirar. O teto e as paredes giravam, mas não havia nenhum quadro na parede, nem lustre no teto, onde o olhar pudesse se agarrar. Na visão periférica giravam uma estante de livros, o espaldar de uma cadeira e uma mesa de centro. Mas pelo menos não precisava mais sonhar.

Fora o mesmo velho pesadelo. Estava preso, sem poder se mover, e tentava em vão fechar os olhos para não ter de ver a própria boca, aberta e retorcida, em um grito mudo. Os grandes olhos vazios o encaravam com uma acusação silenciosa. Quando era pequeno, costumava ser sua irmã caçula, Søs. Agora era Ellen Gjelten. Antes, os gritos eram mudos; agora eram como freios de ferro guinchando. Ele não sabia o que era pior.

Harry ficou bem quieto e olhou por entre as cortinas, para o sol débil que pairava sobre as ruas e os prédios no bairro de Bislett. Apenas o bonde quebrava o silêncio do verão. Ele não piscou. Olhou fixamente até o sol se tornar um coração amarelo que bombeava calor e batia aos pulos contra uma película fina e azul leitosa. Quando era menino, a mãe dizia que as crianças que olhassem diretamente para o sol queimariam a vista e teriam de andar com a luz do sol dentro da cabeça dia e noite, pelo resto da vida. Era o que estava tentando fazer. Uma luz solar na cabeça que queimasse todas as outras coisas — como a imagem da cabeça esmagada de Ellen na neve perto do rio Aker com uma sombra pairando em cima. Durante três anos ele tentara pegar aquela sombra. Mas nem isso tinha conseguido. No momento em que acreditou que a pegaria, tudo fora por água abaixo. Ele não tinha conseguido.

Rakel...

Harry levantou a cabeça com cuidado e viu o olhar preto e morto da secretária eletrônica. Ela não dera sinal de vida nas semanas que se passaram desde que ele voltara para casa da reunião com o chefe do Departamento de Investigações Criminais (DIC) e com Møller, no bar Boxer. Provavelmente ela também fora queimada pelo sol.

Que merda de calor ali dentro!

Rakel...

Agora se lembrava. Em certo momento do sonho, o rosto havia se transformado no rosto de Rakel. Søs, Ellen, a mãe, Rakel. Rostos de mulheres. Que em um constante movimento pulsante se transformavam e se mesclavam novamente.

Harry gemeu e deixou a cabeça cair de volta no chão. Captou a imagem da garrafa que balançava na beira da mesa em cima dele. Jim Beam de Clermont, Kentucky. O conteúdo havia sumido. Evaporado. Desaparecido. Rakel. Ele fechou os olhos. Nada restou.

Ele não fazia ideia de que horas eram, só sabia que era tarde demais. Ou cedo demais. Que, de qualquer maneira, era a hora errada de acordar. Ou melhor, de dormir. Essa hora do dia era para se fazer outra coisa. Beber, por exemplo.

Harry se ergueu, ficou de joelhos.

Algo vibrava em sua calça. Isso era o que o tinha acordado, agora percebia. Uma mariposa noturna presa que batia as asas desesperadamente. Enfiou a mão no bolso e pegou o celular.

Harry ia a passos curtos em direção ao bairro St. Hanshaugen. A dor de cabeça pressionava por trás dos globos oculares. O endereço que Møller lhe dera era tão perto que dava para ir a pé, de forma que ele jogara uma água no rosto, bebera um restinho de uísque numa das garrafas no armário embaixo da pia e saíra, na esperança de que uma caminhada clareasse sua mente. Harry estava em frente ao bar Underwater. Aberto das 16 às 3 horas, das 16 à 1 nas segundas, fechado aos domingos. Não era um lugar que ele normalmente frequentava, já que era freguês assíduo do restaurante Schrøder que ficava na rua paralela, mas, como a maioria dos alcoólatras, Harry tinha um pedacinho do cérebro em que os horários de funcionamento de bares eram armazenados automaticamente.

Ele sorriu para o próprio reflexo nas janelas empoeiradas. Ficaria para a próxima.

Na esquina virou à direita pegando a rua Ullevål. Harry não gostava de andar por essa rua. Era uma via para veículos, não para pessoas. O melhor que podia dizer sobre a Ullevål era que na calçada direita fazia um pouco de sombra em dias como aquele.

Harry parou em frente ao prédio com o número que lhe haviam fornecido e deu uma olhada geral.

No primeiro andar havia uma lavanderia com máquinas vermelhas. No vidro tinha um bilhete avisando que o horário de funcionamento era das 8 às 21 horas todos os dias e que agora podiam oferecer secagem de vinte minutos ao preço reduzido de 30 coroas. Uma mulher morena com um xale olhava para o vazio, ao lado de um tambor que girava. Ao lado da lavanderia havia uma vitrine com lápides e, passando a vitrine, uma placa de néon verde escrito A CASA DO KEBAB sobre um estabelecimento que era um misto de lanchonete e mercearia. Harry seguiu a fachada suja com o olhar. A pintura estava descascada nas janelas, todas velhas, mas umas trapeiras no telhado indicavam que havia sótãos transformados em cômodos em cima dos quatro andares originais. E em cima das campainhas recém-instaladas ao lado do portão enferrujado havia uma câmera. O dinheiro do lado oeste da cidade fluía devagar, mas sempre, para o lado leste.* Ele tocou a primeira campainha, onde estava escrito Camilla Loen.

— Sim? — Ouviu pelo alto-falante.

---

* O rio Aker divide Oslo em oeste e leste, o lado oeste sendo tradicionalmente dos mais ricos e o lado leste, dos trabalhadores. (*N. do T.*)

Møller o avisara, mas mesmo assim ele levou um susto ao ouvir a voz de Waaler.

Tentou responder, mas não conseguiu emitir um som sequer. Ele tossiu e tentou novamente.

— É Hole. Abra.

O portão zuniu, e ele agarrou a maçaneta fria e áspera de ferro preto.

— Olá!

Harry se virou.

— Oi, Beate.

Beate Lønn era de estatura um pouco abaixo da média, tinha cabelo curto e louro e olhos azuis e não era nem feia nem bonita. Em suma: havia pouca coisa em Beate Lønn que chamasse atenção. Salvo a roupa: um macacão branco, do tipo astronauta.

Harry segurou o portão enquanto ela arrastava duas malas de ferro para dentro.

— Chegou agora?

Ele tentou não respirar diretamente em cima dela quando Beate passou por ele.

— Não. Tive que voltar ao carro para buscar o resto do meu equipamento. Estamos aqui há cerca de meia hora. Você se machucou?

Harry passou o dedo sobre a crosta da ferida no dorso do nariz.

— Acho que sim.

Ele a seguiu pela porta seguinte, que levava à escada.

— Como está lá em cima?

Beate baixou as malas em frente à porta do elevador verde e lançou-lhe um rápido olhar.

— Pensei que um dos seus princípios fosse olhar primeiro e perguntar depois — disse, e apertou o botão do elevador.

Harry fez que sim com a cabeça. Beate Lønn era aquele tipo de pessoa que se lembrava de tudo. Ela podia repetir de cabeça detalhes de crimes que ele esquecera fazia tempo e que ocorreram antes de ela entrar para a polícia. Além disso, tinha um giro fusiforme — aquela parte do cérebro que grava fisionomias — notavelmente bem desenvolvido. Fora testado e impressionara os psicólogos. Claro que ela se lembrava do pouco que ele lhe tinha ensinado quando trabalharam juntos durante a onda de assaltos no ano anterior.

— Pois é, gosto de estar bem aberto para as primeiras impressões quando vou ao local do crime — disse Harry, e levou um susto quando o motor do elevador zuniu. Ele começou a procurar cigarros nos bolsos. — Mas acho que não vou trabalhar nesse caso.

— Por que não?

Harry não respondeu. Tirou do bolso esquerdo da calça um maço de Camel amassado e pegou um cigarro quebrado.

— Ah, é, agora me lembro. — Beate sorriu. — Na primavera você me contou que vocês iam viajar nas férias. Para a Normandia, não era? Sortudo...

Harry colocou o cigarro entre os lábios. Tinha gosto de merda. E nem faria bem à dor de cabeça. Só uma coisa ajudaria. Ele olhou o relógio. Segunda. Das 16 à 1 hora.

— Nada de Normandia mais — disse ele.

— Sério?

— Sério, mas não é por causa disso. É porque o cara lá em cima está no caso.

Harry sugou o cigarro com força e fez um sinal de cabeça para o andar de cima.

Ela o olhou longamente.

— Cuidado para que ele não vire uma obsessão, Harry. Esqueça isso.

— Esquecer? — Harry soprou a fumaça. — Ele fere as pessoas, Beate. Você deveria saber.

Ela enrubesceu.

— Tom e eu só tivemos um caso passageiro, Harry, só isso.

— Não foi na mesma época que você andava com marcas no pescoço?

— Harry! Tom nunca...

Beate se calou de repente, quando percebeu que levantara a voz. O eco ressoou no patamar acima, mas foi abafado pelo barulho do elevador, que parou em frente a eles com um pequeno estrondo oco.

— Você não gosta dele — disse ela. — Por isso fica imaginando coisas. Tom tem um lado bom que você nem conhece.

— Hum.

Harry apagou o cigarro na parede enquanto Beate abria a porta do elevador e entrava.

— Não vai subir? — perguntou ela a Harry, que estava parado do lado de fora com o olhar fixo em alguma coisa.

O elevador tinha porta pantográfica. Uma grade simples de ferro preto que se empurra para abrir e fechar depois de se entrar no elevador. O grito voltou. Aquele, mudo. Ele sentiu o suor brotar no corpo todo. O restinho de uísque não tinha sido suficiente. Nem de longe.

— Algo errado? — perguntou Beate.

— Não — respondeu Harry, com voz rouca. — Só não gosto desses elevadores antigos. Vou de escada.

4
Sexta-feira. Estatística

O prédio tinha mesmo duas coberturas. A porta para uma estava aberta, mas barrada com a fita de plástico laranja da polícia, esticada no vão da porta. Harry abaixou seu 1,92m e teve de dar um passo rápido para o lado para não cair ao se levantar do outro lado. Ele estava no meio de uma sala com assoalho de carvalho e teto inclinado com janelas. Estava quente como uma sauna. O apartamento era pequeno e tinha um mínimo de móveis, igual ao seu, mas a semelhança acabava aí. Esse tinha como sofá o último lançamento da sofisticada Casa Hilmer; a mesa de centro era da não menos sofisticada R.O.O.M. e a TV Phillips de 15 polegadas em plástico transparente azul-gelo combinava com o aparelho de som. Pelas portas abertas, Harry viu uma cozinha e um quarto. Era só isso. E estava estranhamente quieto. Um policial uniformizado tinha as mãos cruzadas e balançava nos calcanhares ao lado da porta da cozinha, suando; ele olhou para Harry com uma sobrancelha erguida. Fez que não com a cabeça e mostrou um sorriso torto quando Harry começou a procurar seu distintivo.

Todo mundo conhece o mané, pensou Harry. Mas o mané não conhece ninguém. Ele passou a mão pelo rosto.

— Onde estão os peritos?

— No banheiro — respondeu o policial, com um gesto de cabeça na direção do quarto. — Lønn e Weber.

— Weber? Agora começaram a chamar os aposentados também?

O policial deu de ombros.

— Férias coletivas.

Harry olhou ao redor.

— OK. Bem, trate de barrar a escada e o portão. As pessoas estão entrando e saindo livremente do prédio.

— Mas...

— Escute, aqui tudo é o local do crime. OK?

— Entendi — disse o policial com voz ríspida, e Harry entendeu que com duas frases fizera um novo inimigo na corporação. A lista estava ficando comprida. — Mas eu recebi ordens expressas... — continuou o policial.

— ... de vigiar este lugar — disse uma voz do quarto.

Waaler apareceu no vão da porta.

Apesar do terno escuro, ele não tinha uma gota de suor na testa embaixo do cabelo espesso e escuro. Era um homem bonito. Não de uma forma atraente, talvez, mas no sentido de que tinha traços uniformes e simétricos. Não era tão alto quanto Harry, mas se perguntassem às pessoas, muitas diriam que era sim. Talvez devido à postura ereta. Ou à autoconfiança espontânea, que fazia com que a maioria dos que o rodeavam não apenas se deixasse impressionar mas também sentisse que sua segurança contaminava. As pessoas se sentiam relaxadas e ficavam à vontade. Talvez a impressão de beleza fosse devida à aparência física, pois nenhum terno conseguia esconder cinco sessões semanais de exercícios com halteres e de caratê.

— E ele vai continuar a vigiá-lo — disse Waaler. — Acabei de mandar um homem nosso descer de elevador para barrar quem for preciso. Tudo sob controle, Harry.

A última parte foi dita num tom tão sem inflexão que era difícil saber se tinha sido uma afirmação ou uma pergunta. Harry pigarreou.

— Onde ela está?

— Aqui dentro.

Waaler fez uma expressão preocupada ao sair do caminho para deixar Harry passar.

— Você se machucou, Harry? — perguntou ele.

A decoração do quarto era simples, mas romântica e de bom gosto. A cama estava arrumada para uma pessoa, embora coubesse nela um casal. Acima da cama, uma viga horizontal do teto exibia um entalhe que parecia um coração sobreposto a um triângulo. Talvez a marca registrada de um namorado, pensou Harry. Na parede em que se apoiava a cabeceira havia três fotos emolduradas de homens nus; eram imagens eroticamente corretas, algo entre pornografia não explícita e falsa arte. E, pelo que ele podia ver, nenhuma foto ou objeto pessoal.

Passando pelo quarto chegava-se ao banheiro. Não cabia ali mais que uma pia, um vaso sanitário, um chuveiro sem cortina e Camilla Loen. Ela estava estendida no piso de ladrilhos com o rosto virado para a porta, mas com o olhar para cima, para o chuveiro, como se aguardasse cair mais água.

Ela estava nua por baixo do roupão branco e todo ensopado, que estava aberto e cobria o ralo. Beate, da porta, tirava fotos.

— Alguém verificou há quanto tempo ela está morta?

— O médico-legista está a caminho — disse Beate. — Mas o *rigor mortis* ainda não ocorreu, ela ainda não está fria. Umas duas horas, eu acho.

— O chuveiro estava ligado quando o vizinho e o síndico a encontraram, não é?

— É.

— A água quente pode ter mantido a temperatura do corpo e adiado a rigidez.

Harry olhou o relógio: 18h15.

— Podemos dizer que ela morreu por volta das 17 horas.

Era a voz de Waaler.

— Por quê? — perguntou Harry, sem se virar.

— Não há nenhum indício de que o corpo tenha mudado de lugar, portanto podemos supor que ela foi assassinada enquanto estava no chuveiro. Como vê, o corpo e o roupão estão tapando o ralo. Foi o que provocou a inundação. O síndico que desligou o chuveiro disse que estava aberto ao máximo. Ele sentiu a pressão da água: muito boa para uma cobertura. Em um banheiro tão pequeno, não pode ter levado muito tempo até a água escorrer por cima da soleira da porta para o quarto. E uns poucos minutos até a água descer para o apartamento de baixo. A vizinha de baixo disse que eram exatamente 17h20 quando ela descobriu o vazamento.

— Isso foi há apenas uma hora — disse Harry. — E vocês estão aqui há meia hora. Parece que todos aqui agiram com extrema rapidez

— Bom, nem todos — disse Waaler.

Harry não respondeu.

— Estou pensando no médico-legista. — Waaler sorriu. — Ele já devia ter chegado.

Beate parou de fotografar e trocou olhares com Harry.

Waaler tocou-a no braço.

— Ligue caso surja algo. Vou ao terceiro andar para falar com o síndico.

— OK.

Harry esperou Waaler sair do quarto.

— Posso...? — pediu.

Beate fez que sim com a cabeça e cedeu passagem.

As solas dos sapatos de Harry faziam estalidos no piso molhado. O vapor condensado em todas as superfícies do quarto escorria em faixas. O espelho parecia chorar. Harry se pôs de cócoras, mas teve de se encostar na parede para não perder o equilíbrio. Ele respirou, mas só sentiu o cheiro de sabonete e nenhum dos outros odores que ele sabia estarem presentes. Disosmia era a palavra que ele encontrara num livro que pegara emprestado de Aune, o psicólogo da Homicídios. Havia certos odores que o cérebro simplesmente se recusava a registrar, e essa forma de perda parcial do olfato muitas vezes estava ligada a um trauma emocional. Harry não tinha tanta certeza disso. Só sabia que não conseguia sentir o cheiro de corpos em decomposição.

Camilla Loen era jovem. Algo entre 27 e 30 anos, chutou Harry. Bonita. Meio rechonchuda. A pele era lisa e queimada de sol, mas com a típica palidez por baixo que os mortos ganham tão rapidamente. Tinha cabelos escuros que com certeza ficariam mais claros depois de secos e um buraquinho na testa que com certeza não seria mais visível depois que o agente funerário terminasse seu trabalho. De resto, ele não teria muito o que fazer, apenas maquiar algo que parecia ser um inchaço no olho direito.

Harry se concentrou no furo preto e circular na testa. Não era muito maior do que o buraco no meio de uma moeda de 1 coroa. Às vezes ele se impressionava ao ver que um buraco tão pequeno podia tirar a vida de uma pessoa. Mas também era possível se enganar sobre o tamanho, porque a pele se contraía depois. Nesse caso, Harry supôs que o projétil fosse maior que o buraco.

— Falta de sorte ela ter ficado na água — disse Beate. — Senão, poderíamos ter encontrado as impressões digitais, tecidos ou o DNA do assassino nela.

— Hum. Pelo menos a testa ficou fora. E parece que não molhou muito no chuveiro.

— É?

— Tem sangue preto coagulado em volta do ponto em que a bala entrou. E a pele está enegrecida pelo tiro. Talvez esse buraquinho já possa nos dizer alguma coisa. Tem lupa?

Sem tirar os olhos de Camilla Loen, Harry estendeu a mão, sentiu o peso sólido da ótica alemã e começou a estudar a área em volta da ferida do tiro.

— O que você está vendo?

A voz de Beate estava pertinho da orelha dele. Sempre ávida por aprender mais. Harry sabia que não ia demorar muito até ele não ter mais nada a lhe ensinar.

— A tonalidade cinzenta do enegrecimento no ponto onde a bala entrou indica que o tiro foi de perto, mas sem a arma encostar nela — disse ele. — Aposto que o tiro foi à distância de meio metro.

— Certo.

— A assimetria do enegrecimento indica que a pessoa que atirou estava num nível mais alto que ela e apontou de viés para baixo.

Com cuidado, Harry virou a cabeça da mulher morta. A testa ainda não estava totalmente fria.

— Nenhum buraco da saída da bala — continuou. — O que reforça a ideia de um tiro em diagonal. Talvez ela estivesse de joelhos em frente ao assassino.

— Dá para ver o tipo de arma usado?

Harry fez que não com a cabeça.

— Isso fica para o médico-legista e os rapazes da balística determinarem. Mas pelo tipo de enegrecimento deve ter sido uma de cano curto. Uma pistola.

Harry estudou o corpo sistematicamente, tentando tomar nota de tudo, mas percebeu que a anestesia parcial do álcool filtrava detalhes que podiam ser de muito valor para ele. Ou melhor: para *eles*. O caso não era seu. Mas quando chegou à mão, notou que algo faltava.

— Pato Donald — murmurou, e se inclinou para ver melhor a mão mutilada.

Beate o olhou sem entender.

— É assim que as desenham nos quadrinhos — disse Harry. — Com quatro dedos.

— Eu não leio quadrinhos.

O dedo indicador tinha sido cortado fora. Restavam apenas fibras pretas de sangue coagulado e tiras de tendões brilhantes. O corte em si estava bem uniforme e limpo. Harry encostou a ponta do dedo cuidadosamente no ponto em que o branco reluzia na carne vermelha. Constatou que a superfície da fratura estava bem lisa e reta.

— Alicate de corte — disse. — Ou uma faca bem afiada. O dedo foi encontrado?

— Não.

Harry sentiu náuseas de repente; fechou os olhos. Respirou fundo algumas vezes. Voltou a abrir os olhos. Podia haver muitas razões para alguém cortar um dedo de uma vítima. Não havia motivo para tomar a linha de pensamento que ele estava tendendo a seguir.

— Talvez alguém cobrando dívidas — disse Beate. — Eles gostam de alicates.

— Talvez — murmurou Harry.

Ele se levantou e deparou com as próprias pegadas brancas no que achara que fossem ladrilhos cor-de-rosa. Beate se inclinou e tirou uma foto do rosto da mulher morta de perto.

— Ela definitivamente sangrou muito.

— É porque a mão ficou na água — disse Harry. — A água impede o sangue de coagular.

— Todo esse sangue só por causa de um dedo cortado fora?

— Sim. E sabe o que isso significa?

— Não, mas tenho a impressão de que vou saber já.

— Significa que o dedo de Camilla Loen provavelmente foi cortado enquanto o coração ainda estava bombeando. Quero dizer, antes de ela ser morta.

Beate fez uma careta.

— Vou descer para falar com os vizinhos — disse Harry.

— Camilla já morava no andar de cima quando nos mudamos para cá — disse Vibeke Knutsen, e lançou um rápido olhar para seu companheiro. — A gente não tinha muito contato com ela.

Estavam com Harry na sala do apartamento do quarto andar, que ficava logo embaixo da cobertura. Parecia até que era Harry quem morava lá: o casal estava sentado na ponta do sofá, os dois bem aprumados, enquanto Harry estava afundado numa poltrona.

Harry teve a impressão de que o casal não combinava muito. Os dois estavam na casa dos 30 anos, mas Anders Nygård era magro e forte como um maratonista. A camisa azul-clara estava recém-passada e ele tinha cabelos curtos estilo yuppie. Os lábios eram finos e a expressão corporal demonstrava inquietação. Apesar de o rosto ser aberto como o de um menino, quase inocente, irradiava ascetismo e rigidez. A ruiva Vibeke tinha covinhas fundas na face e uma opulência corporal ressaltada por uma blusa colante com estampa de oncinha. E parecia que tinha vivido um bocado. As rugas acima do lábio superior indicavam muitos cigarros e aquelas em torno dos olhos, muitas risadas.

— O que ela fazia? — perguntou Harry.

Vibeke olhou para o companheiro, mas como ele não respondeu, ela retomou a palavra:

— Pelo que eu sei, ela trabalhava numa agência de propaganda. Com design. Ou algo assim.

— Algo assim — disse Harry, anotando meio desinteressado no bloco à sua frente.

Era um truque que ele usava quando interrogava as pessoas. Ficavam mais à vontade quando ele não as olhava. E fazendo de conta que ele estava se entediando, elas automaticamente se esforçavam para dizer algo que captasse seu interesse. Devia ser jornalista. Ele tinha a impressão de que as pessoas eram mais condescendentes com jornalistas que apareciam bêbados no trabalho.

— Namorado?

Vibeke fez que não com a cabeça.

— Amantes?

Vibeke soltou um riso nervoso e lançou outro olhar para o companheiro.

— A gente não anda por aí escutando atrás das portas — disse. — Vocês acham que foi um amante?

— Não sei — respondeu Harry.

— Estou vendo que vocês não *sabem*.

Harry notou a irritação na voz de Nygård.

— Mas a gente que mora aqui gostaria de saber se está mais para um caso pessoal ou se temos um assassino maluco correndo à solta na vizinhança.

— Pode ter um assassino maluco correndo à solta na vizinhança — disse Harry. Ele abaixou a caneta e esperou.

Viu o susto de Vibeke, mas escolheu se concentrar em Nygård.

Quando as pessoas ficam com medo, a raiva aparece com mais facilidade — algo ensinado no primeiro ano na academia de polícia e dado como um conselho para não irritar as pessoas desnecessariamente. Harry logo percebeu que tirava mais proveito do oposto. Deixando as pessoas zangadas. Acontece que pessoas zangadas dizem coisas que não tinham a intenção de dizer.

Nygård olhou para ele, o rosto inexpressivo.

— Mas é mais provável que o culpado seja um namorado — disse Harry. — Um amante ou um homem com quem ela teve uma relação e que rejeitou.

— Mas por quê? — Nygård colocou um braço em torno dos ombros de Vibeke.

Ficou meio cômico, o braço dele tão curto e os ombros dela tão largos.

Harry se inclinou para trás na poltrona.

— Estatística. Posso fumar aqui?

— Estamos tentando manter este lugar livre de cigarros — respondeu Nygård, esboçando um sorriso.

Harry notou que Vibeke baixou o olhar quando ele enfiou de volta o maço de cigarros no bolso.

— O que quer dizer com estatística? — perguntou o homem. — O que é que o faz acreditar que pode aplicá-la num caso isolado como este?

— Bem, antes de responder às suas duas perguntas, você entende de estatística, Sr. Nygård? Distribuição normal, significado, desvio de padrão?

— Não, mas eu...

— Ótimo — interrompeu Harry. — Porque nesse caso não é preciso. Cem anos de estatística criminal do mundo inteiro nos dizem uma coisa muito simples, básica. Que foi o homem dela. Ou, se ela não tinha um homem, foi aquele que imaginava ser o homem dela. Essa é a resposta para a sua primeira pergunta. E a segunda.

Nygård bufou e tirou o braço dos ombros de Vibeke.

— Isso não tem nada de científico, e você não sabe nada sobre Camilla Loen.

— Exato — respondeu Harry.

— Por que disse isso, então?

— Porque você perguntou. E se você terminou com as suas perguntas, talvez eu possa continuar com as minhas.

Nygård parecia que ia dizer algo, mas mudou de ideia e olhou zangado para a mesa. Harry pode ter se enganado, mas achou que viu um esboço de sorriso nas covinhas de Vibeke.

— Vocês acham que Camilla Loen usava drogas? — perguntou Harry.

A cabeça de Nygård saltou.

— Por que a gente acharia isso?

Harry fechou os olhos e esperou.

— Não — disse Vibeke. Sua voz era baixa e suave. — Achamos que não.

Harry abriu os olhos e mostrou um sorriso de agradecimento para ela. Nygård a olhou com uma expressão levemente surpresa.

— A porta dela não estava trancada, certo? — perguntou Harry.

Nygård assentiu com a cabeça.

— Não acha isso estranho? — perguntou Harry.

— Nem tanto. Ela estava em casa.

— Hum. Vocês têm uma fechadura simples na porta, e notei que você... — ele olhou para Vibeke — ... trancou a porta depois de eu entrar.

— Ela é um pouco ansiosa — disse Nygård, e deu um tapinha no joelho da companheira.

— Oslo já não é mais como antes — justificou Vibeke.

Seu olhar encontrou brevemente o de Harry.

— Tem razão — disse Harry. — E parece que Camilla Loen também entendeu isso. Seu apartamento tinha tranca de segurança dupla e corrente na parte de dentro. Não me parece ser uma mulher que tomaria banho com a porta destrancada.

Nygård deu de ombros.

— Talvez a pessoa tenha aberto a porta com um pé de cabra enquanto ela estava no banho.

Harry fez que não com a cabeça.

— Só em filmes se abrem fechaduras de segurança.

— Talvez alguém já estivesse no apartamento com ela — sugeriu Vibeke.

— Quem seria?

Harry esperou em silêncio. Quando entendeu que ninguém ia preenchê-lo, levantou-se.

— Alguém vai chamar vocês para depor. Obrigado.

Ele se virou no corredor.

— Aliás, qual de vocês ligou para a polícia?

— Fui eu — respondeu Vibeke. — Eu liguei enquanto Nygård foi procurar o síndico.

— Antes de encontrá-la? Como sabia...?

— Tinha sangue na água que vazou para cá.

— É? Como você sabia disso?

Nygård deu um suspiro exageradamente resignado e pôs a mão na nuca de Vibeke.

— A água estava vermelha, não estava?

— Bem — disse Harry. — Há outras coisas além de sangue que são vermelhas.

— Sim — disse Vibeke. — Mas não foi por causa da cor.

Nygård olhou-a com surpresa. Ela sorriu, mas Harry notou que ela se afastou da mão do companheiro.

— Eu já morei com um cozinheiro, a gente tocava um pequeno restaurante. Por isso aprendi um pouco sobre comida. Entre outras coisas, aprendi que sangue contém albumina e que se você derramar sangue numa panela com água acima de 65 graus, o sangue coagula e forma bolotas. Igual a um ovo que racha na água fervente. Quando Nygård experimentou as bolotas e disse que tinham gosto de ovo, vi que era sangue. E que alguma coisa grave tinha acontecido.

Nygård ficou boquiaberto. De repente ele ficou pálido, mesmo por baixo do bronzeado.

— Bom apetite — murmurou Harry, e saiu.

5
Sexta-feira. Underwater

Harry odiava pubs temáticos. Pubs irlandeses, pubs de topless, pubs de novidades ou — os piores de todos — pubs de celebridades com os retratos dos frequentadores notáveis nas paredes. O tema do Underwater era uma mistura de mergulho com o romantismo dos antigos barquinhos de madeira. Mas já na metade do quarto chope, Harry parou de se preocupar com os aquários de água verde borbulhante, os escafandros e a decoração rústica de madeira. Podia ser pior. Da última vez que estivera naquele pub, as pessoas de repente começaram a cantar ópera e por um momento ele teve a sensação de que estava no meio de um musical. Olhou em torno e constatou aliviado que hoje nenhum dos quatro fregueses no recinto parecia querer soltar a voz tão cedo.

— Clima de férias? — perguntou à moça atrás do balcão quando ela colocou mais um chope na sua frente.

— São 19 horas. — Ela lhe deu troco para 100 coroas, embora ele tivesse pago com uma nota de 200.

Se pudesse, ele iria para o restaurante Schrøder. Mas tinha a vaga impressão de ter sido banido de lá e não estava com disposição para ir até o local confirmar isso. Não hoje. Lembrou-se apenas de partes de um episódio ocorrido na terça. Ou tinha sido na quarta? Alguém havia começado a relembrar seu passado, de quando fora retratado na TV como um policial herói por ter matado a tiros um assassino em Sydney. Um cara no pub dera com a língua nos dentes, chamando-o de nomes feios. Conseguiu atingi-lo. Chegaram a brigar? Não podia descartar a possibilidade, mas os machucados na mão e no dorso do nariz que tinha quando acordara poderiam ser por ter tropeçado na rua.

O celular tocou. Harry olhou o visor para constatar que tampouco desta vez era o número de Rakel.

— Oi, chefe.
— Harry? Onde você está? — Møller parecia preocupado.
— Debaixo d'água.* O que houve?
— Água?
— Água. Água fresca. Água salgada. Água tônica. Você está parecendo, como se diz?, nervoso.
— Está bêbado?
— Não o bastante.
— O quê?
— Nada. A bateria está acabando, chefe.
— Um dos policiais que estiveram no local do crime ameaçou escrever um relatório sobre você. Ele disse que você parecia bêbado quando chegou.
— Por que "ameaçou" e não "está ameaçando"?
— Consegui convencê-lo a deixar pra lá. Você estava bêbado, Harry?
— Claro que não, chefe.
— Tem certeza de que está dizendo a verdade agora, Harry?
— Tem certeza de que quer saber?

Harry ouviu Møller suspirar no outro lado.

— Isso não pode continuar, Harry. Vou ter que dar um basta.
— OK. Comece me tirando desse caso.
— O quê?
— Você me ouviu. Não quero trabalhar com aquele canalha. Coloque outro no caso.
— Não temos pessoal suficiente para...
— Então me demita. Não estou nem aí.

Harry guardou o celular no bolso interno do paletó. Ouviu a voz de Møller vibrar de leve contra o mamilo. Até que era gostosinho. Esvaziou o copo, levantou-se e saiu meio cambaleando para a noite quente de verão. O terceiro táxi na rua Ullevål parou e ele entrou.

---

* Trocadilho com o nome do pub. *Underwater* é, literalmente, debaixo d'água. (*N. do T.*)

— Rua Holmenkollen — disse, e encostou a nuca suada contra o couro fresco do assento de trás.

No caminho, ficou olhando pela janela as andorinhas que cortavam o céu azul pálido na busca por comida. Era nessa hora que vinham os insetos. A hora de dar o bote para as andorinhas, suas chances de sobreviver. Desde agora até o sol se pôr.

O táxi parou em frente a uma casa grande de toras de madeira escura.
— Devo ir até a casa? — perguntou o motorista.
— Não, vamos só ficar aqui um pouco — respondeu Harry.
Ele olhou fixamente para a casa. Pensou ter vislumbrado Rakel na janela. Oleg devia estar prestes a ir para a cama. Agora devia estar insistindo para ficar acordado mais um pouco porque era...
— É sexta-feira hoje, não é?
O motorista de táxi fez que sim com a cabeça e lançou-lhe um olhar atento pelo retrovisor.
Os dias. As semanas. Meu Deus, como crescem rápido esses meninos.
Harry passou a mão no rosto, tentando massagear um pouco de vida naquela máscara mortuária pálida que carregava por aí.
No inverno, a situação parecera bem mais promissora.
Harry havia solucionado alguns casos importantes, havia conseguido uma testemunha no caso Ellen, não estava bebendo, e ele e Rakel tinham passado da fase de casal recém-apaixonado e começado a fazer coisas de família. E ele tinha gostado. Gostara de passar um tempo na casa de veraneio. Das festinhas de criança. Com Harry de churrasqueiro. Gostara de receber o pai e a irmã, Søs, para almoçar nos domingos e ver a irmã, que tinha síndrome de Down, e Oleg, de 9 anos, brincarem juntos. E a melhor parte: eles ainda estavam apaixonados. Rakel havia até aventado a ideia de Harry se mudar para a casa dela. Ela usara o argumento de que a casa era grande demais só para ela e Oleg. E Harry não tinha se esforçado muito para pensar em contra-argumentos.
— Vamos ver quando eu terminar o caso Ellen — respondera ele.
A viagem que planejaram para a Normandia, três semanas numa fazenda antiga e uma semana num barco, ia ser uma espécie de teste para saber se estavam prontos.

Aí, ele começara a dar com os burros na água.

Harry trabalhou no caso Ellen o inverno todo. Intensamente. Intensamente até demais. Mas Harry não conhecia outra forma de trabalhar. E além de Ellen Gjelten ter sido uma colega de trabalho, também fora sua melhor amiga, sua alma gêmea. Foram três anos desde que os dois começaram a caçar um contrabandista de armas com o apelido de Príncipe, quando ela foi morta com um bastão de beisebol. Pistas no local do crime perto do rio Aker apontaram para Sverre Olsen, um velho conhecido no mundo dos neonazistas. Infelizmente nunca puderam ouvir sua explicação, porque Olsen levou uma bala na cabeça quando supostamente tentou atirar em Waaler durante sua captura. De qualquer maneira, Harry estava convencido de que o verdadeiro homem por trás da morte de Ellen era o Príncipe, e ele conseguiu convencer Møller a deixá-lo fazer sua própria investigação. Era pessoal, e contra todos os princípios de trabalho na Divisão de Homicídios, mas Møller o deixou trabalhar no caso por algum tempo, como uma espécie de bônus pelos resultados que Harry obtivera em outros casos. E naquele inverno ele finalmente viu uma brecha. Uma testemunha tinha visto Olsen num carro vermelho com outra pessoa na noite do crime, a apenas centenas de metros do local do crime. A testemunha era Roy Kvinsvik, já condenado e ex-neonazista, agora um recém-redimido adepto pentecostal na seita Filadélfia. Kvinsvik não era exatamente o que se poderia chamar de testemunha exemplar, mas examinara longamente a foto que Harry lhe mostrara e concluíra que, sim, era essa a pessoa que ele vira no carro com Olsen. O homem na foto era Tom Waaler.

Mesmo que Harry havia muito tempo suspeitasse de Waaler, foi um choque ter a confirmação, sobretudo porque significava que devia haver outros agentes duplos dentro da corporação. Não seria possível para o Príncipe operar sem aliados numa base tão ampla da maneira que tinha feito. E isso também significava que Harry não podia confiar mais em ninguém. Ele não contou a ninguém o que Kvinsvik afirmara, porque sabia que só teria uma chance: a podridão tinha de ser arrancada com um único puxão. E para isso ele precisaria ter certeza de que a raiz viria junto, senão quem estaria acabado seria ele.

Por isso, Harry começou, em total segredo, a reunir provas irrefutáveis contra Waaler, o que se mostrou mais difícil do que ele imaginara. Como Harry não sabia com quem era seguro conversar, começou a escarafunchar os arquivos depois de todos terem ido para casa, entrava na intranet sem permissão, imprimia e-mails e listas sobre conversas telefônicas das pessoas que ele sabia que andavam com Waaler. Durante as tardes vigiava o Herbert's Pizza de um carro perto da praça Youngstorget. Sua teoria era de que o contrabando de armas passava pelos neonazistas que frequentavam o local. Quando isso levou a nada, ele começou a seguir Waaler e alguns colegas dele. Concentrou-se naqueles que passavam muito tempo com armas no estande de tiros. Mantinha sempre uma boa distância. Ficava horas em frente às casas deles, tremendo de frio, enquanto eles dormiam lá dentro. Voltava para casa de manhã cedo, caindo de cansaço, dormia algumas horas e então saía para o trabalho de novo. Passado algum tempo nesse ritmo, Rakel pediu para ele dormir no próprio apartamento nas noites em que fazia plantão duplo. Ele não contara a ela que o trabalho noturno não era do conhecimento de seus superiores.

Aí ele começou a investigar mais profundamente.

Passou no Herbert's Pizza primeiro uma noite. Depois outra. Conversou com os rapazes. Pagou cervejas para eles. Decerto sabiam quem ele era, mas cerveja de graça era cerveja de graça e eles bebiam, sorriam e se calavam. Aos poucos Harry entendeu que eles não sabiam de nada. Mas continuou aparecendo por lá assim mesmo. Não sabia bem por quê. Talvez porque desse a sensação de estar perto de algo, da caverna do dragão, e talvez ele tivesse de ser paciente e esperar o dragão sair. Mas nem Waaler nem qualquer dos colegas dele apareceram. Então Harry voltou a vigiar o prédio onde Waaler morava. Uma noite, a menos 20 graus negativos e com as ruas vazias, um menino de jaqueta curta e fina veio andando em direção ao seu carro com a ginga típica dos junkies. Parou em frente ao portão do prédio de Waaler, olhou à direita e à esquerda e começou a abrir a fechadura com um pé de cabra. Harry ficou quieto observando, pois sabia que arriscava ser descoberto caso interferisse. O rapaz provavelmente estava drogado demais para enfiar o pé de cabra direito, então quando ele puxou, uma lasca se soltou da porta com um chiado alto e rascante e o rapaz caiu para trás, aterrissando num monte de neve no jardim. E lá ficou. As luzes foram acesas em algumas janelas. As cortinas de Waaler se mexeram. Harry esperou. Nada aconteceu. Vinte graus negativos. Ainda luz nas janelas de Waaler. O rapaz não se mexia. Posteriormente, Harry se perguntou várias vezes o que ele deveria ter feito. A bateria do celular havia acabado por causa do frio, ele não podia ligar para o pronto-socorro. Esperou. Passaram-se minutos. Maldito junkie. Vinte e um graus negativos. Merda de junkie. Ele podia ter ido embora dali, avisar o pronto-socorro. Alguém saiu do portão. Era Waaler. Ele estava cômico de roupão, botas, gorro e luvas. Trazia dois cobertores. Descrente, Harry observou Waaler tomar o pulso e olhar as pupilas do rapaz antes de embrulhá-lo nos cobertores. Ele ficou lá um tempinho, esfregando os próprios braços para tentar se aquecer e olhando fixamente na direção do carro de Harry. Minutos depois, a ambulância parou em frente ao portão do prédio.

Aquela noite, Harry chegou em casa, sentou-se na poltrona, fumou um cigarro ao som de Raga Rockers e Duke Ellington e foi para o trabalho sem ter trocado de roupa em 48 horas.

Rakel e Harry tiveram sua primeira briga numa noite de abril.

Ele cancelara uma viagem à casa de veraneio na última hora e ela chamou sua atenção para o fato de que era a terceira vez em pouco tempo que ele não cumpria o que haviam combinado. Combinado com Oleg, ela frisou. Ele a acusou de usar Oleg e disse que ela estava exigindo que ele desse prioridade às necessidades dela em vez de encontrar o assassino de Ellen. Ela disse que Ellen era um fantasma e que ele tinha se trancado junto com uma pessoa morta. Que não era normal, que ele estava curtindo a tragédia, que era necrofilia, que não era Ellen o que o movia, mas seu desejo de vingança.

— Alguém feriu você — disse ela. — E agora você deixou tudo de lado para conseguir se vingar.

Harry saiu em disparada e viu de relance o pijama e os olhos de medo de Oleg atrás da grade do corrimão da escada.

Depois disso, deixou de fazer tudo que não se tratasse de encontrar o culpado. Lia e-mails à luz de lâmpadas fracas, vigiava janelas escuras de casas e prédios e esperava por pessoas que nunca apareciam. E dormia algumas poucas horas roubadas no seu apartamento da rua Sofie.

Os dias já estavam mais claros e longos, mas ele ainda não tinha encontrado nada.

E de repente, uma noite, um pesadelo da infância voltou. Søs. O cabelo dela estava preso. O choque estampado no rosto. Ele não conseguia se mexer de tanto medo. O pesadelo o visitou novamente na noite seguinte. E na noite depois.

Øystein Eikeland, um amigo da juventude que bebia no Malik's quando não trabalhava como taxista, disse que Harry parecia esgotado e ofereceu-lhe anfetamina barata. Harry não aceitou e continuou sua corrida louca, irado e exausto.

Era apenas uma questão de tempo até que tudo degringolasse. O que precipitou a avalanche foi algo extremamente corriqueiro: uma conta não paga. Foi no fim de maio, e ele não falava com Rakel fazia dias, quando acordou na cadeira de sua sala no trabalho com o telefone tocando. Rakel disse que a agência de viagens estava cobrando o pagamento da fazenda na Normandia. Eles tinham somente aquela semana para pagar, e depois a agência teria de passar a reserva para outras pessoas.

— O prazo é sexta-feira — foi a última coisa que Rakel disse antes de desligar.

Harry foi para o banheiro, jogou água fria no rosto e se deparou com o próprio olhar no espelho. Embaixo do cabelo louro cortado à escovinha viu um par de olhos vermelhos com olheiras escuras e faces cansadas e côncavas. Tentou sorrir. Um riso amarelo com dentes amarelos. Não se reconheceu. Então entendeu que Rakel tinha razão, que o prazo já estava esgotado. Para ele e Rakel. Para ele e Ellen. Para ele e Waaler.

No mesmo dia foi até seu chefe imediato, Bjarne Møller, o único na polícia em quem confiava cem por cento. Møller fazia alternadamente sim e não com a cabeça enquanto Harry dizia o que queria dizer e respondeu que, felizmente, isso não era com ele, que Harry tinha de colocar a questão diretamente para o chefe do DIC. E que Harry deveria pensar duas vezes antes de ir falar com ele. Harry foi direto da sala de Møller à sala oval do chefe do DIC; bateu, entrou e expôs o pouco que sabia. Uma testemunha que tinha visto Waaler com Olsen. E o fato de ter sido o mesmo Waaler que atirara em Olsen durante a captura. Era isso. Era tudo que ele tinha após cinco meses de trabalho árduo, cinco meses seguindo pessoas, cinco meses à beira da loucura.

O chefe do DIC perguntou se Harry tinha ideia de qual seria o motivo para Waaler, eventualmente, ter matado Ellen Gjelten.

Harry respondeu que Ellen tinha informações perigosas. Na mesma noite em que foi morta, deixara um recado na secretária eletrônica de Harry, dizendo que sabia quem era o Príncipe, o homem que estava por trás do contrabando ilegal de armas que de repente tinha deixado os criminosos de Oslo armados até os dentes com pistolas profissionais.

— Infelizmente foi tarde demais quando eu tentei retornar a ligação — contou Harry, e procurou ler a expressão facial do chefe do DIC.

— E Olsen? — perguntou, então, o chefe.

— Quando descobrimos a pista de Olsen, o Príncipe o matou para que ele não revelasse o nome do homem por trás do assassinato de Ellen.

— E esse "Príncipe", você disse, é...?

Harry repetiu o nome de Waaler. O chefe do DIC fez que sim com a cabeça e disse:

— Um dos nossos, então. Um dos nossos mais respeitados investigadores.

Nos dez segundos que se seguiram, Harry teve a impressão de estar no vácuo: sem ar, sem som. Ele sabia que sua carreira policial poderia terminar naquele local, naquela hora.

— Está bem, Hole. Quero encontrar essa sua testemunha antes de decidir o que fazer.

O chefe do DIC se levantou.

— E presumo que você esteja entendendo que isso por enquanto fica só entre nós dois.

— Quanto tempo vamos ficar aqui?

Harry deu um pulo ao ouvir a voz do motorista de táxi. Ele tinha quase adormecido.

— Pode voltar — respondeu ele, e lançou um último olhar para a casa.

Quando passavam pela rua Kirkeveien, o celular tocou. Era Beate

— Parece que encontramos a arma — disse. — E você tinha razão. É uma pistola.

— Nesse caso, parabéns para nós dois.

— Bem, não foi tão difícil de encontrar. Estava na lixeira embaixo da pia.

— Marca e número?

— Uma Glock 23. O número foi raspado.

— E as marcas da raspagem?

— Se quer saber se são as mesmas que encontramos na maioria das armas apreendidas em Oslo hoje em dia, a resposta é sim.

— Entendo. — Harry mudou o celular para a mão esquerda. — O que eu não entendo é por que você me ligou para contar tudo isso. Não estou nesse caso.

— Não tenho tanta certeza disso, Harry. Møller falou que...

— Møller e toda a merda da polícia de Oslo podem ir para o inferno!

Harry se assustou com a própria voz estridente. Ele viu as sobrancelhas do taxista em forma de "v" encherem o espelho.

— Desculpe, Beate. Eu... Ainda está aí?

— Estou.

— Só estou um pouco exaltado no momento.

— Então pode ficar para mais tarde.

— O quê?

— Não tem pressa.

— Vamos, conte.

Ela suspirou.

— Notou a intumescência que Camilla Loen tinha em cima da pálpebra?

— Claro.

— Pensei que o assassino tivesse dado um soco nela, ou que ela tivesse levado um tombo. Mas não era um inchaço.

— Não?

— O médico-legista apertou a saliência. Estava bem dura. Ele então colocou o dedo embaixo da pálpebra. E sabe o que encontrou em cima do globo ocular dela?

— Bem... — disse Harry. — Não.

— Uma pedra preciosa pequena, avermelhada, cortada em forma de estrela. Achamos que é um diamante. O que acha disso?

Harry respirou fundo e olhou o relógio. Ainda faltavam três horas para o bar Sofie fechar.

— Que esse caso não é meu — disse ele, e desligou o telefone.

6
Sexta-feira. Água

É tempo de seca, mas eu vi o policial sair por baixo da água. Água para aqueles que têm sede. Água de chuva, água de rio, água da bolsa amniótica.

Ele não me viu. Cambaleou pela rua Ullevål, onde tentou chamar um táxi. Nenhum táxi quis levá-lo. Como uma alma irrequieta perambulando à beira do rio que o barqueiro não quer atravessar. Sei um pouco sobre esse sentimento. Ser intimidado por aqueles que você antes alimentava. Ser rejeitado quando pela primeira vez na vida é você quem está precisando de ajuda. Descobrir que cospem em você sem que você tenha alguém em quem cuspir. Aos poucos descobrir o que tem de fazer. E, claro, o paradoxal é que é justamente o taxista que se apieda de você quem você escolhe para cortar a garganta.

5

Sexta-feira, Água

7
Terça-feira. Demissão

Harry foi até o final do supermercado, abriu a porta de vidro da geladeira dos refrigerantes e inclinou-se para dentro. Levantou a camiseta suada, fechou os olhos e sentiu o ar refrescante na pele.

A previsão do tempo havia prometido uma noite tropical, de forma que os poucos clientes no supermercado estavam comprando carne para churrasco, cerveja e água mineral.

Harry a reconheceu pela cor dos cabelos. Ela estava de costas para ele em frente ao açougue. Seu traseiro volumoso preenchia a calça jeans com perfeição. Quando ela se virou, Harry viu que ela estava usando um bustiê com estampa de zebra. Era tão apertado quanto o de oncinha. Mas em seguida Vibeke Knutsen mudou de ideia, devolveu os bifes embalados, empurrou o carrinho até o balcão de congelados e pegou dois pacotes de filé de bacalhau.

Harry abaixou a camiseta e fechou a porta de vidro. Ele não ia comprar refrigerante. Nem carne, nem bacalhau. Na verdade ia comprar o mínimo possível, apenas alguma coisa que ele pudesse comer. Não pela fome, mas pelo estômago. Na véspera, seu estômago havia encrencado para valer. E ele sabia por experiência própria que se não se alimentasse com algo sólido agora não ia conseguir segurar uma gota de álcool. No seu carrinho estava um saco de pão integral e uma sacola da loja de bebidas do outro lado da rua. Ele acrescentou meio frango, meia dúzia de cervejas Hansa e vagueou em torno do balcão de frutas antes de aterrissar na fila da caixa logo atrás de Vibeke. Não de propósito, mas talvez não inteiramente por acaso.

Ela se virou parcialmente, sem olhar para ele, franzindo o nariz como se algo cheirasse a azedo, o que Harry não podia descartar como impossível. Ela pediu dois maços de cigarros light à mulher da caixa.

— Pensei que estivesse tentando parar de fumar.

Vibeke se virou e olhou-o com surpresa. E deu três sorrisos diferentes. Primeiro um breve, automático. Depois um de reconhecimento. Por fim, depois de pagar, um de curiosidade.

— E, pelo visto, você vai dar uma festa.

Ela enfiou as compras numa sacola.

— Algo do tipo — murmurou Harry, e devolveu o sorriso.

Ela inclinou a cabeça. As listras de zebra se mexeram.

— Muitos convidados?

— Poucos. Nenhum foi chamado oficialmente.

A mulher do caixa deu o troco a Harry, mas ele indicou com um aceno de cabeça a lata de moedas do Exército de Salvação.

— Mas você pode mandá-los embora, não? — O sorriso dela já alcançava os olhos.

— Bem, esses convidados em particular são mais difíceis de expulsar.

A garrafa de uísque Jim Beam tiniu alegre com as garrafas de cerveja quando ele levantou as sacolas.

— Não? Velhos companheiros de copo?

Harry olhou-a de relance. Ela parecia saber do que falava. E Harry estranhou ainda mais o fato de ela estar com um cara aparentemente tão certinho. Ou melhor: que um cara tão certinho estivesse com ela.

— Não tenho nenhum — respondeu ele.

— Mulheres, então. E ainda por cima do tipo insistente, imagino?

Ele quis segurar a porta para ela ao sair, mas era automatizada. Afinal de contas, ele fizera compras naquele supermercado apenas umas duzentas vezes. Ficaram frente a frente na calçada do lado de fora.

Harry não sabia o que dizer. Deve ter sido por isso que ele disse:

— Três mulheres. Talvez vão embora se eu beber bastante.

— Hein?

Ela fez sombra nos olhos com a mão e o fitou.

— Nada. Desculpe. Só estou pensando em voz alta. Quero dizer, *não estou pensando... mas foi em voz alta mesmo assim. Divagando, talvez. Eu...*

Ele não entendia por que ela ainda continuava lá.

— Passaram o fim de semana inteiro subindo e descendo as escadas — disse ela.

— Quem?

— A polícia, ora; quem mais?

Harry absorveu devagar a informação de que já se passara um fim de semana desde que ele estivera no apartamento de Camilla Loen. Ele tentou ver sua imagem de relance na janela do supermercado. O fim de semana inteiro? Com que cara ele estava agora?

— Não querem contar nada para a gente — disse ela. — E os jornais só dizem que não há pistas. É verdade?

— Eu não estou no caso — respondeu ele.

— Ah. — Vibeke fez que sim com a cabeça e começou a sorrir. — Quer saber?

— O quê?

— No fundo acho que é melhor assim.

Harry levou dois segundos para entender o que ela quis dizer. Ele riu. Até o riso virar uma tosse brava.

— É estranho eu não ter visto você neste supermercado antes — disse, depois de se recuperar.

Vibeke deu de ombros.

— Quem sabe a gente não se vê em breve?

Ela deu um largo sorriso e começou a andar. As sacolas e o traseiro gingaram de um lado a outro.

Claro. Você, eu e um boi falante.

Harry pensou isso tão alto que por um momento ficou com medo de tê-lo dito em voz alta.

Havia um homem nas escadas em frente ao portão, na rua Sofie, com o paletó jogado por cima do ombro e uma das mãos apertando o estômago. A camisa tinha manchas escuras de suor no peito e nas axilas. Ao ver Harry, levantou-se.

Harry respirou fundo e se preparou. Era Bjarne Møller.

— Meu Deus, Harry.

— Eu que digo, chefe.

— Tem alguma ideia do seu estado?

Harry pegou as chaves.

— Não muito bem, né?

— Você recebeu ordens para ajudar no caso do assassinato no fim de semana mas nem deu as caras. E hoje nem compareceu ao trabalho.

— Não acordei a tempo, chefe. E isso não está tão longe da verdade, como você deve estar pensando.

— E talvez tenha perdido a hora nas três semanas que passaram sem ninguém ver você, até sexta-feira passada.

— Bem, as nuvens sumiram depois da primeira semana. Então eu liguei para o trabalho. E fui informado de que tinha sido colocado na lista do pessoal de férias. Imagino que tenha sido você.

Harry entrou com pés pesados no corredor, com Møller saltitando nos seus calcanhares.

— Eu tive que fazer isso — disse Møller, gemendo e apertando a mão contra o estômago. — Quatro semanas, Harry!

— Bem, um nanossegundo no univers...

— E sem uma palavra sobre onde andou!

Harry enfiou com cuidado a chave na fechadura.

— Agora venha, chefe.

— O quê?

— Uma palavra sobre onde andei. Aqui.

Harry empurrou a porta do apartamento e um cheiro agridoce de lixo velho, cerveja e cigarro veio ao encontro deles.

— Você teria se sentido melhor se soubesse?

Harry entrou e Møller o seguiu, hesitante.

— Não é preciso tirar os sapatos, chefe — gritou Harry da cozinha.

Møller levantou os olhos para o céu e ao cruzar o assoalho da sala tentou não pisar em garrafas vazias, pires com guimbas de cigarro e discos de vinil.

— Você ficou aqui bebendo durante quatro semanas, Harry?

— Com intervalos, chefe. Intervalos longos. Afinal, eu estava de férias, certo? Na semana passada quase não consegui engolir uma gota sequer.

— Tenho más notícias, Harry — gritou Møller.

Ele soltou o fecho da janela e empurrou febrilmente o caixilho. No terceiro empurrão, a janela se abriu de uma vez. Ele gemeu, soltou o cinto da calça e abriu o primeiro botão. Quando se virou, Harry estava na porta da sala com uma garrafa de uísque aberta.

— Pior que isso? — disse Harry, olhando para o cinto aberto do chefe da Homicídios. — Vou ser surrado ou estuprado?

— Digestão lenta — explicou Møller.

— Hum. — Harry cheirou o gargalo da garrafa. — Expressão esquisita, essa, digestão lenta. Também já tive problemas de estômago, então li algumas coisas sobre isso. A digestão da comida leva entre 12 e 24 horas. E isso vale para todas as pessoas. Sem exceção. Pode doer, mas não vai levar mais que isso.

— Harry...

— Vai um copo, chefe? A não ser que você queira um limpo.

— Vim para dizer que acabou, Harry.

— Está rompendo comigo?

— Ah, pare com isso!

Møller deu um soco na mesa e as garrafas deram um salto. Depois afundou numa velha poltrona verde. Passou a mão no rosto.

— Já arrisquei meu emprego vezes demais para salvar o seu, Harry. Há pessoas na minha vida mais próximas do que você. Que eu sustento. Isso acaba aqui, Harry. Não posso mais ajudar você.

— Tudo bem.

Harry se sentou no sofá e encheu um dos copos que estavam lá.

— Ninguém pediu sua ajuda, chefe, mas agradeço mesmo assim. Pelo tempo que durou. Saúde.

Møller respirou fundo e fechou os olhos.

— Sabe de uma coisa, Harry? De vez em quando você é o canalha mais arrogante, egoísta e estúpido do mundo.

Harry deu de ombros e esvaziou o copo de um só gole.

— Já assinei sua demissão — disse Møller.

Harry colocou o copo na mesa e o encheu de novo.

— Está na mesa do chefe do DIC. Só falta a sua assinatura. Entende o que isso significa, Harry?

Harry confirmou com um aceno da cabeça.

— Tem certeza de que não quer um trago antes de ir, chefe?

Møller se levantou. Na porta da sala se virou.

— Você não faz ideia de como é doloroso vê-lo desse jeito, Harry. Rakel e esse emprego eram tudo que você tinha. Primeiro você conseguiu perder a Rakel. E agora está conseguindo perder o emprego também.

Eu perdi ambos há exatas quatro semanas, pensou Harry.

— Lamento muito, Harry.

Møller fechou a porta de leve atrás de si ao sair.

Quarenta e cinco minutos depois, Harry estava dormindo na cadeira. E recebeu visita. Não das três mulheres de sempre. Do chefe do DIC.

Quatro semanas e três dias. Foi o próprio chefe do DIC quem pediu que a reunião fosse no Boxer, um bar para os sedentos abençoados, a apenas um pulo da sede da polícia e a alguns passos cambaleantes da sarjeta. Apenas ele próprio, Harry e Roy Kvinsvik. Ele explicara a Harry que enquanto não se tomasse nenhuma decisão, era melhor que tudo ocorresse da forma menos oficial possível, para que ele tivesse área de manobra.

Ele não mencionou nada sobre uma possível área de manobra para Harry.

Quando Harry chegou ao Boxer, 15 minutos depois do combinado, o chefe do DIC estava sentado com um chope a uma mesa nos fundos do recinto. Harry sentiu seu olhar ao se sentar, os olhos azuis reluzindo dentro de cavidades orbitais fundas, uma em cada lado do dorso do nariz estreito e majestoso. Ele tinha uma cabeleira grisalha cheia, costas eretas e um corpo esbelto, considerando sua idade. Em suma, o chefe do DIC parecia um desses sessentões que é difícil imaginar quando era jovem. Ou que algum dia viesse a ser realmente velho. Na Homicídios o chamavam de presidente porque seu escritório era oval, mas também porque ele — especialmente em situações oficiais — falava como um. Mas essa conversa era "o menos oficial possível". O chefe do DIC abriu a boca sem lábios:

— Está sozinho?

Harry pediu ao garçom uma água com gás, pegou o cardápio que estava na mesa, estudou a capa e disse sem cerimônia, como se fosse uma informação supérflua:

— Ele mudou de ideia.

— Sua testemunha mudou de ideia?

— Mudou.

O chefe do DIC bebeu um gole de cerveja bem devagar.

— Durante cinco meses ele concordou em ser testemunha — disse Harry. — A última vez foi anteontem. Você acha que o joelho de porco daqui é bom?

— O que ele disse?

— Combinamos que eu o pegaria depois da reunião na Filadélfia hoje. Quando cheguei, ele disse que tinha reconsiderado. Que chegara à conclusão de que não era Waaler que ele viu no carro com Olsen.

O chefe do DIC olhou para Harry. Daí, com um gesto que Harry interpretou como o desfecho da reunião, levantou a manga do casaco e olhou para o relógio.

— Então não podemos fazer outra coisa além de acreditar que foi outra pessoa e não Waaler que sua testemunha viu. Ou o que acha, Harry?

Harry engoliu em seco. E depois de novo. Olhou o cardápio.

— Joelho de porco. É.

— Pois não. Tenho que ir, mas ponha na minha conta.

Harry esboçou um sorriso.

— Legal, chefe. Mas, para ser franco, tenho uma sensação ruim de que vou arcar com a conta de qualquer maneira.

O chefe do DIC franziu a testa e, quando ele falou, a irritação tremeu em suas cordas vocais:

— Então deixe-me ser franco também, Hole. Todos sabem que você e o policial Waaler não se suportam. Desde que você apresentou essas tênues acusações, fiquei com a suspeita de que você tinha deixado uma antipatia pessoal influenciar em seu discernimento. Essa suspeita, no meu modo de ver, acaba de ser confirmada.

O chefe do DIC empurrou o copo de chope ainda pela metade para o meio da mesa, levantou-se e abotoou o casaco.

— Por isso, Hole, serei breve mas, espero, claro. O assassinato de Ellen Gjelten foi esclarecido, e, com isso, o caso está encerrado. — Nem você nem ninguém conseguiu apresentar algo substancialmente novo que desse motivo para uma nova investigação. Se você sequer tentar se aproximar do caso novamente, vou entender como uma recusa a seguir uma ordem e sua demissão, com a minha assinatura, será imediatamente enviada ao setor de recursos humanos. Não decidi isso por fazer vista grossa a policiais corruptos, mas por ser minha responsabilidade manter o moral dessa corporação em um nível razoável. E para isso não podemos ter policias que gritam "lobo" fora de hora. Caso eu descubra que você, de alguma forma, está tentando levar adiante as acusações contra Waaler, será suspenso com efeito imediato e o caso será apresentado à Corregedoria.

— Que caso? — perguntou Harry, baixinho. — Waaler contra Gjelten?

— Hole contra Waaler.

Depois que o chefe do DIC se foi, Harry ficou sentado olhando para o copo de chope pela metade. Ele podia fazer exatamente como o chefe do DIC queria, mas isso não mudaria nada. De qualquer maneira, estava acabado. Ele fracassara e agora se tornara um risco para a corporação. Um traidor paranoico, uma bomba-relógio da qual iriam se livrar na primeira oportunidade. Dependia apenas de Harry dar-lhes essa oportunidade.

O garçom veio com uma garrafa de água com gás e perguntou se ele queria algo para comer. Ou beber. Harry molhou os lábios enquanto seus pensamentos colidiam. Era só dar-lhes a oportunidade; os outros cuidariam do resto.

Então ele colocou a garrafa d'água de lado e respondeu ao garçom. Isso fora há quatro semanas e três dias, e foi aí que tudo começou. E terminou.

Parte 2

PARTE 2

8
Terça e quarta-feira. Chow-chow

Na terça, a temperatura em Oslo na sombra subiu a 29 graus, e já às 15 horas as pessoas começaram a fugir dos escritórios para as praias em Huk e Hvervenbukta. Os turistas lotavam os cafés e restaurantes ao ar livre no cais de Aker e no parque Frogner, onde pessoas suadas batiam as fotos obrigatórias do Monólito antes de procurarem o chafariz, na esperança de que um sopro de ar lançasse nelas uma ducha de água refrescante.

Fora das rotas turísticas, tudo estava calmo, e a vida se passava em câmera lenta. Trabalhadores nos canteiros de obras encostavam-se de torso nu nas suas máquinas de construção, pedreiros no terreno do antigo Hospital Nacional olhavam dos andaimes para as ruas desertas lá embaixo e taxistas encontravam pontos para estacionar na sombra, onde se agrupavam para discutir o assassinato na rua Ulleval. Só havia sinal de alguma atividade na rua Aker, a tradicional rua dos jornais, onde a imprensa sensacionalista que já havia publicado as poucas notícias desinteressantes se jogava com avidez sobre o crime ainda fresco. Com grande parte do pessoal fixo de férias, os editores catavam quem encontrassem pela frente, desde estagiários de jornalismo a desocupados da editoria de política. Só os jornalistas da editoria de cultura foram deixados em paz. Mesmo assim, estava mais calmo do que o normal. Talvez porque o *Aftenposten* havia se mudado para mais perto do centro, para o prédio dos correios, uma variante feia de arranha-céu de cidadezinha que apontava para um céu sem nuvens. O colosso dourado fora enfeitado antes da expansão, mas do seu escritório o repórter de polícia Roger Gjendem por enquanto só tinha vista para a praça do mercado dos junkies e sua galeria de agulhadas ao ar livre, atrás das barracas, onde o maravilhoso mundo novo seria encontrado. Vez por outra, ele se pegava procurando por Thomas lá embaixo. Mas Thomas estava na prisão, cumprindo pena por tentativa de roubo no prédio de um policial no inverno anterior. Como era possível ser tão imbecil? Ou tão desesperado? Pelo menos Roger não precisava se preocupar em de repente ter de ver seu irmãozinho injetar uma overdose no braço lá embaixo.

Formalmente, o *Aftenposten* ainda não contratara um novo diretor depois que o último aceitara o pacote de redução de gastos que incluía corte de pessoal, mas havia simplesmente subordinado a editoria de polícia à de cidade. Na prática, significava que Roger fora obrigado a assumir como editor de polícia com o salário de repórter. Ele estava atrás de sua mesa com os dedos no teclado, o olhar no rosto da mulher sorridente que fazia algum tempo ele escaneara para servir de fundo de tela do computador, e os pensamentos estavam justamente nessa mulher, que pela terceira vez havia arrumado as malas para deixá-lo e ir embora do seu apartamento. Ele sabia que dessa vez Devi não voltaria e que estava na hora de seguir em frente. Acessou o painel de controle e tirou a foto da área de trabalho. Era um começo. Ele teve de deixar de lado o caso sobre heroína em que estava trabalhando. Melhor assim, pois odiava escrever sobre drogas. Devi alegava que era por causa de Thomas. Roger tentou afastar Devi e seu irmão caçula dos pensamentos e se concentrou no caso sobre o qual estava escrevendo: um resumo da morte na rua Ullevål, uma trégua enquanto esperava o desdobramento do caso, com novas conjecturas e um suspeito ou dois. Devia ser um trabalho fácil. Era, ao menos, um caso atraente, com a maioria dos ingredientes que um repórter de polícia poderia desejar. Uma jovem solteira de 28 anos morta a tiros no banheiro do próprio apartamento numa sexta-feira, em plena luz do dia. A pistola que fora encontrada na lata de lixo do apartamento era mesmo a arma do crime. Nenhum vizinho tinha visto nada, nenhum estranho fora observado no prédio e só um dos vizinhos achava ter ouvido algo que poderia ter sido um tiro. Como não havia sinal de arrombamento, a polícia estava trabalhando com a teoria de que Camilla Loen deixara o assassino entrar, mas ninguém do seu círculo de amizade se destacava como suspeito, já que todos tinham álibis razoáveis. O fato de Camilla Loen ter deixado seu trabalho como designer gráfica na

Leo Burnett às 16h15 e de ter um encontro marcado com duas amigas na varanda da Casa dos Artistas às 18 indicava poucas probabilidades de ela ter convidado alguém para visitá-la. Igualmente pouco provável era que alguém pudesse ter tocado a campainha de Camilla Loen e entrado no prédio com identidade falsa, já que ela poderia ver a pessoa pela câmera de vídeo que havia acima das campainhas.

E como se não bastasse o editor poder criar manchetes como "Assassinada no estilo 'Psicose'" e "O vizinho sentiu o gosto do sangue", vazaram dois detalhes que renderam mais duas primeiras páginas nos dias subsequentes: o dedo indicador da mão esquerda de Camilla Loen fora cortado. E mais: embaixo de uma das pálpebras encontraram um diamante avermelhado em forma de uma estrela de cinco pontas.

Roger começou seu resumo no tempo presente para inflá-lo com um pouco de drama, mas depois achou que a matéria não precisava disso e apagou o que tinha escrito. Ficou um tempo com a cabeça entre as mãos. Depois deu um clique duplo no ícone da lata de lixo, e posicionou a seta do mouse em cima de "Esvaziar lixeira", mas hesitou. Era a única foto que tinha dela. No apartamento, todos os traços dela haviam sido eliminados, ele até lavara um pulôver seu que ela costumava usar e que ele gostava de vestir porque guardava o cheiro dela.

— Adeus — sussurrou, e clicou.

Olhou o início do artigo. Decidiu trocar "rua Ullevål" por "o Cemitério do Nosso Salvador"; soava melhor. E começou a escrever. Desta vez conseguiu.

Às 19 horas, as pessoas começaram, contra a vontade, a voltar das praias, com o sol ainda tórrido num céu límpido. Deu 20 e 21 horas e ainda havia pessoas com óculos de sol tomando cerveja nas varandas e nos calçadões, enquanto garçons de bares sem mesas ao ar livre ficavam chupando o dedo. Às 21h30, a luz na colina de Ullern estava avermelhada, e logo em seguida o sol mergulhou no mar. Mas não a temperatura. Era mais uma noite tropical, e as pessoas voltaram dos restaurantes e bares para suas casas, onde ficaram rolando nas camas insones e suadas. Nos jornais na rua Aker, o prazo de fechamento estava acabando e os editores se sentaram para a última reunião sobre a primeira página. Não haviam recebido nenhuma novidade da polícia. Não porque eles não tivessem procurado, mas parecia simplesmente que a polícia, mesmo quatro dias após o crime, não tinha mais nada para dizer. Só que o silêncio dava mais espaço para especulações. Estava na hora de usar a criatividade.

Mais ou menos na mesma hora, o telefone tocou numa casa de madeira amarela com jardim de macieiras, em Oppsal. Beate Lønn tirou a mão de sob o lençol e temeu que a mãe, que morava no andar de baixo, tivesse acordado com o som do telefone. Era provável.

— Está dormindo? — perguntou uma voz rouca.
— Não — respondeu Beate. — Quem consegue?
— Ah. Só acordei agora.
Beate se sentou na cama.
— Como está indo?
— O que posso dizer? "Mal" seria a palavra certa.
Pausa. Não era por causa da linha que a voz de Harry parecia distante.
— Provas materiais?
— Só o que você leu nos jornais — respondeu ela.
— Que jornais?
Ela suspirou.
— Só o que você já sabe. Coletamos impressões digitais e DNA no apartamento, mas por enquanto parece que não podemos vincular nada disso ao assassino.
— Assassino, não. Não sabemos se foi premeditado — disse Harry. — Homicida.
— Homicida. — Beate bocejou.
— Já descobriram de onde vem aquele diamante?
— Estamos trabalhando no caso. Os ourives com quem conversamos dizem que diamantes vermelhos não são incomuns, mas que há pouca demanda na Noruega. Eles duvidam de que tenha sido comprado por meio de um ourives norueguês. Se for do exterior, aumenta a probabilidade de o assassino ser um estrangeiro.
— Hum.
— O que foi, Harry?
Harry tossiu com força.
— Só estou tentando me manter atualizado.

— A última coisa que ouvi você dizer foi algo parecido com "não estou no caso".

— E não estou mesmo.

— Então, o que você quer?

— Bem, acordei porque tive um pesadelo.

— Quer que eu vá aí te ninar?

— Não.

Nova pausa.

— Sonhei com Camilla Loen. E com o diamante que acharam.

— E daí?

— Bem... Acho que tem alguma coisa nisso.

— O quê?

— Não sei bem. Mas você sabia que antigamente costumavam colocar uma moeda em cima do olho do morto antes de ele ser enterrado?

— Não.

— Era o pagamento do barqueiro que levaria a alma para o reino dos mortos. Se a alma não chegasse ao outro lado, nunca encontraria paz. Pense nisso.

— Obrigada pela inspiração, mas eu não acredito em fantasmas, Harry.

Ele não respondeu.

— Mais alguma coisa?

— Só uma perguntinha: você sabe se o chefe do DIC também entrou de férias esta semana?

— Entrou.

— E por acaso está sabendo... quando ele vai estar de volta?

— Daqui a três semanas. E você?

— O que tem eu?

Beate escutou o clique do isqueiro. Ela suspirou.

— Quando você volta?

Ela ficou ouvindo Harry inalar, segurar a respiração e soltá-la devagar antes de responder:

— Pensei ter ouvido você dizer que não acreditava em fantasmas.

Na mesma hora em que Beate desligou, Bjarne Møller acordou com dores de estômago. Ficou se contorcendo na cama até as 6 horas, quando desistiu e se levantou. Tomou um lento desjejum sem café e logo se sentiu melhor. E quando chegou à sede da polícia, logo depois das 8, para sua surpresa as dores haviam sumido por completo. Ele pegou o elevador para sua sala e comemorou colocando as pernas na mesa, tomando o primeiro gole de café e se debruçando sobre os jornais do dia.

O *Dagbladet* tinha uma foto da sorridente Camilla Loen na primeira página sob a manchete: "Amante secreto?" A primeira página do *VG* tinha a mesma foto, mas outra manchete: "Vidente diz que foi ciúme." Apenas o resumo do *Aftenposten* parecia estar coerente com a realidade.

Møller balançou a cabeça, olhou o relógio e discou o número de Tom Waaler, que, como previsto, havia acabado de terminar a reunião matinal com o grupo de investigação.

— Nada ainda — disse Waaler. — Fomos de porta em porta na vizinhança falando com todos os supermercados por perto. Checamos os táxis que estavam na área no horário em questão, falamos com informantes e examinamos os álibis de velhos conhecidos com fichas pra lá de sujas. Ninguém se destaca como suspeito, se é que se pode falar assim. E, sinceramente, não acho que o homem nesse caso seja um velho conhecido. Não há sinais de abuso sexual. Dinheiro e bens estão intocados. E não há nenhum fato de praxe, nada que nos lembre de algo que já vimos antes. O dedo e o diamante, por exemplo...

Møller sentiu as entranhas começaram a rosnar. Torceu para que fosse fome.

— Então, nenhuma notícia boa?

— A delegacia de Majorstua nos cedeu três homens, ou seja, agora temos dez na investigação tática. E Beate tem a ajuda de peritos para examinar o que encontraram no apartamento. Apesar das férias, estamos até bem servidos de pessoal. Isso não é uma boa notícia?

— Obrigado, Waaler. Vamos torcer para que continue assim. Quanto à equipe, eu quero dizer.

Møller desligou e virou a cabeça para lançar um olhar pela janela antes de voltar aos jornais. Mas em vez disso ficou assim, com o pescoço virado numa posição bastante desagradável, com o olhar fixo no gramado em frente à sede da polícia. Afinal tinha avistado uma figura subindo a rua a passos largos. A pessoa não estava andando muito depressa, mas pelo menos parecia andar razoavelmente em linha reta e não havia dúvida sobre sua direção: estava vindo para a sede da polícia.

Møller se levantou, foi ao corredor e gritou para Jenny já trazer outra xícara e mais café. Entrou de novo, sentou-se e tirou apressadamente alguns documentos velhos de uma das gavetas.

Três minutos depois alguém bateu na porta.

— Entre! — gritou Møller, sem levantar o olhar dos papéis de uma denúncia de 12 páginas de um dono de cachorro que acusou uma clínica veterinária de erro de medicação, o que teria resultado na morte dos seus dois chow-chows.

A porta se abriu e Møller fez um gesto com a mão do tipo "entre, entre" enquanto passava o olhar por uma página que descrevia o crescimento dos cachorros, prêmios de exposições e a impressionante inteligência com que foram abençoados.

— Nossa — disse Møller, quando por fim levantou o olhar. — Pensei que tivéssemos demitido você.

— Hum. Já que a demissão ainda está sem assinatura na mesa do chefe do DIC e vai ficar assim por pelo menos mais três semanas, não posso deixar de comparecer ao trabalho enquanto isso. O que me diz, chefe? — Harry se serviu da cafeteira de Jenny e levou a xícara para a janela. — Mas isso não quer dizer que eu esteja trabalhando no caso da Camilla Loen.

Møller se virou e olhou para Harry. Ele tinha visto isso muitas vezes, como Harry um dia podia ter uma experiência de quase morte e no dia seguinte estar andando por aí como um Lázaro de olhos vermelhos. Mas seu espanto era sempre o mesmo.

— Se você acha que a demissão é um blefe, está enganado, Harry. Desta vez não é um tiro de advertência, é definitivo. Todas as vezes que você ignorou as ordens antes, fui eu quem cuidou para você ser perdoado. Por isso, desta vez não posso me eximir da responsabilidade.

Møller procurou sinais de súplica nos olhos de Harry. Não achou nenhum. Felizmente.

— É isso. Acabou.

Harry não respondeu.

— E antes que eu esqueça, sua permissão de porte de arma foi cancelada. É o procedimento padrão. Você deve ir à Divisão de Armas e entregar a sua.

Harry assentiu com a cabeça. O chefe o estudou. Não seria um vislumbre que ele tivera agora, de um menino desnorteado que levou uma bofetada inesperada? Møller pôs a mão na base da barriga. Não era fácil entender Harry.

— Se você acha que pode fazer algo de útil nestas últimas semanas, por mim tudo bem, se você quiser comparecer ao trabalho. Não está suspenso, e de qualquer maneira temos que pagar seu salário até o fim do mês. E a gente já sabe qual é a sua alternativa a ficar por aqui.

— Ótimo — disse Harry, sem inflexão na voz, e se levantou. — Então vou ver se minha sala ainda existe. Avise se precisar da minha ajuda, chefe.

Møller sorriu indulgentemente.

— Obrigado, Harry.

— Por exemplo, com aquele caso dos chow-chows — disse Harry, e fechou a porta com cuidado atrás de si.

Harry ficou na porta observando a sala que dividia com o policial Halvorsen. A mesa de Halvorsen ficava encostada à dele e estava arrumada e vazia, pois ele se encontrava de férias. Na parede em cima do arquivo havia uma foto da policial Ellen Gjelten, da época em que ela sentava à mesa que agora era de Halvorsen. A outra parede estava quase toda coberta por um mapa das ruas de Oslo, todo marcado com alfinetes, riscos e indicações de horários sobre onde Ellen, Olsen e Kvinsvik se encontravam na noite do assassinato. Harry se aproximou da parede e parou em frente ao mapa. Então, com um gesto brusco, arrancou-o e o enfiou numa das gavetas vazias do arquivo. Depois tirou uma garrafinha prateada do bolso do paletó, tomou um gole rápido e encostou a testa contra a superfície refrescante do arquivo metálico.

Trabalhava havia dez anos naquela sala. Número 605. A menor sala da zona vermelha no sexto andar. Mesmo quando tiveram a estranha ideia de promovê-lo a inspetor, ele insistira para ficar na mesma sala. A 605 não tinha janelas, mas era dali que ele observava o mundo. Fora naqueles 10 metros quadrados que ele aprendera sua profissão, comemorara suas conquistas e sofrera suas derrotas, além de adquirir o pouco que tinha de compreensão da mente humana. Tentou se lembrar de com o que mais se ocupara durante os dez anos anteriores. Tinha de haver alguma outra coisa, ele não trabalhava mais do que dez horas por dia. Pelo menos não mais do que 12. Além dos fins de semana.

Harry se deixou cair na sua cadeira defeituosa e as molas empenadas rangeram felizes. Claro que podia passar mais umas duas semanas por ali.

Às 17h25, Bjarne Møller normalmente já estaria em casa com a mulher e os filhos. Mas já que as crianças estavam com a avó, ele decidiu usar os calmos dias de férias para se livrar dos documentos acumulados. O assassinato na rua Ullevål atrapalhara seus planos um pouco, mas ele se decidira a recuperar o tempo perdido.

Quando a Central de Emergência ligou, Møller atendeu meio irritado, dizendo que era para procurar o plantão criminal. A Divisão de Homicídios não podia começar a se ocupar com pessoas desaparecidas.

— Sinto muito, Møller. O plantão criminal está ocupado com um incêndio. A pessoa que ligou está convencida de que a mulher desaparecida foi vítima de algum crime.

— Todos que não foram para casa estão trabalhando no assassinato na rua Ullevål. Isso vai ter que ficar para... — Møller calou-se de repente. — Aliás, na verdade... Espere um pouco, deixe-me só verificar...

9
Quarta-feira. Desaparecida

O policial pisou de má vontade nos freios e a viatura se aproximou lentamente do sinal vermelho na praça Alexander Kielland.

— Ou vamos ligar a sirene e mandar ver? — perguntou o policial, e se virou para o banco do passageiro.

Distraído, Harry fez um não com a cabeça. Ele olhou para o parque, que antigamente era um gramado com dois bancos frequentados por bêbados tentando competir com o barulho do trânsito com cantorias e xingamentos. Mas, uns dois anos antes, haviam decidido gastar alguns milhões para reformar aquela praça com nome de escritor, e foi aí que o parque foi arrumado, replantado, asfaltado e equipado com trilhas e um imponente chafariz imitando a subida do salmão contra a corrente do rio. Era sem dúvida uma cenografia mais bonita para as cantorias e xingamentos.

O carro da polícia virou à direita na rua Sannergata, atravessou a ponte que cortava o rio Aker e parou em frente ao endereço que Møller dera a Harry.

Depois de dizer ao policial que voltaria por conta própria, Harry saltou para a calçada e endireitou as costas. No outro lado da rua havia um edifício comercial recém-construído e ainda vazio, e, de acordo com os jornais, continuaria assim por um bom tempo. Os vidros refletiam o prédio do endereço para onde ele ia, uma construção branca dos anos 1940, não totalmente no estilo funcional, mas um parente indefinível. A fachada estava ricamente decorada com assinaturas de grafiteiros marcando seus territórios. No ponto de ônibus havia uma menina de pele escura com os braços cruzados e mastigando chiclete enquanto olhava um outdoor da Diesel no outro lado da rua. Harry encontrou o nome na primeira campainha.

— Polícia — disse Harry, e se preparou para subir as escadas.

Uma figura esquisita o esperava à porta no topo da escada quando ele lá chegou, ofegante. O homem tinha uma grande cabeleira arrepiada e barba preta, num rosto avermelhado que combinava com a túnica que o cobria do pescoço aos pés, estes, aliás, enfiados em sandálias.

— Que bom que vieram tão depressa — disse o homem, e esticou a pata.

Porque era mesmo uma pata, uma mão tão grande que envolveu por completo a de Harry quando o homem se apresentou como Willy Barli.

Harry disse seu nome e tentou reaver sua mão. Ele não gostava de contato físico com homens, e esse aperto de mão mais parecia um abraço. Mas Willy Barli segurou firme, como se Harry fosse um salva-vidas.

— Lisbeth desapareceu — sussurrou o homem. Sua voz era surpreendentemente limpa.

— Sim, recebemos o chamado, Sr. Barli. Vamos entrar?

— Venha.

O Sr. Barli foi na frente. Mais uma cobertura. Mas enquanto a de Camilla Loen era pequena e com uma decoração minimalista, essa era ampla, com adornos exuberantes e espalhafatosos, como uma espécie de pastiche do neoclassicismo, mas de forma tão exagerada que mais parecia cenário para uma festa da toga. Em vez de móveis normais para se sentar, havia de móveis inclináveis, uma versão hollywoodiana da Roma Antiga, e as vigas de madeira eram recobertas com gesso imitando colunas dóricas ou coríntias — Harry nunca aprendera direito a diferença. Mas ele reconheceu o relevo em gesso desenhado diretamente na parede de alvenaria branca no corredor. A mãe tinha levado ele e a irmã, quando pequenos, a um museu em Copenhague, onde viram Jasão e o velo dourado, de Bertel Thorvaldsen. O apartamento era visivelmente recém-reformado: Harry viu rodapés recém-pintados e pedaços de fitas de máscara e sentiu o delicioso cheiro de solventes.

Na sala havia uma mesa de centro posta para duas pessoas. Harry seguiu o Sr. Barli por uma escada que levou a um grande terraço azulejado virado para o pátio do prédio, delimitado por quatro prédios contíguos. O ambiente externo era norueguês contemporâneo. Três bistecas carbonizadas fumegavam na churrasqueira.

— Uma cobertura à tarde esquenta horrores — disse o Sr. Barli, e apontou para uma cadeira rococó de plástico branco.

— Percebi — disse Harry, indo até o parapeito e olhando para o pátio interno.

Normalmente ele não se perturbava com alturas, mas, depois de longos períodos de bebedeira, até alturas relativamente modestas podiam de repente provocar-lhe tontura. Ele viu duas bicicletas velhas e um lençol branco no varal esvoaçando ao vento, 15 metros abaixo deles, e subitamente teve de levantar o olhar.

Na varanda com balaústre de ferro fundido no lado oposto do pátio, dois vizinhos levantaram as garrafas de cerveja, cumprimentando-o. A mesa em frente a eles estava repleta de garrafas marrons. Harry retribuiu a saudação com um aceno de cabeça. Ele se perguntou como seria possível ventar lá embaixo no pátio e não ali em cima.

— Uma taça de vinho tinto?

O Sr. Barli se serviu de uma garrafa pela metade. Harry notou que a mão dele tremia. *Domaine La Bastide Sy*, leu na garrafa. O nome era maior, mas unhas nervosas haviam arrancado o resto do rótulo.

Harry se sentou.

— Obrigado, mas não bebo em serviço.

— Claro que não. Perdoe-me, é que estou fora de mim. Meu Deus, eu também não deveria beber numa situação dessas.

Enquanto ele bebia, o vinho pingava na frente da túnica, alargando uma mancha vermelha no tecido.

Harry olhou o relógio para que o Sr. Barli entendesse que deveria ir logo ao assunto, sem mais delongas.

— Ela só ia passar no supermercado para comprar salada de batata para as bistecas. — Barli soluçava. — Apenas duas horas atrás ela estava sentada onde você está.

Harry ajustou os óculos de sol.

— Sua esposa está desaparecida há *duas horas*?

— Está bem, eu sei que não é muito tempo, mas, como eu disse, ela só iria até o supermercado na esquina e voltaria logo.

Garrafas de cerveja brilhavam na outra varanda. Harry passou a mão na testa, olhou os dedos molhados e não soube o que fazer com o suor. Encostou as pontas dos dedos no braço de plástico tórrido da cadeira e sentiu a umidade chamuscar.

— Já ligou para amigos e conhecidos? Foi ao supermercado para verificar? Talvez ela tenha encontrado alguém e eles tenham ido tomar uma cerveja. Talvez...

— Não, não, não! — O Sr. Barli segurou as mãos na frente do corpo, com os dedos afastados. — Ela não fez isso! Ela não é uma pessoa assim.

— Assim como?

— Ela é uma pessoa que... que volta.

— Bem...

— Primeiro liguei para o celular dela, mas, claro, ela tinha deixado em casa. Então liguei para nossos conhecidos que ela poderia ter encontrado. Já liguei para o supermercado, para a sede da polícia, para três delegacias, todos os prontos-socorros e os hospitais Ullevål e Nacional. Nada. *Nothing. Rien.*

— Entendo que esteja preocupado, Sr. Barli.

O homem se inclinou por cima da mesa. Seus lábios molhados tremiam em meio à barba.

— Não estou preocupado, estou morrendo de medo. Já ouviu falar de alguém que sai só de biquíni e com 50 coroas, deixando as bistecas na churrasqueira, e aí descobre que é uma boa oportunidade para se mandar?

Harry hesitou. No instante em que ele decidiu aceitar uma taça de vinho, o Sr. Barli já havia derramado o resto da garrafa na própria taça. Então, por que Harry não se levantou, disse algumas palavras de conforto sobre quantos pedidos eles costumavam receber, que quase todos tinham sua explicação natural e simples e depois agradeceu o encontro, pedindo para o Sr. Barli ligar se sua esposa não reaparecesse até a hora de ir para a cama? Talvez fosse o detalhe sobre o biquíni e a nota de 50. Ou talvez porque Harry o dia todo estivera esperando que algo acontecesse e isso pelo menos fosse uma possibilidade de adiar o que o aguardava em casa. Mas era principalmente por causa do medo aparentemente desmedido de Barli. Harry já tinha menosprezado a intuição antes, tanto a de outros como a própria, e sem exceção eram experiências que lhe haviam custado caro.

— Vou ter que fazer algumas ligações — disse Harry.

* * *

Às 18h45, Beate Lønn chegou ao apartamento de Willy e Lisbeth Barli em Sannergata e 15 minutos depois veio um homem da patrulha de cães na companhia de um pastor belga. O homem apresentou a si e ao cachorro — ambos se chamavam Ivan.

— É por acaso — disse o homem. — Não é meu esse cachorro.

Harry viu que Ivan esperava por um comentário jocoso, mas ele não tinha nenhum a fazer.

Enquanto o Sr. Barli ia ao quarto buscar algumas fotos recentes de Lisbeth e roupas que Ivan — o cão — pudesse farejar, Harry falou baixinho e rápido para os outros dois:

— OK. Ela pode estar em qualquer lugar. Pode ter deixado o marido, pode ter passado mal, pode ter dito que ia para outro lugar sem ele ter prestado atenção. Há um milhão de possibilidades. Mas ela também pode estar dopada no assento de trás de um carro sendo estuprada por quatro jovens que enlouqueceram por ter visto um biquíni. Mas eu não quero que vocês imaginem nem uma coisa nem outra. Apenas procurem.

Beate e Ivan assentiram.

— Daqui a pouco vai chegar uma patrulha da ronda. Beate, você a recebe e mande verificar a vizinhança e falar com as pessoas. Especialmente no supermercado aonde ela ia. Depois, vá você mesma falar com as outras pessoas do prédio. Eu vou até os vizinhos que estão na varanda do outro prédio.

— Acha que eles sabem de alguma coisa? — perguntou Beate.

— Eles têm plena visão daqui e, julgando pela quantidade de garrafas vazias, já estão ali há algum tempo. De acordo com o marido, Lisbeth ficou em casa o dia todo. Quero saber se eles a viram no terraço e quando.

— Por quê? — perguntou o policial, e deu um puxão na coleira.

— Porque se uma mulher de biquíni nesse forno de apartamento não estava no terraço, vou ficar pra lá de desconfiado.

— Claro — sussurrou Beate. — Você está suspeitando do marido.

— A princípio, sempre suspeito do marido — respondeu Harry.

— Por quê? — repetiu Ivan.

Beate deu um sorriso de entendida.

— É sempre o marido — disse Harry.

— A primeira lei de Hole — disse Beate.

Ivan olhou para Harry, para Beate e para Harry de novo.

— Mas... não foi ele que avisou?

— Foi — disse Harry. — Mas mesmo assim é sempre o marido. Por isso, você e Ivan não vão começar com a rua em frente ao prédio, mas aqui dentro. Encontre alguma desculpa se for preciso, mas quero o apartamento e os depósitos no sótão e no porão checados primeiro. Depois podem continuar lá fora. OK?

O policial Ivan deu de ombros e olhou para seu xará, que devolveu o olhar resignado.

Acabou que as duas pessoas na varanda vizinha não eram dois rapazes, como Harry imaginara quando as vira do terraço do Sr. Barli. Harry estava ciente de que ser uma mulher adulta com fotos de Kylie Minogue na parede e morar com outra mulher da mesma idade com cabelo cortado à escovinha e uma camiseta com "Águia de Trondheim" escrito não era sinônimo de ser lésbica. Mas ele fez uma suposição temporária. Estava sentado numa poltrona com as duas mulheres bem à sua frente, da mesma forma que ficara, cinco dias antes, com Vibeke Knutsen e Anders Nygård.

— Lamento tirá-las da varanda — disse Harry.

A mulher que se apresentara como Ruth levou a mão à boca para suprimir um arroto.

— Sem problema, já ficamos por lá o bastante — disse. — Não é?

Ela deu um tapinha no joelho da outra. De forma masculina, pensou Harry. E lembrou-se de imediato de algo que o psicólogo da polícia, Aune, dissera: que as estereotipias se autorreforçam porque inconscientemente as pessoas procuram aquilo que possa confirmá-las. E que era por isso que os policiais achavam — baseados na chamada experiência — que todos os criminosos são estúpidos. E que os criminosos achavam que todos os policiais são estúpidos.

Harry relatou-lhes brevemente a situação. Elas o olharam espantadas.

— Provavelmente vai se resolver logo, mas a gente da polícia tem que fazer essas coisas. Por enquanto precisamos apenas mapear alguns horários.

Elas concordaram, sérias.

— Ótimo — disse Harry, e testou o sorriso Hole.

Pelo menos era assim que Ellen chamava a careta que ele mostrava nas vezes que tentava parecer gentil e jovial.

Ruth contou que elas de fato haviam ficado a tarde toda na varanda. Viram Lisbeth e Willy Barli deitados no terraço até por volta das 16h30, quando Lisbeth entrou. Logo depois, o Sr. Barli acendeu a churrasqueira. Ele gritou algo sobre salada de batata e ela respondeu lá de dentro. Então ele entrou, voltando com os bifes (que Harry corrigiu para bistecas) mais ou menos vinte minutos depois. Logo depois — concordaram que eram 17h15 — viram o Sr. Barli ligar do celular.

— Ouve-se tudo nesse tipo de pátio — disse Ruth. — Deu para ouvir outro celular que começou a tocar dentro do apartamento. Barli ficou visivelmente irritado; bom, pelo menos ele jogou o celular na mesa.

— Aparentemente tentou ligar para a esposa — disse Harry.

Ele viu as duas trocarem olhares rapidíssimos e se arrependeu por ter dito "aparentemente".

— Quanto tempo leva para se comprar salada de batata no mercado da esquina?

— No Kiwi? Eu vou lá e volto correndo em cinco minutos, se não tiver fila.

— Lisbeth Barli não corre — disse a outra em voz baixa.

— Então vocês a conhecem?

Ruth e a Águia de Trondheim se entreolharam como que para combinar a resposta.

— Não. Mas a gente sabe quem é.

— É mesmo?

— É, o senhor deve ter visto a manchete do *VG* dizendo que Willy Barli alugou o Teatro Nacional neste verão para fazer um musical.

— Era apenas uma nota, Ruth.

— Não mesmo — disse Ruth, irritada. — Lisbeth vai fazer o papel principal. Foto grande e tudo, não dava para não ter visto.

— Hum — disse Harry. — Neste verão, minha leitura de jornais esteve... um pouco limitada.

— Deu briga, aquilo. Imagine, os bambambãs da cultura acharam vergonhoso ter musical de verão no Teatro Nacional. Como é o nome daquela peça? *My Fat Lady*?

— *Fair Lady* — murmurou a Águia de Trondheim.

— Então eles são do teatro? — interrompeu Harry.

— Mais ou menos. Willy Barli é um daqueles caras que fazem de tudo um pouco. Shows, filmes, musicais...

— Ele é produtor. E ela canta.

— É mesmo?

— É, você deve se lembrar de Lisbeth antes de se casar. Chamava-se Harang.

Harry fez que não com a cabeça, lamentando, e Ruth deu um suspiro profundo.

— Ela cantava com a irmã na banda Spinnin' Wheel. Lisbeth era uma verdadeira boneca, lembrava um pouco Shania Twain. E com um vozeirão.

— Elas não eram tão conhecidas assim, Ruth.

— Bom, ela cantava naquele programa conhecido da TV. E as duas venderam um montão de discos.

— Fitas K7, Ruth.

— Eu fui num show da Spinnin' Wheel uma vez. Bom à beça, sabe? Elas iam gravar um disco em Nashville e tudo. Mas ela foi descoberta por Barli. Ele ia fazer dela uma estrela de musical. Mas demorou demais.

— Oito anos — disse a Águia de Trondheim.

— Lisbeth Harang deixou a Spinnin' Wheel e se casou com Barli. Dinheiro e beleza, já ouviram antes?

— Então a roda parou de girar?*

— Como é?

— Ele está perguntando sobre a banda, Ruth.

— Ah, é. A irmã assumiu sozinha como cantora, mas a estrela era Lisbeth. Acho que estão tocando em hotéis de montanha e navios de turismo que vão para a Dinamarca.

Harry se levantou.

— Só uma última pergunta de rotina. Vocês têm alguma ideia de como vai o casamento de Willy e Lisbeth?

A Águia de Trondheim e Ruth trocaram sinais de radar.

— Ouve-se tudo nesse tipo de pátio — disse Ruth. — E o quarto fica nos fundos, também.

— Dava para ouvir brigas?

---

* Em inglês, *spinning-wheel* significa roca, roda de fiar. (N. da T.)

— Brigas, não.

Elas olharam para Harry, cheias de eloquência. Ele levou alguns segundos para entender o que queriam dizer e, para sua irritação, sentiu que enrubesceu.

— Então vocês têm a impressão de que andava muito bem?

— A porta do terraço deles fica entreaberta no verão inteiro, então eu brinquei dizendo que a gente devia subir no teto e passar para o prédio deles — disse Ruth, com um largo sorriso.

— Espionar um pouco, sabe? Não é difícil, é só pisar aí no parapeito da nossa varanda, colocar o pé no cano e...

A Águia de Trondheim deu uma cotovelada na parceira.

— Mas na verdade não é necessário — disse Ruth. — Lisbeth é uma profissional de... como se diz?

— Comunicação — disse a Águia de Trondheim.

— Exato. Todas as boas imagens estão naquelas cordas vocais, sabe.

Harry esfregou a nuca.

— Uma voz e tanto — disse a Águia de Trondheim, e esboçou um sorriso.

Quando Harry voltou, os Ivans ainda estavam farejando o apartamento. O policial Ivan suava e a língua do cão Ivan pendia da boca aberta como uma gravata amarfanhada em fim de festa.

Harry se sentou com cuidado num dos móveis de deitar e pediu ao Sr. Barli que contasse tudo desde o começo. E tudo que ele contou sobre o ocorrido no decorrer da tarde e os horários confirmaram o que Ruth e a Águia de Trondheim haviam dito.

Harry viu verdadeiro desespero nos olhos do marido. E começou a suspeitar de que se algum tipo de crime tivesse acontecido, então esse caso poderia — *poderia* — ser uma das exceções da estatística. Mas reforçou mais a crença de que Lisbeth apareceria em breve. Se não tinha sido o marido, não tinha sido ninguém. Estatisticamente.

Beate voltou e contou que só tinha alguém em casa em dois dos apartamentos do prédio e que eles não tinham visto nem ouvido nada, nem das escadas nem da rua.

Bateram à porta; Beate abriu. Era um dos policiais uniformizados da patrulha de ronda. Harry o reconheceu de imediato: era o mesmo que ficara de guarda na rua Ullevål. Ele se dirigiu a Beate sem dar atenção a Harry.

— Falamos com pessoas na rua e no Kiwi, verificamos as entradas de prédios e pátios na vizinhança. Nada. Mas estamos em férias coletivas e as ruas estão praticamente vazias por aqui, por isso a mulher pode ter sido puxada para dentro de um carro sem ninguém ter visto nada.

Harry percebeu o Sr. Barli se assustar ao seu lado.

— Talvez devêssemos checar alguns dos paquistaneses que têm mercearias por aqui — disse o policial, e coçou atrás da orelha com o dedo mínimo.

— Por que justamente eles? — perguntou Harry.

O policial finalmente se virou para Harry e disse, com ênfase exagerada na última palavra:

— Não leu as estatísticas de crimes, inspetor?

— Li — respondeu Harry. — E pelo que me lembro, os donos de lojas figuram bem lá embaixo na lista.

O policial estudou seu mindinho.

— Eu sei algumas coisas sobre os muçulmanos que você também sabe, inspetor. Para aquela gente, uma mulher que entra de biquíni é uma mulher pedindo para ser estuprada. É como se fosse um dever, por assim dizer.

— É?

— É assim que é a religião deles.

— Agora eu acho que você está misturando islã e cristianismo.

— Ivan e eu já acabamos aqui dentro — disse o policial da patrulha de cães, vindo do andar de cima. — Encontramos um par de bistecas no lixo, é só. Aliás, teve algum cachorro aqui recentemente?

Harry olhou para o Sr. Barli. Ele fez que não com a cabeça. Sua expressão insinuou que sua voz não teria aguentado.

— Ivan reagiu na entrada como se outro cão houvesse passado por lá, mas então deve ter sido outra coisa. Estamos prontos para dar uma volta nos depósitos. Alguém pode nos acompanhar?

— Claro — disse o Sr. Barli, e se pôs de pé.

Os dois saíram, e o policial de ronda perguntou a Beate se ele podia ir embora.

— Pergunte ao chefe — respondeu ela.

— Ele adormeceu.

Ele apontou rindo com a cabeça em direção à chaise longue.

— Policial — disse Harry, baixinho, sem abrir os olhos —, chegue mais perto, por favor.

O policial se colocou com os pés afastados na frente de Harry e enfiou os polegares no cinto.

— Sim, *inspetor*?

Harry abriu um olho.

— Se você se deixar convencer por Waaler a entregar um relatório sobre mim outra vez, vou fazê-lo dirigir uma patrulha de ronda pelo resto da sua vida profissional. Entendeu, *policial*?

A musculatura do rosto do policial se enrijeceu. Quando abriu a boca, Harry estava preparado para raios e trovões. Em vez disso, o policial falou baixo e controlado:

— Primeiro, não conheço nenhum Waaler. Segundo, eu vejo como meu dever avisar quando um funcionário da polícia coloca a si e a seus colegas em perigo ao comparecer embriagado ao trabalho. E terceiro, eu não tenho nenhum desejo de trabalhar noutro lugar que não seja a patrulha de ronda. Posso ir agora, *inspetor*?

Harry olhou para o policial com o olho de ciclope. Depois o fechou, engoliu e disse:

— Fique à vontade.

Ele ouviu a porta da entrada bater e gemeu. Estava precisando de um drinque. E rápido.

— Você vem? — perguntou Beate.

— Pode ir — disse Harry. — Vou ficar aqui para ajudar Ivan a farejar um pouco na rua quando terminar com os depósitos.

— Certeza?

— Absoluta.

Harry subiu a escada e saiu para o terraço. Olhou as andorinhas e escutou os ruídos das janelas abertas no fundo do prédio. Levantou a garrafa de vinho tinto da mesa. Havia um restinho. Ele a esvaziou e acenou para Ruth e a Águia de Trondheim, que ainda não tinham bebido o bastante, e entrou de novo na sala.

Percebeu de imediato quando entrou no quarto. Ele sempre notava a mesma coisa, mas nunca sabia de onde vinha, esse silêncio dos quartos de pessoas desconhecidas.

Ainda havia sinais da reforma lá dentro.

Em frente ao guarda-roupa havia uma porta com um espelho solto e ao lado da cama de casal arrumada estava uma caixa de ferramentas aberta. Em cima da cama havia uma foto do Sr. Barli com Lisbeth. Harry não tinha olhado com muita atenção as que o Sr. Barli dera à patrulha, mas agora viu que Ruth estava certa: Lisbeth era mesmo uma boneca. Loura de olhos azuis faiscantes e um corpo esbelto, gracioso. Ela devia ser pelo menos dez anos mais nova que o marido Willy. Eles estavam bronzeados e felizes na foto. Talvez tivesse sido tirada numa viagem de férias no exterior. Atrás deles vislumbrava-se um prédio velho e grandioso e a estátua de um cavaleiro. Algum lugar na França, talvez. Normandia.

Harry se sentou na beira da cama e se surpreendeu quando a sentiu ceder. Colchão d'água. Ele se inclinou para trás e sentiu como o colchão se moldava a seu corpo. O lençol era refrescante contra a pele nua dos braços. A água batia do lado de dentro do colchão de borracha quando ele se mexia. Ele fechou os olhos.

Rakel. Estavam num rio. Não, num canal. Eles balançavam rio abaixo num barco e a água batia contra o barco, fazendo sons de beijos. Eles estavam numa cabine abaixo do convés e Rakel estava quieta no seu lado da cama. Ela riu baixinho enquanto ele sussurrava para ela. Agora fingia estar dormindo. Ela gostava de fazer isso. Fingir que estava dormindo. Era uma espécie de brincadeira entre eles. Harry se virou para olhá-la. Primeiro, seu olhar caiu na porta de espelho, que refletia a cama inteira. Depois na caixa de ferramentas aberta. Em cima havia um cinzel curto com cabo verde de madeira. Ele levantou a ferramenta. Leve e pequena e nenhum traço de ferrugem sob a fina camada de reboco.

Ele ia pôr o cinzel de volta quando a mão congelou.

Na caixa de ferramentas havia parte de um corpo. Ele já vira isso em locais de crimes antes. Partes genitais cortadas. Levou um segundo até ele entender que o pênis cor de pele natural era apenas um consolo.

Ele se pôs de costas novamente, ainda com o cinzel na mão. Engoliu em seco.

Depois de tantos anos num trabalho em que diariamente vasculhava os pertences e a vida particular das pessoas, um consolo não era nada de mais. Mas não era por isso que ele engolira em seco.

Ali — naquela cama.

Ele precisava tomar logo aquele drinque.

Ouve-se de tudo nesse tipo de pátio.

Rakel.

Ele tentou não pensar, mas era tarde demais. Seu corpo contra o dele.

Rakel.

Veio a ereção. Harry fechou os olhos e sentiu a mão dela se mover — um movimento inconsciente de uma pessoa dormindo — e parar na sua barriga. A mão ficou lá, apenas, como se não tivesse intenção de ir a lugar algum. Seus lábios contra seu ouvido, sua respiração quente que soava como o chiado de alguma coisa em chamas. Seus quadris que iam começar a se mexer assim que ele os tocasse. Os seios pequenos e macios, com os bicos sensíveis que endureciam apenas com um sopro dele. Seu sexo que ia se abrir e devorá-lo. Veio um nó na garganta como se ele fosse chorar.

Harry deu um salto quando ouviu alguém na porta do andar de baixo. Ele se sentou, alisou o edredom, levantou-se e se olhou no espelho. Esfregou o rosto energicamente com as duas mãos.

O Sr. Barli insistiu em acompanhá-los para ver se Ivan, o cão pastor, farejaria alguma coisa.

Assim que saíram para a rua, um ônibus vermelho partiu deslizando silencioso do ponto. Uma menina olhou para Harry da janela de trás, seu rosto redondo diminuindo enquanto o ônibus desaparecia em direção a Grünerløkka.

Foram para o supermercado Kiwi e voltaram, sem nenhuma reação do cão.

— Isso não quer dizer que sua esposa não tenha estado aqui — disse Ivan. — Numa rua da cidade com trânsito de carros e muitos pedestres é difícil distinguir o cheiro de uma pessoa.

Harry olhou em volta. Ele tinha a sensação de ser observado, mas a rua estava deserta, e tudo que viu nos reflexos das janelas nas fachadas foi um céu preto e muito sol. Paranoia de alcoólatra.

— Bem — disse Harry. — Por enquanto não há mais nada a fazer.

O Sr. Barli olhou para eles em desespero.

— Tudo vai se resolver — disse Harry.

Willy respondeu como numa previsão do tempo, inelutável:

— Não. Não vai.

— Venha cá, Ivan! — chamou o policial, puxando a coleira.

O cão tinha enfiado o focinho embaixo do para-lama de um Gol estacionado ao meio-fio.

Harry deu um tapinha camarada no ombro do Sr. Barli, mas evitou o olhar inquiridor dele.

— Todos os carros de patrulha já foram avisados. E se ela não aparecer antes da meia-noite, vamos emitir uma ordem de busca. OK?

O Sr. Barli não respondeu.

Ivan latiu para o Gol e se pendurou na coleira.

— Espere um pouco — disse o policial.

Ele se agachou e aproximou a cabeça do asfalto.

— Nossa — disse, e esticou o braço por baixo do carro.

— Encontrou algo? — perguntou Harry.

O policial se virou. Na mão segurava um sapato de salto alto. Harry ouviu o Sr. Barli soluçar atrás dele e perguntou:

— É o sapato dela, Sr. Barli?

— Isso não vai se resolver — disse Barli. — Não vai se resolver.

10
Quinta e sexta-feira. Pesadelo

Quinta-feira à tarde, um carro vermelho dos correios parou em frente a uma agência postal no bairro de Grünerløkka. O conteúdo da caixa postal foi transferido para um saco, jogado na traseira do carro e levado à central de correspondência. Na mesma noite, no terminal de distribuição da central, as cartas foram classificadas por tamanho, de forma que o envelope pardo acolchoado acabou numa caixa juntamente com outras cartas em formato C5. O envelope passou por vários pares de mãos, mas, naturalmente, ninguém prestou atenção especial nessa única carta, o que também não ocorreu no setor da distribuição geográfica, onde primeiro foi colocada na caixa da região Leste e depois na caixa do código postal 0032.

Quando a carta finalmente foi parar num saco na traseira de um carro vermelho dos correios, pronto para a ronda de distribuição na manhã seguinte, já era noite e a maioria das pessoas em Oslo estava dormindo.

— Vai ficar tudo bem — disse o menino, e afagou a cabeça da menina de rosto redondo. Sentiu seu cabelo fino e longo grudar nos dedos. Elétrico.

Ele tinha 11 anos. Ela, 7, e era sua irmãzinha. Eles tinham visitado a mãe no hospital.

O elevador chegou e ele abriu a porta. Um homem de casaco branco segurou a grade de lado, deu-lhes um rápido sorriso e saiu. Eles entraram.

— Por que aqui tem um elevador tão velho? — perguntou a menina.

— Porque é uma casa velha — respondeu o menino, e fechou a grade com um puxão.

— É um hospital?

— Não exatamente — respondeu ele, e apertou o botão do primeiro andar. — É uma casa onde pessoas que estão muito cansadas podem descansar.

— A mamãe está cansada?

— Está, mas vai ficar bem. Não se apoie na porta, Søs.

— O quê?

O elevador se pôs em movimento com um tranco e o cabelo louro e longo se mexeu. Elétrico, pensou ele, e ficou observando o cabelo se levantar lentamente da sua cabeça. Ela levou as mãos ao cabelo e gritou. Um grito cortante e fino que o paralisou. O cabelo estava preso. No lado de fora da grade. Devia ter ficado preso na porta do elevador. Ele tentou se mover, mas era como se ele também estivesse preso.

— Papai! — gritou ela, e se pôs na ponta dos pés.

Mas o pai havia ido na frente para buscar o carro no estacionamento.

— Mamãe! — gritou, quando foi levantada do chão no elevador.

Mas a mãe estava numa cama, com um sorriso pálido. Só havia ele ali.

Ela bateu os pés no ar e se agarrou ao cabelo.

— Harry!

Apenas ele. Apenas ele podia salvá-la. Se ele conseguisse se mover.

— Socorro!

Harry se sentou na cama de um salto. O coração batia como um tambor enlouquecido.

— Merda.

Ele ouviu a própria voz rouca e deixou a cabeça cair no travesseiro de novo.

Uma luz cinzenta entrava por baixo das cortinas. Ele olhou para os números digitais na mesa de cabeceira: 4h12. Noite de verão infernal. Pesadelo infernal.

Jogou as pernas para fora da cama e foi ao banheiro. A urina esguichou na água enquanto ele olhava no ar à sua frente. Sabia que não ia conseguir mais dormir.

A geladeira estava vazia, salvo umas garrafas de cerveja de teor alcoólico baixo que haviam acabado na sua cestinha de supermercado por engano. Ele abriu o armário da bancada na cozinha. Um exército de garrafas de cerveja e uísque fazia continência, olhando-o em silêncio. Todas vazias. Num rompante de ira, derrubou-as e ouviu como o barulho dos vidros continuava ressoando muito tempo depois de ele ter fechado a porta. Olhou o relógio de novo. Era manhã de sexta-feira. Às sextas era das 9 às 18 horas. Teria de esperar cinco horas para poder comprar bebida.

Harry sentou ao lado do telefone, na sala, e ligou para o celular de Øystein Eikeland.

— Oslo Táxi.
— Como está o trânsito?
— Harry?
— Boa-noite, Øystein.
— Boa? Estou parado há meia hora.
— Férias coletivas.
— Sei. O dono do táxi foi para sua casa de veraneio e me deixou a lata-velha mais decrépita de Oslo. E na cidade mais morta do norte da Europa. Parece que alguém jogou uma bomba de nêutrons.
— Pensei que você não gostasse de suar demais no trabalho.
— Eu suo como um porco, cara! O sovina compra carro sem ar. Merda, tenho que beber como uma esponja depois do expediente para repor líquido. Isso também custa. Ontem gastei mais na bebida do que consegui ganhar o dia inteiro.
— Estou realmente triste por você.
— Eu deveria ter ficado no ramo de decifragem de códigos.
— Hacking, você quer dizer? Aquilo que fez você ser mandado embora do banco e pegar seis meses de condicional?
— Tá, mas eu era bom naquilo. Agora, isto aqui... Aliás, o dono do táxi está pensando em diminuir a carga de trabalho, mas eu já estou fazendo turnos de 12 horas e não se encontram mais motoristas a fim de trabalhar. Você não estaria interessado em tirar a carteira de taxista, Harry?
— Obrigado, vou pensar nisso.
— O que você quer?
— Estou precisando de alguma coisa que me faça dormir.
— Vá ao médico.
— Eu fui. Ele me deu Imovane, daqueles comprimidos para pegar no sono. Não funcionou. Pedi coisa mais forte, mas ele recusou.

— Quando se pede Rohypnol ao médico não ajuda muito estar cheirando a álcool, Harry.

— Ele disse que eu era jovem demais para um remédio tão pesado. Você tem alguma coisa?

— Anfetamina? Tá louco. É crime. Mas tenho Flunipam. Mais ou menos a mesma coisa. Meio comprimido apaga você feito uma vela.

— OK. Minhas economias têm andado meio escassas, mas eu te pago quando receber o salário. Isso apaga os sonhos também?

— Hã?

— Isso vai me livrar dos sonhos?

Por um tempo o taxista ficou quieto ao telefone.

— Sabe de uma coisa, Harry? Pensando bem, acabou o Flunipam. Além do mais, é perigoso. E você também não vai parar de sonhar; pelo contrário.

— Você está mentindo.

— Talvez, mas de qualquer maneira não é de Flunipam que você está precisando. Tente relaxar um pouco, Harry. Tire umas férias.

— *Férias?* Eu não *tiro* férias, você sabe.

Harry ouviu a porta do táxi abrir e Øystein mandar alguém para o inferno. E sua voz de novo:

— É a Rakel?

Harry não respondeu.

— As coisas não estão indo bem com a Rakel?

Harry ouviu um chiado, que imaginou ser um rádio da polícia.

— Alô? Harry? Não pode responder quando um amigão de infância pergunta se os alicerces da sua vida ainda estão mais ou menos de pé?

— Não estão — disse Harry, baixinho.

— Por que não?

Harry respirou fundo.

— Porque eu praticamente a obriguei a destruí-los. Tem a ver com um caso em que trabalhei por muito tempo e deu errado. E eu não lidei bem com a coisa. Acabei bêbado e fiquei assim três dias direto sem atender o telefone. No quarto dia, ela apareceu e tocou a campainha. Primeiro ficou com raiva. Disse que eu não podia fugir daquele jeito. Disse que Møller havia perguntado por mim. Depois me acariciou o rosto e perguntou se eu precisava de ajuda.

— E você a botou pra fora ou algo parecido, se conheço bem você.

— Eu disse que estava bem. Então ela ficou só triste.
— Claro. Ela ama você.
— Foi o que ela disse. Mas disse também que não aguentaria passar mais uma vez por isso.
— Isso o quê?
— O pai do Oleg é alcoólatra. Isso quase destruiu os três.
— E você respondeu como?
— Disse que ela estava com razão. E que ela deveria ficar longe de caras como eu. Aí ela começou a chorar. E depois foi embora.
— E agora você tem pesadelos?
— Tenho.
Øystein deu um suspiro profundo.
— Sabe, Harry? Não tem nada que possa ajudar você nisso aí. A não ser uma coisa.
— Eu sei — disse Harry. — Uma bala.
— Bem, eu ia dizer "você mesmo".
— Sei disso. Esqueça que eu liguei, Øystein.
— Já esqueci.
Harry foi pegar uma garrafa de cerveja. Sentou-se na poltrona e olhou o rótulo com desaprovação. A tampa saltou com um leve suspiro. Ele deixou o cinzel na mesa de centro. O cabo era verde e o ferro estava coberto com uma camada fina de alvenaria amarela.

Às 6 horas da sexta-feira o sol já estava brilhando, fazendo o prédio da polícia resplandecer como um cristal. O segurança na portaria bocejou alto e levantou o olhar do jornal quando o primeiro madrugador passou o crachá no leitor de cartões.
— Disseram que vai ficar mais quente ainda — proclamou o guarda, feliz por finalmente ver uma pessoa com quem podia trocar algumas palavras.
O homem alto e louro olhou para ele de soslaio com olhos injetados, mas não respondeu.
O guarda notou que ele subiu pela escada, apesar de os dois elevadores estarem funcionando. E voltou a se concentrar na matéria do jornal sobre a mulher que desaparecera em plena luz do dia antes do fim de semana e que ainda não havia retornado. O repórter, Roger Gjendem, citava o inspetor-chefe

Bjarne Møller, que confirmava que um dos sapatos da mulher fora encontrado embaixo de um carro em frente ao prédio onde ela morava e que isso reforçava a suspeita de poder haver crime por trás do desaparecimento; mas ele ainda não podia dizer nada com certeza.

Harry folheou o jornal no caminho para as caixas de correio, onde pegou os relatórios da busca de Lisbeth Barli dos dois últimos dias. Na secretária eletrônica de sua sala havia cinco recados — todos, exceto um, do Sr. Barli. Harry ouviu os recados dele, que eram quase idênticos: eles tinham de colocar mais pessoal na busca, ele conhecia uma vidente e ele ia aos jornais oferecer uma grande recompensa em dinheiro para quem pudesse ajudá-los a encontrar Lisbeth.

O último recado era de uma pessoa que apenas respirava no fone.

Harry rebobinou e escutou de novo.

E outra vez.

Era impossível identificar se era mulher ou homem. Mais impossível ainda saber se era Rakel. O visor mostrava que a ligação fora recebida às 23h10, de um "número desconhecido". Igual a quando Rakel ligava do telefone da rua Holmenkolle. Se fosse ela, por que não tentara ligar para sua casa ou para seu celular?

Harry examinou os relatórios. Nada. Releu-os. Ainda nada. Depois esvaziou a mente e recomeçou desde o início.

Quando terminou, olhou o relógio e foi até as caixas de correio para ver se havia chegado mais alguma coisa. Ele pegou um relatório de um dos agentes secretos, colocou um envelope pardo endereçado a Bjarne Møller na caixa correta e voltou para sua sala.

O relatório do agente era curto e conciso: nada.

Harry voltou à secretária eletrônica, apertou o play e aumentou o volume. Fechou os olhos e inclinou-se para trás na cadeira. Tentou se lembrar da respiração dela. Sentir sua respiração.

— Irritante quando não querem se deixar reconhecer, não é?

Não foram as palavras mas a voz que fez os pelos da nuca de Harry se eriçarem. Lentamente ele girou a cadeira, que guinchou em agonia.

Um sorridente Tom Waaler estava encostado no vão da porta. Ele estava comendo uma maçã e estendeu a ele um saco aberto:

— Quer? Australianas. Têm sabor divino.

Harry recusou com um balanço de cabeça, sem tirar os olhos de Waaler.

— Posso entrar? — perguntou ele.

Quando Harry não respondeu, Waaler deu um passo para a frente, entrou e fechou a porta atrás de si. Ele passou pela mesa e deixou-se cair na outra cadeira. Inclinou-se para trás e mordeu com força a tentadora maçã vermelha.

— Já percebeu que você e eu quase sempre somos os primeiros a chegar ao trabalho, Harry? Estranho, não é? Já que somos também os dois últimos a ir embora.

— Você está sentado na cadeira de Ellen — disse Harry.

Waaler afagou os braços da cadeira.

— Está na hora de você e eu termos uma conversa, Harry.

— Pode falar.

Waaler segurou a maçã contra a luz do teto e fechou um olho.

— Não é triste ter uma sala sem janela?

Harry não respondeu.

— Há boatos de que você vai embora daqui.

— Boatos?

— Bem, chamar isso de boatos talvez seja um exagero. Tenho minhas fontes, por assim dizer. Você deve estar começando a procurar outras coisas. Companhias de segurança. De seguro. De cobrança, talvez? Com certeza há muitos lugares onde possam usar um investigador com um pouco de estudo de direito no currículo.

Dentes fortes e brancos afundaram na polpa da fruta.

— Talvez não haja tantos lugares onde apreciem uma ficha profissional com ressalvas de bebedeira, faltas não justificadas, buscas sem mandado, contestação a superiores e deslealdade para com a corporação.

A musculatura maxilar esmagava e triturava.

— Mas — continuou Waaler — talvez não seja tão importante se não quiserem empregar você. Na verdade, nenhuma dessas opções oferece desafios muito interessantes. Não para uma pessoa que apesar de tudo foi inspetor e considerado um dos melhores na sua área. Também não pagam lá muito bem. E no fim das contas, é disso que se trata, não é? Ser pago pelos seus serviços. Ter dinheiro para arcar com a comida e o aluguel. O bastante para uma cerveja e talvez uma garrafa de conhaque. Ou seria uísque?

Harry percebeu que estava trincando os dentes com tanta força que as obturações doíam.

— O melhor — prosseguia Waaler — seria ganhar o suficiente para se permitir algumas coisas além das necessidades mais básicas. Como uma viagem de férias de vez em quando. Com a família. À Normandia, por exemplo.

Harry sentiu um crepitar dentro da cabeça, como um pequeno fusível estourando.

— Você e eu somos bem diferentes em muitas coisas, Harry. Mas isso não significa que eu não o respeite como profissional. Você é resoluto, inteligente, criativo, e sua integridade está acima de qualquer suspeita, isso sempre achei. Mas primeiro de tudo, você é mentalmente um durão. É uma qualidade necessária numa sociedade na qual a concorrência está cada vez mais acirrada. Infelizmente, essa concorrência não acontece sempre com os recursos desejáveis. Mas para vencer, é preciso estar disposto a lançar mão dos mesmos meios que a concorrência. E mais uma coisa...

Waaler baixou a voz:

— É preciso jogar no time certo. Um time com que se possa ganhar alguma coisa.

— O que você quer, Waaler? — Harry sentiu a voz tremer.

— Ajudar você. — Waaler se levantou. — As coisas não precisam ficar assim como estão agora, você sabe...

— Assim como?

— Assim, você e eu como inimigos. E o chefe de polícia ter que assinar aquele documento, você sabe. — Waaler dirigiu-se à porta. — E você nunca poder ter dinheiro o bastante para fazer algo que seja bom para você e para as pessoas que você ama... — Ele pôs a mão na maçaneta. — Pense nisso, Harry. Só há uma coisa que pode ajudar você na selva lá fora.

Uma bala, pensou Harry.

— Você mesmo — disse Waaler, e desapareceu.

11
Domingo. Despedida

Ela estava na cama fumando um cigarro. Estudou as costas dele em frente à cômoda baixa, viu como as escápulas se moveram por baixo da seda do colete, fazendo-o brilhar em tonalidades pretas e azuis. Ela desviou o olhar para o espelho. Viu as mãos dele dando o nó da gravata com movimentos suaves e seguros. Ela gostava daquelas mãos. Gostava de vê-las trabalhar.

— Quando você volta? — perguntou.

Seus olhares se cruzaram no espelho. Seu sorriso. Também suave e seguro. Ela estendeu um amuado lábio inferior.

— O mais rápido que eu puder, meu amor.

Ninguém dizia "meu amor" como ele. Com aquele sotaque peculiar e o timbre cantante que por instantes a fazia voltar a gostar da língua alemã.

— Espero que eu consiga voltar amanhã no voo da noite — disse. — Quer me esperar?

Ela não conseguiu evitar um sorriso. Ele riu. Ela riu. Que droga, ele sempre conseguia.

— Tenho certeza de que tem um montão de mulheres te esperando em Oslo — disse ela.

— Tomara.

Ele abotoou o colete e tirou o paletó do cabide no armário.

— Você passou os lenços, meu amor?

— Guardei-os na mala junto com as meias — respondeu ela.

— Ótimo.

— Vai se encontrar com algumas delas?

Ele riu, aproximou-se da cama e se inclinou sobre ela.

— O que você acha?

— Não sei. — Ela colocou os braços em volta do pescoço dele. — Acho que você cheira a mulher todas as vezes que volta para casa.

— Deve ser por eu nunca ficar fora tempo suficiente para perder o seu cheiro, meu amor. Quanto tempo faz que a encontrei? Vinte e seis meses? Já tenho seu cheiro há 26 meses.

— E de mais ninguém?

Ela se arrastou para o lado da cama e puxou-o. Ele a beijou de leve na boca.

— E de mais ninguém. O voo, meu amor...

Ele se libertou.

Ela o observou ir à cômoda, abrir uma gaveta, tirar o passaporte e as passagens aéreas, enfiá-los no bolso interno e abotoar o paletó. Tudo ocorreu num único movimento deslizante, com aquela eficiência e segurança natural que ela achava sensual e assustadora ao mesmo tempo. Se não fosse por ele fazer a maioria das coisas com o mesmo esforço mínimo, ela diria que ele praticara isto toda a sua vida: ir embora. Partir.

Para um casal que passara tanto tempo junto durante os dois últimos anos, ela sabia estranhamente pouco sobre ele, mas ele nunca escondera que havia tido muitas mulheres na sua vida anterior. Ele costumava dizer que era porque tinha procurado desesperadamente por ela. Ele se desfazia delas tão logo entendia que não era ela e, irrequieto, continuava sua busca, até que eles se encontraram, num belo dia de outono, dois anos antes, no bar do Grand Hotel Europa, na praça Vacláské.

Era a forma de promiscuidade mais refinada que ela já ouvira.

Com certeza mais refinada do que a dela, que tinha sido apenas por dinheiro.

— O que é que você realmente faz em Oslo?

— Negócios — respondeu ele.

— Por que você nunca quer me contar direito o que faz?

— Porque a gente se ama.

Ele fechou a porta com cuidado e ela ouviu seus passos na escada.

Sozinha de novo. Ela fechou os olhos e desejou que o cheiro dele permanecesse nos lençóis até ele voltar. Pôs a mão no colar. Ela não o havia tirado uma única vez desde que ele lhe dera de presente, nem quando tomava banho. Passou os dedos sobre o pingente e pensou na mala dele. Na gola de padre, branca e engomada, que ela tinha visto ao lado das meias. Por que ela não perguntara sobre aquilo? Talvez por sentir que ele já achava demais as perguntas que ela fazia. Não podia deixá-lo irritado.

Ela suspirou, olhou o relógio e fechou os olhos novamente. O dia estava vazio. Uma consulta no médico às 14 horas, e só. Ela começou a contar os segundos, passando os dedos no pingente sem parar, uma estrela de diamante avermelhado.

A manchete na primeira página do VG era que uma celebridade do rádio e da televisão, sem citar o nome, teria tido uma "curta mas impetuosa" relação com Camilla Loen. Tinham publicado uma foto granulada de Camilla em férias vestindo um biquíni minúsculo. Evidentemente para enfatizar as insinuações dos artigos nos jornais sobre o principal ingrediente da relação.

O *Dagbladet* do mesmo dia publicou uma entrevista com a irmã de Lisbeth Barli, Toya Harang, que, sob a manchete "Ela sempre fugiu", contava sobre o comportamento de sua irmãzinha quando criança, como se isso fosse uma possível explicação para seu desaparecimento inexplicável. Citação: "Ela fugiu da Spinnin' Wheel também, então por que não agora?"

Havia uma foto dela posando em frente ao ônibus da banda com chapéu de caubói. Estava sorrindo. Harry presumiu que ela não tivera tempo de pensar antes de eles baterem a foto.

— Uma cerveja.

Ele se deixou cair no banco do bar no Underwater e apanhou o VG. Estava escrito que os ingressos para o show de Bruce Springsteen no estádio de Valle Hovin estavam esgotados. Sem problema. Primeiro porque Harry não suportava concertos em estádios, e segundo, porque, quando tinham 15 anos, ele e Øystein foram de carona para uma cidade vizinha, com bilhetes para o show de Bruce Springsteen falsificados por Øystein. Estavam então no auge. Springsteen, Øystein e ele.

Harry afastou esse jornal e abriu o *Dagbladet*, com a foto da irmã de Lisbeth. A semelhança entre as duas saltava à vista. Ele já havia conversado com ela por telefone, mas ela não tinha nada para contar. Ou melhor: nada interessante. Que o diálogo mesmo assim tivesse durado vinte minutos não era culpa dele. Ela explicara que seu nome era para ser pronunciado com ênfase no A. Toy-a. E que o nome não era uma homenagem à irmã de Michael Jackson, que se chamava La Toya com sílaba tônica no "oy".

Já haviam se passado quatro dias desde que Lisbeth sumira, e o caso estava — para resumir — empacado.

O mesmo no caso Camilla Loen. Até Beate estava frustrada. Ela havia trabalhado o fim de semana inteiro ajudando os poucos peritos que não estavam de férias. Menina legal, Beate. Pena que aquele tipo de trabalho não dava retorno.

Já que Camilla com certeza fora uma pessoa sociável, eles conseguiram mapear a maioria dos seus movimentos na semana que precedera sua morte, mas as pistas não levaram a lugar algum.

Na verdade, Harry ia mencionar a Beate que Waaler havia passado em sua sala e mais ou menos abertamente sugerido que vendesse sua alma a ele. Mas por alguma razão não o fizera. Além do mais, ele já tinha o suficiente para se preocupar. Contar a Møller só daria encrenca, por isso ele já descartara a ideia desde o começo.

Harry estava na metade do segundo copo de chope quando a viu. Sozinha na penumbra, numa das mesas encostadas à parede. Ela estava olhando direto para ele com um leve sorriso. Na sua frente havia um chope e entre o indicador e o dedo médio direito, um cigarro.

Harry pegou seu copo e foi à mesa dela.

— Posso sentar?

Vibeke Knutsen consentiu com um gesto de cabeça em direção à cadeira vazia.

— O que está fazendo aqui?

— Eu moro aqui pertinho — disse Harry.

— Imaginei, mas nunca vi você aqui antes.

— Não. Eu e meu bar favorito tivemos opiniões divergentes sobre uma ocorrência na semana passada.

— Barrado? — Ela riu, uma risada rouca.

Harry gostou do riso. E gostou da aparência dela. Talvez fosse a maquiagem. E a luz escura. E daí? Ele gostou dos olhos dela, vivazes e lúdicos. Iguais aos de Rakel. Mas aí acabava a semelhança. Rakel tinha uma boca fina e sensível, enquanto a de Vibeke era grande e parecia ainda maior com o batom vermelho-bombeiro. Rakel se vestia de forma discreta e elegante e era graciosa, quase magra como uma bailarina, sem curvas exuberantes. Naquele dia o bustiê de Vibeke tinha listras de tigre, mas era tão eficientemente atraente quanto a oncinha e a zebra. A maior parte de Rakel era escura. Os olhos, o cabelo, a pele. Ele nunca vira uma pele brilhar com mais intensidade do que a dela. Vibeke era ruiva e pálida, e as pernas nuas, cruzadas, luziam brancas na penumbra.

— E o que está fazendo aqui sozinha? — perguntou ele.

Ela deu de ombros e tomou um gole de cerveja.

— Nygård está viajando e só volta à noite. Por isso estou me divertindo um pouco.

— Viagem longa?

— Europa, algum lugar, sabe como é. Eles nunca te contam nada.

— O que é mesmo que ele faz?

— Vende apetrechos para igrejas e capelas. Retábulos, batinas, cruzes e coisas do tipo. Usados e novos.

— Hum. E ele faz isso na Europa?

— Quando uma igreja da Suíça vai comprar um púlpito novo, ele pode muito bem ter sido fabricado numa cidade qualquer da Noruega. E o púlpito velho talvez acabe sendo restaurado em Estocolmo ou em Narvik. Ele viaja o tempo todo, está mais fora do que em casa. Ainda mais ultimamente. No último ano, para ser exata. — Ela deu um trago no cigarro e acrescentou, ao soprar a fumaça: — Mas ele não é religioso, sabe?

— Não?

Ela enfatizou o não com um balanço de cabeça enquanto a fumaça saía serpenteando por entre os lábios vermelhos, com as ruguinhas em cima.

— Os pais de Nygård eram pentecostais, e ele cresceu no meio daquelas coisas. Eu só fui a um culto, mas sabe, para mim é pavoroso. Quando começam com aquela história de falar em línguas e coisas do tipo. Já foi a algum culto desses ou não?

— Duas vezes — disse Harry. — Na seita Filadélfia.

— E foi salvo?

— Infelizmente não. Só estava lá para encontrar um cara que prometeu me ajudar testemunhando num caso.

— Bem, se não encontrou Jesus, pelo menos achou sua testemunha.

Harry fez que não com a cabeça.

— Disseram que ele não frequentava mais a Filadélfia, e eu não o achei em nenhum dos endereços que consegui. E nem fui salvo.

Harry esvaziou o copo e sinalizou para o bar. Ela acendeu outro cigarro.

— Tentei achar você outro dia — disse ela. — No seu trabalho.

— Ah, é?

Harry pensou na ligação muda na secretária eletrônica.

— Sim, mas me informaram que você não estava no caso.

— Se está pensando no caso Camilla Loen, é isso mesmo.

— Então falei com o outro policial que foi lá em casa. Aquele bacana.

— Tom Waaler?

— Isso. Contei a ele algumas coisas sobre Camilla. Coisas que eu não pude dizer quando você foi lá.

— Por que não?

— Porque Nygård estava comigo.

Ela deu um longo trago no cigarro.

— Ele não suporta que eu diga algo pejorativo sobre a Camilla. Fica louco de raiva. Mesmo que a gente a tenha conhecido tão pouco.

— Por que você iria falar algo pejorativo sobre ela se não a conhecia?

Ela deu de ombros.

— Eu não acho que seja pejorativo. É Nygård que acha isso. Deve ser a educação dele. Eu acho que ele no fundo pensa que todas as mulheres deveriam passar pela vida sem transar com mais de um homem.

Ela apagou o cigarro e acrescentou, em voz baixa:

— E olhe lá.

— Hum. E Camilla transava com mais de um homem?

— É o mínimo que se pode dizer.

— Como sabe? Dá para ouvir tudo através das paredes?

— Não de um andar para o outro No inverno não ouvimos muita coisa. Mas no verão, com as janelas abertas... Você sabe, ouve-se...

— ... de tudo em prédios assim — completou Harry.

— Exato. Nygård costumava levantar da cama e fechar com força a janela do quarto. E se eu dissesse que ela estava numa boa, ele ficaria com tanta raiva que deitaria na sala.

— Então, você me procurou para me contar isso?

— Foi. E mais uma coisa. Recebi uma ligação. Primeiro achei que era Nygård, mas costumo ouvir pelos ruídos de fundo quando é ele. Normalmente ele liga de uma rua qualquer de uma cidade da Europa. O estranho é que o ruído é igualzinho, como se ligasse todas as vezes do mesmo lugar. Bem, de qualquer maneira, dessa vez soou diferente. Normalmente eu teria simplesmente batido o telefone sem pensar mais sobre isso, mas com o que aconteceu com a Camilla e com Nygård viajando...

— Sim?

— Não, não foi nada dramático.

Ela mostrou um sorriso cansado. Harry achou que era um sorriso bonito.

— Era só alguém respirando no fone. Mas me assustou. Por isso eu queria lhe contar. Waaler disse que ia investigar o caso, mas parece que não acharam o número de onde ligaram. Às vezes o assassino volta, não é?

— Acho que isso acontece mais nos livros policiais — respondeu Harry. — Eu não me preocuparia demais com isso.

Ele girou o copo na mão. O remédio começara a funcionar.

— Por acaso você e seu companheiro conhecem Lisbeth Barli?

Vibeke olhou para ele com as sobrancelhas pintadas bem erguidas:

— A mulher que desapareceu? Por que motivo a gente a conheceria?

— Pois é, por que a conheceriam? — murmurou Harry, e se perguntou o que o levara a fazer aquela pergunta.

Eram quase 21 horas; estavam na calçada em frente ao Underwater.

Harry teve de se equilibrar como um marinheiro em alto-mar.

— Eu moro logo ali nessa rua — disse ele. — Que tal...

Vibeke inclinou a cabeça e sorriu.

— Não diga algo de que vai se arrepender depois, Harry.

— Arrepender?

— Na última meia hora você só falou dessa tal de Rakel. Já esqueceu?

— Ela não me quer mais, eu já disse.

— Não, e você tampouco quer a mim. Você quer a Rakel. Ou uma Rakel de reserva.

Ela pôs a mão no braço dele.

— E talvez eu quisesse ser isso por algum tempo se as coisas estivessem diferentes. Mas não estão. E Nygård está chegando daqui a pouco.

Harry deu de ombros e afastou os pés para manter o equilíbrio.

— Então me deixe pelo menos eu levá-la até o portão — balbuciou ele.

— São 200 metros, Harry.

— Eu consigo.

Vibeke riu alto e colocou a mão embaixo do braço dele.

Andaram devagar pela rua Ullevål, enquanto carros e taxistas desocupados passavam por eles. O ar noturno acariciava a pele como só acontece em Oslo no mês de julho. Harry ficou ouvindo o zunido uniforme da voz de Vibeke, pensando no que Rakel estaria fazendo naquele momento.

Pararam em frente ao portão de ferro fundido.

— Boa-noite, Harry.

— Hum. Vai de elevador?

— Como assim?

— Nada. — Harry enfiou as mãos nos bolsos e quase perdeu o equilíbrio. — Cuide-se. Boa-noite.

Vibeke sorriu e se aproximou, e Harry sorveu o cheiro dela quando ela o beijou no rosto.

— Numa outra vida, quem sabe? — sussurrou ela.

O portão se fechou atrás dela com um clique macio.

Harry parou um pouco para se orientar quando algo na vitrine à sua frente chamou sua atenção. Não era o sortimento de lápides, mas algo no reflexo. Um carro vermelho na calçada do outro lado da rua. Se ele tivesse um mínimo de interesse em carros, talvez soubesse que o brinquedinho exclusivo era um Tommykaira ZZ-R.

— Vai se ferrar — sussurrou Harry, e pisou no asfalto para atravessar a rua.

Um táxi passou raspando e buzinou. Ele foi até o carro esporte e parou ao lado do motorista. Um vidro coberto de fuligem baixou sem fazer ruído.

— Que diabos você está fazendo aqui? — disse Harry. — Está me espionando?

— Boa-noite, Harry. — Waaler bocejou. — Estou monitorando o apartamento de Camilla Loen. Para ver quem entra e quem sai. Sabe, não é só um clichê aquela história de que o culpado sempre volta ao local do crime.

— É sim — respondeu Harry.

— Mas isso é, como você talvez já tenha entendido, a única coisa que temos. O assassino não nos deixou grande coisa.

— O homicida — corrigiu Harry.

— Ou a homicida.

Harry deu de ombros e se equilibrou. A porta do passageiro se abriu.

— Entre, Harry. Quero falar com você.

De soslaio, Harry olhou para a porta aberta. Hesitou. Tentou novamente recuperar o equilíbrio. Depois deu a volta no carro e entrou.

— Já refletiu? — perguntou Waaler, e baixou o som.

— Sim, refleti — respondeu Harry, contorcendo-se no assento apertado.

— E chegou à resposta correta?

— Parece que você gosta de carro esporte vermelho. — Harry levantou a mão e deu um soco com força no painel. — Sólido. Diga... — Harry se concentrou na dicção. — Foi assim que você e Sverre Olsen ficaram conversando, no carro, em Grünerløkka, na noite em que Ellen foi morta?

Waaler olhou longamente para Harry antes de abrir a boca para responder:

— Harry, não faço ideia do que você está falando.

— Não? Não sabia que Ellen havia descoberto que você era o homem principal por trás do contrabando de armas? Foi você que cuidou para que Olsen a matasse antes que ela pudesse contar isso a alguém. E quando ficou sabendo que eu estava na pista de Olsen, você rapidinho arranjou tudo de forma que ficasse parecendo que ele tinha sacado a arma quando você foi prendê-lo. Exatamente como no caso do cara do depósito portuário. Pelo visto é a sua especialidade, isso de eliminar presos incômodos.

— Você está bêbado, Harry.

— Levei dois anos para conseguir provas contra você, Waaler, sabia disso?

Waaler não respondeu. Harry riu e deu outro soco. O painel rangeu perigosamente.

— Claro que sabia! O príncipe herdeiro sabe tudo. Como consegue? Diga!

Waaler olhou pelo vidro lateral. Um homem saiu da Casa do Kebab, parou e olhou em ambas as direções antes de começar a andar em direção à Igreja da Trindade. Ninguém disse nada até o homem entrar na rua entre o cemitério e o Hospital de Nossa Senhora.

— Muito bem — disse Waaler, baixinho. — Posso confessar, se é o que você quer. Mas lembre-se de que ao ouvir uma confissão você poderá facilmente acabar em dilemas desagradáveis.

— Seja bem-vindo, dilema.

— Eu dei a Olsen sua pena bem merecida.

Harry virou a cabeça lentamente para Waaler, que, com os olhos semicerrados, descansava a cabeça no encosto.

— Mas não por temer que ele revelasse que ele e eu tivemos uma ligação. Essa parte da sua teoria está errada.

— É?

Waaler suspirou.

— Você algumas vezes já refletiu sobre o que leva pessoas como nós a fazer o que fazemos?

— Eu não faço outra coisa — retrucou Harry.

— Qual é a sua primeira lembrança de vida, Harry?

— Minha primeira o quê?

— A primeira lembrança que tenho é que é noite e que meu pai se inclina sobre mim na minha cama.

Waaler afagou o volante.

— Eu devia ter uns 4 ou 5 anos. Ele cheirava a tabaco e segurança. Você sabe. Do jeito que pais devem cheirar. Como de costume, ele chegou depois de eu ter ido dormir. E eu sabia que ele ia sair para o trabalho muito antes de eu acordar de manhã. Sabia que se eu abrisse os olhos ele ia sorrir, me fazer um cafuné e ir embora. Então eu fazia de conta que estava dormindo para que ele ficasse mais um pouco. Só algumas vezes, quando tinha pesadelos com a mulher da cabeça de porco que perambulava pelas ruas à procura de sangue de crianças, é que eu me abria quando ele se levantava; eu pedia para ele ficar mais um pouco. Então ele ficava enquanto eu continuava com os olhos abertos olhando para ele, sem parar. Era igual com você e seu pai, Harry?

Harry deu de ombros.

— Meu pai era professor. Sempre estava em casa.

— Casa de classe média, então.

— Mais ou menos isso.

Waaler fez que sim com a cabeça.

— Meu pai era trabalhador. Igual aos pais dos meus melhores amigos, Geir e Solo. Eles moravam bem em frente ao prédio onde eu cresci, no bairro da Cidade Velha. Uma zona leste cinzenta, mas um prédio bom, bem-conservado, que era do sindicato. A gente não se via como pertencente à classe trabalhadora, éramos como que empreendedores, todos nós. O pai de Solo era até dono de uma banca de jornal na qual a família se alternava trabalhando; cada hora era um, daí o apelido. Todos os trabalhadores na vizinhança davam duro. Mas ninguém deu tão duro quanto meu pai. Cedo ou tarde. Noite e dia. Ele era como uma máquina, desligada só aos domingos. Nem meu pai nem minha mãe eram muito cristãos, apesar de meu pai ter estudado teologia durante meio ano num curso noturno, porque meu avô queria que ele se tornasse padre. Mas quando meu avô morreu, ele desistiu. Mesmo assim, íamos à igreja todo domingo e depois meu pai nos levava para passear na floresta, em Ekeberg ou Ostmarka. E às 17 horas a gente trocava de roupa para o jantar dominical na sala. Pode parecer tedioso, mas sabe de uma coisa? Eu passava a semana inteira esperando aqueles domingos. Aí vinha segunda-feira e ele tinha ido, de novo. Sempre em algum projeto de construção que exigia horas extras. Era a única maneira de guardar um pouco de dinheiro na área dele, ele dizia. Quando eu tinha 13 anos, minha família se mudou para o lado oeste da cidade, para uma casa com um jardim de macieiras. Papai disse que lá era melhor. No colégio eu era o único da turma que não tinha pais juristas, economistas, médicos ou coisa parecida. O vizinho era juiz e tinha um filho da minha idade. Joakim. Papai tinha esperança de que eu me tornasse igual a ele. Ele disse que se era para eu entrar em alguma dessas áreas, era importante ter conhecidos dentro do grêmio, aprender os códigos, a linguagem, as regras não escritas. Mas eu nunca via o filho do vizinho, só o cachorro dele, um pastor que ficava na varanda e latia a noite toda. Quando saía da escola, eu pegava o bonde para a Cidade Velha e encontrava Geir e Solo. Mamãe e papai convidavam todos os vizinhos para os churrascos, mas eles davam desculpas e agradeciam educadamente. Ainda me lembro do cheiro de churrasco e das gargalhadas vindas dos outros jardins. Nunca nos convidaram.

Harry se concentrou na dicção:

— Esse relato tem algum objetivo?

— Você decide. Quer que eu pare?

— De maneira alguma. Não tem nada especial na TV hoje à noite.

— Um domingo nós fomos, como sempre, à igreja. Eu estava na rua esperando meus pais enquanto olhava o pastor solto no jardim, mordendo e rosnando para mim do outro lado da cerca. Não sei por que fiz aquilo, mas fui lá e abri o portão. Talvez eu tenha achado que ele estava raivoso daquele jeito por estar sozinho. O cão pulou em cima de mim, me derrubou e me mordeu. Os dentes atravessaram minha bochecha. Ainda tenho a cicatriz.

Waaler apontou, mas Harry não viu nada.

— O juiz, da varanda, chamou o cão e ele me soltou. Depois me mandou para o inferno e para fora do jardim dele. Mamãe chorou e papai não disse quase nada quando me levaram para o pronto-socorro. Quando voltamos, eu tinha uma linha de costura preta do queixo à orelha. Meu pai foi tirar satisfação com o juiz. Quando voltou, estava com o olho roxo e disse menos ainda. Comemos o bife de domingo sem que ninguém dissesse uma só palavra. Na mesma noite acordei e fiquei me perguntando por que tinha acordado. Estava totalmente quieto em todo lugar. Aí me ocorreu. O pastor. Não latia mais. Ouvi alguém na porta da entrada. E eu sabia instintivamente que nunca iria ouvir aquele pastor de novo. Fechei os olhos depressa quando a porta do quarto se abriu, mas deu para ver o martelo. Ele cheirava a tabaco e segurança. E eu fiz de conta que estava dormindo.

Waaler limpou uma partícula de pó invisível no volante.

— Eu fiz o que fiz porque sabíamos que Olsen tinha tirado a vida de um colega nosso. Fiz isso por Ellen, Harry. Por nós. Agora você sabe, matei um homem. Vai me denunciar ou não?

Harry ficou apenas olhando. Waaler fechou os olhos.

— Havia só indícios contra Olsen, Harry. Ele já tinha se safado. A gente não podia permitir isso. Você permitiria, Harry? Permitiria?

Harry engoliu em seco.

— Uma pessoa viu você e Olsen juntos no carro. E estava disposta a testemunhar. Mas você está sabendo disso, não está?

Waaler deu de ombros.

— Conversei com Olsen várias vezes. Ele era neonazista e um criminoso. É nosso trabalho estar a par dos acontecimentos, Harry.

— A pessoa que viu vocês de repente não quer mais falar. Você falou com ela, não foi? Você a ameaçou.

Waaler fez que não com a cabeça.

— Não posso responder esse tipo de pergunta, Harry. Mesmo que você se decida a entrar para o nosso time, há uma regra fixa de que você só fica sabendo o que precisa para exercer sua função. Talvez pareça muito rígido, mas funciona. *Nós* funcionamos.

— Você falou com Kvinsvik? — perguntou Harry, fanhoso.

— Kvinsvik é apenas um dos seus moinhos de vento, Harry. Esqueça ele. É melhor pensar em você mesmo.

Ele se inclinou para perto de Harry e baixou a voz:

— O que tem a perder? Dê uma boa olhada no espelho...

Harry piscou.

— Correto — disse Waaler. — Você é um homem alcoolizado, quase 40 anos, sem trabalho, sem família, sem dinheiro.

— Pela última vez! — Harry tentou gritar, mas estava bêbado demais. — Você falou... com Kvinsvik?

Waaler se endireitou no assento.

— Vá para casa, Harry. E reflita sobre a quem você deve alguma coisa. Sua corporação? Que o mastigou, achou que tinha gosto ruim e o cuspiu? Seus chefes, que fogem como ratinhos assustados assim que sentem cheiro de encrenca? Ou talvez você deva algo a você mesmo? Que ralou ano após ano para manter as ruas de Oslo razoavelmente seguras num país que protege seus criminosos melhor do que seus funcionários públicos? Pois você é um dos melhores naquilo que faz, Harry. Ao contrário deles, você tem talento. E mesmo assim, você tem um salário de merda. Posso te oferecer cinco vezes mais do que ganha hoje, mas isso não é o mais importante. Posso te oferecer um pouco de dignidade, Harry. Dignidade. Pense nisso.

Harry tentou focar o olhar em Waaler, mas seu rosto se distorcia. Tentou achar a maçaneta, mas não a encontrou. Merda de carro japonês. Waaler se esticou por cima dele e abriu a porta com um empurrão.

— Sei que você tentou encontrar Kvinsvik — disse Waaler. — Deixe eu poupar você de mais trabalho. Sim, eu falei com Olsen em Grünerløkka naquela noite. Mas isso não significa que eu tenho alguma coisa a ver com o assassinato de Ellen. Eu fiquei calado para não complicar as coisas. Faça como quiser, mas acredite: o testemunho de Roy Kvinsvik não interessa.

— Onde ele está?

— Faria alguma diferença se eu lhe contasse? Você acreditaria em mim?

— Talvez — disse Harry. — Quem sabe?

Waaler deu um suspiro.

— Rua Sogn, número 32. Ele mora no porão reformado do apartamento do ex-padrasto.

Harry se virou e sinalizou para um táxi que vinha na sua direção com a luz no teto acesa.

— Mas hoje à noite ele está ensaiando no coro — disse Waaler. — Dá para ir andando até lá. Estão ensaiando na paróquia de Gamle Aker.

— Gamle Aker?

— Ele saiu da Filadélfia e se converteu ao Belém.

O táxi vazio freou, hesitou, acelerou de novo e desapareceu em direção ao centro. Waaler esboçou um sorriso.

— Não é preciso perder a fé para se converter, Harry.

12
Domingo. Belém

Eram 20 horas de domingo quando Bjarne Møller bocejou, trancou a gaveta de sua mesa e esticou o braço para desligar a luz. Estava cansado, mas contente consigo mesmo. A pior parte do assédio da imprensa após o assassinato e o desaparecimento já havia cessado, e ele tinha conseguido trabalhar sossegado o fim de semana inteiro. A pilha de papéis em sua mesa subira às alturas no início das férias coletivas, mas logo estaria pela metade. E agora ele iria para casa, tomar um Jameson com água e assistir à reprise de *Beat for Beat*. Estava com o dedo no interruptor lançando um último olhar à mesa arrumada quando viu o envelope pardo almofadado. Lembrou-se vagamente de ter pegado o envelope na caixa de correspondência na sexta. Devia ter ficado escondido atrás da pilha de papéis.

Ele hesitou. Podia esperar até o dia seguinte. Apalpou o envelope. Tinha algo dentro, algo que ele não conseguiu identificar de imediato. Abriu o envelope com o abridor de cartas e apalpou por dentro. Nenhuma carta. Virou o envelope de ponta-cabeça, mas nada caiu. Chacoalhou com força e ouviu algo se soltar do forro de plástico da parte de dentro; bateu na mesa, pulou em direção ao telefone e parou no mata-borrão, bem em cima da lista de plantão.

De súbito sentiu dores de estômago. Dobrou-se e ficou assim tentando recuperar o fôlego. Só depois de algum tempo conseguiu se endireitar e discar um número de telefone. E se não estivesse tão mal, talvez tivesse percebido que estava discando justo o número da pessoa para a qual o objeto enviado pelo correio apontava, na lista do plantão.

* * *

Marit estava apaixonada.

De novo.

Ela olhou para a escada da casa paroquial. A luz saía pela janela redonda da porta com a estrela de Belém marchetada e iluminava o rosto do novo rapaz. Roy. Ele estava falando com uma das outras moças do coro. Fazia dias que ela vinha pensando sobre como faria para ser notada, mas não tivera nenhuma ideia boa. Aproximar-se dele e conversar seria um começo ruim. Restava esperar que surgisse uma oportunidade. No ensaio da semana anterior, ele havia falado claramente sobre seu passado. Que tinha sido membro da Filadélfia. E que antes de se converter fora neonazista! Uma das outras moças ouvira boatos de que ele tinha uma grande tatuagem nazista em alguma parte do corpo. Elas estavam de pleno acordo que isso era terrível, mas Marit sentiu que a ideia fez seu corpo tremer de excitação. No fundo, no fundo, ela sabia que era por isso que estava apaixonada, por essa coisa nova, o desconhecido, que a fazia sentir essa excitação deliciosa mas efêmera. E que no fim das contas ia acabar com outro homem. Um homem como Kristian. Kristian era regente do coro, seus pais também eram membros da Belém e ele aos poucos havia começado a fazer os sermões nos encontros dos jovens. Pessoas como Roy quase sempre acabavam entre os infiéis.

Nessa noite ficaram até tarde. Ensaiaram uma canção nova e cantaram quase o repertório inteiro. Kristian costumava fazer isso quando recebiam novos integrantes no coro, para mostrar como era aplicado. Normalmente ensaiavam nas próprias salas, mas estas costumavam fechar nas férias coletivas, por isso tiveram permissão de usar o templo de Gamle de Aker. Apesar de já ter passado da meia-noite, depois dos ensaios se juntaram como de hábito em frente à casa. As vozes zumbiam como um enxame de insetos e naquela noite parecia haver certa agitação no ar. Talvez por causa do calor. Ou porque os casados e noivos do coro encontravam-se de férias, de forma que estavam livres dos olhares sorridentes e indulgentes, mas ainda assim admonitórios, quando achavam que o flerte entre os mais jovens ia longe demais. Marit respondia qualquer coisa que lhe viesse à cabeça quando as amigas lhe perguntavam alguma coisa, e olhava Roy de soslaio. E se perguntava em que parte do corpo se faz uma grande tatuagem nazista.

Uma de suas amigas deu-lhe uma cotovelada e apontou com a cabeça para um homem que estava subindo a ladeira de Aker.

— Olhe, ele está bêbado! — sussurrou uma das moças.

— Coitado — disse outra.

— É esse tipo de alma perdida que Jesus quer.

Foi Sofie quem falou. Era sempre ela a dizer esse tipo de coisa.

As amigas concordaram. Marit também. E então ela entendeu. Era agora. A chance. E, sem hesitar, deu um passo à frente, saindo do grupo de amigas e se pondo no meio do caminho do homem.

Ele parou e olhou-a. Era mais alto do que ela havia pensado.

— Você conhece Jesus? — perguntou Marit, e sorriu.

O rosto do homem estava bem vermelho e o olhar, atordoado.

A conversa atrás dela parou bruscamente e pelo canto do olho ela viu que Roy e as moças nas escadas se viraram para eles.

— Infelizmente não — balbuciou o homem. — E nem você, mocinha. Mas talvez você conheça Roy Kvinsvik.

Marit sentiu o rubor subir ao rosto, e sua frase seguinte — *sabia que Ele está esperando para encontrar justamente você?* — ficou presa.

— Então? — perguntou o homem. — Ele está aqui?

Ela reparou na sua cabeça raspada e nas botas. De repente ficou com medo. O homem seria neonazista, alguém do antigo ambiente de Roy? Alguém que quisesse vingar sua traição? Ou convencê-lo a voltar?

— Eu...

Mas o homem já tinha debandado.

Ela se virou, a tempo de ver Roy entrar rapidamente na igrejinha e a porta se fechar atrás dele.

O bêbado andou a passos largos sobre o cascalho, o torso pendendo como um mastro em tempestade. Em frente à escada caiu de joelhos.

— Meu Deus... — sussurrou uma das moças.

O homem conseguiu se levantar de novo.

Marit viu Kristian rapidamente abrir caminho quando o homem começou a galgar a escada. No último degrau ficou balançando de um lado para o outro. Por um momento parecia que ia cair para trás. Mas recuperou o equilíbrio. Agarrou a maçaneta.

Marit levou a mão à boca.

Ele puxou. Felizmente, Roy tinha trancado a porta.

— Merda! — gritou o homem.

Com a voz rouca de álcool, inclinou o torso para trás e se agachou. O vidro tiniu quando, com a testa, ele quebrou a janela redonda da porta e os cacos de vidro caíram na escada.

— Pare! — gritou Kristian. — Você não pode...

O homem se virou e olhou para ele. Tinha um caco triangular na testa. O sangue escorria como um córrego que se bifurcava no dorso do nariz.

Kristian não disse mais nada.

Então o homem abriu a boca e começou a uivar. O som era frio como uma lâmina de aço. Ele se virou para a porta de novo e, com uma ferocidade que Marit jamais tinha visto, começou a bater com os punhos na porta branca e sólida. Uivava como um lobo e batia sem parar. A carne batendo na madeira parecia machadadas numa floresta cortando o silêncio da manhã. Depois começou a bater na estrela de Belém de ferro fundido na janela redonda. Ela pensou ter ouvido o som de pele rasgando enquanto nódoas de sangue começavam a tingir a porta branca.

— Façam alguma coisa — alguém gritou.

Ela viu Kristian pegar o celular.

A estrela de ferro se soltou e de súbito o homem caiu de joelhos.

Marit se aproximou. Os outros se afastaram, mas ela não podia evitar querer chegar mais perto. O coração batia em seu peito. Em frente à escada, sentiu a mão de Kristian em seu ombro e parou. Ouviu o homem tentar recuperar o fôlego lá em cima, como um peixe prestes a morrer afogado em terra. Parecia que estava chorando.

Quando o carro da polícia chegou para buscá-lo, 15 minutos depois, o homem estava como uma trouxa no topo da escada. Eles o botaram de pé e ele se deixou levar para dentro do carro sem oferecer resistência. Uma policial perguntou se alguém queria dar parte à polícia. Mas eles apenas balançaram a cabeça, chocados demais para pensar na janela destruída.

Então o carro se foi, só restando a noite quente de verão, e Marit pensou que era como se nada daquilo tivesse acontecido. Ela mal prestou atenção a Roy, que saiu pálido e abatido e desapareceu. Ou que Kristian pôs o braço em volta dela. Olhou a estrela destruída da janela. Estava dobrada para dentro e torcida de forma que duas das cinco pontas estavam viradas para cima e uma para baixo. Ela vira esse símbolo antes, num livro. E, mesmo sendo uma noite tropical, apertou mais o casaco contra o corpo.

Passava muito da meia-noite e a lua refletia nos vidros da sede da polícia. Bjarne Møller atravessou o estacionamento vazio e entrou na casa de detenção. Lá dentro parou e deu uma olhada ao redor. Os três balcões de atendimento estavam sem pessoal, mas dois policiais estavam assistindo à TV na sala da segurança. Como velho fã de Charles Bronson, Møller reconheceu o filme. *Desejo de matar*. E reconheceu o mais velho dos policiais. Groth, chamado "Chorão" devido à cicatriz avermelhada que descia do olho esquerdo até o queixo. Groth estava na casa de detenção desde que Møller se entendia por gente, e todos sabiam que era ele quem de fato mandava no lugar.

— Alô? — chamou Møller.

Sem tirar os olhos da tela, Groth levantou um dedo indicador, apontando para o jovem policial que, relutante, se virou na cadeira.

Møller balançou seu distintivo, mas sem necessidade. Já fora reconhecido.

— Cadê o Hole? — gritou.

— O idiota? — bufou Groth, no momento em que Charles Bronson levantou a pistola para se vingar.

— Cela 5, eu acho — disse o policial mais novo. — Pergunte a um dos guardas lá dentro. Se achar alguém.

— Obrigado — disse Møller, e atravessou a porta que dava acesso às celas.

A casa de detenção tinha cerca de cem celas para prisão preventiva, e a ocupação era sazonal. Agora estavam definitivamente na baixa temporada. Møller desistiu de ir à sala dos guardas e começou a andar pelos corredores entre os cubículos de ferro. Seus passos faziam eco. Ele sempre achara a casa de detenção insuportável. Primeiro, por causa do fato absurdo de ter pessoas vivas enclausuradas. Segundo, pelo ambiente de sarjeta e de vidas destruídas. E terceiro, por tudo que ele sabia de coisas já ocorridas no local. Como, por exemplo, um cara detido que denunciou Groth por ter usado a mangueira de incêndio contra ele. A Corregedoria refutara a acusação quando desenrolaram a mangueira e viram que só chegava até a metade do caminho para a cela onde o preso supostamente teria recebido o jato d'água. Provavelmente era só a Corregedoria, que não sabia que, quando Groth entendeu que estava encrencado, simplesmente cortou fora um pedaço da mangueira.

Como as outras celas, a de número 5 não tinha fechadura com chave, apenas um dispositivo simples que só se podia abrir pelo lado de fora.

Harry estava sentado no chão no meio da cela com a cabeça entre as mãos. A primeira coisa que Møller notou foi a atadura ensopada de sangue na mão direita. Harry levantou a cabeça devagar e olhou para ele. Tinha um esparadrapo na testa e os olhos inchados. Como se tivesse chorado. Cheirava a vômito.

— Por que não está no beliche? — perguntou Møller.

— Não quero dormir — sussurrou Harry, com uma voz irreconhecível. — Não quero sonhar.

Møller fez uma careta para esconder que estava abalado. Ele já havia visto Harry de baixo-astral antes, mas nunca assim. Nunca aniquilado.

Ele pigarreou.

— Vamos?

O "Chorão" e o jovem policial nem sequer levantaram o olhar quando atravessaram a sala dos guardas, mas Møller percebeu o expressivo balanço de cabeça de Groth.

Harry vomitou no estacionamento. Ficou dobrado, cuspindo e vociferando, enquanto Møller acendia um cigarro e lhe estendia.

— Você não foi fichado — disse Møller. — Nem vai ser.

Harry tossiu e soltou uma gargalhada.

— Obrigado, chefe. Bom saber que vou ser demitido com uma ficha um pouco mais limpa do que poderia ter sido.

— Não é por isso que estou dizendo isso. É porque de outra forma teria que suspender você, e sem demora.

— E daí?

— Vou precisar de um investigador como você nos próximos dias. Quer dizer, o investigador que você é quando está sóbrio. Então, a questão é se você consegue ficar longe da bebida.

Harry se endireitou e soprou a fumaça com força.

— Você sabe muito bem que eu consigo, chefe. Mas será que eu *quero*?

— Não sei. Você quer, Harry?

— Tem que haver um motivo, chefe.

— É. Imagino que sim.

Møller olhou pensativo para o inspetor. Considerou a situação: ali estavam eles, sozinhos à luz pálida da lua e sob uma lâmpada cheia de insetos mortos no meio de um estacionamento numa noite de verão em Oslo. Pensou em tudo que haviam passado juntos. Tudo que haviam conseguido realizar. E o que não haviam conseguido. Apesar de tudo, e depois de todos esses anos, seria ali, assim, de forma tão trivial que seus caminhos finalmente iriam se separar?

— Em todos esses anos que eu o conheço, só houve uma coisa que conseguiu manter você de pé — disse Møller. — Seu trabalho.

Harry não respondeu.

— E eu tenho um trabalho para você. Se quiser.

— Do que se trata?

— Recebi isto aqui num envelope pardo e acolchoado hoje. Desde então estou atrás de você.

Møller abriu a mão e estudou a reação de Harry. A lua e a lâmpada iluminaram a palma da mão de Møller, onde havia um saquinho plástico transparente da polícia técnica.

— Hum — disse Harry. — E o resto do corpo?

No saquinho havia um dedo comprido e delgado com esmalte vermelho na unha. No dedo havia um anel. E no anel havia uma pedra preciosa na forma de uma estrela de cinco pontas.

— É só o que temos — disse Møller. — O dedo médio da mão esquerda.

— A polícia técnica conseguiu identificar o dedo?

Møller fez que sim com a cabeça.

— Rápido assim?

Møller apertou a barriga com a mão ao assentir com a cabeça.

— Então — disse Harry — é de Lisbeth Barli.

Parte 3

13
Segunda-feira. Toque

Você está na TV, meu amor. Tem uma parede inteira sua, você foi clonada em 12 versões que se movimentam no mesmo ritmo, duplicadas em variantes de cores e contrastes quase imperceptíveis. Você está desfilando numa passarela em Paris, você para, requebra os quadris, me olha com aquele olhar frio e cheio de ódio que vocês aprendem e me vira as costas. Funciona. Rejeição sempre funciona, como você bem sabe, meu amor.

Então o clipe acaba e você me olha com 12 olhares severos enquanto lê 12 noticiários iguais e eu leio 24 lábios vermelhos, mas você nada diz e eu te amo por causa do seu silêncio.

Então vemos fotos de uma enchente em algum lugar na Europa. Olhe, meu amor, estamos vadeando pelas ruas. Passo o dedo sobre a tela de uma TV desligada e desenho seu signo do Zodíaco. Mesmo que a TV esteja morta, posso sentir a tensão entre a tela empoeirada e meu dedo. Eletricidade. Vida encapsulada. E é meu toque que a faz viver.

A ponta da estrela encosta na calçada bem em frente ao prédio de tijolos vermelhos no outro lado do cruzamento, meu amor. Posso ficar aqui na loja de produtos eletrônicos e estudá-la nos vãos entre os aparelhos. É um dos cruzamentos mais movimentados da cidade e normalmente há longas filas de carros lá fora, mas hoje só há carros nas duas das cinco estradas que radiam desse coração de asfalto escuro. Cinco estradas, meu amor. Você ficou na cama o dia inteiro me esperando. Só tenho de fazer isso, depois eu vou. Se quiser, posso buscar a carta atrás do tijolo e sussurrar as palavras para você. Pois já as sei de cor. "Meu amor! Você está sempre em meus pensamentos. Ainda posso sentir seus lábios nos meus, sua pele na minha."

Abro a porta da loja para sair. O sol entra em torrente. Sol. Torrente. Logo estarei contigo.

O dia havia começado mal para Møller.

À noite fora buscar Harry na casa de detenção, e esta manhã acordara com o estômago doendo tanto, que mais parecia uma bola de praia cheia demais.

Mas ia ficar bem pior.

Na verdade, às 9 horas, as coisas pareciam razoáveis quando um aparentemente sóbrio Harry surgiu à porta para a reunião da Homicídios, no sexto andar. Em volta da mesa já estavam Tom Waaler, Beate Lønn, quatro investigadores táticos da divisão e dois colaboradores especiais chamados na véspera, que tiveram de interromper suas férias.

— Bom-dia, pessoal — começou Møller. — Suponho que já estejam a par do que temos em mãos aqui. Dois casos, possivelmente dois assassinatos, que nos levam a crer que há o mesmo criminoso por trás. Resumindo: assemelha-se, de forma bem suspeita, ao pesadelo que todos temos de vez em quando.

Møller colocou o primeiro slide no projetor.

— O que vemos à esquerda é a mão de Camilla Loen com o dedo indicador esquerdo amputado. À direita podemos ver o dedo médio esquerdo de Lisbeth Barli. Para esse ainda não temos um corpo, mas Beate identificou o dedo ao comparar as impressões digitais com as que tinha do apartamento do Sr. Barli. Boa intuição e bom trabalho, Beate.

Beate enrubesceu e tamborilou no bloco com o lápis, tentando parecer impassível.

Møller trocou de slide.

— Embaixo da pálpebra de Camilla Loen encontramos essa pedra preciosa, um diamante avermelhado em forma de uma estrela de cinco pontas. No dedo de Lisbeth encontramos o anel à direita. Como podem ver, o diamante estrela é de uma tonalidade mais clara, mas o formato é idêntico.

— Tentamos descobrir de onde a primeira estrela de diamante veio — disse Waaler. — Não tivemos sorte. Enviamos fotos a duas das maiores oficinas de ourivesaria da Antuérpia, mas disseram que esse tipo de lapidação provavelmente foi feito em outro lugar da Europa. Sugeriram Rússia ou sul da Alemanha.

— Achamos uma especialista em diamantes em De Beers, decididamente a maior compradora de diamantes crus no mundo — disse Beate. — De acordo com ela, é possível usar algo chamado espectrometria e microtomografia para identificar com exatidão a origem de um diamante. Ela vem de Londres hoje à noite para nos ajudar.

Magnus Skarre, um dos jovens investigadores e relativamente novo na Homicídios, levantou a mão:

— Voltando ao que você disse na introdução, Møller. Não entendo por que parece um pesadelo caso seja duplo homicídio. No caso, estaríamos procurando um criminoso em vez de dois, de forma que todos nós aqui podemos trabalhar com o mesmo foco. Na minha opinião, ao contrário, devi...

Skarre ouviu alguém pigarrear baixinho e percebeu que toda a atenção do grupo se voltou para o fundo da sala, onde Harry até agora estivera afundado na cadeira, calado.

— Como é que você se chama mesmo? — perguntou Harry.

— Magnus.

— Sobrenome?

— Skarre. — Havia irritação em sua voz. — Certamente você se lembra...

— Não, Skarre, eu não me lembro. Mas você vai tentar se lembrar do que eu vou dizer agora. Quando um investigador está diante de um assassinato premeditado e visivelmente bem planejado, ele sabe que o assassino tem muitas vantagens. Ele pode ter eliminado provas materiais, arranjado um falso álibi para o horário do assassinato, se livrado da arma do crime e assim por diante. Mas tem uma coisa que o assassino praticamente nunca consegue esconder de um investigador. E o que é?

Skarre piscou duas vezes.

— O motivo — disse Harry. — Elementar, não é? O motivo. É aí que começa nossa tática de investigação. É tão básico que a gente às vezes esquece isso. Até que um dia ele aparece: o assassino do pior pesadelo do investigador. Ou aquele do melhor dos sonhos, dependendo da cabeça de cada um. Justamente o assassino sem motivo. Ou melhor, sem um motivo que seja humanamente possível de compreender.

— Você está se precipitando, Hole. — Skarre olhou para os outros. — Não sabemos ainda se há um motivo para esses assassinatos.

Waaler pigarreou.

Møller viu os músculos dos maxilares de Harry se tensionarem.

— Ele tem razão — disse Waaler.

— Claro que tenho razão — disse Skarre. — É óbvio que...

— Cale a boca, Skarre — disse Waaler. — É o inspetor Hole que tem razão. Estamos trabalhando nesses dois casos há respectivamente dez e cinco dias e não surgiu uma ligação sequer entre as vítimas. Até agora. E quando a única conexão entre as duas vítimas é a forma como foram mortas, rituais e coisas que parecem ser mensagens codificadas, começo a pensar em palavras que sugiro que ninguém diga em voz alta ainda, mas que todos devem ter em mente. Também sugiro que Skarre e todos os outros novatos da academia de agora em diante calem a boca e abram os ouvidos quando Hole fala.

Silêncio na sala.

Møller viu que Harry ficou olhando para Waaler.

— Para resumir — disse Møller. — Vamos ter dois pensamentos na cabeça ao mesmo tempo. Por um lado, trabalhamos sistematicamente como se fossem dois assassinatos comuns. Por outro, imaginamos que há um diabo grande, gordo e feio por trás de tudo. Ninguém fala com a imprensa, exceto eu. A próxima reunião será às 17 horas. Ao trabalho.

O homem à luz do holofote vestia roupas elegantes de tweed, segurava um cachimbo e balançava nos calcanhares, enquanto media com olhar indulgente a mulher maltrapilha à sua frente.

— E quanto pensou em me pagar pelo curso?

A mulher em farrapos jogou a cabeça para trás e colocou as mãos na cintura:

— Eu sei quanto custa. Minha amiga tem aulas de francês por 15 xelins cada, e o professor é um francês de verdade. Além do quê, o senhor não pode me cobrar tanto para me ensinar minha língua natal, então pago 1 xelim pelo trabalho. Dinheiro vivo e na mão.

Willy Barli estava na 12ª fileira no escuro e deixava as lágrimas rolarem livremente. Ele as sentiu escorrerem pelo pescoço, por baixo da camisa solta de seda tailandesa, por cima do peito; sentiu o sal arder nos bicos dos mamilos, antes de continuarem para a barriga.

Não conseguia parar.

Ele tapava a boca com a mão, para que os soluços não distraíssem os atores ou o diretor na quinta fileira.

Deu um salto quando sentiu uma mão no ombro. Ao virar-se, viu um homem grande elevar-se por cima dele. Um pressentimento o fez congelar na cadeira.

— Sim? — sussurrou, lacrimoso.

— Sou eu — sussurrou o homem. — Harry Hole. Da polícia.

O Sr. Barli tirou a mão da boca e o olhou melhor.

— Claro que é — disse, com alívio na voz. — Sinto muito, Hole, está tão escuro, pensei...

O policial se sentou ao lado do Sr. Barli.

— O que você pensou?

— Você está vestindo roupas pretas.

O Sr. Barli enxugou o nariz com um lenço.

— Eu imaginei que você fosse um padre. Um padre que vem com... notícias ruins. Bobagem, não é?

O policial não respondeu.

— Você me encontrou num momento muito sensível, Hole. Temos o primeiro ensaio com trajes e maquiagem hoje. Olhe para ela.

— Quem?

— Eliza Doolittle. Lá em cima. Quando a vi em cena, por um momento tive certeza de que era Lisbeth e que eu tivesse sonhado que ela sumia.

O Sr. Barli respirou, trêmulo.

— Mas então ela começou a falar. E minha Lisbeth desapareceu.

O Sr. Barli percebeu que o policial assistia à cena, perplexo.

— Semelhança impressionante, não é? Por isso é que fui buscá-la. Era para ser o musical de Lisbeth.

— É a...? — começou Harry.

— Sim, é a irmã dela.

— Toya? Quer dizer, Toy-a?

— Conseguimos manter sigilo até agora. A coletiva de imprensa será hoje mais tarde.

— Bem, deve gerar uma certa publicidade.

Toya se virou e praguejou bastante quando tropeçou. O antagonista levantou os braços e olhou para o diretor.

O Sr. Barli soltou um suspiro.

— Publicidade não é tudo. Como pode ver, temos muito o que melhorar. Ela tem um certo talento nato, mas estar em cena no Teatro Nacional é diferente de cantar música sertaneja no centro comunitário de uma cidadezinha do interior. Levei dois anos para ensinar Lisbeth a se comportar num palco, mas com essa aí temos de conseguir em duas semanas.

— Se eu estiver atrapalhando, posso ser breve, Sr. Barli.

— Pode ser breve?

O Sr. Barli tentou ler algo no rosto do outro no escuro. De novo foi tomado por pavor e, quando Harry abriu a boca, ele instintivamente o interrompeu:

— Não está atrapalhando em nada, Sr. Hole. Sou apenas o produtor. Você sabe, uma pessoa que toma a iniciativa. Agora os outros estão assumindo.

Ele fez um gesto com a mão em direção ao palco, onde o homem de tweed no mesmo instante gritou:

— Vou fazer dessa maltrapilha uma duquesa!

— Diretor, cenógrafo, atores — continuou o Sr. Barli. — A partir de amanhã sou apenas um espectador dessa... — ele continuou com a mão levantada até encontrar a palavra — comédia.

— Bem, o importante é achar seu talento.

O Sr. Barli soltou um riso oco, mas se calou quando viu a silhueta da cabeça do diretor se virar na sua direção. Ele se inclinou para o policial e sussurrou:

— Tem razão. Fui dançarino durante 21 anos. Um dançarino muito ruim, se quer saber. Mas o balé de ópera sempre sofre uma falta desesperada de dançarinos homens, por isso o nível de exigência não é tão elevado. De qualquer maneira, nós nos aposentamos ao completar 40 anos e eu tive que inventar algo novo. Foi quando entendi que meu verdadeiro talento era fazer os outros dançarem. Encenar, Sr. Hole, é a única coisa que sei fazer. Mas sabe o que mais? Ficamos patéticos ao menor sinal de sucesso. Só porque as coisas por acaso se saíram bem em algumas montagens acreditamos que somos deuses que controlam todas as variáveis, que somos nosso próprio ferreiro da felicidade. E agora acontece isso e descobrimos como somos desamparados. Eu...

O Sr. Barli se calou de repente.

— Estou entediando o senhor, não é?

Harry fez que não com a cabeça.

— É sobre sua mulher.

O Sr. Barli cerrou os olhos com força, como quando se espera um som alto e desagradável.

— Recebemos uma carta. Com um dedo cortado. Receio que pertença a ela.

O Sr. Barli engoliu em seco. Ele sempre se considerara um homem de bem, mas agora sentia que começava a crescer novamente aquele nó que vinha sentindo por baixo do coração, desde aquele dia. O tumor que o estava deixando louco. E sentiu que o nó tinha cor. Que o ódio era amarelo.

— Sabe de uma coisa, Sr. Hole? É quase um alívio. Eu sempre soube. Que ele iria machucá-la.

— Machucar?

O Sr. Barli ouviu uma surpresa constrangida na voz do outro.

— Promete uma coisa, Harry? Tudo bem se eu chamar você de Harry?

O policial consentiu com um aceno de cabeça.

— Encontre-o. Encontre-o, Harry, e cuide de puni-lo. Puna-o... com dureza. Promete?

O Sr. Barli pensou ter visto o outro assentir com a cabeça no escuro. Mas não tinha certeza. As lágrimas distorciam tudo.

Então o homem sumiu, o Sr. Barli respirou fundo e tentou se concentrar no palco de novo.

— Vou meter você na cadeia — gritou Toya no palco.

Harry estava em sua sala, com o olhar fixo na mesa de trabalho. Estava tão esgotado que não sabia se aguentaria mais.

As travessuras do dia anterior, a visita à prisão e outra noite com pesadelos — tudo pesava. Mas o que realmente o exaurira fora o encontro com o Sr. Barli. Ficar lá e prometer que eles iriam pegar o criminoso e ter se calado quando o Sr. Barli mencionara que a mulher dele fora "machucada". Porque se havia uma coisa de que Harry tinha certeza era que Lisbeth Barli estava morta.

Desde que acordara Harry já tinha vontade de beber. Primeiro sentiu a exigência instintiva do corpo, depois sentiu pavor por ele mesmo ter cortado o acesso ao seu remédio, já que não havia levado a garrafinha de bolso nem dinheiro. E agora o desejo entrava na fase da dor física e do medo cego de ser dilacerado. O inimigo puxava as correntes lá embaixo, os cães arreganhavam os dentes, lá no fundo do estômago, em algum lugar por baixo do coração. Meu Deus, como ele os odiava! Com o mesmo ódio que sentiam dele.

Harry se levantou de um salto. Tinha deixado meia garrafa de Bell's no arquivo na segunda-feira. Será que se lembrara só agora ou estivera ciente disso o tempo todo? Harry sabia que Harry enganava Harry em centenas de maneiras. Ele ia abrir a gaveta quando de repente levantou o olhar. Sua visão tinha captado um movimento. Ellen sorria para ele da foto. Estava ficando louco ou ela mexera a boca?

— O que está olhando, sua vaca? — murmurou.

No mesmo instante a foto caiu no chão, e o vidro se quebrou em mil pedaços. Harry olhou para Ellen, que sorria para ele, impávida, no meio da moldura destruída. Ele segurou a mão direita, que latejava por baixo das ataduras.

Foi só quando se virou para abrir a gaveta que viu os dois no vão da porta. Entendeu que deviam estar lá fazia algum tempo. E que devia ter sido o reflexo deles no vidro da foto que ele tinha visto se mexer.

— Oi — disse Oleg, que olhou para Harry com um misto de perplexidade e susto.

Harry engoliu em seco. Soltou a mão da gaveta.

— Oi, Oleg.

Oleg estava de tênis, calça azul e a camisa da seleção brasileira de futebol. Harry sabia que nas costas havia o número 9 com o nome de Ronaldo. Ele comprara num posto de gasolina num domingo quando Rakel, Oleg e ele foram de carro esquiar nas montanhas.

— Encontrei-o lá embaixo — disse Tom Waaler. Ele pousara a mão na cabeça de Oleg. — Estava na recepção perguntando por você, por isso eu o trouxe para cá. Então, joga futebol, Oleg?

O menino não respondeu, ficou apenas olhando para Harry. Com o olhar escuro igual ao da mãe, que às vezes podia ser infinitamente suave e outras vezes impiedosamente duro. Neste exato momento, Harry não conseguia interpretar o que era. Mas estava escuro.

— No ataque, então? — perguntou Waaler, que sorriu e afagou os cabelos do menino.

Harry olhou para os dedos fortes e fibrosos do colega, os fios escuros do cabelo de Oleg contra o dorso da mão bronzeada. O cabelo que se levantou sozinho. Sentiu que as pernas iam ceder.

— Não — disse Oleg, com o olhar ainda fixo em Harry. — Jogo na defesa.

— Oleg — disse Waaler, e olhou indagador para Harry —, acho que Harry ainda está brigando com as sombras aqui. Também faço isso quando alguma coisa me deixa irritado. Mas talvez você e eu possamos subir até o terraço para olhar a vista enquanto Harry se ajeita por aqui.

— Eu fico aqui — disse Oleg, sem modulação na voz.

Harry concordou com a cabeça.

— OK. Legal conhecer você, Oleg.

Waaler deu uma tapinha no ombro do menino e desapareceu. Oleg permaneceu no vão da porta.

— Como conseguiu chegar aqui? — perguntou Harry.

— De bonde.

— Sozinho?

Oleg fez que sim com a cabeça.

— Rakel sabe que você está aqui?

Oleg negou com a cabeça.

— Não vai entrar? — Harry estava com a garganta seca.

— Quero que você volte para a gente — disse Oleg.

Levou quatro segundos entre o momento em que Harry tocou a campainha e aquele em que Rakel abriu a porta. Seus olhos estavam negros de raiva e a voz, estridente.

— Onde você esteve?

Por um momento, Harry pensou que a pergunta era para os dois, mas então o olhar dela passou direto por ele e parou em Oleg.

— Eu não tinha ninguém com quem brincar — disse Oleg, olhando para baixo. — Peguei o bonde para o centro.

— O bonde? Sozinho? Mas como...

Sua voz cedeu.

— Eu fui escondido — disse Oleg. — Pensei que você fosse ficar feliz, mamãe. Você disse que também queria...

Com um movimento brusco, ela puxou Oleg para perto de si. Abraçou-o olhando para Harry.

Rakel e Harry estavam próximos do muro baixo que circundava o jardim, olhando para a cidade e o fiorde embaixo. Estavam calados. Os barcos a vela pareciam minúsculos triângulos contra o mar azul. Harry se virou para a casa. Borboletas subiram do gramado e voejavam entre as pereiras em frente às janelas abertas. Era uma casa grande, de toras de madeira escura. Uma casa feita para o inverno, não para o verão.

Harry olhou para ela. Estava descalça e vestia uma blusa fina de algodão com botões em cima do vestido azul-claro. O sol brilhava em pequenas gotículas de suor na sua pele nua, embaixo do colar com a cruz que ela herdara da mãe. Harry pensou que soubesse tudo sobre ela. O cheiro da blusa de algodão. O suave arquejar das costas por baixo do vestido. O gosto da pele dela quando estava suada e salgada. O que ela queria desse mundo. Por que ela não disse nada.

Todo esse saber mas tão inútil.

— Como está indo? — perguntou ele.

— Bem — respondeu ela. — Aluguei uma casa de verão. Só a partir de agosto. Resolvi tarde.

A modulação da voz estava neutra, a acusação quase inaudível.

— Você machucou a mão?

— Só um arranhão — disse Harry.

A brisa deixou um cacho de cabelo no rosto dela. Ele resistiu à tentação de tirá-lo com um afago.

— Ontem um corretor veio para avaliar a casa — disse ela.

— Um corretor? Está pensando em vender?

— É uma casa muito grande para duas pessoas, Harry.

— Sim, mas você gosta tanto desta casa... Você cresceu aqui. Oleg também.

— Não precisa me lembrar. É que a reforma no inverno custou quase o dobro do que pensei. E agora o telhado tem que ser trocado. É uma casa velha.

— Hum.

Harry olhou para Oleg, que estava chutando uma bola na porta da garagem. Ele chutou com força, a bola acertou a porta, e ele fechou os olhos e levantou os braços no ar para um público imaginário.

— Rakel?

Ela deu um suspiro.

— O que é, Harry?

— Não pode pelo menos me olhar quando conversamos?

— Não.

Sua voz não tinha ira, nem revolta, como fosse algo que ela simplesmente queria constatar.

— Faria alguma diferença se eu parasse?

— Você não consegue parar, Harry.

— Eu quis dizer de trabalhar na polícia.

— Entendi.

Ele chutou a grama.

— Talvez eu não tenha escolha — disse ele.

— Não tem?

— Não.

— Então, por que faz uma pergunta hipotética?

Ela soprou para afastar o cacho de cabelo.

— Eu podia encontrar um emprego mais calmo, ficar mais em casa. Cuidar mais de Oleg. Podíamos...

— Chega, Harry!

Sua voz estalou. Ela inclinou a cabeça e cruzou os braços como se estivesse com frio no sol escaldante.

— A resposta é não — sussurrou ela. — Não faria diferença. O problema não é o seu trabalho. É... — Ela respirou fundo, virou-se e olhou direto nos olhos dele: — É você, Harry. O problema é você.

Harry viu as lágrimas brotarem nos olhos dela.

— Agora vá embora — sussurrou.

Ele ia dizer alguma coisa, mas mudou de ideia. Em vez disso, apontou com a cabeça em direção às velas no fiorde.

— Você tem razão — disse ele. — O problema sou eu. Vou falar com Oleg, depois vou embora.

Ele deu alguns passos, mas então parou e se virou.

— Não venda a casa, Rakel. Não faça isso, está bem? Vou encontrar uma saída.

Ela sorriu por entre as lágrimas.

— Você é um cara estranho — sussurrou ela, e esticou a mão, como quisesse passá-la no rosto dele. Mas ele estava longe demais, e ela deixou cair a mão. — Cuide-se, Harry.

Quando Harry foi embora, sentiu frio nas costas. Eram 15h30. Tinha de se apressar para chegar à reunião a tempo.

Estou dentro do prédio. Tem cheiro de porão. Estou bem quieto, estudando os nomes na placa à minha frente. Ouço vozes e passos na escada, mas não tenho medo. Eles não podem ver, mas sou invisível. Ouviu? Não podem ver, mas... Não é um paradoxo, meu amor, apenas formulo como se fosse. Tudo pode ser formulado como paradoxos, meu amor, não é difícil. Só que paradoxos verdadeiros não existem. Paradoxos verdadeiros — eh, eh, —: vê como é fácil? Mas são apenas palavras, a falta de clareza da linguagem. E eu cortei laços com as palavras. Com as línguas. Olho o relógio. Isto é a minha língua. Claro e sem paradoxos. Estou pronto.

14
Segunda-feira. Bárbara

Ultimamente, Barbara Svendsen vinha pensando muito sobre o tempo. Não que fosse muito filosófica, a maioria das pessoas que a conheciam provavelmente diria o contrário. Só que ela nunca refletira sobre isso antes, que todas as coisas têm seu tempo e que esse tempo podia chegar a um fim. Havia anos compreendera que não seguiria a carreira de modelo. Ela se contentava com o título de ex-manequim. Soava bem, mesmo que a palavra na verdade tivesse vindo do holandês e significasse "pequeno homem". Fora Petter quem lhe ensinara isso. Como a maior parte daquilo que ele achava que ela deveria saber. Fora ele quem lhe arranjara o emprego no bar na Head On. E os comprimidos, graças aos quais ela aguentava ir direto do trabalho para a universidade, que faria dela uma socióloga. Mas o tempo de Petter, dos comprimidos e dos sonhos de ser socióloga haviam acabado, e um dia ela se vira sem Petter, apenas com dívidas por causa dos estudos e dos comprimidos que comprara e um emprego no bar mais chato de Oslo. Por isso, Barbara deixou tudo para trás, pegou dinheiro emprestado com os pais e foi a Lisboa para endireitar a vida e talvez aprender um pouco de português.

Por algum tempo, Lisboa foi fantástica. Os dias passavam depressa, mas ela não se preocupava. Tempo não era algo que ia embora, era algo que vinha. Até o dinheiro parar de chegar, a fidelidade eterna de Marcos acabar e a festa chegar ao fim. Ela voltou para casa com mais algumas experiências e mais alguns anos. Aprendera, por exemplo, que o ecstasy português é mais barato que o norueguês, mas que arruinava a vida do mesmo jeito, que português é uma língua muito difícil e que o tempo é um recurso limitado e não renovável.

Então, em ordem cronológica, namorou e deixou-se sustentar por Rolf, Ron e Roland. Soa mais engraçado do que de fato foi. Exceto com Roland. Com ele foi ótimo. Mas o tempo passou e Roland também.

Foi só quando ela se mudou de volta para seu quarto de menina que o mundo parou de girar e o tempo se aplacou. Ela parou de sair, conseguiu parar de tomar os comprimidos e começou a brincar com a ideia de retomar os estudos. Trabalhou um tempo para Manpower. Depois de quatro semanas como recepcionista terceirizada na firma de advocacia Halle, Thune & Wetterlid, que fisicamente ficava na praça Carl Berner e socialmente no mais baixo escalão dos advogados de cobrança da cidade, a firma lhe ofereceu um emprego fixo.

Isso tinha sido quatro anos antes.

O motivo para ela ter aceitado foi primeiro por ter descoberto que na Halle, Thune & Wetterlid o tempo passava mais lento do que em qualquer outro lugar que conhecia. A lentidão começava na hora de entrar no prédio de tijolos vermelhos e apertar o botão do quinto andar no elevador. Passava-se meia eternidade até as portas se fecharem e eles serem levados em direção a um mundo celeste com tempo ainda mais lento. Porque detrás do balcão Barbara podia observar o trajeto do mostrador de segundos no relógio em cima da porta da entrada, a maneira como os segundos, os minutos e as horas relutantemente passavam, a passo de tartaruga. Certos dias, ela podia fazer o dia quase parar de vez, era apenas uma questão de concentração. Era estranho, porém, que o tempo parecia se desenrolar muito mais rápido para as pessoas em torno dela. Como se vivessem em dimensões temporais paralelas, diferentes. O telefone na sua frente tocava sem parar e pessoas entravam e saíam como em cinema mudo, mas era como se tudo acontecesse distante dali, como se ela fosse um robô com partes mecânicas que se moviam tão rápido quanto eles, enquanto sua vida interior acontecia em câmera lenta.

A semana anterior, por exemplo. Uma grande agência de cobranças tinha ido à falência de repente e então todos começaram a correr e a telefonar como loucos. Wetterlid disse a ela que estava aberta a temporada de abutres sobre a carniça do mercado, em busca da oportunidade de ascender à elite. E naquele dia ele perguntou se Barbara poderia ficar mais um pouco, pois haveria reuniões com os clientes da agência falida até as 18 horas, e eles queriam dar a impressão de que tudo estava às mil maravilhas na Halle, Thune & Wetterlid, certo? Como sempre, Wetterlid olhou para os peitos dela enquanto falava e, como sempre, ela sorriu e automaticamente contraiu as escápulas do jeito que Petter a havia instruído quando ela trabalhava no Head On. Tinha se tornado um reflexo. Todos alardeiam o que têm. Pelo menos era o que Barbara aprendera. O motoboy que acabara de entrar, por exemplo. Ela apostou que ele fosse feinho por baixo do capacete, dos óculos escuros e do pano que lhe cobria a boca. Devia ser por isso que ele não os tirava. Em vez disso, disse que sabia em que sala o pacote seria entregue e seguiu devagar pelo corredor com suas bermudas de ciclista colantes, para que ela pudesse dar uma boa olhada no traseiro atlético dele. Ou, por exemplo, a faxineira que estava para chegar. Com certeza era budista ou hinduísta ou algo parecido e Alá dissera que ela deveria esconder o corpo por baixo de um monte de roupas que mais pareciam lençóis. Mas tinha dentes lindos, e o que ela fazia? Andava sorrindo por aí como um jacaré que tomou ecstasy. O negócio era se mostrar.

Barbara estava olhando o mostrador de segundos no relógio quando alguém entrou.

O homem era relativamente baixo e rechonchudo. Estava ofegante e com os óculos embaçados, por isso Barbara presumiu que tivesse subido pela escada. Quatro anos antes, quando começara no emprego, ela não sabia distinguir entre um terno de 2 mil coroas comprado numa loja de departamentos e um Prada, mas aos poucos aprendera não só a avaliar ternos como também gravatas e — o alvo mais certeiro para ela decidir qual deveria ser o nível de seu atendimento — sapatos.

O recém-chegado não chamava a atenção por nada em particular, pelo que ela podia observar enquanto ele ficou limpando os óculos. Ele lembrava um pouco o gorducho de *Seinfeld*, cujo nome ela não sabia porque na verdade não assistia a *Seinfeld*. Mas, a julgar pelas roupas — um julgamento necessário, aliás —, o terno leve com risca de giz, a gravata de seda e os sapatos feitos à mão indicavam que a Halle, Thune & Wetterlid em breve ganharia um cliente interessante.

— Bom-dia, em que posso ajudar? — perguntou ela, e sorriu seu segundo melhor sorriso. O melhor estava reservado para o dia em que o homem dos seus sonhos entrasse.

O homem sorriu, tirou um lenço do bolso e o apertou na testa.

— Vou para uma reunião, mas antes a senhorita poderia fazer a gentileza de me arranjar um copo d'água?

Barbara pensou ter ouvido um leve sotaque estrangeiro, mas não conseguiu identificar de onde. De qualquer maneira, a forma educada e ao mesmo tempo imperiosa de ele pedir reforçou-lhe ainda mais a convicção de que ele era peixe graúdo.

— Claro — disse ela. — Um momentinho.

Andando pelo corredor, Barbara lembrou-se de repente de que Wetterlid alguns dias antes havia mencionado algo sobre um bônus para todos os empregados caso conseguissem bons resultados naquele ano. Assim, a empresa também podia se dar ao luxo de investir naqueles recipientes de água mineral que ela vira em outros lugares. Então, de forma totalmente inesperada, algo estranho aconteceu. O tempo acelerou, deu um salto. Durou apenas poucos segundos, depois voltou à lentidão de sempre. Mas mesmo assim, foi como se aqueles segundos, de forma inexplicável, tivessem sido roubados dela.

Ela entrou no banheiro feminino e abriu a torneira de uma das três pias. Tirou um copo de plástico branco do porta-copos e esperou, colocando um dedo na água. Morna. O homem lá fora precisaria ter paciência. Tinham dito no rádio naquele mesmo dia que a temperatura dos lagos na floresta Nordmarka estava em torno de 22 graus, para quem quisesse entrar na água. Mas se deixasse escorrer bastante, a água potável da lagoa de Maridalen ficaria deliciosamente gelada. Como seria possível, ela se perguntou, enquanto observava o próprio dedo. Se a água ficasse fria o suficiente, seu dedo ficaria branco e quase dormente. O anular esquerdo. Quando ganharia um anel de casamento? Antes que seu coração ficasse branco e rígido, pensou. Ela sentiu uma corrente de ar, que logo sumiu, por isso não se deu ao trabalho de se virar. A água ainda estava morna. E o tempo estava passando. Escorria, como o líquido. Bobagem. Faltava mais de trinta meses para ela completar 30 anos, ainda tinha tempo de sobra.

Um ruído a fez levantar o olhar. No espelho viu as portas dos dois banheiros. Alguém havia entrado sem que ela percebesse?

Ela quase deu um salto de susto quando a água finalmente ficou gelada. Profundos abismos subterrâneos. Por isso ficava gelada. Pôs o copo embaixo do jato de água e ele logo encheu. Ficou com vontade de sair logo. Ao se virar, deixou o copo cair no chão.

— Eu a assustei?

A voz parecia verdadeiramente preocupada.

— Desculpe — disse ela, esquecendo-se de contrair as escápulas. — Estou um pouco nervosa hoje. — Ela se agachou para pegar o copo e emendou: — E você está no banheiro feminino.

O copo tinha rolado no chão, mas acabou de pé. Ainda restava água dentro, e no instante em que ela esticou o braço na direção do copo viu o reflexo do próprio rosto na superfície redonda da água. Ao lado do rosto, na beirada do espelho d'água, ela viu algo se mover. Então, o tempo pareceu voltar a passar devagar. Infinitamente vagaroso. E ela teve tempo de pensar outra vez que o tempo estava sendo consumido para sempre.

15
Segunda-feira. *Vena amoris*

O Escort branco e vermelho de Harry encostou em frente à loja de TV. Dois carros da polícia e a maravilha esportiva vermelha de Waaler pareciam aleatoriamente esparramados nas calçadas, em volta do cruzamento tranquilo que tinha o lisonjeiro nome de praça Carl Berner.

Harry estacionou, tirou o cinzel do bolso do paletó e o deixou no assento do passageiro. Ele não havia encontrado as chaves do carro no apartamento, portanto pegara arame e o cinzel, vasculhara a vizinhança e encontrara seu querido carro na rua Stensberg. Como tinha imaginado, com as chaves na ignição. O cinzel verde fora perfeito para forçar a porta até o ponto em que pôde levantar o pino da fechadura com o arame.

Harry atravessou a rua no sinal vermelho. Andou devagar, pois seu corpo não permitia velocidade. O estômago e a cabeça doíam e a camisa suada grudava às costas. Eram 17h55 e até agora suportara ficar sem remédio, mas não podia prometer nada.

Na lista de escritórios no corredor interno constava o nome Halle, Thune & Wetterlid no quinto andar. Harry gemeu. Lançou um olhar para o elevador. Portas corrediças. Sem grade de correr.

O elevador era da marca KONE, e quando as lustrosas portas metálicas fecharam, ele teve a sensação de estar numa lata de sardinhas. Tentou não ouvir os ruídos da maquinaria do elevador. Fechou os olhos. Mas voltou a abri-los depressa quando as imagens da irmã, Søs, apareceram por baixo das pálpebras.

Um colega uniformizado da patrulha abriu a porta para as salas do escritório.

— Ela está ali dentro — disse, e apontou para o corredor à esquerda da recepção.

— Onde está a perícia técnica?

— A caminho.

— Com certeza vão apreciar que feche o elevador e a porta lá embaixo.

— OK.

— Chegou mais alguém da polícia?

— Li e Hansen. Eles detiveram as pessoas que ainda estavam no escritório quando ela foi encontrada. Estão sendo interrogados numa das salas de reunião.

Harry desceu o corredor. Os carpetes eram gastos e as reproduções de romantismo nacional nas paredes, descoloridas. Uma firma que já tivera dias melhores. Ou não.

A porta do banheiro feminino estava entreaberta, os carpetes abafavam o som dos passos de Harry o bastante para ele ouvir a voz de Waaler ao se aproximar. Harry parou em frente à porta. Parecia que Waaler estava falando ao celular.

— Se for dele, parece que não está mais usando a gente. Sim, mas deixe isso comigo.

Harry empurrou a porta e viu Waaler de cócoras.

Ele levantou o olhar e olhou o recém-chegado.

— Olá, Harry. Já falo com você.

Harry ficou na porta, absorvendo a cena e ouvindo o distante sussurro de uma voz no celular de Waaler.

O recinto era surpreendentemente grande, cerca de 4 por 5 metros, e consistia em dois banheiros brancos e três pias embaixo de um espelho comprido. As lâmpadas no teto jogavam luz fria nas paredes e nos azulejos brancos. A ausência de cor era quase conspícua. Talvez fosse essa moldura que fazia o corpo parecer uma pequena obra de arte, uma exposição cuidadosamente arranjada. A mulher era esbelta, com aparência bem jovem. Estava de joelhos com a testa no chão, como um muçulmano ao fazer as preces, só que com os braços embaixo do corpo. A saia do tailleur tinha deslizado por cima da calcinha amarelo-claro, do tipo fio dental. Uma fina faixa vermelha-escura de sangue estava nas juntas dos azulejos, entre a cabeça da mulher e o ralo. Parecia ter sido pintada para produzir o máximo de efeito.

O corpo se equilibrava em cinco pontos de apoio: os punhos, os joelhos e a testa. O tailleur, a posição bizarra e o traseiro descoberto fizeram Harry pensar numa secretária que tivesse se colocado em posição para ser penetrada pelo chefe. De novo os estereótipos. Pelo que ele sabia, porém, ela bem que poderia ser a chefe.

— Está bem, mas não podemos tratar disso agora — disse Waaler. — Me ligue hoje à noite.

Waaler pôs o telefone no bolso interno, mas continuou de cócoras. Harry notou que a outra mão dele encostava na pele branca da mulher, logo abaixo da costura da calcinha. Para se apoiar, pensou.

— Vão sair boas as fotos, não é? — disse Waaler, como tivesse lido os pensamentos de Harry.

— Quem é ela?

— Barbara Svendsen, 28 anos. Era a recepcionista daqui.

Harry se agachou ao lado de Waaler.

— Como vê, foi morta por um tiro na cabeça, por trás — disse Waaler. — Com certeza com a pistola que está embaixo da pia, ali. Ainda cheira a cordite.

Harry olhou a pistola preta no chão. Uma grande peça preta estava presa na ponta do cano.

— Uma Česká Zbrojovka — disse Waaler. — Pistola tcheca. Com silenciador especial.

Harry fez que sim com a cabeça. Tinha vontade de perguntar se a pistola era um dos produtos que Waaler importava. Se era disso que se tratava na conversa ao telefone.

— Posição bastante peculiar — disse Harry.

— É, aposto que ela estava de cócoras ou de joelhos e caiu para a frente.

— Quem foi que a achou?

— Uma das advogadas. A central recebeu a chamada às 17h11.

— Testemunhas?

— Ninguém com quem já conversamos viu alguma coisa. Nenhum comportamento estranho, nenhuma pessoa suspeita chegou ou saiu durante a última hora. Uma pessoa de fora que ia a uma reunião com um dos advogados disse que Barbara saiu da recepção às 16h 55 para buscar um copo d'água para ele, mas que ela não voltou.

— Hum. E ela veio para cá?

— Provavelmente. A cozinha fica mais longe da recepção.

— Mas ninguém mais a viu no caminho da recepção para cá?

— As duas pessoas que têm salas entre a recepção e o banheiro já haviam deixado o escritório. E aquelas que ainda não tinha ido embora estavam em suas salas ou numa das salas de reunião.

— O que fez a pessoa de fora quando ela não voltou?

— Ele ia a uma reunião às 17 horas e, quando a recepcionista não voltou, ficou impaciente e foi procurar a sala do advogado com quem teria a reunião.

— Era conhecido, então?

— Não, primeira vez que vinha aqui, disse ele.

— Hum. Então ele foi a última pessoa a vê-la com vida?

— Correto.

Harry notou que Waaler não tinha movido a mão.

— Então deve ter acontecido entre 16h 55 e 17h 11.

— É o que parece — Waaler disse.

Harry olhou o bloco de anotações.

— Você tem mesmo de fazer isso? — ele perguntou, baixinho.

— Isso o quê?

— Pegar nela.

— Incomoda você?

Harry não respondeu. Waaler se aproximou.

— Quer dizer que você nunca pegou nelas, Harry?

Harry tentou escrever com a caneta, mas não estava funcionando.

Waaler soltou um riso curto.

— Não precisa responder, está na cara. Não há nada de errado em ser curioso, Harry. É um dos motivos de sermos policiais, não é? A curiosidade e a excitação. Por exemplo, descobrir como é a pele do corpo que acaba de morrer, quando não está quente nem frio.

— Eu...

Harry deixou cair a caneta quando Waaler pegou sua mão.

— Sinta.

Waaler apertou a mão de Harry contra a coxa da morta. Harry respirou com força pelo nariz. Sua primeira reação foi puxar o braço, mas não o fez. A mão de Waaler em cima da dele estava quente e seca, mas a pele dela não parecia ser de uma pessoa; era como pegar em borracha. Borracha morna.

— Está sentindo? É essa a excitação, Harry. Você também já está viciado nela, não é? Mas onde vai achá-la quando acabar este emprego? Vai fazer como os outros coitados, procurá-la numa loja de vídeo ou no fundo das suas garrafas? Ou quer excitação na sua vida real? Sinta, Harry. É isso que a gente lhe oferece. Uma vida de verdade. Sim ou não?

Harry limpou a garganta.

— Só estou dizendo que os caras da perícia querem que a gente proteja as pistas antes de tocarmos em algo.

Waaler olhou longamente para Harry. Então piscou sorridente e soltou a mão dele.

— Tem razão. Falha minha.

Waaler se levantou e saiu.

As dores no estômago quase derrubavam Harry, mas ele se concentrou e respirou fundo e com calma. Beate não iria perdoá-lo se ele vomitasse no local do crime.

Ele encostou o rosto nos azulejos frescos e levantou a blusa de Barbara para olhar embaixo. Entre os joelhos e o torso que pendia arqueado, viu um copo de plástico. Mas o que atraiu sua atenção foi a mão dela.

— Merda — sussurrou Harry. — Merda.

Às 18h20, Beate irrompeu nos escritórios da Halle, Thune & Wetterlid. Harry estava sentado no chão, encostado na parede do lado de fora do banheiro feminino, e bebia água de um copo de plástico branco.

Beate parou à sua frente, colocou as malas metálicas no chão e passou o dorso da mão pela testa úmida e vermelha.

— Desculpe, estava na praia. Tive que ir para casa me trocar e depois passar no trabalho para buscar o equipamento. E algum idiota mandou pararem o elevador, então tive que subir pelas escadas.

— Hum. O tal idiota deve ter feito isso para proteger eventuais pistas. A imprensa já está farejando alguma coisa?

— Há uns repórteres lá fora curtindo o sol. Poucos. Estão todos de férias.

— Acho que as férias acabaram.

Beate fez uma careta.

— Quer dizer...

— Venha.

Harry a guiou até o banheiro e ficou de cócoras.

— Olhe embaixo dela, na mão esquerda. O dedo anular foi cortado fora.

Beate gemeu.

— Pouco sangue — disse Harry. — Então foi feito depois que ela já tinha morrido. E temos esse aqui.

Ele levantou o cabelo em cima da orelha esquerda de Barbara.

Beate franziu o nariz.

— Um brinco?

— Em forma de coração. Totalmente diferente do brinco de prata que há na outra orelha. Encontrei o outro no chão dentro do banheiro. Este aqui foi o assassino que colocou nela. O interessante é que se deixa abrir. Assim. Conteúdo incomum, não acha?

Beate fez que sim com a cabeça.

— Uma estrela de diamante com cinco pontas — disse ela.

— O que temos, então?

Beate olhou para ele.

— Podemos pronunciar as palavras agora? — ela perguntou.

— Um serial killer?

Bjarne Møller sussurrou tão baixinho que Harry automaticamente apertou o celular com mais força na orelha.

— Estamos no local do crime e o padrão é o mesmo — disse Harry. — Vai ter que começar a chamar os inspetores de volta das férias, chefe. Vamos precisar de todo mundo.

— Um plagiador?

— Impossível. Somos os únicos que sabem das mutilações e dos diamantes.

— Isso é muito inoportuno.

— Serial killers convenientes são raros, chefe.

Møller ficou quieto por algum tempo.

— Harry?

— Estou aqui, chefe

— Peço que use suas últimas semanas para auxiliar Waaler nesse caso. Você é o único da Homicídios que tem experiência com serial killers. Sei que vai dizer não, mas lhe peço mesmo assim. Só para podermos começar, Harry.
— Está bem, chefe.
— Isto aqui é mais importante do que as divergências entre você e Waaler... O que disse?
— Eu disse que tudo bem.
— Certeza?
— Sim. Mas agora vou ter que correr. Vamos ficar aqui até bem tarde da noite, seria legal se você pudesse convocar a primeira reunião do grupo de investigação amanhã. Tom está sugerindo 8 horas.
— Tom? — perguntou Møller, com surpresa na voz.
— Tom Waaler.
— Eu sei, é que nunca ouvi você usar o primeiro nome dele.
— Os outros estão me esperando, chefe.
— OK.

Harry enfiou o celular no bolso, jogou o copo plástico na lixeira, entrou num dos cubículos do banheiro masculino, agarrou-se ao vaso e vomitou.

Depois ficou em frente à pia com a torneira aberta e se olhou no espelho. Ouviu o zunido de vozes do corredor. O assistente de Beate pedindo para as pessoas ficarem atrás da barreira; Waaler mandando procurar quem tivesse estado nas proximidades do prédio; Magnus Skarre gritando para um colega que queria um cheeseburger *sem* fritas.

Quando a água finalmente ficou fria, Harry pôs o rosto embaixo da torneira. Deixou a água escorrer pelo rosto, para dentro do ouvido, pelo pescoço, por dentro da camisa, pelo ombro e pelo braço. E bebia com avidez. Recusou-se a dar atenção ao inimigo dentro de si. Depois correu para dentro do cubículo e vomitou de novo.

Lá fora já era noite e a praça Carl Berner estava deserta quando Harry saiu do prédio, acendeu um cigarro e levantou a mão para deter um dos abutres disfarçados de jornalistas que veio na sua direção. O homem parou. Harry o reconheceu. Gjendem, não era esse seu nome? Falara com ele depois do caso em Sydney. Gjendem não era pior do que os outros, um pouco melhor até.

A loja de produtos eletrônicos ainda estava aberta. Harry entrou. Não havia ninguém além de um homem gordo atrás do balcão, de camisa de flanela suja, lendo uma revista. Um ventilador de mesa estragou o penteado que tentava esconder sua careca e espalhou seu cheiro de suor por toda parte. Ele bufou quando Harry lhe mostrou o distintivo e perguntou-lhe se notara alguém ou alguma coisa de estranho na loja ou na frente da loja.

— Tem algo de estranho com todos eles — respondeu ele. — A vizinhança aqui está indo de mal a pior.

— Alguém que parecia a fim de matar alguém? — perguntou Harry, seco.

O homem fechou um olho.

— É por isso que havia tantos carros da polícia por aqui?

Harry fez que sim com a cabeça.

O homem deu de ombros e voltou a ler a revista.

— Quem é que nunca tem vontade de matar de vez em quando, policial?

Harry estava de saída quando viu o próprio carro numa das telas de TV. A câmera continuou circunvagando a praça Carl Berner e parou no prédio de tijolos vermelhos. Depois, a imagem mostrou o repórter na TV2 e, no instante seguinte, um desfile de moda. Harry tragou o cigarro com força e fechou os olhos. Rakel vinha ao seu encontro na passarela, não, em 12 passarelas, depois literalmente saiu da parede onde estavam enfileirados os aparelhos de TV e se pôs na sua frente com as mãos na cintura. Olhou-o, jogou a cabeça para trás, virou-se e foi embora. Harry reabriu os olhos.

Eram 20 horas. Ele tentou não se lembrar de que havia um bar bem ao lado. Onde serviam bebidas.

O pior da noite ainda estava por vir.

E, depois, a madrugada.

Eram 22 horas e, mesmo que o mercúrio piedosamente tivesse descido 2 graus, o ar estava quente e parado, aguardando vento da terra, vento do mar, qualquer vento. A Perícia Técnica estava vazia, exceto na sala de Beate, onde a luz permanecia acesa. O assassinato na praça Carl Berner virou o dia de ponta-cabeça e ela ainda estava no local do crime quando o colega Bjørn Holm ligou e disse que havia uma mulher na recepção dizendo que viera do De Beers para examinar uns diamantes.

Beate teve de voltar correndo e agora se concentrava na mulher baixinha e enérgica à sua frente, que falava com o sotaque perfeito que se pode esperar de uma holandesa residente em Londres:

— Diamantes têm impressões digitais geológicas que fazem com que, em teoria, seja possível traçar o caminho de volta até o proprietário, já que são emitidos certificados em que consta sua origem e que seguem o diamante o tempo todo. Mas não neste caso, receio.

— Por que não? — perguntou Beate.

— Porque os dois diamantes que vi são o que chamamos de diamantes de sangue.

— Por causa da cor avermelhada?

— Não, porque é provável que tenham vindo das minas de Kiuvu em Serra Leoa. Todos os negociantes de diamantes do mundo boicotam diamantes de Serra Leoa, porque as minas são controladas por tropas rebeldes que exportam as pedras para financiar uma guerra que não é política, mas financeira. Por isso o nome diamante de sangue. Acho que esses diamantes são novos, provavelmente contrabandeados de Serra Leoa para outro país, onde ganharam certificados falsos, alegando que vieram de uma mina conhecida na África do Sul, por exemplo.

— Alguma ideia do país para onde foram contrabandeados?

— A maioria acaba em ex-países comunistas. Quando a Cortina de Ferro caiu, os peritos que antes emitiam identidades falsas tiveram que encontrar novos nichos. Paga-se muito bem por bons certificados de diamantes. Mas esse não é o único motivo para eu mencionar a Europa Oriental.

— Ah, não?

— Eu já vi esses diamantes em forma de estrela. Eram contrabandeados das antigas Alemanha Oriental e Tchecoslováquia. E, igual a estes aqui, tinham sido cortados como diamantes de qualidade medíocre.

— Qualidade medíocre?

— O diamante vermelho é bonito, mas mesmo assim é mais barato que o transparente, límpido. As pedras que vocês acharam também têm muitos restos de carvão não cristalizado, é por isso que não são tão transparentes quanto o desejável. Há uma perda para se obter a forma de estrela, não se usam diamantes que a princípio são perfeitos.

— Alemanha Oriental e Tchecoslováquia, então. — Beate fechou os olhos.

— Apenas um chute qualificado. Se não tiver mais nada, ainda posso pegar o último voo para Londres...

Beate abriu os olhos e se levantou.

— Desculpe, foi um dia longo e caótico. Você foi de grande ajuda e agradecemos muito por ter vindo.

— Foi um prazer. Espero que eu possa ajudá-los a pegar o culpado.

— Nós também. Deixe-me chamar um táxi.

Beate ficou esperando que a central de táxi respondesse e percebeu que a perita olhou para sua mão, a que segurava o telefone. Beate sorriu.

— O anel de diamante que você tem aí é muito bonito. Parece um anel de noivado.

Beate enrubesceu sem saber por quê.

— Não estou noiva. É o anel de noivado que meu pai deu a minha mãe. Eu o ganhei quando ele morreu.

— Ah sim. Isso explica por que você o usa na mão direita.

— Ah, é?

— Sim, o mais comum seria na esquerda. No terceiro dedo da mão esquerda, para ser exato.

— O dedo médio? Pensei que seria no anular.

A mulher sorriu.

— Não se você tiver a mesma fé dos egípcios.

— E em que eles acreditavam?

— Eles alegavam que havia uma veia do amor, a *vena amoris*, que ia direto do coração ao dedo médio esquerdo.

Quando o táxi chegou e a mulher foi embora, Beate ficou quieta olhando a própria mão por um tempo. Terceiro dedo da mão esquerda.

Então ligou para Harry.

— A arma também era tcheca — disse Harry quando ela terminou.

— Talvez tenha alguma coisa aí — disse Beate.

— Talvez — disse Harry. — Como é o nome da veia?

— *Vena amoris*?

— *Vena amoris* — murmurou Harry.

E desligou.

16
Segunda-feira. Diálogo

Você está dormindo. Encosto a mão no seu rosto. Sentiu minha falta? Eu dou um beijo na sua barriga. Vou descendo e você começa a se mexer, uma dança de fadas ondulante. Você não diz nada, faz de conta que dorme. Pode acordar agora, meu amor. Já foi desmascarada.

Harry acordou de um salto e se sentou na cama. Levou alguns segundos até entender que acordara com o próprio grito. Olhou para dentro do semiescuro, perscrutando as sombras em volta das cortinas e do guarda-roupa.

Recostou a cabeça no travesseiro. O que é que tinha sonhado? Ele estava num recinto semiescuro. Duas pessoas se aproximaram de uma cama. No início, seus rostos estavam escondidos. Ele acendeu uma lanterna, apontando-a para os rostos, quando ele acordou com o grito.

Harry olhou para os números do relógio na mesinha. Ainda faltavam duas horas e meia para as 7. Tempo suficiente para ter um pesadelo. Mas tinha de dormir. Precisava. Respirou fundo, como se fosse mergulhar, e fechou os olhos.

17
Terça-feira. Perfis

Harry olhou o ponteiro de minutos na parede, acima da cabeça de Tom Waaler.

Eles tiveram de buscar cadeiras extras para caber todo mundo na grande sala de reuniões da zona verde do sétimo andar. Na sala havia um ar quase solene. Nenhuma conversa, nada de beber café, nada de ler jornal, apenas fazer anotações em blocos de papel e esperar calado até as 8 horas. Harry contou 17 cabeças, faltava apenas uma pessoa. Waaler estava na frente de todos com os braços cruzados e o olhar em seu Rolex.

O ponteiro dos minutos no relógio de parede deu um salto e parou trêmulo, em posição de sentido.

— Então podemos começar — disse Waaler.

Ouviram-se ruídos de todos se endireitando nas cadeiras.

— Vou estar à frente desse grupo de investigação, assistido por Harry Hole.

As cabeças em volta da mesa se viraram com surpresa para Harry, que estava no fundo da sala.

— Primeiro quero agradecer àqueles que, sem chiar, voltaram correndo de suas férias — continuou Waaler. — Receio que vamos pedir para que de agora em diante sacrifiquem mais do que suas férias, e posso não ter tempo de andar por aí agradecendo a torto e a direito, então vamos dizer que esse agradecimento vale até o fim do mês, OK?

Risos e cabeças balançando em volta da mesa. Como se deve rir e concordar com o futuro chefe da divisão, pensou Harry.

— Por muitos motivos, hoje é um dia especial.

Waaler ligou o projetor. A primeira página do *Dagbladet* iluminou a tela atrás dele. SERIAL KILLER À SOLTA? Nenhuma foto, apenas essa chamativa manchete em letras maiúsculas. É raro um editor que respeite a profissão usar ponto de interrogação na primeira página, e o que poucos sabiam — o que na sala K615 significava ninguém — era que a decisão de acrescentar o ponto de interrogação fora tomada apenas poucos minutos antes de o jornal ir para o prelo, depois de o editor de plantão ligar para o chefe de redação, em sua casa de veraneio na praia, para consultá-lo.

— Não temos um serial killer norueguês, pelo menos não que a gente saiba, desde que Arnfinn Nesset pirou nos anos 1980 — disse Waaler. — Serial killers são raros, tão raros que isso vai chamar a atenção além das fronteiras. Temos muitos olhares sobre nós, pessoal.

A pausa dramática que Waaler fez a seguir era desnecessária, todos os presentes já haviam entendido a importância do caso com o resumo que Møller fizera pelo telefone na noite anterior.

— OK — disse Waaler. — Se realmente for um serial killer que estamos enfrentando, não estamos sem sorte. Primeiro, temos entre nós uma pessoa que já investigou e até capturou um serial killer. Presumo que todos aqui conheçam a façanha do inspetor Hole em Sydney. Harry?

Harry viu os rostos se virarem para ele e pigarreou. Sentiu que a voz ameaçou ceder e pigarreou outra vez.

— Não sei se o trabalho que fiz em Sydney é um exemplo a seguir. — Ele esboçou um sorriso torto. — No fim, como talvez se lembrem, eu mesmo matei o homem a tiros.

Nenhum riso, nem sequer sinal de sorrisos. Harry não era um futuro chefe de divisão.

— Podemos imaginar piores resultados do que esse, Harry — disse Waaler, e olhou para seu Rolex de novo. — Muitos aqui já conhecem o psicólogo Aune, que já usamos como consultor em vários casos. Ele aceitou vir dar uma breve introdução sobre o fenômeno assassinato em série. Alguns de vocês já estão familiarizados com a questão, mas uma repetição não fará mal. Ele deveria ter chegado às...

Todos levantaram a cabeça quando alguém irrompeu pela porta. O homem que entrou estava ofegante. Em cima da barriga protuberante que o paletó de tweed não conseguia cobrir vestia uma gravata-borboleta laranja e usava um par de óculos tão pequenos que as pessoas se perguntavam se era possível enxergar alguma coisa com eles. Embaixo da careca lustrosa a testa brilhava de suor; logo abaixo havia um par de sobrancelhas escuras, talvez pintadas, mas nitidamente bem-cuidadas.

— Falando nele... — disse Waaler.

— Aqui estou! — exclamou Aune, que tirou um lenço do bolso e enxugou a testa.

Ele foi para a frente da mesa e deixou sua pasta de couro gasta cair no chão com um estalo.

— Bom-dia, meus senhores. É bom ver tantos jovens acordados a esta hora do dia. Já encontrei alguns de vocês antes, de outros consegui escapar.

Harry sorriu. Ele era uma das pessoas de que Aune definitivamente não escapara. Fazia anos desde que Harry o procurara pela primeira vez por causa de seus problemas com álcool. Aune não era especialista em embriaguez, mas desenvolveu-se uma relação entre os dois que, Harry tinha de confessar, era como uma amizade.

— Abram os blocos de anotações, seus molengas! — Aune pendurou o paletó numa cadeira. — Parece que estão num enterro, o que de certa forma é o caso, mas quero ver alguns sorrisos antes de eu sair daqui. É uma ordem. E prestem atenção agora, vou ser breve. — Aune pegou o marcador do quadro branco e começou a escrever velozmente enquanto falava: — Há muitos motivos para acreditarmos que assassinos seriais existem desde que havia mais de uma pessoa possível de se matar neste mundo. Mas muitos consideram o chamado "Outono de Terror" de 1888 o primeiro caso moderno de assassinato em série. É a primeira vez que podemos documentar um serial killer com um motivo puramente sexual. O assassino que matou cinco mulheres antes de desaparecer sem deixar pistas ganhou o nome de Jack, o Estripador, mas sua identidade verdadeira ele levou consigo para o túmulo. A mais conhecida contribuição do nosso país à lista não é Arnfinn Nesset, que, todos devem lembrar, envenenou uns vinte pacientes nos anos 1980, mas Belle Gunness, que era algo bem raro: um serial killer mulher. Ela foi para os Estados Unidos, onde se casou em 1902 com um cara raquítico, e instalou-se numa fazenda perto de La Porte, no estado de Indiana. Digo raquítico porque ele pesava apenas 70 quilos e ela, 120. —

Aune puxou de leve os suspensórios. — Aliás, não vejo problema algum com o peso dela.

Risos em volta da mesa.

— Essa mulher rechonchuda e amável matou o marido, algumas crianças e um número desconhecido de cavalheiros que ela atraiu para a fazenda com anúncios de relacionamento nos jornais de Chicago. Os corpos dessas pessoas apareceram em 1908, quando a propriedade pegou fogo em circunstâncias suspeitas. Entre elas, um torso de mulher extraordinariamente volumoso com a cabeça cortada fora. É provável que a mulher tenha sido colocada lá por Belle, para fazer os investigadores acreditarem que fosse ela mesma. A polícia recebeu vários relatórios de testemunhas oculares que disseram ter visto Belle em vários lugares nos Estados Unidos, mas ela nunca foi encontrada. E esse é o cerne da questão, queridos amigos. Infelizmente, os casos de Jack e Belle são exemplos típicos de serial killers.

Aune terminou de anotar e bateu o marcador com força no quadro branco.

— Eles não são pegos.

A plateia o olhou em silêncio.

— Então — disse Aune —, o conceito de serial killer é tão controverso quanto todo o resto que vou contar a vocês. Isso porque a psicologia é uma ciência que ainda está engatinhando e porque os psicólogos são irascíveis por natureza. Vou lhes contar algumas coisas que sabemos sobre assassinos seriais, o que por acaso é tanto quanto o que não sabemos. Aliás, muitos bons psicólogos não gostam do termo "serial killer." Eles alegam ser uma expressão sem sentido, pois caracteriza um grupo de doenças mentais que outros psicólogos alegam não existir. Deu para entender? Bem, pelo menos alguns de vocês estão sorrindo, é um bom sinal.

Aune bateu o dedo indicador no primeiro ponto que escrevera no quadro.

— O serial killer típico é um homem branco entre 25 e 40 anos. Normalmente age sozinho, mas também pode agir com outros, em dupla, por exemplo. A mutilação das vítimas é sinal de que está sozinho. As vítimas podem ser qualquer pessoa, mas normalmente estão dentro do mesmo grupo étnico que ele e apenas excepcionalmente ele já os conhecia. Em geral, ele encontra a primeira vítima numa área que conhece bem. É um mito popular de que sempre há rituais especiais ligados aos assassinatos em série. Não é verdade, mas quando de fato há rituais, frequentemente é em relação a assassinatos em série.

Aune apontou o tópico seguinte: PSICOPATA/SOCIOPATA.

— Mas o mais característico do serial killer é ser americano. Só Deus, além, é claro, de alguns professores de psicologia da Universidade de Oslo, sabem o porquê. Por isso é interessante que aqueles que sabem mais sobre assassinatos em série, o FBI e a Justiça americana, distinguem dois tipos de serial killers: o psicopata e o sociopata. Os professores que mencionei são da opinião de que a distinção e os conceitos são uma bosta, mas na terra do serial killer a maioria dos tribunais se baseia na regra McNaughten, segundo a qual apenas o serial killer psicopata não sabe o que está fazendo no momento do ato. Então, ao contrário do sociopata, o psicopata se livra da pena de prisão ou, como é provavelmente o caso na própria terra de Deus, da pena de morte. Em relação a assassinos seriais, quero dizer. Hum...

Ele cheirou a caneta pilot e ergueu uma sobrancelha em surpresa.

Waaler levantou a mão. Aune sinalizou para ele falar.

— A pena é bastante interessante — disse Waaler. — Mas antes de mais nada temos que prendê-lo. Há algo que podemos usar na prática?

— Está louco? Eu sou psicólogo.

Risos. Contente, Aune fez reverência.

— Claro, vou chegar lá, Waaler. Mas deixe-me primeiro dizer que se algum de vocês já estiver começando a ficar impaciente, terá dificuldades pela frente. Por experiência, não há nada que leve tanto tempo quanto pegar um serial killer. Pelo menos se ele for do tipo errado.

— Como assim, do tipo errado? — Foi Magnus Skarre quem perguntou.

— Vamos primeiro ver como aqueles que fazem os perfis psicológicos do FBI distinguem os assassinos seriais psicopatas dos sociopatas. O psicopata é quase sempre um indivíduo mal ajustado, sem trabalho, sem formação, com uma ficha criminal e vários problemas sociais. Ao contrário do sociopata, que é inteligente, aparentemente bem-sucedido, vivendo uma vida normal. O psicopata se destaca e se torna facilmente um suspeito, enquanto o sociopata some na multidão. Por exemplo, sempre é um choque para vizinhos e conhecidos quando o sociopata é desmascarado. Conversei com um psicólogo que traça os perfis no FBI e ele me disse que uma das primeiras coisas que ele investigava era o horário dos assassinatos. Pois cometer um assassinato leva tempo. Uma pista útil para ele foi ver se os assassinatos ocorreram em dias úteis ou nos fins de semana ou feriados. O último indica que o assassino tem um emprego, o que aumenta a probabilidade de estarmos diante de um sociopata.

— Então, quando nosso homem mata nas férias coletivas, indica que ele tem um emprego e é um sociopata? — perguntou Beate Lønn.

— Evidentemente, é cedo para tirar uma conclusão dessas, mas somando tudo o que sabemos, talvez. Isso é muita teoria para vocês?

— É — disse Waaler. — Mas também é uma péssima notícia, se eu estiver fazendo uma interpretação correta do que você disse.

— Correto. Nosso homem infelizmente parece o tipo errado de serial killer. Sociopata.

Aune fez uma pausa de alguns minutos para as pessoas digerirem tudo antes de continuar:

— De acordo com o psicólogo americano Joel Norris, os assassinos seriais passam por um processo mental de seis fases em relação a cada assassinato. A primeira se chama fase áurea, quando a pessoa gradualmente perde a noção da realidade. A fase totem, a quinta, é o próprio assassinato, o clímax do serial killer. Ou melhor, anticlímax. Porque o assassinato nunca consegue satisfazer por completo os desejos e as expectativas de catarse, de purificação, que o assassino liga à matança. Por isso, depois do assassinato, ele entra na sexta fase, a depressiva. Aos poucos passa para uma nova fase áurea, na qual começa a se recompor para o próximo assassinato.

— Voltas e mais voltas, então — disse Bjarne Møller, que havia entrado despercebido e estava perto da porta. — Como um *perpetuum mobile*.

— Exceto que uma máquina de movimento perpétuo repete suas operações sem se alterar — disse Aune — enquanto o serial killer passa por um processo que a longo prazo altera seu comportamento. É caracterizado, felizmente, por um grau decrescente de autocontrole. Mas também, infelizmente, por um crescente grau de sede de sangue. O primeiro assassinato é sempre aquele do qual é mais difícil se recompor, e é por isso o período mais longo de esfriamento. Resulta numa longa fase áurea, na qual ele se recompõe para o próximo assassinato e leva bastante tempo planejando-o. Se chegarmos à cena do crime de um assassinato em série onde os detalhes são importantes, onde os rituais são seguidos à risca e o risco de ser descoberto é pequeno, significa que ele ainda está no início do processo. Nessa fase, ele aperfeiçoa a técnica e fica cada vez mais eficaz. É a pior fase para quem está tentando prendê-lo. Mas conforme ele vai matando, os períodos de esfriamento ficam cada vez mais curtos. Ele tem menos tempo para planejar, os locais do crime ficam mais bagunçados, ele fica mais negligente com os rituais e corre risco maior. Tudo isso indica que sua frustração está crescendo. Ou, dito de outra forma: que sua sede de sangue está aumentando. Ele perde o autocontrole e se torna mais fácil de prender. Mas caso alguém nesse período esteja a ponto de prendê-lo e não tenha êxito, ele pode se assustar e parar de matar por uns tempos. Daí, ele terá tempo para se acalmar e recomeçar do início. Espero que esses exemplos não deixem os senhores deprimidos demais.

— Isso a gente aguenta — disse Waaler. — Mas pode nos dizer um pouco sobre o que você vê nesse caso em particular?

— Está bem — respondeu Aune. — Temos então três assassinatos...

— Dois assassinatos! — Foi Skarre de novo. — Por enquanto, Lisbeth Barli está apenas desaparecida.

— Três assassinatos — disse Aune. — Acredite, meu jovem.

Algumas pessoas trocaram olhares. Skarre parecia que ia dizer alguma coisa, mas mudou de ideia. Aune prosseguiu:

— Os três assassinatos foram cometidos tendo como intervalo o mesmo número de dias. E o ritual de mutilar e adornar o corpo ocorreu em todos os casos. Ele corta fora um dedo e compensa dando à vítima um diamante. No mais, compensação é um traço conhecido nesse tipo de mutilação, típico de assassinos que foram educados de acordo com rígidos princípios morais. Talvez uma pista a seguir, já que não há tanta moral neste país.

Ninguém riu.

Aune deu um suspiro.

— Isso se chama humor negro. Não estou tentando ser cínico, e as piadas podiam ser melhores, mas só estou tentando não me deixar abater por esse caso antes de começarmos. Aconselho a vocês fazer o mesmo. Mas então: os intervalos entre os assassinatos e o fato de haver execução dos rituais nesse caso indicam autocontrole e uma fase inicial.

Ouviu-se um pigarrear abafado.

— Sim, Harry? — perguntou Aune.

— A escolha da vítima e do local — disse Harry.

Aune pôs o dedo indicador no queixo, pensou e balançou a cabeça.

— Tem razão, Harry.

Outras pessoas em volta da mesa se olharam interrogativamente.

— Razão em quê? — gritou Skarre.

— A escolha das vítimas e do local indica o contrário — disse Aune. — Que o assassino está entrando depressa na fase em que perde o controle e começa a matar de forma desenfreada.

— Como assim? — perguntou Møller.

— Explique você mesmo, Harry — disse Aune.

Harry olhou a mesa ao falar:

— O primeiro assassinato, de Camilla Loen, ocorreu num apartamento onde ela morava sozinha, certo? O assassino podia entrar e sair sem grande risco de ser preso ou identificado. E ele podia executar a morte e o ritual sem ser perturbado. Mas já no segundo assassinato começa a correr risco. Ele sequestra Lisbeth Barli bem no meio de uma área residencial, em plena luz do dia, provavelmente num carro. E como sabemos, um carro tem placas reconhecíveis. E o terceiro assassinato é evidentemente pura loteria. No banheiro feminino de um escritório. Decerto após o expediente, mas com várias pessoas por perto, precisando de muita sorte para não ser descoberto ou pelo menos identificado.

Møller se virou para Aune.

— Então, qual é a conclusão?

— Que não podemos concluir — disse Aune. — O que podemos no máximo supor é que ele é um sociopata bem ajustado. E que não sabemos se está em vias de enlouquecer ou se ainda está no controle.

— E devemos ter esperanças de quê?

— No primeiro caso, estamos diante de um banho de sangue, mas com uma certa chance de pegá-lo, já que ele vai correr riscos. No segundo caso, vai haver mais tempo entre os assassinatos, mas toda a experiência diz que não vamos conseguir pegá-lo tão cedo. A escolha é sua.

— Mas onde vamos começar a procurar? — perguntou Møller.

— Se eu acreditasse nos meus colegas interessados em estatísticas, diria entre aqueles que molham a cama à noite, entre aqueles que torturam animais, estupradores e piromaníacos. Especialmente os piromaníacos. Mas não acredito neles. Infelizmente não tenho deuses alternativos. Por isso, a resposta na verdade é esta: não faço ideia.

Aune colocou a tampa da caneta. O silêncio era opressor.

Waaler saltou da cadeira.

— OK, pessoal, temos muito trabalho pela frente. Para começar, quero todos com quem conversamos de volta para novos interrogatórios, quero checar todas as pessoas já condenadas por assassinato e quero uma lista de todos que foram condenados por estupro ou incêndio criminoso.

Harry ficou observando Waaler distribuir as tarefas. Notou sua efetividade e segurança. A rapidez e o jeitinho quando alguém vinha com objeções práticas relevantes. A força e a determinação quando não eram relevantes.

O relógio em cima da porta mostrava 8h45. O dia mal começara, e Harry já se sentia exaurido. Como um velho leão prestes a morrer, que ficava atrás da alcateia quando antes podia desafiar aquele que agora era o líder. Não que ele alguma vez tivesse tido ambições de ser o líder da alcateia, mas mesmo assim a queda era grande. A única coisa a fazer era ficar quieto no seu canto, na esperança de que alguém jogasse um osso para ele.

E alguém de fato lhe havia jogado um osso. Um osso bem grande.

A acústica abafada nos cubículos de interrogatório fez Harry se sentir como se estivesse falando embaixo de um edredom.

— Importação de audiofones — disse o homem baixinho e corpulento, que passou a mão direita na gravata de seda. Um discreto alfinete amarelo prendia a gravata à camisa branca.

— Audiofones? — repetiu Harry, e olhou para a lista de interrogatórios que Tom Waaler lhe dera. No espaço de nomes estava escrito *André Clausen*, e sob a profissão, *Profissional liberal*.

— O senhor não ouve bem? — perguntou Clausen, com um sarcasmo que Harry não conseguiu determinar se era para ele ou para si mesmo.

— Hum. Então você estava na Halle, Thune & Wetterlid para falar sobre audiofones?

— Só queria uma avaliação de um contrato de representação. Um dos seus amáveis colegas tirou uma cópia dele ontem à tarde.

— Esta? — Harry apontou para uma pasta.

— Exato.
— Dei uma olhada agora há pouco. Foi assinado e datado há dois anos. Ia ser renovado?
— Não, eu só queria ter a certeza de que não estava sendo enganado.
— Só agora?
— Antes tarde do que nunca.
— Não tem um advogado fixo, Sr. Clausen?
— Tenho, mas receio que ele esteja ficando velho.

Uma grande obturação de ouro brilhou quando Clausen sorriu; ele continuou:

— Pedi uma reunião inicial para saber o que essa firma de advogados podia oferecer.
— E você marcou a reunião antes do fim de semana? Com uma firma que é especializada em cobrança?
— Isso eu só entendi durante a reunião. Quer dizer, durante o tempinho que tivemos antes de começar toda essa confusão.
— Mas se o senhor está procurando um novo advogado, com certeza já marcou com outros — disse Harry. — Pode nos contar com quem?

Harry não olhou para o rosto de Clausen. Não seria lá que uma mentira eventual se mostraria. No ato de se cumprimentarem, Harry já entendera que Clausen era daquelas pessoas que não gostam de mostrar o que pensam. Podia ser por timidez, por uma profissão que exigia uma fisionomia inexpressiva ou pela educação, em que o comedimento era considerado uma virtude importante. Por isso, Harry procurava outros sinais. Por exemplo, se sua mão viria do colo para ajeitar a gravata mais uma vez. O que não ocorreu. Clausen apenas olhava para Harry. Não fixamente, pelo contrário, com as pálpebras um pouco pesadas, como se não achasse a situação desconfortável, apenas um pouco chata.

— A maioria das firmas de advogados para as quais liguei só queria marcar reuniões depois das férias — disse Clausen. — A Halle, Thune & Wetterlid foi bem mais acessível. Diga-me, sou suspeito de algo?
— Todos são suspeitos — respondeu Harry.
— *Fair enough.*

Clausen pronunciou as palavras num corretíssimo inglês tipo BBC.
— Já percebi que o senhor tem um leve sotaque.

— É mesmo? Tenho viajado muito para o estrangeiro nos últimos anos, talvez seja por isso.

— Por onde viaja?

— Mais para a Noruega mesmo. Faço visitas a hospitais e instituições. Também vou muito à Suíça, à fábrica dos audiofones. O desenvolvimento de produtos exige estarmos sempre profissionalmente atualizados.

De novo esse indefinível sarcasmo na entonação da voz.

— É casado? Tem família?

— Se o senhor olhasse na folha que o seu colega já preencheu, saberia que não.

Harry olhou para o papel.

— Certo. Então o senhor mora sozinho... vamos ver... em Gimle Terasse?

— Não — disse Clausen. — Moro com Truls.

— Certo. Entendo.

— É mesmo? — Clausen sorriu, enquanto suas pálpebras caíram mais um pouco. — Truls é um cão da raça golden retriever.

Harry sentiu uma dor de cabeça principiar atrás dos olhos. Constava na lista que ele tinha mais quatro interrogatórios antes do almoço. E cinco depois. Não possuía forças para travar uma luta com todos eles.

Pediu a Clausen para contar mais uma vez o que havia ocorrido, desde que ele chegara à praça Carl Berner até a chegada da polícia.

— Com prazer, inspetor — disse Clausen, e bocejou.

Harry se inclinou para trás na cadeira enquanto Clausen contava, de forma fluida e segura, como chegara de táxi, pegara o elevador e — depois de ter conversado com Barbara Svendsen — esperara cinco ou seis minutos para ela voltar com a água. Como ela não tinha aparecido, ele entrara e encontrara a sala com o nome do advogado Halle escrito na porta.

Waaler havia anotado, notou Harry, que Halle confirmara o horário em que Clausen havia batido na porta, às 17h05.

— Viu alguém entrar ou sair do banheiro feminino?

— Eu estava esperando na recepção, e dali não dava para ver a porta. Não vi ninguém entrando ou saindo quando entrei no corredor das salas. Na verdade, repeti isso algumas vezes já.

— E vai ter que repetir outras mais — disse Harry, que então bocejou alto e passou a mão pelo rosto.

No mesmo instante, Magnus Skarre bateu no vidro da sala e mostrou o relógio. Harry reconheceu Wetterlid atrás dele. Harry acenou de volta e lançou um último olhar para a folha do interrogatório.

— Consta aqui que o senhor não viu nenhuma pessoa suspeita entrar ou sair pela recepção enquanto estava lá.

— Correto.

— Agradeço, então, pela sua cooperação — disse Harry, que devolveu a folha para a pasta e apertou o botão stop do gravador. — Com certeza vamos entrar em contato novamente.

— Nenhuma pessoa *suspeita* — disse Clausen, e se levantou.

— Como é?

— Estou dizendo que não vi nenhuma pessoa *suspeita* na recepção, mas havia a faxineira, que entrou e desapareceu no corredor.

— Certo, já falamos com ela. Ela diz que foi direto para a cozinha e não viu ninguém.

Harry se levantou e olhou para a lista. O interrogatório seguinte seria às 10h15 na sala 4.

— E o motoboy, claro — disse Clausen.

— O motoboy?

— Sim. Ele saiu pela porta do escritório logo antes de eu ir procurar o advogado Hall. Deve ter entregado ou apanhado alguma coisa, como vou saber? Por que está me olhando dessa maneira, inspetor? Francamente, um motoboy numa firma de advocacia não é muito suspeito.

Uma hora e meia mais tarde, depois de ter conferido com a Halle, Thune & Wetterlid e todas as agências de motoboys em Oslo, Harry sabia uma coisa: ninguém havia registrado qualquer entrega nem coleta na Halle, Thune & Wetterlid na segunda-feira.

E duas horas depois de Clausen deixar a sede da polícia, logo antes de o sol alcançar o zênite, ele foi trazido de seu escritório para novamente descrever o motoboy.

Não havia muito o que contar. Altura em torno de 1,80m. Porte normal. Além disso, Clausen não tinha notado detalhes do corpo. Considerava tal coisa desinteressante e imprópria entre homens, disse, e repetiu que o motoboy estava vestido como a maioria dos motoboys na Noruega: camisa preta e amarela bem justa, bermudas e botinas de motoqueiro, que estalaram mesmo quando passou por sobre o tapete. O rosto estava oculto pelo capacete e os óculos de sol.

— E a boca? — perguntou Harry.

— Coberta por um pano branco, como as máscaras de enfermeiros — disse Clausen. — Do tipo que Michael Jackson usava. Já entendi que esses motoboys adotaram isso por causa da poluição.

— Em Nova York e Tóquio, sim. Estamos em Oslo.

Clausen deu de ombros.

— Eu não dei muita atenção a isso.

Deixaram Clausen ir e Harry foi para a sala de Waaler, que estava com o fone ao ouvido murmurando monossílabos quando Harry entrou.

— Acho que sei como o assassino entrou no apartamento de Camilla Loen — disse Harry.

Waaler pôs o fone no gancho sem terminar a conversa.

— Tem uma câmera de vídeo ligada ao interfone no prédio dela, não tem?

— Sim...? — Waaler se inclinou para a frente.

— Que pessoa pode tocar em qualquer interfone, enfiar um rosto mascarado na câmera e mesmo assim ter certeza de que permitirão que entre?

— O Papai Noel?

— Duvido. Mas você deixa entrar uma pessoa que você tem certeza de que vem entregar uma encomenda ou um buquê de flores. O motoboy.

Waaler apertou o botão ocupado no telefone.

— Desde que Clausen chegou, até ele ver o motoboy sair pela recepção, passaram-se mais de quatro minutos. Um motoboy entra correndo, faz a entrega e sai correndo, ele não fica por aí quatro minutos dando sopa.

Waaler concordou com a cabeça.

— Um motoboy — disse ele. — É genial e simples. Alguém que tem um motivo plausível para ir ver pessoas usando máscara. Alguém que todos podem ver, mas em quem ninguém presta atenção.

— Um cavalo de Troia — disse Harry. — Imagine que situação de sonho para um serial killer.

— E ninguém acha nada de especial que um motoboy saia depressa de algum lugar num veículo desses, provavelmente a forma mais eficaz de fugir do trânsito. — Waaler pôs a mão no telefone. — Vou mandar o pessoal perguntar por motoboys em volta do local do crime nos horários em questão.

— Há outra coisa em que temos que pensar — disse Harry.

— Sim. Se vamos advertir as pessoas contra motoboys desconhecidos.

— Certo. Você esclarece isso com Møller?

— Claro. E, Harry...?

Harry parou na soleira da porta.

— Belo trabalho — disse Waaler.

Harry acenou de leve com a cabeça e saiu.

Três minutos depois, já corriam boatos pelos corredores da Homicídios de que Harry tinha uma pista.

18
Terça-feira. Pentagrama

Nikolaj Loeb pressionou o teclado com cuidado. Os tons do piano soavam delicados e frágeis na sala nua. Piotr Ilich Tchaikovsky, "Concerto para piano nº 1" em si bemol menor. Muitos pianistas achavam que era uma peça difícil e sem elegância, mas para os ouvidos de Nikolaj nunca escreveram obra mais bela. Ele ficou com saudades de casa só por tocar os poucos compassos que sabia de cor, e eram sempre esses tons que os dedos automaticamente procuravam quando ele se sentava ao piano desafinado no salão de festas da igrejinha de Gamle Aker.

Ele olhou pela janela aberta. Os pássaros cantavam no cemitério. Relembrou-se dos verões em Leningrado e de seu pai, que o levava para os velhos campos de batalha fora das cidades, onde o avô e todos os tios de Nikolaj foram enterrados nas valas coletivas, havia tempos esquecidas.

— Ouça — seu pai lhe dissera. — Como é absurdamente belo o canto deles...

Nikolaj percebeu alguém pigarrear e se virou.

Havia um homem alto, de camiseta e calça jeans, à porta. Uma das mãos estava enfaixada. O primeiro pensamento de Nikolaj foi que devia ser um dos viciados em drogas que vez ou outra apareciam por lá.

— Posso ajudá-lo? — gritou Nikolaj. A acústica dura da sala fez a voz parecer menos amigável do que intencionara.

O homem entrou na sala.

— Espero que sim — disse. — Vim acertar as contas.

— Fico contente — disse Nikolaj. — Mas, infelizmente, aqui não recebo confissões. Há uma lista no corredor com os horários. Você precisa ir para nossa capela na rua Inkognito.

O homem já estava na sua frente. Pelas olheiras em volta dos olhos inchados, Nikolaj concluiu que fazia tempo que não dormia.

— Gostaria de pagar pelo estrago da estrela na porta.

Nikolaj levou alguns segundos para entender a que o homem estava se referindo.

— Ah, sim. Mas isso não é comigo. Eu só vi que a estrela se soltou e está de ponta-cabeça. — Ele sorriu. — Não fica bem numa casa de Deus, para dizer o mínimo.

— Então você não trabalha aqui?

Nikolaj balançou a cabeça.

— A gente apenas empresta o salão aqui de vez em quando. Sou da paróquia da Princesa Apostólica Santa Olga.

O homem ergueu uma sobrancelha.

— A igreja ortodoxa russa — emendou Nikolaj. — Sou monge, padre e diretor. É melhor você ir até o escritório para ver se encontra alguém que possa ajudá-lo.

— Hum. Obrigado.

O homem não se mexeu.

— Tchaikovsky, não é? "Concerto nº 1 para piano"?

— Correto — respondeu Nikolaj, surpreso. Os noruegueses não eram exatamente o que se pode chamar de um povo culto. E aquele ali ainda estava de camiseta e parecia morador de rua.

— Minha mãe costumava tocar isso para mim — disse o homem. — Ela dizia que era difícil.

— Então você tem uma mãe boazinha. Que tocava para você a peça que ela achava difícil.

— Sim, ela era mesmo boazinha. Uma santa.

Havia algo no sorriso torto do homem que confundira Nikolaj. Era um sorriso contraditório. Aberto e fechado, amigável e cínico, sorridente e dolorido. Mas, como de costume, devia estar interpretando demais.

— Obrigado pela ajuda — disse o homem, e deu uns passos rumo à porta.

— De nada.

Nikolaj se virou para o piano e se concentrou. Com cuidado pressionou uma tecla, que soou macia e sem som — sentiu o feltro contra o arame da mola —, quando se deu conta de que ainda não tinha escutado a porta bater. Ele se virou e viu o homem com a mão na maçaneta olhando para a estrela na janela quebrada da porta.

— Algo de errado?

O homem levantou o olhar.

— Não. Mas o que você quis dizer com a estrela de ponta-cabeça ser inapropriada?

Nikolaj soltou um riso breve. O som ecoou entre as paredes.

— O pentagrama invertido, não é mesmo?

O homem olhou para ele com uma expressão que fez Nikolaj perceber: ele não tinha entendido.

— O pentagrama é um símbolo religioso antigo, não apenas no cristianismo. Como pode ver, é uma estrela com cinco pontas, desenhada com um traço contínuo que cruza a si mesmo várias vezes, quase como a estrela de davi. Já foi encontrada gravada em lápides de milhares de anos atrás. Mas quando está pendurada de ponta-cabeça, com uma ponta para baixo e duas para cima, é outra história. É um dos símbolos mais centrais dentro da demonologia.

— Demonologia?

O homem perguntou com voz calma, mas firme. Como uma pessoa que está acostumada a receber respostas, pensou Nikolaj.

— A ciência do mal. A expressão teve origem quando se acreditava que o mal viesse por causa da existência de demônios.

— Hum. E agora os demônios foram abolidos?

Nikolaj deu meia-volta no banquinho do piano. Teria ele se enganado sobre o homem? Ele parecia esperto demais para ser um viciado ou um morador de rua.

— Sou policial — disse o homem, respondendo aos seus pensamentos. — Temos por costume fazer perguntas.

— Certo. Mas por que pergunta justamente sobre isso?

O homem deu de ombros.

— Não sei. Vi esse símbolo bem recentemente. Só não consigo me lembrar de onde. Ou se é importante. Que demônio usa esse símbolo?

— *Tsjort* — disse Nikolaj, e pressionou três teclas com cuidado. Uma dissonância. — Também chamado de satanás.

À tarde, a senhora Olaug Sivertsen abriu as portas para a sacada que dava para a baía Bjørvika, sentou-se numa cadeira e olhou o trem vermelho que passava em frente à sua casa. Era uma casa bem comum, uma vila de alvenaria construída em 1891; o inusitado era sua localização. A Vila Valle — nome do homem que a desenhara — ficava isolada ao lado dos trilhos de trem em frente à Estação Central de Oslo, dentro da própria área da ferrovia. Os vizinhos mais próximos eram algumas choupanas pequenas e galpões de oficinas pertencentes à Estrada de Ferro da Noruega. Vila Valle fora construída para acomodar o chefe da estação, sua família e seus empregados, e desenhada com muros extralargos para que o chefe da estação e sua esposa não acordassem toda vez que um trem passasse. Além disso, o chefe da estação pedira ao pedreiro — que conseguira a empreitada graças a sua fama de fazer uma argamassa especial que deixava os muros extrassólidos — para reforçá-los ainda mais. Caso um trem descarrilasse e entrasse na casa deles, o chefe da estação queria que o maquinista servisse de para-choque, em vez dele e de sua família. Até esta data, nenhum trem havia entrado na luxuosa residência do chefe da estação, tão estranhamente isolada, como um castelo no ar sobre um deserto de cascalho preto, onde os trilhos cintilavam e serpenteavam como cobras lisas no sol.
Olaug fechou os olhos e deleitou-se com os raios de sol.
Quando jovem, ela não gostava do sol. Sua pele sempre ficava vermelha e irritada e ela sentia falta do verão úmido e fresco do noroeste do país. Mas agora estava velha, quase 80 anos, e já começara a preferir calor em vez de frio. Luz em vez de escuro. Companhia em vez de solidão. Som em vez de silêncio.
Não era assim quando, em 1941, ela deixara sua ilha no noroeste com 16 anos, chegara a Oslo pelos mesmos trilhos de trem e começara a trabalhar como empregada para o comandante Ernst Schwabe e sua mulher Randi na Vila Valle. Ele era um homem alto e bonito, ela era de família nobre, e durante os primeiros dias Olaug morria de medo. Mas eles a trataram com gentileza e respeito e logo Olaug entendeu que não havia nada a temer, contanto que ela fizesse seu trabalho com a mesma eficácia e pontualidade pelos quais os alemães são conhecidos.

Ernst Schwabe era chefe do WLTA, a divisão de transportes terrestres da Wehrmacht, as Forças Armadas alemãs, e ele mesmo escolhera a vila na estação ferroviária. Parece que sua mulher Randi também tinha um cargo no WLTA, mas Olaug nunca chegou a vê-la de uniforme. O quarto da empregada estava virado para o sul, para o jardim e os trilhos. Nas primeiras semanas, o clangor de vagões de trens, apitos estridentes e todos os outros ruídos da cidade a deixaram acordada à noite, mas aos poucos se acostumara. E quando, no ano seguinte, ela voltou para casa para passar suas primeiras férias, ela ficou na cama da casa onde crescera, ouvindo o silêncio e o nada e sentindo falta dos ruídos de vida e das pessoas vivazes.

Pessoas vivazes. Havia muitas delas na Vila Valle durante a guerra. O casal Schwabe tinha uma vida social intensa e tanto os alemães como os noruegueses participavam das festas. Ah, se as pessoas soubessem das socialites que foram lá para comer, beber e fumar com a Wehrmacht como anfitriã... Uma das ordens que ela recebera depois da guerra era a de queimar todos os cartões indicando lugares na mesa que ela tinha guardado. Ela fez como mandaram e nunca disse uma palavra a ninguém. Às vezes teve até vontade, é claro, quando os mesmos rostos apareciam nos jornais reclamando da vida sob o jugo dos alemães durante os anos de ocupação. Mas não deu um pio. Por um motivo. Logo depois da paz, eles fizeram ameaças de tirar o menino dela, a única coisa inalienável que possuía. E ainda sofria desse medo.

Olaug cerrou os olhos contra o sol pálido. O sol estava cansado agora, e não era para menos. O dia todo já fizera sua parte para matar as flores que descansavam no peitoril das janelas. Olaug sorriu. Meu Deus, como ela era jovem, ninguém nunca foi tão jovem. Será que ela estava sentindo falta daquilo? Talvez não. Mas ela sentia falta de festas, da vida, do movimento. Ela nunca entendera quando lhe diziam que pessoas idosas eram solitárias, mas agora...

Não era tanto por estar sozinha, mas pelo fato de não existir para alguém. Ela ficava tremendamente triste ao acordar de manhã e saber que podia escolher ficar na cama o dia todo pois isso não faria diferença para ninguém.

Por isso é que ela alugara um quarto para uma moça jovem e simpática.

Era estranho pensar que Ina, que tinha apenas poucos anos mais do que ela quando se mudara para a cidade, agora morava no mesmo quarto que ela usara e com certeza ficava à noite pensando em como sentia falta do silêncio de um lugarzinho do norte.

Mas talvez ela estivesse enganada. Ina já havia arranjado um namorado. Olaug ainda não o vira, nem o cumprimentara. Mas do quarto podia-se ouvir seus passos na escada dos fundos, por onde Ina tinha entrada própria. Ao contrário de quando Olaug era empregada, ninguém podia impedir Ina de receber homens em seu quarto. Não que ela quisesse fazer isso, apenas torcia para que não viesse ninguém tirar Ina dela. Ina se tornara uma amiga próxima. Ou talvez uma filha, a filha que ela nunca tivera.

Mas Olaug também sabia que numa relação entre uma senhora de idade e uma moça jovem como Ina sempre seria a jovem que daria a amizade e a velha que a receberia. Por isso tomava cuidado para não assediá-la demais. Ina era sempre gentil, mas Olaug às vezes pensava que isso podia ter a ver com o aluguel barato.

Já era quase um ritual Olaug fazer chá e bater à porta de Ina com uma bandeja com biscoitos, lá pelas 19 horas. Olaug achava melhor elas ficarem lá. Estranho, mas aquele quarto ainda era o lugar onde ela se sentia mais em casa. Elas falavam de tudo um pouco. Ina tinha um interesse especial pela guerra e o que tinha acontecido na Vila Valle. E Olaug contava. Como Ernst e Randi Schwabe se amaram. Como podiam ficar horas apenas conversando, fazendo-se pequenas carícias, afastando uma mecha de cabelo, a cabeça no ombro do outro. Às vezes, Olaug os espiava por trás da porta da cozinha: a figura reta de Ernst, seu cabelo farto e preto, a testa alta e lisa e o olhar que com tanta rapidez podia mudar entre brincadeira e seriedade, ira e gargalhada, autoconfiança em coisas grandes e perplexidade de menino nas coisas pequenas, triviais. Porém, mais ainda, ela olhava para Randi, seu cabelo ruivo brilhoso, o pescoço fino e branco e os olhos límpidos, cuja íris era azul-clara com um círculo azul-escuro em volta; os olhos mais belos que Olaug já vira.

Quando Olaug os via assim, ela pensava que eles tinham espírito congenial, que haviam nascido um para o outro e nada jamais poderia separá-los. Mas também acontecia, ela contava, que o bom ânimo durante as festas em Vila Valle cedesse a discussões acaloradas depois que os convidados iam embora.

Foi após uma briga dessas que Ernst, depois que Olaug havia se deitado, bateu à porta dela e entrou. Sem acender a luz, sentou-se na beira da cama e contou que sua mulher tinha ido embora da casa com raiva para dormir num hotel. Olaug sentiu pela sua respiração que ele tinha bebido, mas na época era muito nova e não sabia o que fazer quando um homem vinte anos mais velho, que ela respeitava e admirava — sim, talvez estivesse até um pouco secretamente apaixonada por ele —, pedisse para ela tirar a camisola para que ele pudesse vê-la nua.

Ele não a tocou nessa primeira noite, apenas a olhou, afagou seu rosto e disse que ela era muito bonita, mais bonita do que ela jamais entenderia. Depois se levantou e, quando foi embora, parecia que queria chorar.

Olaug fechou as portas que dava para a sacada e se levantou. Quase 19 horas. Ela entreabriu a porta para a escada dos fundos e viu que havia um belo par de sapatos masculinos no capacho em frente à porta de Ina. Então ela devia estar com visita. Olaug se sentou na cama e prestou atenção aos sons da casa.

Às 20 horas ouviu alguém na porta. Alguém calçava os sapatos e descia a escada. Mas havia também outro ruído, um raspar como de patas de cachorro. Ela foi até a cozinha e pôs a água para o chá no fogo.

Quando, poucos minutos, depois, bateu à porta de Ina, estranhou ela não responder. Ainda mais porque ouviu música baixa vindo do quarto.

Ela bateu outra vez, mas ainda não obteve resposta.

— Ina?

Olaug empurrou a porta, que se abriu. A primeira coisa que percebeu foi o ar abafado. A janela estava fechada e as cortinas deixavam o quarto escuro.

— Ina?

Ninguém respondeu. Talvez estivesse dormindo. Olaug passou pela soleira e olhou atrás da porta, onde ficava a cama. Vazia. Estranho. Os olhos velhos se acostumaram com o escuro e agora ela via a figura de Ina. Estava na cadeira de balanço perto da janela e parecia mesmo dormir. Os olhos estavam fechados e a cabeça meio que pendia de lado. Olaug ainda não conseguia determinar de onde vinha o zunido baixo de música.

Ela se aproximou da cadeira.

— Ina?

Mas sua inquilina não reagiu. Olaug segurou a bandeja com uma das mãos e com cuidado encostou a outra no rosto da moça.

Fez um som surdo quando o bule bateu no tapete, seguido das duas xícaras, um açucareiro de prata com a águia do Reich, um pratinho e seis biscoitos tipo Maryland.

* * *

Exatamente no mesmo instante em que Olaug, ou melhor, a xícara da família Schwabe bateu no chão, Aune levantou a sua. Ou, para ser exato, a da polícia de Oslo.

Bjarne Møller observou o dedo mindinho do psicólogo gorduchinho levantado e perguntou a si mesmo se era afetação ou apenas um dedo mindinho levantado.

Møller havia pedido um briefing no seu escritório e, além de Aune, havia chamado quem estava à frente da investigação, quer dizer, Tom Waaler, Harry Hole e Beate Lønn.

Todos pareciam cansados. Provavelmente porque a esperança que fulgurara com o motoboy falso já estava em vias de se apagar.

Waaler tinha acabado de fazer um resumo dos resultados da procura do desaparecido divulgado na TV e na rádio. Receberam 24 pistas, das quais 13 eram dos mesmos que sempre ligavam, independentemente se tivessem visto algo ou não. Dos 11 restantes eram sete de motoboys verdadeiros fazendo entregas verdadeiras. Apenas quatro indicavam o que eles já sabiam: que um motoboy estivera perto da praça Carl Berner por volta das 17 horas. A novidade era que ele fora visto descendo a rua Trondheim. A única dica interessante que receberam veio de um motorista de táxi que havia visto um motoqueiro com capacete, óculos e camisa amarela subindo a rua Ullevål justamente naquela hora. Mas depois se apresentou um cara da Førstemann que, um tanto envergonhado, contou que dera uma volta pela rua Ullevål para tomar um chope no bar da calçada em St. Hanshaugen.

— Em outras palavras, a procura do desaparecido na mídia não deu em nada? — perguntou Møller.

— Ainda é cedo — respondeu Waaler.

Møller assentiu com a cabeça, mas não parecia nem um pouco animado. Além de Aune, todos na sala sabiam que a primeira reação era o mais importante. As pessoas esqueciam rapidamente.

— O que diz o nosso Instituto Médico-Legal, que sofre de falta de pessoal? — perguntou Møller. — Encontraram alguma coisa que possa nos ajudar a identificar o culpado?

— Infelizmente não — respondeu Waaler. — Deixaram de lado os corpos antigos e priorizaram os nossos, mas até agora sem resultados. Não há sêmen, sangue, cabelo, pele, nada. A única pista física do criminoso é o buraco da bala.

— Interessante — disse Aune.

Møller perguntou, meio resignado, o que seria tão interessante naquilo.

— Porque indica que ele não abusou das vítimas sexualmente — respondeu Aune. — E isso é muito raro em se tratando de assassinos seriais.

— Talvez não se trate de sexo — disse Møller.

Aune balançou a cabeça.

— O motivo é sempre sexual. Sempre.

— Talvez ele seja como Peter Sellers em *Muito além do jardim* — disse Harry —: *I like to watch.**

Os outros olharam para ele sem entender.

— Quero dizer que talvez ele não precise tocar nelas para se satisfazer sexualmente.

Harry evitou o olhar de Waaler.

— Talvez bastem o assassinato e a visão do corpo.

— É possível — disse Aune. — O normal é o assassino querer o orgasmo, mas ele pode ter ejaculado sem derramar o sêmen no local do crime. Ou teve autocontrole o suficiente para esperar até que estivesse em segurança.

Ficaram quietos por alguns segundos. E Harry sabia que todos estavam pensando o mesmo que ele. O que será que o assassino havia feito com a mulher que havia sumido, Lisbeth Barli?

— E as armas que encontramos nos locais do crime?

— Já checamos — respondeu Beate. — Os testes de tiros mostram que há 90,99 por cento de chance de serem as armas dos crimes.

— Já é alguma coisa — retrucou Møller. — Alguma ideia da origem das armas?

Beate balançou a cabeça.

— Não, os números de série foram raspados. As marcas da raspagem são as mesmas que vemos na maioria das armas que confiscamos.

— Hum — resmungou Møller. — A grande liga misteriosa de contrabando de armas, então. O Serviço Secreto já não devia ter dado cabo daquele pessoal?

— A Interpol está trabalhando no caso há quatro anos sem resultados — respondeu Waaler.

---

* Gosto de assistir. (*N. do E.*)

Harry balançou a cadeira para trás e olhou Waaler de soslaio. E enquanto estava sentado assim, percebeu para sua surpresa que sentira algo por Waaler que não tinha sentido antes: admiração. O mesmo tipo de admiração que se sente por uma fera que se aperfeiçoou naquilo que faz para sobreviver.

Møller soltou um suspiro.

— Entendo. Estamos perdendo de 3 a 0 e o adversário ainda não deixou a gente pegar na bola. Quer dizer que ninguém tem alguma boa ideia?

— Não sei se se pode chamar de ideia...

— Vamos lá, Harry.

— É mais uma intuição relativa aos locais dos crimes. Eles têm algo em comum, mas ainda não sei o que é. O primeiro assassinato foi numa cobertura na rua Ullevål. O segundo foi cerca de 1 quilômetro a noroeste, na rua Sanner. E o terceiro mais ou menos na mesma distância dali, só que a leste, num prédio comercial na praça Carl Berner. Ele se move, mas tenho a impressão de que há algo sistemático nisso; nisso *também*.

— Como? — perguntou Beate.

— Território próprio — disse Harry. — Certamente o psicólogo pode explicar.

Møller se virou para Aune, que estava bebendo chá.

— Um comentário, Aune?

Aune fez uma careta.

— Bem, não tem exatamente o sabor de um Kenilworth.

— Não me referi ao chá.

Aune soltou um suspiro.

— Isso se chama humor, Møller. Mas entendo aonde quer chegar, Harry. Os assassinos em série têm preferências específicas a respeito da localização geográfica do local do crime. A grosso modo pode-se distinguir três tipos diversos. — Aune mostrou nos dedos: — O serial killer estático, que atrai ou ameaça as vítimas para ir aonde ele está e as mata na própria casa. O territorial, que opera numa área limitada, como Jack, o Estripador, que só matava nos distritos das prostitutas; mas o território pode ser uma cidade inteira. E por fim o assassino nômade, que provavelmente é aquele com mais mortes na consciência. Ottis Toole e Henry Lee Lucas viajaram de estado a estado nos Estados Unidos e mataram mais de trezentas pessoas no total.

— Bem — disse Møller —, mas não percebo a parte sistemática de que Harry falou.

Harry deu de ombros.

— Como eu disse, chefe, é apenas uma intuição.

— Há uma coisa em comum — interveio Beate.

Os outros se viraram para ela como que por comando, ao que ela logo ficou com as bochechas avermelhadas e parecia estar arrependida. Mas continuou:

— Ele entra nos locais onde a mulher se sente mais segura. No próprio apartamento. Na sua rua, no meio do dia. No banheiro feminino de onde trabalha.

— Muito bom, Beate — elogiou Harry, e foi retribuído com um rápido olhar de agradecimento.

— Bem observado, senhorita — entoou Aune. — E já que estamos falando sobre padrão de movimentação, gostaria de acrescentar uma coisa. Assassinos seriais de caráter sociopata são quase sempre muito seguros de si, exatamente como parece ser esse. Uma característica deles é que acompanham a investigação de perto e usam oportunidades de estar fisicamente presentes nos acontecimentos. Eles podem perceber a investigação como um jogo entre ele e a polícia, e muitos têm dado a entender que sentem prazer em constatar a confusão dos investigadores.

— O que quer dizer que tem um cara aí fora se divertindo à beça neste momento — retrucou Møller, e bateu as mãos. — Então, por hoje chega.

— Só uma coisinha — disse Harry. — As estrelas de diamante que o assassino colocou nas vítimas...

— Sim?

— Têm cinco pontas. Quase como um pentagrama.

— Quase? Pelo que sei, é exatamente isso que é um pentagrama.

— O pentagrama é desenhado com um traço contínuo que se cruza.

— Ah — disse Aune. — *Aquele* pentagrama. Calculado de acordo com a proporção de ouro. Uma forma muito interessante. Por exemplo, vocês sabiam que há uma teoria de que quando os celtas no período viking foram catequizar a Noruega eles desenharam um pentagrama sagrado e o colocaram por cima do mapa da Noruega do Sul e o usaram para determinar a localização das cidades e igrejas?

— E o que têm os diamantes? — perguntou Beate.

— Não são os diamantes — respondeu Harry. — Quer dizer, é a forma deles, o pentagrama. Sei que vi em algum lugar. Em um dos locais do crime. Só não consigo lembrar qual e onde. Parece um pouco confuso, mas acho que é importante.

— Então — disse Møller, e apoiou o queixo na mão. — Você se lembra de algo de que não se lembra, mas acha que é importante?

Harry esfregou o rosto energicamente com as duas mãos.

— Quando você está no local do crime, fica tão concentrado que a mente suga as coisas mais periféricas, muito mais do que você consegue elaborar. E essas coisas ficam lá até algo acontecer, por exemplo, o surgimento de um fato novo, um pedaço que combina com esse outro, mas então você não se lembra mais de onde veio o primeiro. Mas mesmo assim seu estômago avisa quando é importante. Que tal?

— Como uma psicose — disse Aune, e bocejou.

Os outros três o olharam.

— Poderiam pelo menos fazer uma tentativa de rir quando faço piada — resmungou. — Harry, parece que você tem uma mente bem normal que trabalha muito. Nada a temer.

— E eu acho que há quatro cabeças aqui que já fizeram o suficiente por hoje — repetiu Møller, e se levantou.

No mesmo instante tocou o telefone na sua frente.

— Aqui é Møller... Sim, um momento.

Ele estendeu o telefone a Waaler, que o pegou e levou ao ouvido.

— Sim?

As cadeiras foram arrastadas no chão, mas Waaler sinalizou com a mão para esperarem.

— Está bem — disse, e desligou.

Os outros o olharam ansiosos.

— Uma testemunha se apresentou. Ela viu o motoboy sair de um prédio na rua Ullevål perto do Cemitério do Nosso Salvador na parte da manhã na sexta-feira em que Camilla Loen foi morta. Ela se lembra disso porque estranhou o fato de ele estar usando a máscara. O motoboy que foi tomar cerveja não estava de máscara.

— E...?

— Ela não sabia que número na rua Ulleval, mas Skarre passou com ela na rua e ela mostrou o prédio. O de Camilla Loen.

A palma da mão de Møller estalou na mesa.

— Finalmente!

Olaug estava sentada na cama com a mão no pescoço e sentiu a respiração devagarzinho voltar ao normal:

— Como me assustei — sussurrou, com uma voz rouca e irreconhecível.

— Desculpe — disse Ina, e pegou o último biscoito do chão. — Não ouvi você chegar.

— Sou eu que devo pedir desculpas — disse Olaug. — Entrar assim de supetão... E não vi que você estava com aqueles...

— Fones de ouvido. — Ina riu. — A música estava bem alta. Cole Porter.

— Você sabe que eu não estou tão atualizada com essas músicas que andam tocando.

— Cole Porter é um compositor antigo. Aliás, já morreu.

— Meu bem, você que é tão jovem não deve ouvir pessoas mortas.

Ina riu novamente. Quando ela havia pouco sentira alguma coisa tocar seu rosto, automaticamente levantara a mão, acertando a bandeja com o bule de chá. O açúcar ainda estava numa camada fina no tapete.

— Alguém tocou os discos dele para mim.

— Você está com um sorriso cheio de segredos — disse Olaug. — É esse seu cavalheiro?

No mesmo instante se arrependeu de ter perguntado. Ina devia achar que ela a estivesse espionando.

— Pode ser — disse Ina, com o sorriso brilhando nos olhos.

— Então ele é mais velho que você, talvez? — Olaug queria indiretamente explicar que ela não se dera ao trabalho de tentar vê-lo de relance. — Já que ele gosta de música velha, quero dizer.

Ao ouvir o que dissera percebeu que assim também soara errado, agora já estava perguntando demais, como uma velha fofoqueira. Num lampejo de pânico, imaginou Ina já à procura de outro lugar para morar.

— Um pouco mais velho, sim.

O sorriso irônico de Ina confundiu Olaug.

— Talvez como você e o Sr. Schwabe.

Olaug riu junto a Ina, mais por alívio.

— Imagine que ele estava sentado exatamente onde você está agora — disse Ina de repente.

Olaug passou a mão por cima da colcha.

— Pois é, imagine.

— Quando ele quase chorou naquela noite, foi porque ele não podia ter você?

Olaug continuou passando a mão na colcha. Sentiu a lã grossa agradável na palma da mão.

— Não sei — respondeu ela. — Não tive coragem de perguntar. Em vez disso, inventei minhas próprias respostas, aquelas de que eu mais gostava. Sonhos que eu podia curtir à noite. Deve ser por isso que me apaixonei tanto.

— Alguma vez estiveram juntos fora da casa?

— Sim. Uma vez ele me levou de carro a Bygdøy. Tomamos banho de mar. Quer dizer, eu tomei banho enquanto ele ficou olhando. Ele me chamava de sua ninfeta.

— Quando você engravidou, a esposa dele ficou sabendo que o marido era o pai?

Olaug olhou Ina longamente.

— Querida, você já deve estar entediada com as minhas histórias velhas. Vamos falar de você. Quem é ele, seu cavalheiro?

— Um homem bom.

Ina ainda estava com aquela expressão sonhadora que costumava ter quando Olaug contava sobre seu primeiro e único amante, Ernst Schwabe.

— Ele me deu uma coisa — disse Ina, que abriu uma gaveta da escrivaninha e pegou um embrulho pequeno com fita dourada.

— Ele disse que eu não posso abri-lo antes de ficarmos noivos.

Olaug sorriu e afagou o rosto de Ina. Estava contente por ela.

— Você o ama?

— Ele é diferente dos outros. Não é tão... Ele é antiquado. Ele quer que a gente espere. Sobre... aquilo, você sabe.

Olaug fez que sim com a cabeça.

— Parece que ele está levando isso a sério.

— Sim. — Ina soltou um pequeno suspiro.

— Então, antes de você ir adiante, precisa ter certeza de que ele é o homem da sua vida — disse Olaug.

— Eu sei — respondeu Ina. — É isso que é tão difícil. Ele esteve aqui agorinha e, antes de ir embora, eu disse que preciso de tempo para pensar. Ele disse que entendia, por eu ser tão mais nova.

Olaug ia perguntar se ele havia levado um cachorro, mas se deteve, já perguntara demais. Passou a mão uma última vez sobre a colcha velha e se levantou.

— Vou entrar para esquentar mais água para o chá, meu bem.

Era uma aparição. Não um milagre, apenas uma aparição.

Havia passado meia hora desde que os outros se foram e Harry tinha acabado de ler os interrogatórios das duas vizinhas de Lisbeth Barli, as que moravam juntas. Desligou a luminária de mesa, piscou no escuro e, de repente, lá estava. Talvez tenha sido por ter desligado a luz, como se faz quando se deita na cama para dormir. Ou talvez porque ele por um momento parou de pensar. De qualquer maneira, parecia que alguém havia colocado uma foto na sua frente, bem nítida.

Ele foi à sala onde ficavam guardadas as chaves dos locais do crime e achou aquela que estava procurando. Depois foi de carro à rua Sofie, levou uma lanterna e caminhou até a rua Ulleval. Era quase meia-noite. A lavanderia no primeiro andar estava fechada e escura, mas na vitrine do vendedor de lápides havia um ponto de luz iluminando o apelo de "Descanse em paz".

Abriu a porta do apartamento de Camilla Loen.

Nada dos móveis ou das outras coisas fora removido, mas mesmo assim seus passos faziam eco. Parecia que a morte da dona da casa deixara um vazio físico que antes não havia. E, ao mesmo tempo, ele tinha a impressão de não estar sozinho. Harry acreditava na alma. Não que fosse lá muito religioso, mas porque havia uma coisa que ele sempre pensava ao ver um corpo morto: que era um corpo que tinha perdido alguma coisa, mas nada a ver com as alterações físicas pelas quais passam os corpos mortos de forma natural. Os corpos pareciam cascas de inseto vazias numa teia de aranha — o ser não estava ali mais, a luz se fora, sem o pós-brilho ilusório que as estrelas explodidas faz tempo têm. O corpo sem alma. Era essa falta de alma que fazia Harry crer.

Ele não acendeu a luz, pois o brilho da lua entrando pelas janelas no teto era suficiente. Foi direto ao quarto, onde acendeu a lanterna e iluminou a viga de madeira ao lado da cama. Prendeu a respiração. Não era um coração em cima de um triângulo, como ele pensara na primeira vez que estivera lá.

Harry se sentou na cama e passou as pontas dos dedos no entalhe na viga. Os sulcos na madeira velha eram tão claros que só podiam ser recentes. Mas era um sulco só. Um sulco comprido feito de linhas retas que entravam e saíam de si mesmas. Um pentagrama.

Harry iluminou o chão. Havia uma camada de poeira fina e algumas bolotas de poeira no assoalho. Camilla Loen não tivera tempo de limpar. Mas ali, ao lado do pé da cama, viu o que procurava. Lascas de madeira.

Harry se deitou. O colchão era macio e elástico. Ele olhou para o teto inclinado, tentando pensar. Se realmente fosse o assassino que tivesse entalhado a estrela em cima da cama, o que significava?

— Descanse em paz — murmurou Harry, e fechou os olhos.

Ele estava cansado demais para pensar claramente. Outra questão o ocupava. O que o fizera notar o pentagrama? Os diamantes não eram um pentagrama desenhado com um traço, mas tinham uma forma estelar comum, do tipo que se vê em todo lugar, o tempo todo. Então, por que ele fizera uma ligação entre as duas coisas? Ou não fizera? Talvez ele fora rápido demais, talvez seu inconsciente ligasse o pentagrama a outra coisa, algo que ele também tivesse visto num local de crime, mas não estava conseguindo ver ainda.

Ele tentou visualizar os locais dos crimes.

Lisbeth na rua Sannergata, Barbara na praça Carl Berner. E Camilla. Ali. No chuveiro ao lado do quarto. Ela estava quase nua. Pele nua. Ele tinha tocado sua pele. A água quente fizera com que parecesse ter morrido havia menos tempo do que de fato morrera. Ele tinha tocado sua pele. Beate vira, mas ele não tinha conseguido parar. Era como passar os dedos por cima de borracha quente e lisa. Ele levantou o olhar e viu que eles estavam a sós, e só então sentiu os jatos quentes do chuveiro. Olhou para ela, viu Camilla olhar para ele com um brilho estranho no olhar. Levou um susto e retirou as mãos e o olhar dela morreu lentamente, como a tela de uma TV sendo desligada. Estranho, pensou, e encostou a mão em seu rosto. Esperou enquanto a água quente do chuveiro penetrava em suas roupas. O brilho voltou devagar. Ele pôs a outra mão na sua barriga. Os olhos ganharam vida, e ele podia sentir seu corpo começar a se mexer por baixo dos seus dedos. Ele entendeu que era o toque que a reanimava, que sem tocá-la ela desapareceria, morreria. Encostou a testa contra a dela. A água escorria por dentro da roupa, cobria a pele e passava como um filtro quente entre eles. Só agora percebia que seus olhos não eram mais azuis, mas castanhos. E os lábios não eram mais pálidos, mas vermelhos e intumescentes. Rakel. Encostou os lábios nos dela. Deu um pulo para trás quando sentiu que estavam gelados.

Ela olhava para ele. Sua boca se mexia.

— O que está fazendo?

O coração de Harry parou. Em parte porque o eco das palavras ainda soava no quarto, então entendeu que não podia ter sido um sonho. Em parte porque a voz não pertencia a uma mulher. Porém, mais porque havia uma pessoa ali, em frente à cama, meio inclinada por cima dele.

Aí seu coração andou a galope de novo, ele se virou e tentou pegar a lanterna que ainda estava ligada. Mas ela caiu no chão com um ruído surdo e lá ficou rodando, com o cone de luz e a sombra da figura correndo pela parede.

Alguém ligou a luz do teto.

Harry ficou cego e por reflexo protegeu o rosto com os braços. Passou um segundo. Nada aconteceu. Nenhum tiro, nenhum golpe. Harry abaixou os braços.

Ele reconheceu o homem à sua frente.

— Que diabos está fazendo? — perguntou o homem.

Ele estava vestindo um roupão cor-de-rosa, mas não parecia ter acabado de sair da cama. A risca do cabelo estava perfeita.

Era Anders Nygård.

— Acordei com o barulho — disse Nygård, e serviu café na xícara de Harry. — A primeira coisa que pensei foi que alguém já sabia que o apartamento estava vazio e tinha vindo arrombá-lo. Por isso subi para verificar.

— Entendo — disse Harry. — Mas pensei que eu tivesse trancado a porta.

— Eu tenho a chave do síndico. Por segurança.

Harry ouviu passos miúdos e se virou.

Vibeke Knutsen apareceu no vão da porta de roupão, com o rosto sonolento e o cabelo ruivo desalinhado. Sem maquiagem e na luz fria da cozinha, parecia mais velha do que a versão que Harry tivera. Ele percebeu que ela teve um sobressalto ao vê-lo.

— O que houve? — murmurou, com o olhar indo de Harry ao marido.

— Eu vim verificar algumas coisas no apartamento de Camilla — disse Harry depressa quando percebeu a apreensão dele. — Sentei-me na cama para descansar os olhos por uns segundos e acabei caindo no sono. Seu marido ouviu ruídos e me acordou. Foi um dia bem longo.

Sem saber exatamente por quê, Harry bocejou, demonstrativo.

Vibeke lançou um olhar para o seu parceiro:

— O que você está vestindo?

Nygård olhou para o roupão cor-de-rosa, como se ele mesmo só o visse agora.

— Nossa, estou parecendo um travesti. — E soltou um riso curto. — Um presente que comprei para você, meu bem. Ainda estava na minha mala e não achei outra coisa assim depressa. Tome, é para você.

Ele soltou o cinto, desvencilhou-se do roupão e jogou-o para Vibeke, que o pegou, perplexa.

— Obrigada — agradeceu, confusa.

— Aliás, estou surpreso por vê-la acordada — disse ele, amabilíssimo. — Não tomou seu remédio de dormir?

Vibeke olhou para Harry, desconcertada.

— Boa-noite — murmurou, e desapareceu.

Nygård devolveu o bule de café à cafeteira. Suas costas e seus braços estavam pálidos, quase brancos. Mas os antebraços estavam bronzeados, lembrando caminhoneiros no verão. Nos joelhos havia a mesma marcante linha de divisão de cores.

— Ela normalmente dorme como uma pedra a noite inteira — disse Nygård.

— Mas você não?

— Como assim?

— Já que você sabe que ela dorme como uma pedra...

— Ela mesma diz.

— E você acorda só de ouvir passos aqui em cima?

Nygård olhou para Harry. E balançou a cabeça.

— Tem razão, Harry. Eu não durmo. Não é fácil depois de tudo que aconteceu. Fico na cama, pensando. Imaginando todos os tipos de teorias.

Harry tomou um gole de café.

— Algo que queira compartilhar?

Nygård deu de ombros.

— Não sei muita coisa sobre esses assassinos em massa. Se é que se trata de um.

— Não, não se trata de um. É um serial killer. Há uma grande diferença.

— Está certo, mas não ocorreu a vocês que as vítimas têm algo em comum?

— São mulheres jovens. Há mais alguma coisa?

— São, ou foram, promíscuas.

— É?

— É só ler os jornais. O que se lê sobre o passado dessas mulheres fala por si.

— Lisbeth Barli era casada e, pelo que se sabe, uma esposa fiel.

— Depois que se casou, sim. Mas antes, ela cantava numa orquestra que viajava o mundo tocando em festas. Você não é tão ingênuo, é, inspetor?

— Hum. E qual é a conclusão que se tira dessa semelhança?

— Um assassino desses que se faça de juiz sobre a vida e a morte já se elevou a Deus. E está escrito em Hebreus, capítulo 13, versículo 4, que Deus julgará aqueles que cometem adultério.

Harry balançou a cabeça e olhou para o relógio.

— Vou tomar nota disso, Nygård.

Nygård girava a xícara entre os dedos.

— Encontrou o que estava procurando?

— Acho que sim. Encontrei um pentagrama. Suponho que você, que trabalha com interiores de igrejas, saiba o que é.

— Quer dizer uma estrela de cinco pontas?

— Sim. Desenhada com um traço contínuo que se cruza. Como uma estrela de Belém. Talvez você faça ideia do que simboliza uma estrela dessas.

Harry olhou para a mesa, mas de soslaio observou o rosto de Nygård.

— Conheço bem — disse Nygård. — Cinco é o número mais importante na magia negra. Tinha uma ou duas pontas para cima?

— Uma.

— Então com certeza não é o símbolo do mal. O símbolo que você está descrevendo pode significar tanto vitalidade quanto desejo. Onde o encontrou?

— Numa viga acima da cama dela.

— Ah, sim — disse Nygård. — Isso é mole.

— É?

— Sim, então é uma estrela do diabo.

— Estrela do diabo?

— É um símbolo pagão. Costumava-se desenhá-lo em cima da cama ou da porta de entrada para manter o súcubo longe.

— Súcubo?

— O súcubo, sim. Uma criatura feminina que se senta no peito de uma pessoa adormecida e a cavalga para que tenha sonhos ruins. Os pagãos achavam que ela era um fantasma. Não é de estranhar, já que a origem do nome é a palavra indogermânica "*mer*".*

— Confesso que indogermânico não é meu forte.

— Significa morte. — Nygård olhou na xícara de café. — Ou, para ser mais exato, assassinato.

Havia uma mensagem na secretária eletrônica quando Harry chegou em casa. Era de Rakel. Ela queria saber se Harry podia ficar com Oleg na piscina do parque Frogner enquanto ela ia ao dentista entre as 15 e as 17 horas no dia seguinte. Era a pedido de Oleg, ela emendou.

Harry ficou ouvindo a gravação vezes e mais vezes seguidas para tentar reconhecer a respiração da ligação de alguns dias antes, mas teve de desistir.

Tirou a roupa e se deitou nu na cama. Na noite anterior tirara o edredom e dormira só com o lençol. Ficou se virando na cama, dormiu, enrolou um pé nos lençóis, entrou em pânico e acordou por causa do som de tecido sendo rasgado. A noite escura lá fora já ganhara um tom acinzentado. Jogou o lençol rasgado no chão e se virou para a parede.

Então ela veio. Montou em cima dele. Pressionou o freio para dentro de sua boca e puxou. Sua cabeça girou. Ela se inclinou e ele sentiu sua respiração quente no ouvido. Um dragão soprando fogo. Uma mensagem muda chiando na secretária. Ela o açoitou sobre as coxas, os quadris; a dor era suave e ela disse que em breve seria a única mulher que ele poderia amar, por isso era melhor aprender logo de uma vez.

Foi só quando o sol alcançou as telhas mais altas que ela o soltou.

---

* Em norueguês, súcubo se diz "*mare*", que carrega semelhança com "*mer*" e também com "*mareritt*" (pesadelo). A dita "estrela do diabo" seria, no norueguês, "*marekors*". (N. do E.)

19
Quarta-feira. Embaixo d'água

Quando Harry estacionou em frente à piscina do parque Frogner, pouco antes das 15 horas, descobriu qual era o paradeiro das pessoas que permaneciam em Oslo no verão. Havia uma fila de quase 100 metros para a bilheteria. Ele ficou lendo o jornal enquanto a multidão arrastava o corpo em direção à redenção clorada.

Não havia novidades sobre os assassinatos, mas eles haviam obtido material suficiente para encher quatro novas páginas. As manchetes eram em parte obscuras e destinadas às pessoas que acompanhavam o caso havia algum tempo. Agora se chamava "O caso do Motoboy Assassino". Sabiam de tudo, a polícia não tinha mais vantagem em relação à imprensa e Harry supôs que, para variar, as reuniões pela manhã nas redações fossem idênticas às reuniões da equipe de investigação. Ele lia nos jornais declarações de testemunhas que eles mesmos haviam interrogado mas que no papel se lembravam de mais coisas, pesquisas de opinião nos quais as pessoas respondiam se estavam com medo, com muito medo ou morrendo de medo e agências de motoboys que achavam que deveriam ser indenizadas, já que não dava mais para trabalhar porque ninguém deixava seus motoboys entrarem e, afinal de contas, a responsabilidade de pegar esse cara era das autoridades, não? A ligação entre o caso do Motoboy Assassino e o sumiço de Lisbeth Barli não era mais tratada como especulação, mas como fato. Uma foto grande sob a manchete "Assumiu o lugar da irmã" mostrava Toya Harang e Willy Barli em frente ao Teatro Nacional. A legenda da foto: "O enérgico produtor não pretende cancelar a peça."

Harry passou o olhar pelo texto em que o Sr. Barli era citado:

The show must go on, mais que um clichê, em nossa profissão é uma necessidade, e sei que Lisbeth está conosco, independentemente do que possa ter acontecido. Mas é claro que estamos chocados com a situação. Mesmo assim, porém, estamos tentando usar a energia de forma positiva. A peça é de qualquer maneira uma homenagem a Lisbeth, uma grande artista que ainda não teve a chance de mostrar seu grande potencial. Mas ela ainda vai ter. Simplesmente não posso deixar de acreditar nisso.

Quando Harry finalmente chegou lá dentro, ficou parado, olhando em volta. Devia fazer vinte anos desde a última vez que estivera nas piscinas do parque Frogner, mas, além de algumas fachadas reformadas e um enorme tobogã de água azul, pouca coisa havia mudado. O cheiro de cloro, as finas gotículas dos chuveiros no ar levadas pela brisa para dentro das piscinas formando pequenos arco-íris, o som de pés descalços correndo no asfalto, crianças de sunga molhada em fila na sombra em frente à lanchonete, tremendo de frio.

Ele encontrou Rakel e Oleg no gramado ao lado das piscinas infantis.

— Olá.

Rakel sorriu com a boca, mas era difícil dizer o que seus olhos faziam atrás dos grandes óculos de sol Gucci. Ela estava com um biquíni amarelo. Não são muitas as pessoas que ficam bem de biquíni amarelo, mas Rakel era uma delas.

— Sabe o que mais? — gaguejou Oleg com a cabeça inclinada, tentando tirar água do ouvido. — Pulei do trampolim de 5 metros.

Mesmo havendo bastante espaço na esteira, Harry se acomodou no gramado descoberto.

— Conta outra.

— É verdade, tá?

— Cinco metros? Então já é um acrobata nato.

— Você já pulou de 5 metros, Harry?

— Algumas vezes.

— De 7 metros também?

— Bem, acho que dessa altura fiz um mergulho de barriga.

Harry olhou para Rakel com ar de cúmplice, mas ela se virou para Oleg, que de repente parou de balançar a cabeça e perguntou bem baixinho:

— E de 10 metros?

Harry olhou para as piscinas lá em cima, de onde se ouviam gritos contentes e os comandos berrantes do salva-vidas ao megafone. De 10 metros. A torre dos trampolins se desenhava como um T branco e preto contra o céu azul. Não era verdade que fazia vinte anos desde que ele estivera nas piscinas do parque Frogner. Ele estivera ali uma noite de verão alguns anos depois. Ele e Kristin haviam pulado a cerca e subido nos trampolins, deitando-se lado a lado lá no topo. E haviam ficado assim, com o tapete grosso e rígido pinicando a pele por baixo e o céu cheio de estrelas piscando em cima, conversando sem parar. Ele acreditava que ela seria a última namorada que teria em toda a sua vida.

— Não, nunca pulei de 10 metros — respondeu ele.

— Nunca?

Harry podia ouvir o desapontamento na voz de Oleg.

— Nunca. Só mergulhei.

— Mergulhou? — Oleg se levantou com um salto. — Mas isso é mais legal ainda. Tinha muita gente olhando?

Harry fez que não com a cabeça.

— Eu mergulhei à noite. Sozinho.

Oleg soltou um suspiro.

— Qual é a graça, então? Ser corajoso se ninguém te vê...

— De vez em quando eu também me pergunto isso.

Ele tentou captar o olhar de Rakel, mas as lentes dos óculos eram escuras demais. Ela já arrumara a bolsa e estava de camiseta e uma minissaia jeans por cima do biquíni.

— Mas é nessa hora que é mais difícil — disse Harry. — Quando se está sozinho e ninguém te vê.

— Obrigada por me fazer esse favor, Harry — agradeceu Rakel. — É muito gentil da sua parte.

— É um prazer — disse ele. — Fique o tempo que precisar.

— Que o dentista precisar — corrigiu ela. — O que espero não ser demais.

— Como você caiu na água? — perguntou Oleg.

— Como sempre — respondeu Harry, sem tirar o olhar de Rakel.

— Estarei de volta antes das 5 — disse ela. — Não saiam daí.

— Não vamos embora — disse Harry, e se arrependeu no mesmo instante. Não era a hora e o momento de ser patético. Outras oportunidades viriam.

Harry a seguiu com o olhar até ela desaparecer, perguntando-se se fora difícil marcar hora com o dentista agora nas férias coletivas.

— Quer me ver pular de 5 metros ou não? — perguntou Oleg.

— Claro — respondeu Harry, e tirou a camiseta.

Oleg ficou olhando para ele.

— Você nunca toma sol, Harry?

— Nunca.

Só depois de Oleg pular duas vezes foi que Harry tirou a calça jeans e o acompanhou até o trampolim. Ele explicou *o camarão* a Oleg, enquanto outros na fila de mergulho lançavam olhares reprovadores às cuecas samba-canção com a bandeira da União Europeia. Ele esticou a palma da mão.

— A arte é ficar na horizontal em pleno ar. Parece bem sinistro. As pessoas acham que você vai cair de barriga. Mas, aí, no último momento... — Harry apertou o polegar e o dedo indicador — ... você se dobra no meio feito um camarão e fura a superfície da água com as mãos e os pés no mesmo instante.

Harry pegou impulso e pulou. Deu tempo de ouvir o apito do salva-vidas antes de se dobrar e acertar a água com a testa.

— Ei, você, eu disse que o 5 está fechado — ele ouviu a voz berrando no megafone quando voltou à superfície.

Oleg sinalizou da torre de mergulho e Harry mostrou com o polegar que entendera. Ele saiu da água, desceu a escada e ficou em frente às janelas de onde se via o fundo da piscina de mergulho. Passou o dedo sobre o vidro fresco, desenhou no orvalho, olhando para dentro da paisagem embaixo da água azul-esverdeada. Quando olhou para a superfície pôde ver sungas, pés esperneando e os contornos de uma nuvem no céu azul. Lembrou-se do bar Underwater.

Então veio Oleg. Ele freou rapidamente numa nuvem de bolhas, mas em vez de nadar para a superfície, deu impulso e desceu até a janela onde Harry estava.

Eles se olharam. Oleg sorriu, gesticulou e apontou. Seu rosto estava pálido e esverdeado. Harry não ouviu nenhum som, viu apenas a boca de Oleg se mover, o cabelo preto esvoaçando sem peso em cima da cabeça, dançando como algas compridas apontando para cima. Isso fez Harry se lembrar de algo, alguma coisa na qual ele não queria pensar naquele momento. Mas, no tempo em que ficaram assim, cada um no seu lado do vidro, com o sol berrando no céu e uma parede de sons cheios de vida em torno e ao mesmo tempo no total silêncio, Harry, de súbito, teve um pressentimento de que algo terrível ia acontecer.

Mas no instante seguinte já havia esquecido, porque foi substituído por outro sentimento quando Oleg deu impulso e desapareceu de vista e Harry ficou olhando como se fosse uma tela de TV vazia. A tela de TV vazia. Com os traços que ele tinha desenhado no orvalho. Já sabia onde tinha visto isso antes.

— Oleg! — Ele subiu correndo as escadas.

Em geral, Karl não se interessava muito por pessoas. Por exemplo, mesmo sendo gerente da loja de produtos eletrônicos da praça Carl Berner por mais de vinte anos, nunca tivera interesse em querer saber qualquer coisa sobre o xará que dera nome à praça. E tinha a mesma falta de interesse em saber algo sobre o homem alto à sua frente com um distintivo da polícia ou sobre o menino com cabelo molhado ao lado dele. Ou sobre a moça de quem o policial estava falando, aquela que acharam no banheiro dos advogados no outro lado da rua. A única pessoa que interessava a Karl naquele exato momento era a moça da foto na revista *Vi Menn*; quantos anos ela devia ter, se de fato era de Tønsberg e se gostava de tomar banho de sol nua na varanda, para que homens ao passar pudessem vê-la.

— Estive aqui no dia em que Barbara Svendsen foi morta — disse o policial.

— Se você diz... — retrucou Karl.

— Está vendo aquela TV desligada perto da janela, ali? — perguntou o policial, apontando.

— Philips — disse Karl, e empurrou a revista para o lado. — Bacana, não é? Cinquenta hertz. Tubo de imagem Real Flat. Surround, teletexto e rádio. Custa 7.900, mas pode levar por 5.900.

— Está vendo que alguém desenhou algo na poeira da tela?

— OK — suspirou Karl. — Cinco mil e seiscentos, então.

— Não quero saber da TV — disse o policial. — Quero saber quem fez aquilo.

— Por quê? — perguntou Karl. — Eu não estava pensando em dar queixa.

O policial se inclinou sobre o balcão. Karl entendeu, pela cor do seu rosto, que ele não estava gostando das respostas que estava recebendo.

— Escute aqui. Estamos tentando encontrar um assassino. E tenho motivos para acreditar que ele esteve aqui dentro, que desenhou na tela daquela TV. É o suficiente?

Karl fez que sim com a cabeça.

— Bom. Agora quero que você pense com cuidado.

O policial se virou quando um sino soou atrás dele. Uma mulher com uma mala metálica apareceu no vão da porta.

— A Philips — disse o policial, apontando.

Ela fez que sim com a cabeça, pôs-se de cócoras em frente à parede de aparelhos de TV e abriu a mala.

Karl os fitou com olhos arregalados.

— Então? — perguntou o policial.

Karl então começou a entender que aquilo era mais importante do que a tal Liz.

— Bem, não me lembro de todas as pessoas que passam por aqui — gaguejou, o que queria dizer que não estava se lembrando de ninguém.

Era fato. Rostos simplesmente não significavam nada para ele. Até o rosto de Liz já estava esquecido.

— Não preciso saber de todos — disse o policial. — Só desse. Aparentemente, não há muito movimento aqui.

Karl fez que não com a cabeça, resignado.

— E se olhar algumas fotos? — perguntou o policial. — Poderia reconhecê-lo?

— Não sei. Não reconheci você, então...

— Harry... — chamou o menino.

— Mas você viu alguém desenhar no aparelho?

— Harry...

Karl *tinha* visto uma pessoa na loja naquele dia. Ele tinha se lembrado disso na mesma noite em que a polícia passara para perguntar se ele vira algo suspeito. O problema é que essa pessoa não tinha *feito* nada em especial. Além de ficar olhando para as telas de TV. O que por si só não era especialmente suspeito numa loja que vende aparelhos de TV. Então, o que deveria ter dito? Que alguém, de cuja fisionomia ele não se lembrava, tinha estado na loja e parecera suspeito? E ainda por cima atrair um monte de confusão e atenção indesejadas?

— Não — disse Karl. — Não vi ninguém desenhar na TV.

O policial murmurou alguma coisa.

— Harry... — O menino puxou o policial pela camiseta. — São cinco horas.

O policial parou e olhou o relógio.

— Beate — disse. — Está encontrando alguma coisa?

— Cedo demais para dizer — respondeu ela. — Há muitas marcas, mas ele arrastou o dedo de forma que é difícil encontrar uma impressão inteira.

— Ligue para mim.

O sino em cima da porta soou de novo, e Karl e a mulher com a mala de metal ficaram sozinhos na loja.

Karl puxou Liz para perto de si, mas mudou de ideia. Colocou-a com o rosto para baixo e foi até a policial. Ela estava usando um pincel pequeno para cuidadosamente tirar uma espécie de pó que tinha colocado na tela. Agora ele via o desenho na poeira. Ele também tinha economizado na limpeza, por isso não era tão estranho que a forma ali traçada tivesse permanecido por alguns dias. Era mais a forma em si que era especial.

— O que esse desenho quer dizer? — perguntou ele.

— Não sei — respondeu ela. — Acabei de saber como se chama.

— E como é?

— A estrela do diabo.

20
Quarta-feira. Os construtores de catedrais

Harry e Oleg encontraram Rakel saindo pelo portão da área de piscinas do parque Frogner. Ela correu até Oleg e abraçou-o, lançando um olhar zangado para Harry.

— O que você pensa que está fazendo? — sussurrou ela.

Harry ficou com os braços pendendo e trocou o peso do corpo de um pé para o outro. Ele sabia que podia ter respondido. Podia ter dito que o que "pensava estar fazendo" no exato momento era tentar salvar vidas naquela cidade. Mas mesmo isso seria uma mentira. A verdade é que ele andava fazendo suas coisas, apenas as suas próprias, e deixava todos à sua volta pagarem o preço por isso. Sempre fora assim e sempre seria, e se isso também salvava vidas, podia ser considerado como bônus.

— Sinto muito — disse ele, em vez daquilo que pensara. Pelo menos era verdade.

— A gente estava num lugar onde o serial killer esteve — disse Oleg, exaltado, mas se calou depressa ao ver os olhos incrédulos da mãe.

— Bem... — começou Harry.

— Não — Rakel o interrompeu. — Nem *tente*.

Harry deu de ombros e sorriu tristemente para Oleg.

— Pelo menos deixe eu levar vocês para casa.

Ele sabia a resposta antes mesmo de ouvi-la. Ficou olhando eles irem embora. Rakel andava a passos duros, rápidos. Oleg se virou e acenou. Harry acenou de volta.

O sol bombeava atrás das pálpebras.

A cantina ficava na cobertura da sede da polícia. Harry entrou, parou na porta e deu uma olhada em volta. Além de uma pessoa de costas para ele a uma das mesas, o amplo recinto estava vazio. Harry tinha vindo de carro do parque Frogner direto para a sede da Polícia. Passando pelos corredores vazios do sexto andar, constatara que a sala de Tom Waaler estava vazia, mas a luz estava acesa.

Ele foi até o balcão, que estava fechado com um postigo de ferro. A TV pendurada no alto no canto mostrava os resultados da loto. Harry seguiu a bola com o olhar. O som estava baixo, mas ele podia ouvir uma voz feminina dizer 5, o número é 5. Alguém estava com sorte. Ouviu uma cadeira ser arrastada.

— Olá, Harry. A cantina está fechada.

Era Waaler.

— Eu sei.

Harry pensou sobre o que Rakel havia perguntado. O que ele de fato andava fazendo.

— Só queria fumar.

Harry fez um gesto com a cabeça indicando a porta do terraço, que na prática funcionava como um "fumódromo" o ano todo.

A vista do terraço era linda, mas o ar estava tão quente e estancado quanto lá embaixo, nas ruas. O sol da tarde brilhava enviesado sobre a cidade e o porto de Bjørvika, que era uma via expressa, estacionamento para contêineres e esconderijo de viciados, mas que em breve se transformaria em teatro de ópera, hotéis e apartamentos de luxo. A riqueza estava em vias de subordinar a cidade inteira. Harry pensou no peixe-gato nos rios da África, o grande peixe preto que não tinha miolos para fugir para águas mais profundas quando começava a seca e acabava preso numa poça d'água, que aos poucos secava. As obras já haviam começado, os guindastes pareciam silhuetas de girafas contra o sol da tarde.

— Vai ficar uma beleza.

Ele nem tinha ouvido Waaler chegar.

— Vamos ver.

Harry tragou o cigarro. Ele não sabia muito bem o que estava respondendo.

— Você vai gostar — disse Waaler. — É só uma questão de costume.

Harry imaginou o peixe-gato quando a última água desaparecia e ele ficava na lama, batendo o rabo e abrindo a boca para tentar se acostumar a respirar ar.

— Mas eu preciso de uma resposta, Harry. Preciso saber se você está dentro ou fora.

Afogar-se no ar. A morte do peixe-gato talvez não fosse pior que as outras. Morrer afogado seria relativamente agradável.

— Beate ligou — disse Harry. — Ela verificou as impressões digitais na loja de eletrônicos.

— É?

— Apenas impressões parciais. E o dono da loja não se lembra de nada.

— Pena. Aune diz que na Suécia se conseguem bons resultados hipnotizando testemunhas com memória fraca. Talvez a gente devesse testar.

— Claro.

— E recebemos uma informação interessante do médico-legista hoje à tarde. Sobre Camilla Loen.

— E...?

— Descobriram que estava grávida. No segundo mês. Mas ninguém com quem conversamos do círculo social dela faz ideia de quem possa ser o pai. Provavelmente não tem nada a ver com o assassinato, mas seria interessante saber.

Ficaram em silêncio. Waaler foi até o parapeito e se inclinou para a frente.

— Sei que você não gosta de mim, Harry. E nem estou pedindo para começar a gostar de repente. — Ele fez uma pausa. — Mas se vamos trabalhar juntos, acho que temos que começar por algum lugar. Talvez se abrir um para o outro.

— Se abrir?

— Sim. É tão assustador assim?

— Um pouco.

Tom Waaler sorriu.

— Concordo. Mas você pode começar. Pergunte algo que queira saber sobre mim.

— Saber?

— É. Qualquer coisa.

— Foi você que atir... — Harry parou. — Está bem — disse. — Quero saber o que é que faz você funcionar.

— Como assim?

— O que é que faz você se levantar de manhã e fazer o que faz. Qual é a meta e o porquê.

— Entendo.

Waaler refletiu. Longamente. Então apontou para os guindastes.

— Está vendo aquilo ali? Meu tetravô emigrou da Escócia com seis carneiros Sutherland e uma carta do sindicato dos pedreiros de Aberdeen. Os carneiros e a recomendação deram-lhe acesso ao sindicato aqui em Oslo. Ele participou da obra daquelas casas que você pode ver ao longo do rio Aker e para o leste ao longo da ferrovia. Mais tarde os filhos dele assumiram. E, por sua vez, os filhos deles. Até chegar ao meu pai. Meu bisavô adotou um sobrenome norueguês, mas quando nos mudamos para o lado oeste da cidade meu pai voltou a usar o nome original. Waaler. *Wall*. Muro. Era em parte por orgulho, mas ele também achou que Andersen não seria o nome adequado para um futuro juiz.

Harry olhou para Waaler. Tentou ver a cicatriz na lateral do rosto.

— Então você ia ser juiz?

— Esse era o plano quando comecei a estudar direito. E eu provavelmente teria continuado por esse caminho se não fosse pelo que aconteceu.

— O que houve?

Waaler deu de ombros.

— Meu pai morreu num acidente de trabalho. É estranho, mas quando seu pai não está mais por perto, você descobre de repente que as escolhas que fez eram tanto para ele como para você mesmo. E de repente eu percebi que não tinha nada em comum com os outros estudantes de direito. Acho que eu era uma espécie de idealista ingênuo. Pensei que se tratava de erguer a bandeira da justiça e levar adiante o estado moderno de direito, mas descobri que para a maioria das pessoas se trata de conseguir um título e um emprego, para conseguir ganhar o bastante para impressionar a filha do vizinho do lado nobre da cidade. Você também fez direito...

Harry confirmou com a cabeça.

— Talvez esteja nos genes — continuou Waaler. — Pelo menos sempre gostei de construir coisas. Coisas grandes. Desde que eu era menino, construía palácios enormes de Lego, muito maiores que os das outras crianças. E na universidade descobri que minha constituição era diferente daquela das pessoas pequenas, com seus pensamentos pequenos. Dois meses depois do enterro fui procurar a Academia de Polícia.

— Hum. E saiu de lá como o melhor aluno, dizem os boatos.

— Segundo melhor.

— E aqui na sede da polícia deram a você a oportunidade de construir seu palácio?

— Não me *deram*. Ninguém *ganha* nada, Harry. Quando eu era pequeno roubei peças de Lego das outras crianças para montar construções grandes. A questão é o que se quer. Se você quer apenas casas pequenas e mesquinhas ou se quer teatros e catedrais, construções grandiosas, algo que aponte para coisas maiores do que nós mesmos, algo a almejar. — Waaler passou a mão pelo parapeito de aço. — Ser um construtor de catedrais é uma vocação, Harry. Na Itália deram status de mártir aos pedreiros que morreram durante a obra de uma igreja. Mesmo que os construtores de catedrais as tenham erguido para a humanidade, não há uma catedral no mundo que não seja feita com ossos e sangue humano. Era o que meu avô costumava dizer. E sempre será assim. O sangue da minha família foi usado como liga em várias construções que você está vendo ali. Só quero mais justiça. Para todos. E vou usar os materiais necessários para essa construção.

Harry estudou a brasa de seu cigarro.

— E eu sou considerado material de construção?

Waaler sorriu.

— É uma maneira de se expressar. A resposta é sim. Se quiser. Eu tenho alternativas...

Ele não completou a frase, mas Harry sabia como seria: "... mas *você* não."

Ele deu um trago longo no cigarro e perguntou baixinho:

— E se eu aceitasse entrar nisso?

Waaler ergueu uma sobrancelha e olhou Harry longamente antes de responder:

— Terá uma primeira missão que executará sozinho e sem fazer perguntas. Todos antes de você tiveram que fazer o mesmo. Como uma prova de lealdade.

— E qual é?

— Você vai saber na hora certa. Mas implica queimar algumas pontes da sua vida anterior.

— Implica quebrar a lei?

— Provavelmente.

— Claro — disse Harry. — Para ter algo para me acusar. Para que eu não caia na tentação de desmascarar vocês.

— Eu talvez pudesse me expressar de outra forma, mas você entendeu o espírito da coisa.

— E do que estamos falando? Contrabando?

— Agora não posso falar sobre isso.

— Como você pode ter certeza de que eu não sou um araponga do Serviço Secreto ou da Corregedoria?

Waaler se inclinou sobre o parapeito e apontou para baixo.

— Esta vendo aquela mulher, Harry?

Harry foi até o parapeito e olhou para o parque. No gramado verde ainda havia pessoas burilando os últimos raios de sol.

— Aquela de biquíni amarelo — disse Waaler. — Bela cor de biquíni, não acha?

Harry sentiu um nó no estômago e se endireitou bruscamente.

— Não somos idiotas — disse Waaler, sem tirar o olhar do gramado. — Estamos de olho nas pessoas que queremos no nosso time. Ela está muito bem, Harry. Elegante e independente, pelo que vejo. Mas é claro que ela quer o que todas as mulheres na mesma situação querem. Um homem que possa sustentá-las. É pura biologia. E você não tem muito tempo. Mulheres como ela não ficam sozinhas muito tempo.

Harry perdeu o cigarro no parapeito. Caiu com uma cauda de faíscas.

— Ontem lançaram alertas contra incêndios florestais em toda a região — disse Waaler.

Harry não respondeu. Só estremeceu quando sentiu a mão de Waaler em seu ombro.

— Na verdade, o prazo já expirou, Harry. Mas para mostrar nossa benevolência, eu lhe dou mais dois dias. Se não tiver resposta dentro desse prazo, a oferta já era.

Harry engoliu em seco e tentou dizer aquela única palavra, mas a língua se recusou a obedecer e as glândulas salivares pareciam leitos secos de rios africanos.

Mas, por fim, conseguiu:

— Obrigado.

Beate Lønn gostava de seu trabalho. Gostava das rotinas, da segurança, sabia que era competente e sabia que os outros da Perícia Técnica, na rua Kjølberg 21^A, também tinham consciência disso. E como a única coisa em sua vida que considerava importante era o trabalho, tinha razão de sobra para se levantar de manhã. As outras coisas eram músicas de intervalo. Ela morava com a mãe em Oppsal, onde tinha o último andar só para si. As duas se davam bem. Ela sempre fora a queridinha do pai quando ele estava vivo e imaginava que fora por isso que começara na polícia, por ele também ser policial. Não tinha hobbies. E mesmo que ela e Halvorsen, o policial que dividia a sala com Harry, fossem uma espécie de casal, ela não tinha tanta certeza de que seria ele seu par. Lera na revista *Ela* que esse era um tipo de dúvida de todas as mulheres. E que era melhor arriscar. Beate Lønn não gostava de arriscar. Ou de ter dúvidas. Era por isso que ela gostava tanto de seu trabalho.

Quando era adolescente, enrubescia só de pensar que alguém pensava nela e usava a maior parte do tempo para encontrar diversas maneiras de se esconder. Ela ainda enrubescia, mas encontrara bons esconderijos. Atrás das paredes vermelhas e gastas da Perícia Técnica ela podia passar horas em total paz e silêncio estudando impressões digitais, análises de DNA ou fibras de tecido, pegadas, sangue, uma infinidade de provas materiais que podiam solucionar grandes casos complicados e barulhentos. Ela também descobriu que no trabalho não era tão perigoso ser vista — desde que falasse alto e claro e conseguisse bloquear o pânico de enrubescer, de passar vergonha, de ficar desnuda com um embaraço que ela não sabia por que sentia. O escritório tornou-se sua fortaleza; o uniforme e a atividade profissional, sua armadura mental.

O relógio mostrava 0h30 quando o telefone na mesa interrompeu sua leitura do relatório do laboratório sobre o dedo de Lisbeth. O coração começou a bater depressa e com medo quando viu no display que a ligação era de um "número desconhecido". Só podia ser ele.

— Beate Lønn?

Era ele. As palavras vieram como marteladas rápidas:

— Por que não me ligou para falar sobre aquelas impressões digitais?

Ela prendeu a respiração um segundo antes de responder:

— Harry disse que ia dar o recado.

— Obrigado, recebi. Na próxima vez, ligue para mim primeiro. Entendido?

Beate engoliu em seco; não sabia se era por raiva ou medo.

— Está bem.

— Mais alguma coisa que contou a ele e não a mim?

— Não. Só que já recebi os resultados sobre o que havia embaixo da unha do dedo que recebemos pelo correio.

— De Lisbeth Barli? E o que era?

— Excremento.

— O quê?

— Merda.

— Obrigado, sei o que é. Alguma ideia de onde vem?

— Hã... sim.

— Correção: de *quem* é.

— Não tenho certeza, mas posso imaginar.

— Você quer fazer o favor...

— Esses excrementos contêm sangue, talvez de hemorroida. Nesse caso, o tipo sanguíneo B. Só se encontra em 7 por cento da população. Willy Barli é registrado como doador de sangue. Ele tem...

— Entendo. E qual é a sua conclusão?

— Não sei — disse Beate depressa.

— Mas você sabe que o ânus é uma zona erógena, Beate? Tanto para mulheres como para homens. Ou já esqueceu?

Beate fechou os olhos com força. Que ele não comece, pensou. De novo não. Já se passara muito tempo e ela começara a esquecer, a tirar aquilo do sistema. Mas a voz dele estava ali, dura e lisa feito pele de cobra:

— Você faz bem o papel de uma mocinha direitinha, Beate. Gosto disso. Gostei por você ter feito de conta que não queria.

Você, eu, ninguém sabe de nada, ela pensou.

— Halvorsen te dá o mesmo prazer?

— Tenho que desligar — disse Beate.

As gargalhadas dele chiaram no seu ouvido. E então ela entendeu. Que não havia lugar nenhum para se esconder, que podiam pegá-la em qualquer lugar, da mesma forma que pegaram as três moças onde elas se sentiam mais seguras. Porque não havia fortaleza. Nem armadura.

Øystein estava no ponto de táxi da rua Therese ouvindo a fita dos Stones quando o telefone tocou.
— Oslo Ta...
— Oi, Øystein. É o Harry. Tem gente no carro com você?
— Apenas Mick e Keith.
— Como?
— A melhor banda do mundo.
— Øystein...
— Sim?
— Os Stones não são a melhor banda do mundo. Nem a segunda melhor. Mas é a mais superestimada. E não foi Keith nem Mick quem compôs "Wild Horses", foi Gram Parsons.
— É mentira e você sabe disso! Vou desligar...
— Alô? Øystein?
— Diga algo bonito. Rápido.
— "Under My Thumb" até que é legal. E "Exile On Main Street" tem seus momentos.
— Tá bom. O que você quer?
— Estou precisando de ajuda.
— São 3 da madrugada. Você não deveria estar dormindo?
— Não consigo — respondeu Harry. — Morro de medo só de fechar os olhos.
— É o mesmo pesadelo de antes?
— O príncipe do desejo do inferno.
— Aquelas coisas no elevador?
— Sei exatamente o que vai acontecer e fico apavorado todas as vezes. Em quanto tempo você pode vir?
— Não gosto disso, Harry.
— Em quanto tempo?
Øystein suspirou.

— Me dê seis minutos.

Harry estava na porta quando Øystein subiu pela escada. Eles se sentaram na sala sem acender a luz.

— Tem uma cerveja?

Øystein tirou o boné preto do PlayStation e passou a mão no cabelo fino e suado.

Harry fez que não com a cabeça.

— Tá — disse Øystein, e colocou a latinha de filme preta na mesa.

— Este é por minha conta. Flunipam. Desmaio garantido. Um comprimido é mais do que suficiente.

Harry olhou longamente para a latinha.

— Não foi por isso que eu pedi que viesse, Øystein.

— Não?

— Não. Preciso saber como decifrar códigos. Como se faz.

— Quer dizer *hacking*? — Øystein olhou Harry com surpresa. — Vai decifrar uma senha?

— De certa forma. Já leu sobre o serial killer no jornal? Acho que ele está nos dando códigos. — Harry ligou uma lâmpada. — Olhe aqui.

Øystein olhou para a folha de papel que Harry pusera na mesa.

— Uma estrela?

— Um pentagrama. Ele deixou esse desenho em dois locais de crime. Um foi entalhado numa viga acima da cama e o outro foi desenhado na poeira da tela de TV numa loja na mesma rua do local do crime.

Øystein olhou a estrela e fez que não com a cabeça.

— E você acha que eu posso te dizer o que significa?

— Não. — Harry apoiou a cabeça nas mãos. — Mas tinha esperança de que você pudesse me contar algo sobre os princípios do negócio de decifragem de códigos.

— Os códigos que eu quebrava eram códigos matemáticos, Harry. Códigos interpessoais têm outra semântica. Eu não consigo, por exemplo, decifrar o que as mulheres querem dizer.

— Imagine que nesse caso possa ser as duas coisas. Simples lógica e legendas.

— OK, então estamos falando de criptografia. Escrita obscura. E para vê-la é preciso pensamento lógico e o chamado pensamento analógico. O último quer dizer que se usa subconsciência e intuição, quer dizer, aquilo que não se sabe que já se sabe. E então é preciso combinar pensamento linear com reconhecimento de padrões. Já ouviu falar de Alan Turing?

— Não.

— Inglês. Ele decifrava códigos alemães durante a guerra. Para simplificar, foi ele que ganhou a Segunda Guerra Mundial. Ele disse que para se decifrar um código é preciso primeiro saber em que dimensão o adversário opera.

— E isso quer dizer...?

— Vamos dizer que é no nível que fica acima das letras e dos números. Acima da linguagem. As respostas que não explicam como, mas por quê. Está entendendo?

— Não, mas me conte como fazer.

— Ninguém sabe. Tem parentesco com clarividência religiosa e é considerado uma dádiva.

— Então, suponhamos que eu sei o porquê. O que acontece depois?

— Você pode ir pelo caminho longo. Combinar as possibilidades até morrer.

— Não sou eu que morro. Só tenho tempo para o caminho curto.

— Para isso só sei de um método.

— Que é...?

— Transe.

— Claro. Transe.

— Não estou brincando. Você fica olhando a informação até parar de ter pensamentos conscientes. É como sobrecarregar um músculo até que dê câimbra e comece a fazer coisas por conta própria. Já viu a perna de um alpinista de repente começar a sacudir quando ele fica preso na montanha? Não? Mas é assim. Em 1988 levei quatro noites e uma gotícula congelada de LSD para entrar no sistema das contas do Banco Dinamarquês. Se seu subconsciente quebrar o código, será revelado a você. Se não...

— O quê?

Øystein riu.

— Ele quebra você. As alas psiquiátricas estão cheias de gente como eu.

— Hum. Transe?

— Transe. Intuição. E talvez uma ajudazinha farmacêutica...

Harry agarrou a latinha preta e olhou-a.

— Quer saber, Øystein?

— O quê?

Ele jogou a latinha por cima da mesa e Øystein apanhou-a.

— Eu menti sobre "Under My Thumb".

Øystein pôs a latinha na beira da mesa e se abaixou para amarrar os cadarços dos tênis Puma para lá de gastos, anteriores à onda retrô.

— Eu sei. Está vendo Rakel?

Harry fez que não com a cabeça.

— É isso que está perturbando você, não é?

— Talvez — respondeu Harry. — Recebi uma proposta de trabalho. Que eu não sei se posso rejeitar.

— Então a proposta não é dirigir para o dono do táxi que eu dirijo.

Harry sorriu.

— Desculpe, não sou o homem certo para dar orientação profissional — disse Øystein, e se levantou. — Vou pôr a latinha aqui. Faça como quiser.

21
Quinta-feira. Pigmalião

O maître mediu o homem à sua frente de cima a baixo. Trinta anos no trabalho deram-lhe certo faro para encrencas, e aquele homem fedia de longe, embora certas encrencas pudessem ser bem-vindas. De fato, os frequentadores do Café do Teatro até contavam com um bom escândalo vez ou outra. Mas devia ser o tipo certo de encrenca. Como quando aspirantes a artista cantavam na galeria do café vienense que eles eram o novo vinho, ou um embriagado ex-primeiro amante do Teatro Nacional proclamava em voz alta que a única coisa positiva que podia dizer sobre o socialite da mesa ao lado era que ele era homossexual e por isso era pouco provável que se reproduzisse. Mas a pessoa que agora estava à frente do maître não parecia querer dizer alguma espiritualidade abominável; parecia do tipo de encrenca chata: conta não paga, bebedeira constante e briga. Os sinais externos — calça jeans preta, nariz vermelho e cabeça raspada — fizeram-no primeiro pensar que era um dos trabalhadores bebuns que pertenciam ao porão do Burns. Mas quando perguntou por Willy Barli, entendeu que devia ser um dos ratos de esgoto do bar dos jornalistas, que ficava no porão do restaurante ao ar livre com o nome certeiro de "Tampa da Privada". Ele não nutria qualquer respeito pelos abutres que desenfreadamente devoraram o que restava do coitado do Barli depois que sua charmosa mulher sumira de forma tão trágica.

— O senhor tem certeza de que essa pessoa se encontra aqui? — perguntou o maître, e olhou no livro das reservas mesmo sabendo muito bem que Barli, como de costume, chegara às 10 em ponto e se sentara à sua mesa cativa na varanda envidraçada virada para a rua. O que era incomum — e o que deixou o maître preocupado com o estado mental de Barli — foi quando o produtor jovial, pela primeira vez, pelo que se lembrava o maître, errou e veio numa quinta-feira em vez de quarta-feira, seu dia habitual.

— Esqueça, já estou vendo ele — disse o homem à sua frente. E sumiu.

O maître suspirou e olhou para o outro lado da rua. Havia vários motivos para se preocupar com a saúde mental de Barli ultimamente. Um musical no venerável Teatro Nacional durante as férias coletivas. Meu Deus!

Harry o reconheceu pela cabeleira, mas quando chegou perto pensou que talvez estivesse enganado.

— Sr. Barli?

— Harry!

Seus olhos se iluminaram e se apagaram com a mesma rapidez. As faces estavam encovadas e a pele saudável e bronzeada de poucos dias antes parecia ter ganhado uma camada de pó branco mórbido. Como se o homem todo houvesse encolhido, até os ombros, antes largos, agora pareciam mais estreitos.

— Arenque? — O Sr. Barli apontou para o prato à sua frente. — O melhor da cidade. É o que eu como toda quarta. Faz bem para o coração, dizem. Isto é, para quem tem coração, e as pessoas que frequentam este lugar...

O Sr. Barli abriu o braço para o recinto quase vazio.

— Não, obrigado — disse Harry ao se sentar.

— Pelo menos pegue um pedaço de pão. — O Sr. Barli estendeu-lhe a cesta. — É o único local na Noruega que tem pão de funcho de verdade com sementes inteiras. Perfeito para arenque.

— Só café, por favor.

O Sr. Barli sinalizou ao garçom.

— Como me encontrou aqui?

— Passei no teatro.

— Foi? Na verdade, eles foram instruídos a dizer que estou fora da cidade. Os jornalistas...

O Sr. Barli fez um gesto de estrangular com as mãos. Harry não sabia ao certo se ilustraria a situação do próprio Barli ou se era o que ele desejava para os jornalistas.

— Eu mostrei o distintivo da polícia e expliquei que era importante — disse Harry.

— Bom. Bom.

O olhar do Sr. Barli se fixou em algum lugar na frente de Harry enquanto o garçom entregava uma xícara a Harry e o servia do bule que estava na mesa. O garçom se afastou e Harry pigarreou. O Sr. Barli estremeceu e seu olhar retornou.

— Se veio com más notícias, quero saber já, Harry.

Harry fez que não com a cabeça, ao que o Sr. Barli murmurou algo inaudível.

— Como está indo o musical? — perguntou Harry.

O Sr. Barli abriu um sorriso pálido.

— Uma jornalista da editoria de cultura do *Dagbladet* ligou ontem querendo saber a mesma coisa. Falei sobre o desenvolvimento artístico, mas então ela revelou que o que ela queria saber era se toda a publicidade em torno do sumiço misterioso de Lisbeth e o fato de a irmã a substituir não seriam positivos para a venda de ingressos.

Ele levantou os olhos para o céu.

— Bem... — disse Harry. — É?

— Está louco, homem?

A voz do Sr. Barli bramiu perigosamente.

— É verão, as pessoas querem se divertir. E não chorar por uma mulher que eles nem sabem quem é. Perdemos a nossa atração principal. Lisbeth Barli, a cantora ainda não descoberta, da terra dos caubóis. Perder isso logo antes da estreia *não* é algo exatamente bom para o negócio! — Duas cabeças numa mesa mais ao fundo do restaurante se viraram, mas o Sr. Barli continuou no mesmo assunto:

— Quase não vendemos ingressos. Quero dizer, exceto os da estreia, que foram arrebatados. As pessoas têm sede de sangue, devem estar farejando um escândalo. Resumindo, dependemos inteiramente de críticas maravilhosas para sair bem dessa, Harry. Mas neste exato momento... — O Sr. Barli bateu com o punho na toalha branca, fazendo o café respingar. — ... mal consigo pensar em qualquer coisa que seja menos importante que aquele maldito *negócio*!

O Sr. Barli olhou fixo para Harry, e parecia que o acesso de raiva ia continuar quando uma mão invisível tirou a raiva de seu rosto. Por um momento ele pareceu apenas confuso, como se não soubesse onde estava.

Então seu rosto começou a se desfazer e ele o escondeu depressa nas mãos. Harry viu o maître lançar um olhar estranho e esperançoso na direção da mesa deles.

— Sinto muito — murmurou o Sr. Barli, com a voz grossa atrás dos dedos. — Não costumo... Não durmo... Merda, como sou dramático!

Ele soluçou, algo entre riso e choro, depois bateu a mão na mesa de novo e fez uma careta que ele conseguiu transformar numa espécie de sorriso desesperado.

— Em que posso ajudá-lo, Harry? Você parece triste.

— Triste?

— Pra baixo. Melancólico. Desanimado.

O Sr. Barli deu de ombros e enfiou um garfo com arenque e pão na boca. A pele do peixe cintilou. O garçom veio silenciosamente à mesa com uma garrafa de Chatelain Sancerre e encheu a taça dele.

— Vou ter que fazer uma pergunta que talvez seja desagradavelmente íntima — disse Harry.

O Sr. Barli fez que não com a cabeça ao engolir a comida com a ajuda do vinho.

— Quanto mais íntimo, menos desagradável, Harry. Não se esqueça de que sou artista.

— Ótimo.

Harry bebeu um gole de café para dar a si mesmo um impulso mental.

— Encontramos vestígios de excrementos e sangue sob a unha de Lisbeth. A análise preliminar indica seu tipo sanguíneo. Gostaria de saber se teremos que fazer um teste de DNA.

O Sr. Barli parou de mastigar, colocou o dedo indicador direito nos lábios e olhou pensativo para o nada.

— Não — disse. — Não será preciso.

— Então, o dedo dela esteve em contato com seus... excrementos.

— Fizemos amor na noite antes de ela sumir. Fazíamos amor toda noite. E teríamos feito o mesmo durante o dia também se não estivesse tão quente no apartamento.

— E então...

— Quer saber se a gente praticava o *postillioning*?

— Hã...

— Se ela enfiava o dedo no meu ânus? O tempo todo. Mas com cuidado. Como sessenta por cento dos homens noruegueses na minha idade, tenho hemorroidas. Por isso, Lisbeth nunca deixava as unhas longas demais. Você pratica *postillioning*, Harry?

Harry engasgou com o café.

— Em você mesmo ou em outras pessoas? — perguntou o Sr. Barli.

Harry fez que não com a cabeça.

— Deveria, Harry. Especialmente por ser homem. O ato de se deixar penetrar trata de coisas bem fundamentais. Se ousar tal coisa, descobrirá que tem um registro de sentimentos muito maior do que você imagina. Se você se fechar, deixa os outros de fora e a si mesmo dentro. Mas ao se abrir, ao se fazer vulnerável e mostrar confiança, você dá a outras pessoas a possibilidade de literalmente chegar ao seu interior.

O Sr. Barli balançou o garfo.

— É claro que não é totalmente sem risco. Podem destruí-lo, cortá-lo do lado de dentro. Mas podem também amá-lo. E então você colore todo aquele amor, Harry. É seu. Dizem que é o homem que possui a mulher durante a cópula, mas será verdade? Quem é que possui o sexo do outro? Pense nisso, Harry.

Harry pensou.

— Para os artistas é a mesma coisa. Temos que nos abrir, nos fazer vulneráveis, deixá-los entrar. Para ter a possibilidade de sermos amados, temos que arriscar sermos destruídos por dentro. Estamos falando de um sério esporte de risco, Harry. Estou feliz por não dançar mais.

Enquanto o Sr. Barli sorria, duas lágrimas, primeiro de um olho e depois do outro, rolaram num zigue-zague convulsivo pelo seu rosto até desaparecerem na barba.

— Sinto falta dela, Harry.

Harry olhou para a toalha de mesa. Pensou que deveria ir embora, mas não se mexeu.

O Sr. Barli pegou um lenço e assoou o nariz com um som forte de trompete antes de despejar na taça o resto do vinho da garrafa.

— Não quero ser maçante, Harry, mas quando eu disse que você está com ar triste, lembrei que você sempre está com ar triste. É uma mulher?

Harry girou a xícara na mão.

— Várias?

Harry ia responder alguma coisa que impedisse outras perguntas, mas algo o fez mudar de ideia. Ele fez que sim com a cabeça.

O Sr. Barli levantou a taça.

— Sempre as mulheres, já percebeu? Quem você perdeu?

Harry olhou para o Sr. Barli. Tinha algo no olhar do produtor barbudo, uma franqueza doída, uma sinceridade indefesa, que ele reconheceu, demonstrando que podia confiar nele.

— Minha mãe ficou doente e morreu quando eu era jovem — disse Harry.

— E você sente falta dela?

— Sinto.

— Mas há outras, não é?

Harry deu de ombros.

— Uma colega minha foi morta há um ano e meio. Rakel, minha namorada...

Harry se calou.

— Sim?

— Não deve interessar ao senhor.

— Entendo que estamos no cerne da coisa — suspirou o Sr. Barli. — Vocês querem se separar.

— A gente não. Ela. Estou tentando fazê-la mudar de ideia.

— Ah. E por que ela quer romper?

— Porque eu sou assim. É uma longa história, mas, resumindo, o problema sou eu. E ele quer que eu seja diferente.

— Sabe de uma coisa? Tenho uma sugestão: venha com ela assistir à minha peça.

— Por quê?

— Porque *My Fair Lady* é construída com base no mito grego do escultor Pigmalião, que se apaixona por uma das suas próprias esculturas, a bela Galateia. Ele implora a Vênus para que dê vida à estátua para ele poder se casar com ela, e seu pedido é realizado. A peça talvez possa mostrar a Rakel o que acontece quando se quer mudar outra pessoa.

— Mostra que dá errado?

— Pelo contrário. Pigmalião, na figura do professor Higgins, tem total sucesso no *My Fair Lady*. Eu só faço montagens de peças com final feliz. É meu lema de vida. Se não tiver final feliz, então eu crio um.

Harry balançou a cabeça e esboçou um sorriso.

— Rakel não está tentando me mudar. É uma mulher sábia. Em vez disso, ela vai embora.

— Alguma coisa me diz que ela quer você de volta. Vou lhe mandar dois ingressos para a estreia

O Sr. Barli sinalizou para o garçom providenciar a conta.

— De onde o senhor tirou a ideia de que ela me quer de volta? — perguntou Harry. — O senhor não sabe nada sobre ela.

— Tem razão. Estou falando bobagem. Vinho branco no brunch é uma boa ideia, mas só em teoria. Estou bebendo mais do que deveria no momento, espero que me perdoe.

O garçom veio com a conta, que o Sr. Barli assinou sem olhar e pediu para juntar às outras. O garçom desapareceu.

— Mas levar uma mulher a uma estreia nas melhores poltronas nunca pode dar muito errado. — O Sr. Barli sorriu. — Acredite, já comprovei isso de perto.

Harry pensou que parecia o sorriso triste e resignado de seu pai. O sorriso de um homem que olha para trás porque é lá que estão as coisas que podem fazê-lo sorrir.

— Muito obrigado, mas... — começou Harry.

— Não tem "mas". Se não para outra coisa, é uma desculpa para ligar para ela caso vocês não estejam se falando ultimamente. Deixe-me enviar os dois ingressos, Harry. Acho que Lisbeth teria gostado. E Toya está melhorando. Será um lindo espetáculo.

Harry mexeu na toalha.

— Deixe-me pensar a respeito.

— Ótimo. Devo voltar para lá antes que eu durma.

— Aliás. — Harry enfiou a mão no bolso do paletó. — Encontramos este símbolo perto dos outros dois locais do crime. Chama-se estrela do diabo. Lembra-se de ter visto isso em algum lugar depois que Lisbeth sumiu?

O Sr. Barli olhou a foto.

— Acho que não.

Harry estendeu a mão para a foto.

— Espere um pouco. — O Sr. Barli coçou a barba enquanto olhava a foto.

Harry esperou.

— Eu já vi — disse o Sr. Barli. — Mas onde?

— No apartamento? Na escadaria? Na rua em frente?

O Sr. Barli fez que não com a cabeça.

— Nenhum desses lugares. E não agora. Em outro lugar, faz muito tempo. Mas onde? É importante?

— Pode ser. Me ligue caso se lembre.

Quando se despediram lá fora, Harry ficou olhando para cima, onde o sol cintilava nos trilhos dos bondes, e no ar vibrante de calor o bonde parecia estar flutuando.

22
Quinta e sexta-feira. Revelação

Jim Beam é feito de centeio, cevada e um total de 75 por cento de milho, que é o que dá ao bourbon o sabor doce e redondo que o distingue do uísque comum. A água do Jim Beam vem de uma nascente perto da destilaria em Clermont, Kentucky, onde também fazem o fermento especial que algumas pessoas alegam seguir a mesma receita que Jacob Beam usou em 1795. O resultado é armazenado por pelo menos quatro anos antes de ser enviado para o mundo inteiro e ser comprado por Harry Hole, que não dá a mínima para Jim Beam e sabe que aquela história de água de nascente é um truque de marketing semelhante à água com gás natural de suas fontes naturais que vendem por aí. E a única porcentagem que importa para ele é aquela que está em letras miúdas no rótulo.

Harry estava em frente à geladeira com uma faca de mato na mão, olhando fixo para a garrafa com o líquido dourado. Estava nu. O calor no quarto o fizera tirar a cueca, que ainda estava úmida e cheirando a água sanitária.

Ele estava sóbrio fazia quatro dias agora. O pior já passou, ele disse a si mesmo. Era mentira, o pior nem de longe havia passado. Aune uma vez perguntara por que ele bebia. Harry havia respondido sem pestanejar: "Porque tenho sede." Harry lastimava por vários motivos viver numa sociedade e numa época em que as desvantagens de beber eram maiores do que as vantagens. Seus motivos para se manter sóbrio nunca foram por princípios, apenas por questões práticas. É extremamente árduo beber muito, e a recompensa é uma vida curta, deplorável e enfadonha, cheia de dores físicas. Para um dipsomaníaco, a vida consiste em estar bêbado e o tempo entre as bebedeiras. Que parte era a vida real era uma questão filosófica a que ele não dedicava muito tempo para estudar, já que a resposta de qualquer maneira não lhe podia dar uma vida melhor. Ou pior. Porque tudo que era bom — tudo — tinha de mais cedo ou mais tarde ceder à lei da gravidade dos alcoólatras — A Grande Sede. Assim ele pensara até conhecer Rakel e Oleg. Isto tinha dado à sobriedade outra dimensão. Mas não suspendia a lei da gravidade. E agora ele não estava mais aguentando os pesadelos. Não aguentava mais ouvir os próprios gritos. Ver o choque nos olhos mortos e rijos na cabeça presa no teto do elevador. Ele esticou a mão para o armário. Nada podia ficar sem ser experimentado. Deixou a faca ao lado do Jim Beam e fechou a porta do armário. E voltou para o quarto.

Ele não acendeu a luz, mas um facho de luar entrou por entre as cortinas.

O edredom e o colchão pareciam querer se livrar dos lençóis amassados.

Deitou-se na cama. A última vez que dormira livre de pesadelos foram os poucos minutos na cama de Camilla Loen. Dessa vez também tinha sonhado com morte, com a diferença de que não tivera medo. Um homem pode se trancar em seu mundo, mas ele precisa dormir. E do sonho ninguém pode se esconder.

Harry fechou os olhos.

As cortinas se mexeram e a faixa de luz da lua tremeu. Iluminou a parede em cima da cabeceira da cama e as marcas pretas feitas a faca. O entalhe deve ter sido feito com grande força, porque as marcas eram fundas na madeira atrás do papel de parede branco. A incisão contínua formara uma grande estrela de cinco pontas.

Ela estava deitada, ouvindo o trânsito em frente à janela e a respiração profunda e regular do homem ao lado. Às vezes achava que podia ouvir gritos vindo do jardim zoológico, mas também podia ser o movimento noturno dos trens do outro lado do rio, que freavam antes de entrar na estação central. Ele dissera que gostava do som dos trens quando eles se mudaram para Troja, ao norte do grande ponto de interrogação que o rio Vltava desenhava ao cruzar Praga.

Chovia.

Ele passara o dia inteiro fora. Em Brno, dissera. Quando finalmente o ouvira destrancar a porta, já estava na cama. Ela o ouviu arrastar a mala pelo corredor antes de entrar no quarto. Ela fez de conta que dormia, mas ficou furtivamente observando ele pendurar as roupas com movimentos calmos e de vez em quando lançar um olhar para ela pelo espelho ao lado do armário. Depois entrou na cama, e seus dedos estavam frios e a pele estava rija de suor endurecido. Fizeram amor ao som da chuva batendo no telhado. Ele tinha gosto de sal e depois do ato adormeceu feito criança. Normalmente, ela também ficava sonolenta depois de fazer amor, mas dessa vez ficou acordada, sentindo seu suco lentamente escorrer e se infiltrar no lençol.

Ela fez de conta que não sabia o que a deixava acordada, mesmo com os pensamentos circundando a mesma coisa sem parar. Quando ela fora escovar o paletó do terno dele um dia depois de ele voltar de Oslo, na segunda-feira à noite, havia descoberto um longo cabelo louro na manga. Ele voltaria a Oslo no sábado e era a quarta vez em quatro semanas. Ele ainda não queria contar o que fazia por lá. O cabelo podia ter vários donos, claro, de um homem ou de um cachorro.

Ele começou a roncar.

Ela pensou em como haviam se conhecido. O rosto aberto dele e suas confissões francas que ela erroneamente interpretara como sinais de que ele era uma pessoa aberta. Ele a derretera como a neve na praça Václav, mas quando se cai tão facilmente por um homem, haverá sempre uma suspeita roendo: que haverá outras a cair com a mesma facilidade.

Mas ele a tratava com respeito, quase como igual, mesmo tendo dinheiro suficiente para tratá-la como uma das prostitutas de Perlová. Ele era um prêmio da loteria, o único que ela já ganhara. O único que ela poderia perder. Era a certeza disso que a fazia ser cuidadosa, que a impedia de perguntar por onde ele andava e o que realmente fazia.

Mas aconteceu uma coisa que fez com que ela precisasse tirar a limpo se ele era um homem em quem ela realmente podia confiar. Ela tinha ganhado algo ainda mais valioso que não podia perder. Ainda não tinha contado nada, não tinha certeza antes de ir ao médico, o que fizera três dias antes.

Ela saiu da cama lentamente e atravessou o quarto nas pontas dos pés. Girou a maçaneta com cuidado, vigiando o rosto dele no espelho que havia em cima da cômoda. No corredor, fechou a porta sem fazer barulho.

A mala era cinza-chumbo, moderna, da marca Samsonite. Era praticamente nova, mas os lados já estavam arranhados e cheios de etiquetas de controle de segurança e destinos dos quais ela nunca ouvira falar.

Na esparsa luz, podia ver que o segredo do fecho estava em zero-zero-zero. Como sempre. E ela não precisava tocar a mala para saber que não dava para abri-la. Nunca a vira aberta, salvo nas vezes em que estava na cama enquanto ele tirava as roupas das gavetas para pô-las na mala. Na verdade fora por acaso que ela vira aquilo na última vez que ele preparara a bagagem. Que o segredo estava marcado no lado de dentro da tampa. Por outro lado, não é muito difícil se lembrar de três números. Especialmente quando é preciso. Esquecer todas as outras coisas e lembrar o número de três dígitos de um quarto de hotel quando ligavam para dizer que ela era desejada, como deveria se vestir, eventualmente outros desejos especiais.

Ela prestou atenção. O ronco soava como um roçar baixinho atrás da porta.

Havia coisas das quais ele nada sabia. Coisas que não precisava saber; coisas que ela fora forçada a fazer. Mas agora isso pertencia ao passado. Ela pôs as pontas dos dedos nas pequenas rodas dentadas em cima dos números e girou. De agora em diante importava apenas o futuro.

Os fechos saltaram com cliques suaves.

Ela ficou de cócoras, olhando.

Sob a tampa da mala, em cima de uma camisa branca, tinha uma coisa preta e feia de metal.

Ela não precisou tocar para ter certeza de que a pistola era de verdade; já vira algumas na sua vida anterior.

Ela engoliu em seco e sentiu o choro brotar. Apertou os olhos com os dedos. Sussurrou o nome da mãe duas vezes para si mesma.

Durou apenas alguns segundos.

Depois respirou fundo em silêncio. Ela tinha de sobreviver. *Eles* tinham de sobreviver. Isso pelo menos explicava por que ele não podia contar tanto sobre o que fazia e como ganhava tão bem como parecia. E a ideia já lhe passara pela cabeça, certo?

Ela se decidiu.

Havia coisas que ela não sabia. Coisas que não precisava saber.

Ela fechou a mala e zerou os números do fecho. Aguçou os ouvidos antes de abrir a porta com cuidado e entrar. Um retângulo de luz do corredor caiu na cama. E se ela tivesse lançado um olhar no espelho antes de fechar a porta, teria visto um olho aberto. Mas estava ocupada demais com os próprios pensamentos. Ou melhor, com esse único pensamento que ela repetia inúmeras vezes enquanto ouvia o trânsito, os gritos do jardim zoológico e a respiração calma e regular dele. Que dali em diante, a única coisa que importava era o futuro.

Um grito, uma garrafa que se quebra na calçada, seguido de um riso rouco. Palavrões e passos correndo pela rua Sofie em direção ao Estádio de Bislett.

Harry olhava no teto, escutando os ruídos da noite que vinham de fora. Ele havia dormido durante três horas, sem sonhar, depois tinha acordado e começado a pensar. Em três mulheres, dois locais de crimes e um homem que oferecera um bom preço por sua alma. Tentava encontrar um sistema nisso tudo. Decifrar o código. Ver o padrão. Entender o que Øystein chamara de dimensão sobre o padrão, a pergunta que vinha antes de "como". O porquê.

Por que um homem se vestira como motoboy e matara duas mulheres e provavelmente uma terceira? Por que ele complicava tanto as coisas para si mesmo na hora de escolher o local do crime? Por que não deixava nenhuma mensagem? Toda a experiência com assassinatos em série indicava motivos sexuais; por que então não havia nenhum sinal de que Camilla Loen ou Barbara Svendsen tivessem sido abusadas sexualmente?

Harry sentiu a enxaqueca chegar. Afastou o lençol e se virou de lado. Os dígitos no despertador reluziam em vermelho: 2:51. As duas últimas perguntas eram para ele mesmo. Por que se agarrar à alma se isso significava partir o coração? E por que ele se preocupava com um sistema que o odiava?

Pôs os pés no chão e foi para a cozinha. Olhou na porta do armário em cima da pia. Limpou um copo com a água da torneira e o encheu até a borda. Depois abriu a gaveta onde estavam os talheres, tirou o cilindro preto de filme, tirou a tampa cinza e derramou o conteúdo na palma da mão. Um comprimido o faria dormir. Dois, com uns dois copos de Jim Beam, o deixariam alucinado. A partir de três, os efeitos seriam bem mais difíceis de prever.

Harry abriu a boca, jogou três comprimidos para dentro e os engoliu com água morna.

Foi para a sala, onde colocou um CD de Duke Ellington que comprara depois de ver Gene Hackman no ônibus à noite no filme *A conversação*, acompanhado de algumas notas de piano delicadas que eram a coisa mais solitária que Harry já ouvira.

Sentou-se na poltrona.

"Para isso eu só conheço um método", dissera Øystein.

Harry recomeçou do início. Com o dia em que passara cambaleando em frente ao Underwater quando ia rumo ao endereço na rua Ullevål. Sexta-feira. A rua Sanner. Quarta-feira. Carl Berner. Segunda-feira. Três mulheres. Três dedos cortados. A mão esquerda. Primeiro o indicador, depois o médio e o anelar. Três lugares. Nenhuma casa isolada, e sim lugares com vizinhos. Um prédio velho do início do século, outro dos anos 1930 e um prédio comercial dos anos 1940. Elevadores. Ele imaginou os números em cima das portas dos elevadores. Skarre havia conversado com as lojas especializadas em motos em Oslo e arredores. Eles não podiam ajudar a respeito de acessórios para motos e uniformes amarelos, mas por um sistema de segurança pelo menos conseguiram uma lista de quem havia comprado motos caras nos últimos meses, do tipo que os motoboys usam.

Ele sentiu a anestesia chegando. A lã grossa na poltrona ardia nas coxas e nádegas nuas.

As vítimas. Camilla, redatora de uma agência de propaganda, solteira, 28 anos, morena, um pouco rechonchuda. Lisbeth, cantora, casada, 33 anos, loura, esbelta. Barbara, recepcionista, 28, morava na casa dos pais, loura. Todas as três tinham uma beleza normal. Os horários do crime. Contando que Lisbeth tivesse sido morta de imediato: só em dias úteis. À tarde, logo após o fim do expediente.

Duke Ellington tocava rápido. Como se sua cabeça estivesse cheia de notas e ele tivesse de espremê-las. Então parou quase por completo. Tocava apenas as teclas cheias, sem acordes.

Harry não tinha pesquisado o passado das vítimas, não tinha falado com os parentes e amigos mais próximos, ele tinha apenas dado uma olhada por cima, sem encontrar nada que captasse o seu interesse. Porque as respostas não estavam ali. Não estavam em *quem* as vítimas eram, apenas o que eram, o que elas representavam. Para esse assassino, as vítimas não eram nada além de exterior, escolhido casualmente, como tudo em volta delas. O negócio era descobrir em que consistia. Enxergar o padrão.

Então a química bateu pra valer. O efeito mais lembrava uma alucinação do que um sonífero. A realidade se transformou em imaginação e, sem controle — como se estivesse num barril —, ele velejou rio abaixo. O tempo pulsava, bombeava como um universo em expansão. Quando voltou a si, estava quieto à sua volta, apenas o ruído da agulha da vitrola arranhando o rótulo do disco.

Ele entrou no quarto, sentou-se no chão ao pé da cama e fixou o olhar na estrela do diabo. Aos poucos a imagem começou a dançar. Fechou os olhos. O negócio era conseguir ver.

Quando clareou lá fora, ele estava além de todos os lugares. Estava sentado, ouvia e via, mas sonhava. E quando o barulho dos jornais entregues na escadaria o acordou, ele levantou a cabeça e fixou o olhar na estrela do diabo, que já não dançava mais.

Nada dançava. Ele estava pronto. Tinha visto o padrão.

O padrão de um homem entorpecido desesperadamente caçando sentimentos reais. Um idiota ingênuo que achava que onde há alguém que ama, há o amor, que onde há questões, há respostas. O padrão de Harry Hole. Num ataque de cólera, ele deu cabeçadas na estrela da parede. Seu olhar faiscou e ele desabou apático na cama. Seu olhar caiu no despertador: 05:55. Os lençóis estavam úmidos e quentes.

Então — como se alguém tivesse desligado o interruptor — ele apagou.

Ela encheu a xícara de café dele. Ele grunhiu um *Danke* e virou uma página do *The Observer*, que, como de costume, saíra para comprar no hotel na esquina. Além de croissants frescos que Hlinka, o padeiro local, havia começado a fazer. Hlinka nunca estivera no exterior, apenas na Eslováquia, o que não era bem o estrangeiro, mas ela assegurou que em Praga já dava para encontrar tudo o que havia nas outras capitais da Europa. Ela já tivera vontade de viajar. Antes de ela encontrá-lo, um negociante americano em visita a Praga havia se apaixonado por ela. Ela fora oferecida a ele como presente da conexão de negócios em Praga, uma empresa farmacêutica. Ele era um cara dócil, ingênuo, rechonchudo e queria dar tudo a ela, se ela fosse com ele para sua casa em Los Angeles. Obviamente, ela disse que sim. Mas quando ela contou isso para Tomas, seu cafetão e meio-irmão, ele subiu direto para o quarto do hotel do americano e o ameaçou com uma faca. O americano foi embora no dia seguinte e ela nunca mais o viu. Quatro dias depois, abatida, ela estava sentada no Grand Hotel Europa, tomando vinho, quando ele apareceu. Estava sentado numa cadeira nos fundos do recinto e observou como ela se desvencilhava de homens inoportunos. Era o que o fizera cair de amores por ela, ele sempre dizia. Não por ela ter sido tão procurada por outros homens, mas por ela ter sido tão impassível diante do cortejo, tão naturalmente desinteressada, tão completamente casta. Ele disse que alguns homens ainda sabiam apreciar aquilo.

Ela deixou que ele pagasse uma taça de vinho, agradeceu e foi para casa sozinha.

No dia seguinte, ele tocou a campainha do seu minúsculo apartamento em Strasnice.

Ele nunca contou como descobriu onde ela morava. Mas a vida mudou de cinza para cor-de-rosa num piscar de olhos. Ela foi muito feliz. Era feliz.

Ela ouviu o roçar do jornal quando ele virou a página.

Ela devia saber. Se não fosse pela pistola na mala, nem teria pensado duas vezes.

Mas ela já decidira esquecer aquilo. Esquecer todas as outras coisas que não fossem o mais importante. Eles estavam felizes. Ela o amava.

Ela estava sentada na cadeira, ainda de avental. Sabia que ele gostava que ela usasse avental. Afinal, ela sabia uma ou outra coisa sobre os homens, a arte consistia em não demonstrar que sabia. Ela olhou para o próprio colo. E começou a sorrir, não conseguiu impedir.

— Tenho algo para contar — disse ela.

— É? — A página do jornal batia como uma vela ao vento.

— Promete não ficar zangado? — disse, e sentiu como seu sorriso crescia.

— Não posso prometer isso — respondeu ele, sem levantar o olhar.

Seu sorriso endureceu. O que...

— Imagino que você vai contar que bisbilhotou minha mala quando levantou à noite.

Ela percebeu pela primeira vez que seu sotaque estava diferente. O canto da voz havia quase sumido. Ele deixou o jornal de lado e olhou para ela.

Graças a Deus, nunca precisara mentir para ele, sabia que nunca conseguiria. A prova veio agora. Ela negou com a cabeça, mas percebeu que seu rosto estava fora de controle.

Ele ergueu uma sobrancelha.

Ela engoliu em seco.

O mostrador de segundos, aquele relógio de cozinha grande que ela comprara na IKEA com o dinheiro dele, fez um tique surdo.

Ele sorriu.

— E lá encontrou uma pilha de cartas das minhas amantes, não foi?

Ela piscou, confusa.

Ele se inclinou para a frente.

— Estou brincando, Eva. Há algo de errado?

Ela confirmou com a cabeça.

— Estou grávida — sussurrou rapidamente, como se de repente tivesse pressa. — Eu... nós... vamos ter um filho.

Ele ficou petrificado e olhou para a frente enquanto ela contava sobre sua suspeita, a visita ao médico e então, finalmente, a certeza. Quando terminou, ele se levantou e foi à cozinha. Quando voltou, lhe deu uma caixinha preta.

— Visitar a minha mãe — disse ele.

— O quê?

— Você está querendo saber o que vou fazer em Oslo. Vou visitar minha mãe.

— Você tem uma mãe... — foi seu primeiro pensamento. Teria de fato uma mãe? Mas ela emendou: — ... em Oslo?

Ele sorriu e virou a cabeça para a caixinha.

— Não vai abrir, meu amor? É para você. Pelo bebê.

Ela piscou duas vezes antes de se recompor para abri-la.

— É lindo — disse, e sentiu seus olhos se encherem de lágrimas.

— Eu te amo, Eva Marvanova.

O canto na voz havia voltado.

Ela sorriu através das lágrimas quando ele a abraçou.

— Me perdoe — sussurrou ela. — Me perdoe. Que você me ama é tudo o que preciso saber. O resto não importa. Não precisa me contar da sua mãe. Ou da pistola...

Ela sentiu seu corpo endurecer nos braços dele. Ela colocou a boca no ouvido dele.

— Eu vi a pistola — sussurrou. — Mas não preciso saber de nada. Nada mesmo, entendeu?

Com cuidado, ele se desvencilhou dela.

— Sim — disse ele. — Sinto muito, Eva, mas não tem como contornar. Não agora.

— O que quer dizer?

— Você precisa saber quem eu sou.

— Mas eu sei quem você é, meu amor.

— Você não sabe o que faço

— Não sei se quero saber.

— Precisa.

Ele tirou a caixinha das mãos dela, retirou o colar e segurou-o no ar.

— É isso o que eu faço.

O diamante em forma de estrela brilhava como um olhar apaixonado quando os cristais refletiram o sol da manhã através da janela da cozinha.

— E isto aqui.

Ele tirou a mão do bolso do paletó. Retirou a mesma pistola que ela havia visto na mala. Mas estava encoberta por uma peça preta presa ao cano. Eva Marvanova não sabia muito sobre armas, mas sabia o que era aquilo. Um silenciador.

Harry acordou com o telefone tocando. Sentiu como se alguém tivesse colocado uma toalha em sua boca. Tentou umedecer a boca com a língua, mas apenas raspava como um pedaço de pão velho no céu da boca. O relógio na cabeceira mostrava 10:17. Meia lembrança, metade de uma imagem apareceu. Ele foi até a sala. O telefone tocou pela sétima vez.

Ele tirou do gancho.

— É Harry. Fale.

— Eu só queria pedir desculpas.

Era a voz que ele sempre esperava ouvir quando tirava o fone do gancho.

— Rakel?

— É o seu trabalho — disse ela. — Não tenho o direito de ficar zangada. Desculpe.

Harry se sentou na cadeira. Alguma coisa tentava abrir caminho através da selva de sonhos meio esquecidos.

— Você tem o direito de ficar zangada — retrucou ele.

— Você é policial. Alguém tem que cuidar de nós.

— Eu não me referi ao trabalho — disse Harry.

Ela não respondeu. Ele esperou.

— Estou sentindo sua falta — disse ela de repente, sufocando o choro.

— Está sentindo falta daquele que você gostaria que eu fosse — respondeu ele. — Mas eu estou sentindo falta...

— Tchau — disse ela. Como uma música que acaba na introdução.

Harry ficou sentado olhando o telefone. Animado e desanimado. Um resto do sonho da noite fez uma última tentativa de subir à superfície, batendo contra o fundo de um gelo que o dia congelava e engrossava mais a cada segundo. Ele varreu a mesa da sala à procura de cigarros e achou uma guimba no cinzeiro. A língua ainda estava meio anestesiada. Rakel devia ter interpretado, pela dicção trôpega de Harry, que ele andara bebendo de novo. O que de certa forma não estava tão longe da verdade, exceto que ele não estava mais a fim de tomar mais do mesmo veneno.

Ele foi para o quarto. Olhou para o relógio na cabeceira. Estava na hora de se mandar para o trabalho. Algo...

Ele fechou os olhos.

O eco de Duke Ellington ainda lhe soava nos ouvidos. Não era aí, ele tinha de ir mais fundo. Continuou ouvindo. Ouviu um grito doido do bonde, passos de gato no telhado e um sopro agourento na bétula explodindo de verde no fundo do quintal. Mais a fundo. Ouviu o prédio resistir, ouviu ranger a massa da madeira transversal da janela, ouviu o rumor no depósito do porão vazio, bem lá embaixo no abismo. Ouviu o roçar duro do lençol contra sua pele nua e os estalidos de sapatos impacientes lá fora no corredor. Ouviu a voz de sua mãe sussurrar como sempre logo antes de dormir: "Atrás do armário, atrás do armário, atrás do armário da sua madame..." Então ele estava no sonho.

No sonho daquela noite. Ele estava cego, tinha de ser cego, só podia ouvir.

Ouviu uma voz baixinha entoar uma espécie de prece no fundo. Pela acústica parecia que estava num recinto grande, talvez uma igreja, só que pingava o tempo todo. Por baixo da arcada alta, se é que era isso, ouviu as batidas de asas de pássaros. Pombos? Parecia que um padre ou um pregador estava liderando a sessão, mas a liturgia era esquisita. Quase como russo, ou glossolalia. A congregação entoava um salmo, com harmonia estranha e linhas curtas e entrecortadas. Nenhuma palavra conhecida, como Jesus ou Maria. De repente a congregação parou de cantar e uma orquestra começou a tocar. Ele reconheceu a melodia. Da TV. Espere um pouco. Ele ouviu o som de algo rolando. Uma bola rolando. Parou.

— Cinco — disse uma voz feminina. — O número é cinco.

Foi quando ele viu.

O código.

23
Sexta-feira. O número da humanidade

As revelações de Harry costumavam ser pequenos pingos gelados que o acertavam na cabeça. Nada mais. Mas acontecia, às vezes, que ele, ao olhar para cima e procurar saber de onde pingava, encontrasse a relação de causa e efeito. Essa revelação foi diferente. Foi um presente, um roubo, um favor desmerecido dos anjos, música do jeito que devia vir para pessoas como Duke Ellington, prontinha, recortada diretamente de um sonho, faltava apenas se sentar ao piano e tocar.

E era o que Harry agora estava em vias de fazer. Ele havia chamado o público do concerto a sua sala às 13 horas. Bastante tempo para que ele resolvesse as coisas mais essenciais, o último pedaço do código. Para isso precisava da estrela líder. E um mapa das estrelas.

No caminho para o trabalho, passou numa livraria e comprou uma régua, um goniômetro, um compasso, caneta nanquim com a ponta mais fina que havia e um par de folhas metálicas. Começou assim que entrou no escritório. Procurou o grande mapa de Oslo que tinha arrancado da parede, remendou o rasgo, esticou as dobras e recolocou na parede maior. Depois desenhou um círculo na folha, dividiu em cinco setores de exatamente 72 graus cada e passou a caneta pela régua em todos os pontos vazios na extremidade do círculo, formando uma linha contínua. Quando terminou, levantou a folha contra a luz. A estrela do diabo.

O projetor da sala de reuniões da Homicídios não estava lá, por isso Harry entrou na da Divisão de Roubos e Furtos, onde o inspetor-chefe Ivarsson estava fazendo sua apresentação de sempre — batizada pelos colegas de "como fiquei tão esperto" — para um bando de substitutos de férias obrigados a comparecer.

— Prioritário — disse Harry, arrancando a tomada e empurrando o projetor para fora na mesa de rodas, embaixo do nariz de um Ivarsson espantado.

De volta a sua sala, colocou a folha no projetor, direcionou a luz quadrada para o mapa e apagou a lâmpada do teto.

Escutou a própria respiração da sala escura sem janelas enquanto girava a folha, mudava o projetor mais para perto e mais para longe, focando na sombra da estrela, até tudo se encaixar. Porque tudo se encaixou. Ele olhou para o mapa, fez um círculo em volta de dois números de rua e fez algumas ligações.

Estava pronto.

Às 13h05, Bjarne Møller, Tom Waaler, Beate Lønn e Aune estavam sentados em cadeiras emprestadas, amontoados na sala de Harry e Halvorsen. Harry estava sentado no canto da mesa.

— É um código — disse Harry. — Um código bem simples. Um denominador comum que deveríamos ter visto faz tempo. Recebemos o texto numa linguagem clara como a luz do dia. Um dígito.

Eles o olharam.

— Cinco — disse Harry.

— Cinco?

— O número é 5.

Harry olhou para os quatro rostos inquiridores.

Então aconteceu o que de vez em quando — e com mais frequência — acontecia com ele depois de longos períodos sem beber. Sem aviso prévio, o chão desapareceu. Ele tinha a sensação de estar caindo e de que a realidade virava do avesso. Não eram quatro colegas sentados à sua frente num escritório, não era um caso de assassinato, não era uma tarde quente de verão em Oslo, nunca havia existido alguém chamado Rakel e Oleg. Voltou depois a sentir o chão sob seus pés. Mas sabia que o breve surto de pânico podia ser seguido de outros, ainda estava pendurado, segurando-se apenas com as pontas dos dedos.

Harry levantou a xícara de café e bebeu devagar enquanto se recompunha.

Decidiu que quando ouvisse a xícara ser posta na mesa estaria de volta, ali, naquela realidade.

Abaixou a xícara.

Que aterrissou na mesa com um pouso macio.

— Primeira pergunta — disse Harry. — O assassino já marcou todas as vítimas com diamantes. Quantos cantos tinham?

— Cinco — respondeu Møller.

— Segunda pergunta: ele também cortou um dedo da mão esquerda de cada vítima. Quantos dedos em cada mão? Terceira pergunta. Os assassinatos e o desaparecimento ocorreram em três semanas consecutivas, respectivamente na sexta, quarta e segunda. Quantos dias entre eles?

Fez-se silêncio.

— Cinco — disse Waaler.

— E o horário?

Aune pigarreou.

— Por volta das 17 horas.

— Quinta e última pergunta: as vítimas foram capturadas em endereços aparentemente casuais, mas os locais dos crimes têm uma coisa em comum. Beate?

Ela fez careta.

— Cinco?

Todos encararam Harry com um olhar vazio.

— Ah, droga! — exclamou Beate, que parou de repente e enrubesceu. — Desculpe, quero dizer... quinto andar. Todas as vítimas moravam no quinto andar.

— Exato.

Parecia um alvorecer sobre os rostos quando Harry foi até a porta.

— Cinco.

Møller cuspiu a palavra como se tivesse gosto ruim.

Ficou escuro feito breu quando Harry desligou a luz. Só ouviram, pela sua voz, que ele estava se movendo.

— Cinco é um número conhecido de muitos rituais. De magia negra. Bruxaria. E de cultos diabólicos. Mas também da cristandade. Cinco é o número de feridas que Jesus crucificado tinha. E há os cinco pilares e as cinco horas das preces no islã. Em muitos escritos é referência ao número do homem, já que temos cinco sentidos e passamos por cinco fases de vida.

Ouviu-se um clique e de repente se materializou na frente deles um rosto brilhoso, pálido, com as cavidades oculares fundas e escuras e uma estrela na testa. Um assobio baixinho varreu a sala.

— Desculpe...

Harry girou a lâmpada do projetor, movendo o quadro de luz de seu rosto para a parede branca.

— Como podem ver, isto é um pentagrama, ou uma estrela do diabo, igual àquelas que encontramos perto de Camilla Loen e Barbara Svendsen. Com base no que se chama a proporção dourada. Lembra como se calcula isso, Aune?

— Não faço a mínima ideia — bufou o psicólogo. — Detesto as ciências exatas.

— Bem — disse Harry. — Com um goniômetro foi fácil. Para nosso uso é suficiente.

— Nosso uso? — perguntou Møller.

— Até agora, só mostrei uma coincidência de números que pode ser casual. Isso é a prova de que não há nada casual.

Com cuidado, Harry girou a lâmpada do projetor, dirigindo o quadro de luz e a estrela para o mapa. Ele podia ouvir todos prenderem a respiração mesmo antes de terminar de colocar a imagem em foco.

— Os três locais do crime estão inscritos num círculo cujo centro é o centro de Oslo — disse Harry. — E tem exatamente 72 graus entre um e outro. Como podem ver, esses três locais estão...

— ... nas cinco pontas da estrela — sussurrou Beate.

— Meu Deus! — exclamou Møller, desconcertado. — Quer dizer que ele nos deu...

— Ele nos deu a estrela mestra — disse Harry. — Um código que nos informa sobre cinco assassinatos. Três já executados, faltando dois. Que de acordo com a estrela devem ocorrer aqui e aqui.

Harry apontou para os dois círculos traçados no mapa em volta de duas das pontas da estrela.

— E sabemos quando — disse Waaler.

Harry fez um sim com a cabeça.

— Meu Deus — repetiu Møller. — Cinco dias entre cada assassinato, então...

— No sábado — lembrou Beate.
— Amanhã — completou Aune.
— Meu Deus — disse Møller, pela terceira vez.
A súplica parecia sincera.

Harry continuou falando, interrompido pelas vozes empolgadas dos outros, enquanto o sol de verão desenhava uma parábola no alto do céu pálido sobre as velas brancas dos barcos que faziam tentativas tíbias e preguiçosas de voltar para casa. Uma sacola de supermercado voava no ar quente sobre as ruas vazias que se entrecruzavam feito um ninho de cobras. Em frente a um galpão à beira-mar no terreno da futura ópera, um rapaz batalhou para achar uma veia por baixo de uma ferida já infeccionada e olhou em torno como um leopardo faminto em cima da presa — sabendo que tem de ser rápido antes que cheguem as hienas.

— Espere um pouco — disse Waaler. — Como o assassino podia saber que Lisbeth Barli morava no quinto andar se ele estava esperando na rua em frente ao prédio?

— Ele não estava na rua — explicou Beate. — Estava na escada. Verificamos o que Barli disse sobre o portão que não fechava direito, conferiu Ele ficou vigiando o elevador para ver se vinha alguém do quinto andar e se esconderia na escada se ouvisse alguém chegar.

— Muito bom, Beate — disse Harry. — E então?

— Ele a seguiu até a rua e... aliás, não, seria arriscar demais. Ele a deteve quando ela saiu do elevador. Com clorofórmio.

— Não — disse Waaler, resoluto. — Arriscado demais. Neste caso, teria que carregá-la para o carro estacionado bem na frente e, se alguém os visse, com certeza teriam prestado atenção ao carro e talvez ao número da placa.

— Nada de clorofórmio — disse Møller. — E o carro não estava tão perto assim. Ele a ameaçou com um revólver e a fez andar na sua frente, enquanto ele a seguia com a arma escondida no bolso.

— De qualquer maneira, as vítimas foram escolhidas a esmo — disse Harry. — A chave são os locais do crime. Se Willy Barli tivesse pegado o elevador do quinto andar em vez da mulher, teria sido ele a vítima.

— Se é como dizem, talvez explique por que as mulheres não foram abusadas sexualmente — disse Aune. — Se o homicida...

— O assassino.

— ... o assassino não escolheu as vítimas, significa que é por acaso que sejam todas mulheres jovens. Nesse caso, as vítimas não são objetos sexuais especiais, é a ação em si que o satisfaz.

— Mas e o banheiro feminino? — perguntou Beate. — Ele não o escolheu por acaso. Não seria mais natural para um homem entrar no banheiro masculino se o sexo da vítima fosse totalmente indiferente para ele? Ele não se arriscou a chamar atenção se alguém o visse entrar ou sair?

— Talvez — disse Harry. — Mas se ele se preparou com tanto esmero como parece, saberia que um escritório de advogados tem muito mais homens do que mulheres. Não é?

Beate piscou com força com os dois olhos.

— Bem pensado — disse Waaler. — No banheiro feminino, o risco de ele ou a vítima serem perturbados durante o ritual seria bem menor, claro.

Eram 14h08, e foi Møller quem finalmente os interrompeu:

— OK, pessoal, chega de falar sobre os mortos. Vamos nos concentrar em quem ainda está vivo?

O sol havia alcançado o outro lado da parábola e as sombras estavam começando a aparecer no pátio deserto de uma escola no bairro de Tøyen, onde só se ouviam as batidas monótonas de uma bola de futebol sendo chutada contra a parede. Na sala hermeticamente fechada de Harry, o ar já era uma confusão de fluidos condensados de pessoas. A ponta da estrela à direita daquela que terminava na praça Carl Berner mirava para um terreno ao lado da rua Ensjø, no bairro de Kampen. Harry explicou que o prédio que coincidia com a ponta fora construído em 1912 para ser asilo de tuberculosos e mais tarde transformado num alojamento para estudantes. Primeiro para alunos de economia doméstica, depois para os de enfermagem e por fim para estudantes em geral.

A última ponta mirava para traços pretos paralelos.

— Os trilhos do trem de Oslo? — perguntou Møller. — Mas não mora ninguém lá!

— Pense um pouco — disse Harry, e apontou para um pequeno quadrado desenhado no mapa.

— Mas deve ser um galpão, parece...

— Não, o mapa está certo — disse Waaler. — De fato há uma casa lá. Nunca repararam ao chegar com o trem? A casa esquisita, totalmente isolada. Jardim e tudo mais...

— Quer dizer a Vila Valle — disse Aune. — A casa do chefe da estação ferroviária. É conhecida. Imagino que sirva como escritório agora.

Harry fez que não com a cabeça e informou que no Registro de Imóveis constava morar uma pessoa lá, Olaug Sivertsen, uma mulher idosa.

— Não há nenhum quinto andar nem no prédio dos estudantes nem na casa — disse Harry.

— Isso o deteria? — perguntou Waaler a Aune.

Ele deu de ombros.

— Acho que não. Mas agora estamos falando de prever detalhes comportamentais em nível individual e, para isso sua conjectura é tão boa quanto a minha.

— Está bem — disse Waaler. — Então, pressupondo que ele atacará no prédio dos estudantes amanhã, uma ação muito bem planejada é o que nos dará as melhores chances de sucesso. De acordo?

Todas as cabeças concordaram.

— Bem — continuou Waaler —, vou entrar em contato com Sivert Falkeid, da tropa de elite, e começar a trabalhar com os detalhes agora mesmo.

Harry notou o cintilar no olhar de Waaler. Ele o compreendia. Ação. A prisão. O pressentir a presa. O filé-mignon da polícia.

— Então vou com Beate à rua Schweigaard para ver se conseguimos encontrar a moradora — disse Harry.

— Tomem cuidado — disse Møller, alto, para ser ouvido apesar do ranger das cadeiras, pois estavam todos se levantando. — Nada pode vazar. Lembrem-se do que Aune disse, que esses tipos gostam de estar por perto da investigação.

O sol saiu. A temperatura subiu.

24
Sexta-feira. Otto Tangen

Otto Tangen tombou para o lado. Estava molhado de suor depois de mais uma noite tropical, mas não foi por isso que acordou. Ele se esticou em direção ao telefone e a cama quebrada rangeu ameaçadoramente. Os pés da cama haviam quebrado uma noite havia mais de um ano, quando ele estava transando enviesado com Aud Rita, da padaria. Aud Rita era apenas um fiapo de menina, mas, naquela primavera, Otto tinha passado da marca de 110 quilos. Estava um breu no quarto quando eles, após a queda estrondosa, descobriram que as camas são construídas com o estrado no comprimento, e não na diagonal. Aud Rita estava por baixo e Otto teve de levá-la ao pronto-socorro com a clavícula quebrada. Ela ficou furiosa e no delírio ameaçou contar a Nils, o homem com quem estava morando e o melhor, não, o único amigo de Otto. Nessa altura, Nils pesava 115 quilos e era conhecido por seu temperamento. Otto riu tanto que teve um ataque de falta de ar, e desde então Aud Rita mostrava um olhar bravo todas as vezes em que ele entrava na padaria. O que o deixava triste, porque, afinal, aquela noite era uma lembrança cara a Otto. Tinha sido a última vez que fizera sexo.

— Áudio Harry — ele bufou no fone.

Havia batizado a empresa com o nome do protagonista vivido por Gene Hackman no filme de 1974 que de muitas maneiras decidira a carreira e a trajetória de Otto, *A conversação*, dirigido por Francis Ford Coppola, sobre um especialista em grampear telefones. Ninguém do restrito círculo social de Otto tinha visto o filme. Ele o vira 38 vezes. Depois de entender as possibilidades de acesso à vida de outras pessoas que um pouco de equipamento técnico podia oferecer, ele comprou seu primeiro microfone aos 15 anos e ficou sabendo o que seus pais falavam no quarto. No dia seguinte começou a juntar dinheiro para sua primeira câmera. Agora estava com 35 anos e tinha centenas de microfones, 24 câmeras e um filho de 11 anos com uma mulher que pernoitara em seu trailer de som na montanha, uma noite úmida de outono. Pelo menos conseguira fazê-la batizar o filho de Gene. Mesmo assim, ele diria sem pestanejar que tinha uma relação amorosa mais forte com seus microfones. Afinal, a coleção incluía um microfone de tubo da marca Neuman dos anos 1950 e microfones direcionais Offscreen. Esses eram fabricados especialmente para as câmeras militares que ele teve de ir aos Estados Unidos para comprar clandestinamente, mas que agora comprava com facilidade pela internet. O maior orgulho da coleção, porém, eram três microfones de espionagem russos do tamanho de cabeças de alfinetes. Não havia marca, e ele os conseguira numa feira em Viena. Além do mais, a Áudio Harry possuía um dos dois estúdios de monitoramento profissional móvel do país. Isso fazia com que ele, em intervalos irregulares, fosse contatado pela Polícia Civil, pela Polícia Secreta e, embora mais raramente, pelo Serviço de Inteligência da Defesa. Bem que ele gostaria que isso acontecesse com mais frequência, pois já estava cheio de instalar câmeras de monitoramento em lojas como 7-Eleven e Videonova e de treinar funcionários que não tinham o menor interesse pelo exercício mais refinado de monitorar pessoas que nem desconfiam que estão sendo monitoradas. Nesse ponto, era mais fácil encontrar alguém com espírito congenial na Polícia ou no Exército, mas o equipamento de qualidade da Áudio Harry não era barato, e Otto achava que ouvia o lero-lero de corte de despesas cada vez com mais frequência. Era mais barato para eles montarem tudo numa casa ou apartamento perto do objeto a ser monitorado com equipamento próprio, disseram, e, claro, com razão. Mas de vez em quando não havia casa em distância razoável ou o trabalho exigia equipamento de qualidade. Nessas horas, o telefone tocava na Áudio Harry. Como agora.

Otto escutou. Parecia um trabalho fácil. Mas já que com certeza havia um monte de apartamentos perto do objeto, ele suspeitou que estivessem atrás de peixe graúdo. E por ora só havia um peixe tão grande na água.

— É o Motoboy Assassino? — perguntou ele, e se sentou com cuidado na cama para que não desmoronasse.

Ele deveria ter trocado a cama fazia tempo. Não sabia ao certo se o adiamento constante era por economia ou por sentimentalismo. De qualquer modo, se essa conversa lhe rendesse o que prometia até agora, em breve ele poderia comprar uma cama larga e boa. Talvez uma daquelas redondas. E talvez fizesse outra investida junto a Aud Rita. Nils já pesava 130 quilos e estava com uma aparência abominável.

— Temos pressa — disse Waaler, sem responder, o que era resposta suficiente para Otto. — Quero tudo montado esta noite.

Otto riu alto.

— Quer a escada, o elevador e todos os corredores do prédio de quatro andares cobertos com som e imagem montados numa noite? Sinto muito, camarada, mas não vai dar.

— Isso é um caso de alta prioridade, temos...

— N-Ã-O D-Á — soletrou Otto. — Entendeu? — O pensamento fez Otto relinchar e a cama balançou perigosamente. — Se tem tanta urgência assim, vamos fazer no fim de semana. Prometo deixar tudo pronto até segunda de manhã.

— Entendo — disse Waaler. — Desculpe minha ingenuidade.

Se Otto fosse tão bom em interpretar as vozes como era em gravá-las, talvez tivesse percebido pelo tom de voz de Waaler que seu jeito de soletrar não caíra bem para o inspetor. Mas por ora estava mais ocupado em diminuir a pressa e aumentar as horas de trabalho.

— Bem, então já estamos nos entendendo — disse Otto, e procurou suas meias olhando por baixo da cama, mas lá só havia tufos de poeira e latas vazias de cerveja. — Tenho que incluir adicional noturno. E de fim de semana, claro. — Cerveja! Talvez devesse comprar uma caixa e convidar Aud Rita para comemorar o trabalho? Ou, se ela não pudesse, então Nils. — E um pequeno adiantamento pelo equipamento que vou ter que alugar, se eu não tiver tudo que é preciso.

— Não — disse Waaler. — Deve estar tudo no celeiro de Stein Astrup, em Asker.

Otto Tangen quase deixou cair o fone.

— Hum... puxa — disse Waaler, baixinho. — Toquei num ponto sensível? Algo que você esqueceu de declarar? Algum equipamento que chegou de navio de Roterdã?

A cama veio abaixo com um estrondo.

— Você terá ajuda do nosso pessoal para a montagem — disse Waaler. — Enfie a gordura numa calça, traga sua maravilha de ônibus e se apresente no meu escritório para receber as instruções e olhar os desenhos.

— Eu... eu...

— ... estou pasmo de agradecimento. Está bem, bons amigos cooperam, não é, Tangen? É só pensar positivo, ficar de bico calado e fazer disso o melhor trabalho de todos os tempos, e aí as coisas vão dar certo.

25
Sexta-feira. Falando em línguas

— A senhora mora aqui? — perguntou Harry, surpreso.

Surpreso porque a semelhança era tão marcante que ele levou um susto quando abriu a porta e viu o rosto branco e velho. Eram os olhos. Tinham a mesma calma, o mesmo calor. Acima de tudo, os olhos. Mas também a voz, ao confirmar que era Olaug Sivertsen.

— Polícia — disse ele, e mostrou o distintivo.

— Ah, sim? Espero que não haja nada de errado!

Uma expressão preocupada surgiu na grade de linhas finas de rugas. Harry se perguntou se ela não estaria preocupada com outra pessoa. Talvez ele pensasse assim porque ela era tão parecida, porque a preocupação da outra também sempre fora com outras pessoas.

— Não — disse automaticamente, e enfatizou a mentira balançando a cabeça energicamente. — Podemos entrar?

Ela abriu a porta e deixou Harry e Beate entrarem. Harry fechou os olhos. Cheirava a sabão e roupas velhas. Claro. Quando abriu os olhos, ela o olhou com um meio sorriso inquiridor. Harry devolveu o sorriso. Ela não podia saber que ele tivera a expectativa de um abraço, um afago na cabeça e uma voz sussurrando que seu avô estava esperando por ele e por Søs na sala com alguma surpresa gostosa.

Ela os guiou para uma sala, onde não havia ninguém. A sala — ou as salas, havia três, uma atrás da outra — tinha estuque de rosas e lustre de vidro, além de requintados móveis antigos. A mobília e os tapetes estavam gastos, mas tudo estava impecavelmente limpo e arrumado, o que só é possível numa casa onde mora apenas uma pessoa.

Harry se perguntou por que ele tinha indagado se era ela que morava ali. Tinha algo a ver com a maneira como ela abrira a porta? O jeito como os deixara entrar? De qualquer modo, ele esperava ver um homem, um dono da casa, mas parecia que o Registro de Imóveis estava certo. Ela morava só.

— Sentem-se — disse ela. — Café?

Parecia mais uma súplica que uma oferta. Harry pigarreou, constrangido, sem saber se deveria começar a contar logo de uma vez por que estavam ali.

— Seria ótimo — disse Beate, e sorriu.

A velha devolveu o sorriso e arrastou os pés até a cozinha. Harry olhou agradecido para Beate.

— Ela me lembra... — começou ele.

— Eu sei — interrompeu Beate. — Eu vi na sua cara. Minha avó também era um pouco assim.

— Hum — resmungou Harry, e deu uma olhada pela sala.

Havia poucas fotos de família. Só rostos sérios em duas fotos em preto e branco desbotadas que deviam ser de antes da guerra, além de quatro fotos de um menino em várias idades. Na foto dele jovem tinha espinhas, corte de cabelo do início dos anos 1960, os mesmos olhos de ursinho que havia pouco encontraram na entrada e um sorriso que era exatamente isto — um sorriso — e não apenas a careta torturante que Harry na mesma idade conseguia mostrar frente a uma máquina fotográfica.

A velha voltou com uma bandeja, sentou-se, serviu o café e passou uma tigela com biscoitos Maryland. Harry esperou Beate terminar de cumprimentá-la pelo café.

— Já leu nos jornais sobre a morte das três jovens em Oslo durante as últimas semanas, Sra. Sivertsen?

Ela fez que não com a cabeça.

— Claro, estou sabendo do que aconteceu, estava na primeira página do jornal. Mas eu nunca leio sobre essas coisas. — As rugas em torno dos olhos apontavam para baixo quando ela sorriu. — E receio ser apenas uma velha senhorita, não senhora.

— Perdão, pensei... Harry olhou para as fotos.

— Sim — disse. — É meu filho.

Silêncio. O vento trouxe latidos de cachorros distantes e uma voz eletrônica comunicando que o trem para Halden estava prestes a partir da plataforma 17. As cortinas em frente às portas abertas para o balcão se mexeram apenas de leve.

— Bem — Harry levantou a xícara, mas se lembrou do que estava falando e voltou a pô-la na mesa. — Temos motivos para crer que a pessoa que matou aquelas garotas seja um serial killer e que um dos seus próximos alvos seja...

— Biscoitos deliciosos, Sra. Sivertsen — interrompeu Beate de repente, com a boca cheia.

Harry a olhou, surpreso. Das portas do balcão vinha o barulho de trens chegando à estação. A velha sorriu, levemente confusa.

— Ah, são do mercado — disse ela.

— Deixe-me começar de novo, Sra. Sivertsen — disse Harry. — Primeiro eu gostaria de dizer que não há motivo para preocupação, que temos a situação sob controle. Depois...

— Obrigado — disse Harry ao descerem pela rua Schweigaard, passando por barracas e prédios de fábricas baixos, em contraste marcante com a casa e o jardim feito um oásis verde em meio ao cascalho preto.

Beate sorriu sem enrubescer.

— Só pensei que a gente deveria evitar uma quebra de fêmur mental. Às vezes podemos circundar o tema. Apresentar as coisas de um jeito um pouco mais suave, sabe?

— É, já me disseram isso. — Ele acendeu um cigarro. — Nunca fui bom em falar com as pessoas. Sou melhor em escutar. E talvez...

Ele se calou.

— O quê? — perguntou Beate.

— Talvez eu já esteja insensível. Talvez não me importe mais. Talvez esteja na hora de... fazer outra coisa. Tudo bem você dirigir?

Ele jogou as chaves por cima do carro.

Ela as pegou e olhou para as chaves com uma ruga pensativa na testa.

Às 8 horas, os quatro à frente da investigação, além de Aune, encontraram-se novamente na sala de reuniões.

Harry relatou o encontro na Vila Valle e contou que Olaug Sivertsen recebera a notícia de forma comedida. Claro que se assustou, mas longe de entrar em pânico ao pensar que talvez estivesse na lista de um serial killer.

— Beate sugeriu que ela fosse morar com o filho por uns tempos — disse Harry. — Acho que é uma boa sugestão.

Waaler fez que não com a cabeça.

— Não? — perguntou Harry, surpreso.

— O assassino pode manter os locais dos crimes futuros sob vigilância. Caso aconteçam coisas fora de costume, nós talvez o afugentemos.

— Quer dizer que devemos usar uma senhora idosa e inocente como... como... — Beate tentou esconder a raiva, mas o sangue lhe subiu à face — ... isca?

Waaler sustentou o olhar de Beate. E por uma vez ela não desviou o olhar. Por fim, o silêncio ficou tão opressivo que Møller abriu a boca para dizer algo, qualquer coisa, um conjunto casual de palavras escolhidas. Mas Waaler foi mais rápido:

— Só quero ter certeza de que pegaremos o cara. Para que todos possam dormir com segurança à noite. E, pelo que sei, a vez da vovozinha é só na semana que vem.

Møller riu alto e forçadamente. E ainda mais alto quando percebeu que não servira para apagar o mal-estar.

— De qualquer maneira — explicou Harry —, ela vai continuar lá. O filho mora longe demais, em algum lugar no exterior.

— Bem — disse Waaler. — Quanto ao prédio dos estudantes, agora nas férias está naturalmente meio vazio, mas todos os moradores com quem falamos têm ordens para ficar em casa amanhã, embora sem mais informações. Dissemos que se trata de um assaltante que queremos pegar em flagrante. Vamos instalar todo o equipamento de monitoramento esta noite, com a esperança de que o assassino esteja dormindo.

— E a tropa de elite? — perguntou Møller.

Waaler sorriu.

— Eles mal podem esperar.

Harry olhou pela janela. Tentou lembrar como era ruim poder esperar alguma coisa.

* * *

Quando Møller encerrou a reunião, Harry registrou que as marcas de suor da camisa de Aune pareciam o mapa da Somália. Os três permaneceram na sala.

Møller foi pegar quatro cervejas na geladeira da cozinha.

Aune aceitou, animado. Harry fez que não com a cabeça.

— Mas por quê? — perguntou Møller, ao abrir as garrafas. — Por que ele nos dá voluntariamente a chave para decifrar o código que prevê seu próximo passo?

— Ele está tentando nos dizer como a gente pode pegá-lo — disse Harry, e abriu a janela com um empurrão.

A sala se encheu de sons urbanos de uma noite de verão e o desesperado viver dos notívagos; música de um cabriolé cruzando, risos exagerados, saltos altos batendo agitados no asfalto. Pessoas se divertindo.

Møller lançou um olhar incrédulo a Harry e olhou para Aune como que para obter a confirmação de que Harry estava louco.

O psicólogo juntava os dedos na frente da gravata-borboleta.

— Harry pode ter razão — disse. — Não é incomum um serial killer desafiar e ajudar a polícia porque ele no fundo quer ser detido. Há um psicólogo chamado Sam Vaknin que alega que os assassinos em série desejam ser detidos e punidos para justificar seu superego sádico. Eu acredito mais na teoria de que eles precisam de ajuda para deter o monstro dentro de si. Que o desejo de ser pego se deve a certa compreensão objetiva da doença.

— Eles *sabem* que são malucos?

Aune confirmou com um movimento de cabeça.

— Isso — disse Møller e levantou a garrafa — deve ser um inferno terrível.

Møller entrou para retornar a ligação de um jornalista que queria saber se a polícia apoiava o apelo do Conselho Tutelar de manter as crianças de Oslo em casa.

Harry e Aune ficaram ouvindo os sons distantes de uma festa com gritos inarticulados e The Strokes, interrompidos por um coro de preces que por um motivo ou outro de repente soou metálico e provavelmente blasfemante, mas ao mesmo tempo infinitamente belo.

— Só por curiosidade — disse Aune. — Qual foi o fator desencadeador? Como foi que você pensou no cinco?

— Como assim?

— Sei um pouco sobre processos criativos. O que aconteceu?

Harry sorriu.

— Vai saber. De qualquer maneira, a última coisa que vi antes de dormir hoje de manhã foi que o relógio na cabeceira mostrava três números 5. Três mulheres. Cinco.

— O cérebro é uma ferramenta estranha — disse Aune.

— Bem — disse Harry —, de acordo com uma pessoa que é craque em decifrar códigos, precisamos ter a resposta do porquê antes que o código possa ser decifrado. E essa resposta não é cinco.

— Então, por quê?

Harry bocejou e se alongou.

— O porquê é sua área, Aune. Por mim, fico feliz se a gente conseguir pegá-lo.

Aune sorriu, olhou o relógio e se levantou.

— Você é uma pessoa muito esquisita, Harry.

Ele vestiu seu paletó de tweed.

— Sei que andou bebendo ultimamente, mas está com a aparência um pouco melhor. A pior parte passou desta vez?

Harry fez que não com a cabeça.

— Só estou sóbrio.

Quando Harry foi para casa, um céu em vestido de gala estava como uma abóbada por cima dele.

Na calçada, na luz da placa de néon sobre a Niazi, a mercearia ao lado do prédio de Harry, havia uma mulher de óculos escuros. Ela estava com uma das mãos na cintura e com a outra segurava um daqueles sacos plásticos brancos da loja. Ela sorriu e fez de conta que estava esperando por ele.

Era Vibeke Knutsen.

Harry entendeu que era um teatrinho, uma brincadeira para a qual ela queria sua participação. Ele diminuiu o passo e tentou retribuir o sorriso. Como se ele esperasse vê-la ali. O estranho é que era verdade, ele só não tinha se dado conta disso até então.

— Não tenho visto mais você no Underwater, querido — disse ela, levantando os óculos e cerrando os olhos como se o sol ainda estivesse pendurado por cima dos telhados.

— Estou tentando manter a cabeça fora d'água — respondeu Harry, e pegou o maço de cigarros.

— Olha só, um artista das palavras — respondeu ela, e se alongou.

Ela não vestia nenhum animal exótico naquela noite, mas um vestido de verão azul, bem cavado, que seu corpo preenchia muito bem. Ele estendeu o maço a Vibeke, que pegou um cigarro e colocou entre os lábios de uma forma que só se podia chamar de indecente.

— O que está fazendo aqui? — perguntou ele. — Achei que costumasse fazer compras no Kiwi.

— Fechado. É quase meia-noite, Harry. Tive que vir para sua área para encontrar algum lugar aberto.

Ela abriu o sorriso, e seus olhos se estreitaram como os de uma gata carente.

— É uma vizinhança perigosa para uma moça numa noite de sexta-feira — disse Harry, e acendeu o cigarro. — Você podia ter mandado seu marido, se era tão importante comprar...

— Algo para misturar no drinque — disse ela, e levantou a sacola. — Para não ficar forte demais. E meu noivo está viajando. Se fosse tão sinistro aqui, você deveria salvar a moça e levá-la para um lugar seguro.

Ela apontou com a cabeça na direção do prédio de Harry.

— Posso fazer um café para você — disse ele.

— É?

— Café solúvel. É tudo que tenho a oferecer

Quando Harry entrou na sala com a chaleira e o vidro de café, Vibeke tinha tirado os sapatos e estava sentada com as pernas cruzadas no sofá. A pele branca reluzia na quase escuridão. Ela acendeu outro cigarro, dela desta vez. Uma marca estrangeira que Harry nunca tinha visto. Sem filtro. Na luz bruxuleante do fósforo, ele viu que o esmalte vermelho-escuro nos dedos dos pés dela estava descascando.

— Não sei se aguento mais — disse ela. — Ele mudou. Quando chega em casa, fica irrequieto e anda pra lá e pra cá na sala, ou sai para malhar. Parece que não vê a hora de viajar de novo. Tento falar com ele, mas ele me interrompe ou me olha com cara de quem não está entendendo nada. Somos de planetas diferentes.

— É a soma da distância entre os planetas e a atração mútua entre eles que os mantêm em órbita — disse Harry, e tirou uma porção de grãos de café.

— Mais arte com as palavras? — Vibeke retirou um fiapo de tabaco da ponta da língua rosada e úmida.

Harry riu.

— Algo que li numa sala de espera. Tinha esperança de que fosse verdade. Para mim mesmo.

— Sabe o que é mais estranho? Ele não gosta de mim. E mesmo assim sei que nunca vai me deixar ir embora.

— Como assim?

— Ele precisa de mim. Não sei exatamente para quê, mas parece que ele perdeu alguma coisa, e é alguma coisa para a qual ele me usa. Os pais dele...

— Sim?

— Ele não tem nenhum contato com eles. Nunca os conheci, acho que nem sabem que eu existo. Faz pouco tempo, tocou o telefone e um homem perguntou por Nygård. Fiquei com a sensação de que era o pai dele. É como se fosse possível saber pela maneira como os pais chamam o nome dos filhos. Por um lado, é algo que eles já disseram tantas vezes que é o som mais natural do mundo de pronunciar, mas ao mesmo tempo é como fosse algo muito íntimo, uma palavra que os despe. Por isso eles o dizem rápido e de forma um pouco tímida. "Nygård está?" Mas quando disse que teria que acordá-lo, a voz começou a balbuciar numa língua estrangeira ou... estrangeira não, mas como você e eu falaríamos se a gente inventasse as palavras na hora. Como falam nas igrejas quando recebem santo.

— Glossolalia?

— É, acho que é como se chama aquilo. Nygård cresceu com aquelas coisas, mas ele nunca fala a respeito. Fiquei ouvindo um tempinho. Primeiro vieram palavras como satanás e Sodoma. Depois ficou mais obsceno. Boceta e puta e por aí. Então eu desliguei.

— E o que Nygård disse?

— Nunca contei a ele.

— Por que não?

— Eu... É como se fosse um lugar ao qual nunca tive acesso. E acho que nem tenho muita vontade de entrar.

Harry tomou o café. Vibeke nem tocou no dela.

— Você não se sente só de vez em quando, Harry?

Ele levantou o olhar.

— Sozinho, sabe — reforçou ela. — Às vezes não gostaria de estar com alguém?

— São duas coisas diferentes. Você está com alguém e está só.

Ela estremeceu, como se um vento frio tivesse varrido a sala.

— Sabe de uma coisa? — disse ela. — Estou a fim de um drinque.

— Sinto muito, aqui não tem nada.

Ela abriu a sacola.

— Pode pegar dois copos, querido?

— Só precisamos de um.

— Então tá.

Ela abriu uma garrafa de bolso, inclinou a cabeça para trás e bebeu.

— Não tenho permissão para me mexer — disse ela, e riu. Uma gota dourada escorreu pelo seu queixo.

— Como é?

— Nygård não quer que eu me mexa. E tenho que ficar deitada bem quietinha. Sem dizer uma palavra ou gemer. De preferência fazer de conta que estou dormindo. Ele diz que perde o tesão se eu mostrar que tenho vontade.

— E...?

Ela bebeu outro gole e girou a tampa devagar ao fitá-lo.

— É praticamente impossível.

Seu olhar era tão direto que Harry automaticamente respirou mais fundo e, para sua irritação, sentiu o início de uma ereção pulsar dentro da calça.

Ela levantou uma sobrancelha, como se ela também pudesse senti-la.

— Venha sentar no sofá — sussurrou ela.

Sua voz estava rouca. Harry viu a veia azul no pescoço branco dela pulsar. É só um reflexo, pensou Harry. Um cachorro de Pavlov que se levanta babando ao ouvir o sinal de comida, uma reação condicionada apenas.

— Acho que não — disse ele.

— Tem medo de mim?

— Tenho — respondeu Harry.

Uma doçura o encheu por baixo do abdome, como um choro silencioso de seu sexo.

Ela riu alto, mas parou quando viu seu olhar. Fez beicinho e disse com uma voz de menina pedindo:

— Mas Harry...

— Não posso. Você é superbacana, mas...

Seu sorriso se manteve intacto, mas ela piscou como se tivesse levado uma bofetada.

— Não é você que eu quero — disse Harry.

Seu olhar bruxuleou. O canto da boca se contraiu como se viesse mais riso.

— Ah — disse ela.

Era para ser irônica, uma exclamação teatral exagerada. Em vez disso virou um gemido moído e resignado. O teatro acabou, os dois haviam deixado de fazer seu papel.

— Desculpe — disse Harry.

Seus olhos se encheram de lágrimas.

— Ah, Harry — sussurrou ela.

Ele desejou que ela não tivesse feito isso. Para que ele pudesse ter pedido para ela ir embora imediatamente.

— Seja lá o que for que você quer de mim, eu não tenho — disse ele. — Ela sabe. Agora você também sabe.

Parte 4

Part 4

26
Sábado. A alma. O dia

Quando o sol se derramou por cima da colina de Ekberg na manhã de sábado com a promessa de mais um dia recorde de calor, Otto Tangen chegou a mesa de mixagem pela última vez.

Estava escuro e apertado dentro do ônibus, onde o cheiro de terra e roupas sujas era tão forte que nem o melhor desodorizador ou o tabaco de Tangen seria capaz de eliminar. Às vezes ele pensava que estava numa casamata na trincheira. Com o fedor de morte nas narinas, mas mesmo assim isolado do que acontecia logo ali do lado de fora.

O alojamento de estudantes, cujos apartamentos eram todos quitinetes, ficava num campo na parte alta de um bairro antigo de Oslo. O prédio principal era de tijolinhos vermelhos e de quatro andares. Em cada lado, quase paralelo ao prédio principal, havia dois blocos de apartamentos mais altos, dos anos 1950. Os três prédios tinham a mesma cor de tinta e o mesmo tipo de janelas, numa tentativa de parecer mais integrados. Mas não dava para esconder a diferença de idade; parecia que um tornado tinha trazido o prédio das quitinetes e o colocado com cuidado entre os outros dois.

Harry e Waaler concordaram em colocar o ônibus no meio dos outros carros no estacionamento, bem em frente ao prédio principal, onde o ônibus não chamaria atenção e onde a recepção do sinal era boa. Os transeuntes que mesmo assim olhassem podiam constatar que o ônibus Volvo azul enferrujado, com as janelas tapadas com isopor, pertencia à banda de rock Kindergarten Accident, conforme diziam as letras pretas na lateral, com caveiras nos dois "is" em vez de pingos.

Tangen enxugou o suor e verificou que todas as câmeras estavam funcionando, que todos os ângulos estavam cobertos, que tudo que se mexia no lado de fora das quitinetes seria captado por pelo menos uma câmera, para que eles pudessem seguir um alvo desde o momento em que ele entrasse no prédio até a porta de cada uma das oitenta quitinetes dos oito corredores e quatro andares.

Eles haviam desenhado, calculado e instalado câmeras no muro a noite toda. Tangen ainda estava com aquele gosto metálico e amargo de argamassa seca na boca e, nos ombros da jaqueta jeans suja, uma camada de reboco, feito caspa.

Waaler finalmente acatou a sensatez e reconheceu que, para eles conseguirem manter o prazo, teriam de ficar sem som. Não influenciava em nada a apreensão, mas perderiam material de prova se o alvo dissesse algo interessante.

Também não seria possível filmar dentro do elevador. O poço de concreto não deixava passar sinais o suficiente para ele poder captar uma foto decente de uma câmera sem fio, e o problema com fios era que, de qualquer maneira que ele os colocasse, ou dariam na vista ou se enroscariam nos cabos do elevador. Waaler dera sinal verde, o alvo de qualquer maneira estaria sozinho no elevador. Os moradores já haviam recebido ordem de manter sigilo e foram instruídos a ficar em seus quartos e trancar as portas das 16 às 18 horas.

Tangen organizou o mosaico de pequenas imagens nos três monitores do computador e as ampliava até formarem uma imagem lógica. No monitor à esquerda, os corredores voltados para o norte, o quarto andar em cima, o primeiro andar em baixo. No do meio, a entrada. Todos os lances de escada e as entradas para o elevador. No da direita, os corredores voltados para o sul.

Tangen clicou em salvar, pôs as mãos atrás da cabeça e com um grunhido contente se inclinou para trás na cadeira. Ele estava monitorando um prédio inteiro. Com jovens estudantes. Se tivesse mais tempo, talvez pudesse ter montado umas câmeras dentro das quitinetes. Sem que os moradores soubessem, claro. Minúsculas câmeras olho de peixe em lugares onde nunca seriam descobertas. Com os microfones russos. Estudantes de enfermagem da Noruega, jovens e tesudas. Ele poderia gravar e vender por intermédio de seus contatos. Maldito Waaler, aquele mané. Só Deus para explicar como ele ficara sabendo sobre Astrup e o celeiro em Asker. Uma ideia tipo borboleta passou esvoaçando pela cabeça de Tangen e sumiu. Fazia tempo ele suspeitava de que Astrup pagava alguém para ter uma mão protetora sobre suas operações.

Tangen acendeu um cigarro. As imagens pareciam fotos, nenhum movimento nos corredores amarelos ou nas escadas revelando que eram ao vivo. Os estudantes que passavam o verão no prédio deviam estar dormindo ainda. Mas se ele esperasse algumas horas talvez visse o cara que tinha entrado com a garota do 303 por volta das 2 horas. Ela parecia estar bêbada. Bêbada e a fim. O cara, apenas a fim. Tangen pensou em Aud Rita. Pensou em quando a conhecera numa festa na casa de Nils, que já estava com aquelas patas gordas em cima dela. Ela havia estendido sua mãozinha branca a Tangen balbuciando "Aud Rita", e tinha parecido que estava perguntando "Quer birita?".

Tangen soltou um suspiro profundo.

O mané do Waaler estivera lá verificando o caminho com o pessoal da tropa de elite até meia-noite. Tangen captou a discussão entre Waaler e o chefe da tropa no lado de fora do ônibus. Naquele dia, mais tarde, três policiais da tropa estariam em todas as últimas quitinetes em cada corredor em todos os andares, no total 24 pessoas em trajes pretos, com capuz, MP5 carregados, gás lacrimogêneo e máscaras de gás. Recebendo sinal do ônibus, entrariam em ação assim que o alvo batesse na porta ou tentasse entrar num dos quartos. A ideia fez Tangen tiritar de empolgação. Ele os vira em ação duas vezes; aqueles caras não eram desse mundo. Havia estrondos e luzes como um concerto de heavy metal e nas duas vezes os alvos haviam ficado tão paralisados que tudo acabara em segundos. Explicaram para Tangen que a ideia era essa mesmo, meter medo nos alvos antes que tivessem tempo de mentalmente elaborar alguma resistência.

Tangen apagou o cigarro. A cilada estava armada. Agora era só esperar pelo rato.

O pessoal da polícia ia chegar por volta das 15 horas. Waaler havia proibido a entrada e a saída do ônibus antes e depois desse horário. O dia seria longo e quente.

Tangen se deixou cair no colchão, no chão. O que estaria acontecendo no 303 agora? Ele sentia falta de sua cama. Sentia falta da depressão que havia nela. Sentia falta de Aud Rita.

* * *

No mesmo instante a porta do prédio fechou-se atrás de Harry. Ele ficou parado para acender o primeiro cigarro do dia cerrando os olhos para o céu, onde o sol já queimava a fina camada de névoa matinal. Ele havia conseguido dormir. Um sono profundo, contínuo e sem sonhos. Mal dava para acreditar.

— Esse aí vai feder hoje, Harry! A previsão diz que vai ser o dia mais quente desde 1907. Talvez.

Era Ali, seu vizinho do apartamento de baixo e o dono da mercearia. Por mais cedo que Harry levantasse, Ali e seu irmão estavam sempre a todo vapor quando ele saía para o trabalho. Ali tinha a vassoura no ar e apontava para algo na calçada.

Harry seguiu a direção da vassoura com o olhar. Cocô de cachorro. Ele não tinha visto nada daquilo quando Vibeke pisara no mesmo lugar, na noite anterior. Aparentemente, alguém se distraíra ao levar o cachorro para passear aquela manhã. Ou à noite.

Ele olhou o relógio. Era esse o dia. Dali a algumas horas teriam a resposta.

Harry encheu os pulmões de fumaça e sentiu como a mistura de ar fresco e nicotina fazia seu sistema acordar. Pela primeira vez em muito tempo sentiu o gosto do tabaco. Gosto bom, até. E por um momento esqueceu que estava em vias de perder. O trabalho. Rakel. A alma.

Porque era hoje o dia.

E havia começado bem.

Mal dava para acreditar.

Harry notou que ela ficara contente ao ouvir sua voz.

— Falei com meu pai. Ele adoraria cuidar de Oleg. Søs também vai estar lá.

— Noite de estreia? — perguntou ela, com aquele riso alegre na voz. — No Teatro Nacional? Nossa!

Ela exagerava — de vez em quando ela gostava de fazer isso —, mas Harry ficou entusiasmado mesmo assim.

— Com que roupa você vai? — perguntou ela.

— Você ainda não me deu uma resposta.

— Depende.

— O terno.

— Qual?

— Vejamos... aquele que comprei para a Festa do Dia Nacional no ano passado. Sabe, aquele cinza com...

— É o único terno que você tem, Harry.

— Então, definitivamente vai ser esse.

Ela riu. Aquele riso macio, como sua pele e seus beijos, embora fosse do riso que ele mais gostasse.

— Vou pegar vocês às 6 — disse ele.

— Ótimo. Mas, Harry...?

— Sim?

— Não pense...

— Eu sei. É só uma peça de teatro.

— Obrigada, Harry.

— De nada.

Ela riu de novo. Quando ela já havia começado, ele podia fazê-la rir de qualquer coisa, como se pensassem a mesma coisa, olhassem com os mesmos olhos, e bastava ele apontar sem dizer muito. Ele tinha de se forçar para desligar.

Hoje era o dia. E ainda estava legal.

Eles haviam combinado que Beate ia ficar com Olaug Sivertsen durante a ação. Møller não ia arriscar que o alvo (dois dias antes, Waaler havia começado a chamar o assassino de "alvo" e agora de repente todos o estavam chamando assim) descobrisse a cilada e de repente alterasse a sequência dos locais do crime.

O telefone tocou. Era Øystein. Ele queria saber como estava indo. Harry disse que estava indo bem e perguntou o que ele queria. Øystein disse que era só isso que ele queria, saber como estava indo. Harry ficou constrangido, não estava acostumado com esse tipo de consideração.

— Está conseguindo dormir?

— Essa noite eu consegui.

— Bom. E o código? Conseguiu quebrar?

— Em parte. Tenho onde e quando, falta só o porquê.

— Consegue ler o texto, mas não sabe o que quer dizer?

— Tipo isso. Vamos torcer para conseguir o resto quando o pegarmos.

— O que é que você não está entendendo?

— Um montão de coisas. Por que ele escondeu um dos corpos. Ou coisas pequenas, como ele só ter cortado os dedos da mão esquerda, mas dedos diferentes. O indicador foi o primeiro, depois foi o médio e o anular o terceiro.

— Numa sequência, então. Talvez seja um sistemático.

— Sim, mas por que não começar com o polegar? Há alguma mensagem nisso?

Øystein riu alto.

— Cuidado, Harry, quebrar códigos é como com as mulheres: se você não consegue quebrá-las, elas quebram você.

— Você já disse isso.

— É? Bem, isso significa que sou uma pessoa atenciosa. Não acredito no que estou vendo, mas parece que acabou de entrar um cliente no carro, Harry. A gente se fala.

— Tá legal.

Harry viu a fumaça dançar balé em câmera lenta. Olhou o relógio.

Uma coisa não dissera a Øystein: que estava com a sensação de que em breve o resto das pecinhas se encaixaria. Até demais. Porque, apesar dos rituais, havia algo de insensível a respeito dos assassinatos, uma ausência quase notável de ódio, desejo ou paixão. Ou de amor. Tinham sido executados de forma mecânica e didática, perfeita demais, e ele tinha a sensação de estar jogando xadrez com um computador, e não com uma mente perturbada ou louca de pedra. O tempo diria.

Ele olhou o relógio de novo.

O coração batia com leveza.

27
Sábado. A ação

O humor de Otto Tangen estava em alta.

Ele havia dormido umas duas horas e acordara com uma forte enxaqueca e batidas insistentes na porta. Quando abriu, Waaler, Sivert Falkeid, da tropa de elite, e uma figura que se chamava Harry Hole — que nem de longe parecia um inspetor — entraram depressa, e a primeira coisa que fizeram foi reclamar do ar-condicionado do ônibus. Mas depois de tomar café de uma das quatro garrafas térmicas e ligar os monitores e ver as cenas sendo gravadas, Tangen sentiu aquela empolgação de fazer coçar as mãos que sempre vinha quando ele sabia que o alvo estava se aproximando.

Falkeid explicou que havia guardas em diferentes locais no prédio desde a noite anterior. A patrulha com cães já revistara o sótão e o porão para verificar que não havia ninguém se escondendo. Apenas moradores chegavam ou saíam. Salvo a moça do 303, que viera com um cara que ela tinha dito na portaria que era seu namorado. O pessoal de Falkeid estava no local, aguardando ordens.

Waaler fez sinal com a cabeça.

A intervalos regulares, Falkeid verificava o sistema de comunicação. O equipamento da tropa de elite, não aquele de responsabilidade de Tangen. Ele fechou os olhos e se deliciou com os sons. O curto segundo com ruído esférico quando soltaram o botão da fala, depois os códigos murmurantes, incompreensíveis, como uma espécie de linguagem de um bando de adultos.

Smork tinne. Tangen formou as palavras mudas com os lábios e pensou em sentar a uma macieira numa noite de outono, espionando os adultos atrás das janelas iluminadas. Sussurrar *smork tinne* numa lata com um fio que levava à cerca onde Nils estava agachado, esperando com a outra lata ao ouvido. Se ele já não estivesse de saco cheio e tivesse ido para casa jantar. Aquelas latas nunca funcionaram do jeito como estava explicado no livro dos escoteiros.

— Então, estamos prontos para ir ao ar — disse Waaler. — Pronto com o relógio, Tangen?

Ele confirmou.

— Dezesseis horas — disse Waaler. — Exatamente... agora.

Tangen iniciou a contagem do tempo real da gravação. Frações e segundos corriam no monitor. Ele sentiu um alegre riso mudo de criança chacoalhar suas entranhas. Porque isso era melhor que a macieira. Melhor que os bolinhos de creme de Aud Rita. Melhor que ela sussurrar com voz rouca o que queria que ele fizesse com ela.

Hora do show.

Olaug Sivertsen sorriu como se fosse uma visita havia muito aguardada quando abriu a porta para Beate.

— Você de novo! Entre! Não precisa tirar os sapatos. Terrível este calor, não acha?

Olaug foi na frente de Beate pelo corredor.

— Não precisa se preocupar, Srta. Sivertsen. Parece que esse caso vai estar solucionado em breve.

— Enquanto eu receber visitas, é bom que demore um pouco. — Ela riu, depois cobriu a boca com a mão, assustada: — Nossa, o que estou dizendo! Esse homem mata as pessoas, não é?

O relógio na parede da sala bateu quatro vezes quando entraram.

— Chá, meu bem?

— Aceito.

— Posso ir à cozinha sozinha?

— Sim, mas se eu puder acompanhar...

— Venha, venha.

Além de um fogão e uma geladeira, a cozinha parecia intocada desde o tempo da guerra. Beate encontrou uma cadeira perto da grande mesa de madeira enquanto Olaug botava a água no fogo.

— Tem um cheiro tão agradável aqui — disse Beate.

— Você acha?

— É. Gosto de cozinhas que cheiram assim. Na verdade, prefiro a cozinha. Não gosto tanto de salas.

— Não? — Olaug inclinou a cabeça. — Sabe de uma coisa? Acho que você e eu somos parecidas. Também fico mais na cozinha.

Beate sorriu.

— A sala mostra como a gente gosta de se apresentar. Na cozinha, todo mundo relaxa mais, é quase como estar na própria casa. Já percebeu que estamos mais à vontade uma com a outra desde que entramos aqui?

— Pois não é que você tem razão?

As duas mulheres riram.

— Sabe de uma coisa? — perguntou Olaug. — Estou contente por eles terem mandado justo você. Gosto de você. E não é para ficar vermelha, querida, sou apenas uma senhora idosa solitária. Guarde isso para um cavalheiro. Ou talvez já seja casada? Não, mas não é o fim do mundo.

— A senhora já foi casada?

— Eu?

Ela riu e colocou as xícaras na mesa.

— Não, eu era tão jovem quando dei à luz Sven que nunca tive a oportunidade de casar.

— Não?

— Bem, tive uma ou outra chance. Mas uma mulher na minha situação tinha bem pouco valor naqueles tempos, em que as ofertas que se recebiam em geral eram de homens que ninguém mais queria. Não é à toa que dizem para encontrar seu par.

— Só porque a senhora era mãe solteira?

— Porque Sven era filho de um alemão, meu bem.

A chaleira começou a apitar.

— Entendo — disse Beate. — Ele deve ter tido uma infância difícil...

Olaug olhou para o nada, sem perceber a chaleira apitando.

— A pior que se possa imaginar. Ainda choro, só de pensar. Coitado do menino.

— A água do chá...

— Mas veja só, já estou senil.

Olaug levantou a chaleira e verteu água nas xícaras.

— E o que seu filho está fazendo agora? — perguntou Beate, olhando o relógio: 16h45.

— Importação. Mercadorias diversas de países da Europa Oriental.

Olaug sorriu.

— Não sei se isso o fez ficar rico, mas "importação" me soa bem. Bobagem, mas gosto da palavra.

— Mas então ele se deu bem. Apesar da infância tão dura, quero dizer.

— É, mas nem sempre foi assim. Ele deve constar nos arquivos de vocês.

— Há muitas pessoas lá. E muitas se tornaram pessoas de bem.

— Aconteceu algo quando ele foi para Berlim. Não sei exatamente o que foi, Sven nunca gostou de falar sobre o que faz. Sempre tão fechado. Mas acho que ele foi procurar o pai. E acho que isso o ajudou no modo de se ver. Ernst Schwabe era um homem vistoso.

Olaug suspirou.

— Mas posso estar enganada. De qualquer modo, Sven mudou.

— Mudou como?

— Ele ficou mais calmo. Antes parecia que estava sempre irrequieto, à procura de algo.

— De quê?

— Tudo. Dinheiro. Excitação. Mulheres. Ele parece o pai, sabe. Um sedutor romântico incorrigível. Ele gostava de mulheres jovens, Sven também. E elas gostam dele. Mas suspeito que ele já tenha encontrado uma especial. Ele disse por telefone que tinha novidades para mim. Parecia muito alegre.

— Ele não disse do que se tratava?

— Ele queria esperar chegar, foi o que me disse.

— Chegar? Aqui?

— Sim, ele vem esta noite, depois de comparecer a uma reunião. Fica em Oslo até amanhã, depois volta.

— Para Berlim?

— Não, não. Faz tempo que Sven morou lá. Agora está na República Tcheca. Na Boêmia, ele costuma dizer, o vaidoso. Já esteve lá?

— Na... eh, na Boêmia?

— Em Praga.

* * *

Marius Veland olhou pela janela do quarto 406. Uma moça estava deitada numa toalha no gramado em frente ao prédio. Era um pouco parecida com aquela do 303 que ele em segredo batizara de Shirley, em referência a Shirley Manson, do Garbage. Mas não era ela. O sol sobre o fiorde de Oslo se escondeu atrás das nuvens. Finalmente estava ficando mais quente, e uma onda de calor estava prevista. Verão em Oslo. Veland saudava o calor. A alternativa tinha sido voltar para sua cidade natal em Bøfjord, com sol da meia-noite e trabalho temporário no posto de gasolina. Para os bolinhos de carne da mãe e a eterna pergunta do pai: por que ele tinha ido estudar comunicação em Oslo, ele que tinha notas tão boas que podia se formar engenheiro civil na Universidade de Trondheim. Para os sábados no salão de festas com vizinhos bêbados, berros de colegas da escola que não tinham conseguido sair do interior e consideravam traidores aqueles que tivessem ido embora. Para bandas de música dançante que se autodenominavam bandas de blues, mas que sem piscar arrasavam com Creedence e Lynard Skynard. Mas não era esse o único motivo para ele passar o verão em Oslo. Ele conseguira o emprego dos seus sonhos. Podia escrever. Ouvir CDs, ver filmes e ser pago para registrar no PC sua opinião. Nos dois últimos anos ele enviara suas resenhas para várias revistas de renome, mas sem resultado. Mas no mês anterior estivera na *So What!*, onde um amigo o apresentara a Runar. Runar contou-lhe que estava fechando sua loja de roupas para começar *Zone*, uma revista de distribuição gratuita, e, de acordo com o plano, o primeiro número seria lançado em agosto. O amigo havia mencionado que Veland gostava de escrever resenhas e Runar disse que gostara de sua camisa; ele o empregou naquele mesmo instante. Como resenhista, Veland ia transmitir "valores neourbanos, tratando a cultura popular com ironia que não fosse fria, mas calorosa, perspicaz e inclusiva". Foi assim que Runar formulou a tarefa, e para tanto Veland iria ser bem remunerado. Não em forma de dinheiro, mas com ingressos gratuitos para shows, filmes, novos restaurantes e acesso a um ambiente no qual ele podia estabelecer contatos interessantes para o futuro. Era sua chance, e para isso tinha de estar bem preparado. Claro, ele já tinha uma boa ideia geral, mas pegou emprestados CDs da coleção de Runar para se atualizar na história da música popular. Os últimos dias passara ouvindo a geração de rock dos anos 1980: REM, Green On Red, Dream Syndicate, Pixies. Agora mesmo, Violent Femmes estava tocando. Soava fora de época, mas enérgico:

"Let me go wild. Like a blister in the Sun!"

A moça no gramado se levantou. Já devia estar frio. Veland a seguiu com o olhar até o prédio vizinho. No meio do caminho, ela cruzou com alguém em uma moto. Pelos trajes, parecia um motoboy. Veland fechou os olhos. Finalmente poderia escrever.

Otto Tangen esfregou os olhos com dedos amarelos de nicotina. Espalhara-se uma inquietude no ônibus que disfarçadamente parecia uma calma total. Ninguém se mexia, ninguém dizia uma palavra. Eram 17h15, e não havia um único movimento sequer em nenhuma das imagens, apenas o tempo correndo em números brancos no canto do monitor. Outra gota de suor escorreu sobre as dobras gordas de Tangen. Nessas situações, ele às vezes tinha ideias paranoicas de que alguém tivesse mexido no equipamento e que eles estivessem vendo gravações do dia anterior ou algo assim.

Ele tamborilava com os dedos ao lado do teclado. O mané do Waaler o havia proibido de fumar lá dentro.

Tangen se inclinou à direita e soltou um pum silencioso ao lançar um olhar para o cara com cabelo louro escovado. Desde que chegara tinha estado quieto na cadeira sem dizer uma palavra. Parecia um porteiro de boate, cansado da vida.

— Parece que nosso homem não vai trabalhar hoje — disse Tangeu. — Talvez esteja quente demais para ele. Talvez adie para amanhã e esteja tomando um chope no cais de Aker. A previsão do tempo...

— Cale a boca, Tangen. — disse Waaler baixinho, mas deu para ouvir.

Tangen soltou um suspiro profundo e deu de ombros.

O relógio no canto do monitor mostrava 17h21.

— Alguém viu o cara do 303 ir embora?

Era a voz de Waaler. Tangen percebeu que o chato estava olhando para ele.

— Eu dormi na parte da manhã — respondeu ele.

— Quero verificar o 303. Falkeid?

O chefe da tropa de elite pigarreou.

— Não acho o risco...

— Agora, Falkeid.

Os ventiladores que esfriavam a aparelhagem eletrônica zuniam enquanto Falkeid e Waaler se entreolhavam.

Falkeid pigarreou de novo.
— Alfa para Charlie dois, entre. Câmbio.
Estalos.
— Charlie dois.
— Checar 303 imediatamente.
— Recebido. Checar 303.
Tangen olhou para o monitor. Nada. Imagine se...
Lá estavam.
Três homens. Uniformes pretos, capuzes pretos, metralhadoras pretas, botas pretas. Tudo muito rápido, mas faltava a sensação de drama. Por causa do som. Não havia som.

Não usaram aqueles jeitosos explosivos para arrombar a porta, mas um tradicional pé de cabra. Tangen ficou desapontado. Devia ser o corte de verbas.

Os homens silenciosos no monitor se posicionaram como se estivessem numa linha de largada, um com o pé de cabra por baixo da fechadura, os outros dois 1 metro atrás, com as armas apontadas. Parecia um único movimento coordenado, um número de dança maluca. A porta se abriu, dois policiais irromperam no apartamento e o terceiro literalmente os seguiu num pulo. Tangen já se deliciava com a ideia de mostrar as tomadas para Nils. A porta se fechou pela metade. Que pena que eles não puderam montar câmeras dentro das quitinetes.

Oito segundos.
Ouviram estalidos no rádio de Falkeid.
— Checado 303. Uma moça e um rapaz. Os dois sem armas.
— Vivos?
— Muito... hã... vivos.
— Revistou o rapaz, Charlie dois?
— Ele está nu, Alfa.
— Tire ele daí — disse Waaler. — Merda!
Tangen olhou para a porta aberta do 303. Transando. Nus. Transaram à noite e o dia todo. Ele olhou enfeitiçado para a porta.
— Mande-o se vestir e o leve para a posição, Charlie dois.
Falkeid abaixou o walkie-talkie, olhou para os outros e balançou a cabeça devagar.
Waaler bateu a palma da mão no braço da cadeira.

— O ônibus está livre amanhã também — disse Tangen, e lançou um olhar para o inspetor. Melhor ir com cuidado agora. — Não cobro mais apesar de ser domingo, mas preciso saber quando...

— Quieto, olhe ali.

Tangen se virou automaticamente. O porteiro finalmente abrira a boca. Ele apontou para o monitor no meio:

— No saguão. Ele entrou pela porta da frente e foi direto para o elevador.

Por dois segundos, o silêncio no ônibus era total. Foi quebrado pela voz de Falkeid no walkie-talkie:

— Alfa para todas as unidades. Possível alvo entrou no elevador. Fiquem atentos.

— Não, obrigada. — Beate sorriu.

— Pois é, às vezes tanto doce é ruim — suspirou a velha, e recolocou a lata de biscoitos na mesa.

— Onde eu estava? Ah, sim. Vai ser legal ter a visita de Sven agora que estou sozinha.

— É, a senhora deve se sentir só numa casa tão grande.

— Eu converso um bocado com a Ina. Mas ela foi à casa de veraneio do seu namorado hoje. Pedi para conhecê-lo, mas vocês jovens são tão esquisitos com essas coisas hoje em dia... Parece que querem explorar tudo ao mesmo tempo, como se não acreditassem que algo possa durar. Deve ser por isso que são tão misteriosas.

Beate lançou um olhar furtivo para o relógio. Harry prometera ligar assim que tivesse acabado.

— Está pensando em outra coisa agora, não é?

Beate fez que sim com a cabeça.

— Não tem problema — respondeu Olaug. — Vamos torcer para que eles o peguem.

— Você tem um filho muito bonzinho.

— É verdade. E se ele me visitasse com a mesma frequência com que tem feito ultimamente, eu não ia reclamar.

— É? Ele vem sempre? — perguntou Beate.

Já devia ter terminado. Por que Harry não ligava? Será que ainda não chegara ao local?

— No último mês, toda semana. Aliás, mais. A cada cinco dias. Ficava pouco tempo. Acho realmente que ele tem alguém em Praga. E acho que ele vai trazer uma novidade hoje à noite.

— Hum.

— A última vez me trouxe um colar. Quer ver?

Beate olhou para Olaug. E percebeu como estava cansada. Cansada do trabalho, do Motoboy Assassino, de Tom Waaler e Harry Hole. De Olaug Sivertsen e, acima de tudo, de si mesma, a formidável e dedicada Beate Lønn, que achava que podia realizar alguma coisa, fazer alguma diferença se fosse boazinha, dedicada e zelosa e que sempre fazia o que as outras pessoas queriam que ela fizesse. Estava na hora de mudar, mas ela não sabia se conseguiria. Acima de tudo, ela queria ir para casa, se esconder embaixo do edredom e dormir.

— Tem razão — disse Olaug. — Não é nada de mais para se ver. Mais chá?

— Sim, obrigada.

Olaug ia servir chá, mas Beate segurou a mão dela por cima da xícara.

— Desculpe — disse Beate, rindo. — Eu quis dizer que quero ver.

— O que...

— O colar que a senhora ganhou do seu filho.

Olaug se animou e saiu da cozinha.

Boazinha, pensou Beate. Ergueu a xícara para tomar o restinho do chá. Ia ligar para Harry para saber como tinha acabado.

— Aqui está — disse Olaug.

A xícara de Beate, quer dizer, a xícara de chá de Olaug — ou, para ser mais preciso, a xícara de chá da fabricante Wehrmacht — parou no ar.

Beate olhou o broche. Quer dizer, olhou a pedra preciosa que estava presa ao broche.

— Sven os importa — disse Olaug. — Parece que é só em Praga que as cortam dessa maneira especial.

Era um diamante. Com a forma de um pentagrama.

Beate passou a língua pela boca para diminuir a secura.

— Preciso fazer uma ligação — disse.

A secura não passava.

— Poderia procurar uma foto de Sven enquanto isso? De preferência do jeito que ele está agora. Rápido.

Confusa, Olaug a olhou, mas fez que sim com a cabeça.

* * *

Tangen respirou de boca aberta com o olhar fixo no monitor e registrando as vozes em sua volta.

— Possível alvo andando no setor de Bravo dois. Possível alvo parou em frente a uma porta. Pronto, Bravo dois?

— Bravo dois está pronto.

— Alvo parou. Está pegando algo no bolso. Pode ser uma arma, não podemos ver sua mão.

A voz de Waaler:

— Agora.

— Ação, Bravo dois.

— Estranho — murmurou o porteiro.

Marius Veland pensou primeiro que tivesse escutado errado, mas abaixou o som do Violent Femmes para ter certeza. E lá vinha o ruído de novo. Batidas na porta. Quem poderia ser? Pelo que sabia, todos no corredor já tinham viajado para passar as férias de verão em casa. Salvo Shirley, ele a vira na escada no dia anterior. Ele quase a parou para convidá-la para um show. Ou para ir ao cinema. Ou a uma peça. Ele pagaria. Ela podia escolher.

Veland se levantou e sentiu que suas mãos começaram a suar. Por que isso? Não havia nenhuma razão sensata para acreditar que pudesse ser ela. Ele lançou um olhar em volta e percebeu que na verdade nunca tinha reparado na sua quitinete até agora. Ele não tinha tantas coisas para que ficasse desarrumada. As paredes estavam nuas, exceto por um pôster rasgado de Iggy Pop e uma estante triste que em breve estaria cheia de CDs e DVDs. Era uma quitinete patética, sem personalidade. Sem... Bateram de novo. Ele escondeu depressa uma dobra do edredom que despontava no encosto do sofá-cama e foi até a porta. Abriu. Não podia ser ela. Não podia... Não era ela.

— Sr. Veland?

— Sim?

Veland olhou o homem, surpreso.

— Encomenda para você.

O homem tirou a mochila das costas, pegou um envelope A4 e o estendeu a ele. Veland olhou para um envelope branco com um selo. Não constava nenhum nome.

— Tem certeza de que é para mim? — perguntou.

— Sim. Preciso de um recibo...

O homem estendeu uma prancheta com uma folha de papel.

Veland o olhou, inquiridor.

— Sinto muito, você teria uma caneta? — perguntou o homem, sorrindo.

Veland olhou para ele. Tinha algo de errado. Algo que ele não estava conseguindo identificar.

— Um momento — disse Veland.

Ele levou o envelope para dentro, colocou-o na prateleira ao lado do molho de chaves com a caveira, encontrou uma caneta na gaveta e se virou. Veland pulou de susto quando viu o homem bem atrás de si no corredor escuro.

— Eu não ouvi você entrar — disse Veland, e ouviu o próprio riso ricochetar entre as paredes.

Não que estivesse com medo. De onde ele viera, era costume entrar. Para não deixar escapar o calor. Ou deixar entrar o frio. Mas havia algo esquisito com esse homem. Ele tinha tirado os óculos e o capacete e então Veland viu por que ele havia estranhado. O homem era velho. Os motoboys normalmente tinham uns 20 anos. O homem era magro e malhado e poderia passar por um corpo jovem, mas seu rosto era o de alguém bem acima de 30 anos, talvez até 40.

Veland ia dizer algo quando seu olhar captou o que o motoboy estava segurando na mão. Estava claro no quarto e escuro no corredor, mas Veland já vira muitos filmes para reconhecer os contornos de uma pistola com silenciador.

— Isso é para mim? — exclamou Veland.

O homem sorriu e apontou a arma na direção dele. Direto para ele. Para o rosto dele. E foi só naquele momento que Veland entendeu que deveria estar com medo.

— Sente-se — disse o homem. — A caneta é para você. Abra o envelope.

Veland caiu na cadeira.

— Você vai escrever um pouco agora — disse o homem.

* * *

— Belo trabalho, Bravo dois!

Falkeid gritava e seu rosto estava vermelho e brilhante.

Tangen respirou com dificuldade pelo nariz. No monitor, o alvo estava de barriga no chão em frente à quitinete 205, com as mãos algemadas nas costas. E, melhor de tudo, estava com o rosto virado para o monitor e dava para ver sua confusão, como ele se contorcia de dor, como a ficha aos poucos caía para aquele animal. Era um furo jornalístico. Não, mais do que isso, era uma gravação histórica. O fim dramático do verão sangrento de Oslo: a captura do Motoboy Assassino no momento em que ele estava prestes a cometer seu quarto assassinato. O mundo inteiro ia brigar para poder mostrar. Meu Deus, ele, Otto Tangen, já era um homem rico. Não precisaria mais comprar porcarias no 7-Eleven, nem precisaria daquele mané Waaler, ele podia comprar... ele podia... Aud Rita e ele podiam...

— Não é ele — disse o porteiro.

Fez-se silêncio no ônibus.

Waaler se inclinou para a frente na cadeira:

— O que está havendo, Harry?

— Não é ele. O 205 é um dos apartamentos cujo morador não conseguimos achar — explicou Harry. — De acordo com a lista, ele se chama Odd Einar Lillebostad. É difícil ver o que o cara no chão está segurando na mão, mas para mim parece uma chave. Sinto muito, pessoal, mas aposto que Odd Einar Lillebostad acabou de chegar em casa.

Tangen olha fixo para a imagem. Ele tinha equipamentos valendo mais de 1 milhão ali dentro, equipamento comprado com empréstimo e que podia facilmente fazer uma imagem da mão e aumentá-la para ver se o porteiro tinha razão. Mas não precisou. Um galho da macieira estalou. Através do jardim se via luz nas janelas. Uma lata foi aberta:

— Bravo dois para Alfa. De acordo com o cartão do banco, o cara se chama Odd Einar Lillebostad.

Tangen caiu pesadamente na cadeira.

— Relaxe, pessoal — disse Waaler. — Ele ainda pode vir. Não é, Harry?

O babaca do Harry não respondeu. Em vez disso, o celular dele tocou.

Marius Veland olhou para as duas folhas em branco que tirara do envelope.

— Quem são seus parentes mais próximos? — perguntou o homem.

Veland engoliu em seco e quis responder, mas a voz não obedecia.

— Eu não vou matar você — disse o homem. — Se fizer o que eu mandar.

— Minha mãe e meu pai — sussurrou Veland. Soava como um deplorável S.O.S.

O homem pediu para ele escrever o nome e endereço dos pais no envelope. Veland pôs a caneta no papel. Nomes para ele tão familiares. E Bøfjord. Ele olhou para as letras depois. Eram tortas e trêmulas.

O homem começou a ditar a carta. Veland moveu a mão apática pela folha de papel.

"Oi! Decidi de repente! Fui ao Marrocos com Georg, um menino marroquino que conheci. Vamos ficar com os pais dele numa cidadezinha nas montanhas chamada Hassane. Vou ficar fora por quatro semanas. Parece que os telefones lá não pegam bem, telefonia, mas vou tentar escrever, mesmo Georg dizendo que o correio por lá não é muito bom. De qualquer maneira, entro em contato assim que voltar. Abraços..."

— Marius — disse Veland.

— Marius.

O homem mandou Veland colocar a carta dentro do envelope e colocá-lo na mochila que ele estendia para ele.

— Na outra folha escreva apenas "Volto em quatro semanas". Assine com a data de hoje e seu nome. Assim mesmo, obrigado.

Veland, sentado na cadeira, observou em volta. O homem estava bem atrás dele. Um sopro de vento mexeu a cortina. Os passarinhos piavam histericamente lá fora. O homem se inclinou para a frente e fechou a janela. Agora só se ouvia o zunido baixinho do aparelho de som três em um na estante.

— Que música é essa? — perguntou o homem.

— "Blister in the Sun" — respondeu Veland. Ele havia programado para repetir, porque gostava daquela música. Ele teria feito uma boa resenha sobre ela. Uma resenha calorosamente irônica e inclusiva.

— Já a ouvi antes — disse o homem, que encontrou o botão de volume e aumentou o som. — Só não lembro onde.

Veland levantou a cabeça e olhou pela janela, para o verão que já emudecera, para os vidoeiros que pareciam acenar adeus, para o gramado verde. No reflexo viu o homem atrás de si levantar a pistola e encostá-la na sua nunca.

"*Let me go wild!*", estalou dos pequenos alto-falantes.

O homem baixou a pistola de novo.

— Desculpe. Esqueci de soltar a trava de segurança. Assim.

"*Like a blister in the sun!*"

Veland cerrou os olhos. Shirley. Pensou nela. Onde ela estaria agora?

— Agora estou lembrando — disse o homem. — Foi em Praga. Violent Femmes, não é? Minha namorada me levou a um show. Não tocam muito bem, o que acha?

Veland abriu a boca para responder, mas no mesmo instante soou da pistola algo semelhante a uma tosse seca e ninguém jamais ficou sabendo o que ele pretendera dizer.

Tangen olhava os monitores. Atrás dele, Falkeid conversava naquela linguagem de brincadeira com Bravo dois. O babaca do Harry atendeu o celular. Falou pouco. Devia ser uma mulher feia que queria trepar, pensou Tangen, e aguçou os ouvidos.

Waaler não dizia nada, apenas mordia a mão e acompanhava com olhar impassível Odd Einar Lillebostad sendo levado embora. Sem algemas. Sem nenhum motivo de suspeita. Sem nadica de nada.

Tangen mantinha o olhar fixo nos monitores, porque tinha a sensação de estar sentado ao lado de um reator atômico. O exterior não revelava nada, mas o interior borbulhava de coisas que você por nada deste mundo queria conhecer de perto. Melhor ficar com os olhos fixos nos monitores.

Falkeid disse fim e câmbio e colocou a geringonça de comunicação na mesa. O babaca do Harry continuava alimentando seu celular com monossílabos.

— Ele não vem — disse Waaler, com o olhar na tela cheia de corredores e escadas vazios.

— É muito cedo para dizer — comentou Falkeid.

Waaler fez que não com a cabeça.

— Ele sabe que estamos aqui. Estou sentindo isso. Ele está aí em algum lugar rindo da gente.

Numa árvore, num jardim, pensou Tangen.

Waaler se levantou.

— Melhor arrumar as malas, rapazes. A teoria do pentagrama não convenceu. Vamos recomeçar do zero amanhã.

— A teoria está certa.

Os outros se viraram para o babaca do Harry, que enfiou o celular no bolso.

— Ele se chama Sven Sivertsen — disse. — Norueguês com endereço em Praga, nascido em Oslo em 1946, mas, de acordo com nossa colega Beate, parece muito mais novo. Tem duas sentenças por contrabando. Deu à mãe um diamante idêntico àqueles que encontramos nas outras vítimas. E a mãe informou que ele a visitou em Oslo em todas as datas dos crimes. Na Vila Valle.

Tangen viu Waaler empalidecer.

— A mãe — quase sussurrou Waaler. — Na casa para onde apontava a última ponta da estrela?

— É — respondeu o babaca do Harry. — E ela está esperando por ele. Esta noite. Um carro com reforços já está a caminho. Meu carro está aqui por perto.

Ele se levantou da cadeira. Waaler esfregou o queixo.

— Vamos reagrupar — disse Falkeid, e pegou o walkie-talkie.

— Espere! — gritou Waaler. — Ninguém faz nada até eu mandar.

Os outros o olharam, esperando. Waaler fechou os olhos. Dois segundos se passaram. Ele os reabriu.

— Pare o carro que está a caminho de lá, Harry. Não quero um carro da polícia dentro de um círculo de 1 quilômetro da casa. Se ele sentir o menor perigo, nós o perderemos. Sei de algumas coisas sobre contrabandistas de países da Europa Oriental. Eles sempre, sempre, têm um plano de fuga. E se você os perde, nunca mais os acha. Falkeid, você e seu pessoal continuam o trabalho aqui até segunda ordem.

— Mas você mesmo disse que ele não...

— Faça como estou dizendo. Esta talvez seja a única chance que teremos, e já que é minha cabeça que está em jogo, quero cuidar disso pessoalmente. Harry, você assume o comando aqui, OK?

Otto viu que o babaca do Harry ficou olhando para Waaler, um tanto distraído.

— OK? — repetiu Waaler.

— Tá legal — respondeu o babaca.

28
Sábado. Consolo

Com olhos grandes e cheios de medo, Olaug Sivertsen viu Beate verificar se o revólver estava completamente carregado.

— Meu Sven? Meu Deus, vocês têm que entender que estão enganados! Sven não faria mal a um gato.

Beate fechou o tambor do revólver e foi até a janela da cozinha que dava para o estacionamento.

— Vamos torcer para que seja assim. Mas para saber, temos que prendê-lo primeiro.

O coração de Beate batia rápido, mas não rápido demais. O cansaço havia sumido e fora substituído por leveza e presença, quase como se tivesse tomado alguma droga. A arma era a que seu pai costumava usar em serviço. Uma vez ela o ouvira dizer a um colega de trabalho que nunca se devia confiar numa arma.

— Ele não falou nada sobre a hora em que viria?

Olaug fez que não com a cabeça.

— Ele disse que ia resolver algumas coisas.
— Ele tem a chave da porta?
— Não.
— Ótimo. Então...
— Não costumo trancar a porta quando sei que ele vem.
— A porta não está trancada?

Beate sentiu o sangue subir à cabeça e sua voz ficar aguda e cortante. Ela não sabia de quem tinha mais raiva: da velha sob proteção da polícia que deixava a porta aberta para o filho poder entrar livremente ou de si mesma, que não tinha verificado as coisas mais elementares.

Ela respirou fundo para acalmar a voz.

— Quero que a senhora fique sentada aqui. Eu vou para o corredor e...

— Olá!

A voz veio de trás de Beate, e seu coração bateu rápido, mas não demais, e ela girou com o braço direito esticado e o fino dedo indicador dobrado sobre o pesado e vagaroso gatilho. Uma figura preencheu o vão da porta que dava para o corredor. Ela não o tinha ouvido chegar. Boazinha, boazinha e burra, burra.

— Uau! — disse a voz, e soltou um riso curto.

Beate focou o rosto por cima da mira. E hesitou uma fração de segundo antes de soltar a pressão sobre o gatilho.

— Quem é? — perguntou Olaug.

— A cavalaria, Srta. Sivertsen — disse a voz. — Inspetor Tom Waaler. — Ele estendeu a mão e disse, olhando Beate de relance: — Eu tomei a liberdade de trancar sua porta, Srta. Sivertsen.

— Onde estão os outros? — perguntou Beate.

— Não há outros. Somos só... — Beate gelou quando Waaler sorriu — ... nós dois, docinho.

Passava das 20 horas.

A previsão do tempo na TV avisara que uma frente fria estava sobre a Inglaterra a caminho da Noruega e que as ondas de calor terminariam em breve.

Num corredor do jornal, Roger Gjendem disse a um colega que nos últimos dias a polícia andava cheia de mistério; ele apostava que estavam tramando algo. Tinha ouvido boatos de que a tropa de elite fora acionada e de que o chefe da tropa, Sivert Falkeid, não tinha retornado nenhum recado nos dois últimos dias. O colega achou que não passavam de meros devaneios, e o editor estava de acordo. Resolveram colocar a frente fria na primeira página.

Bjarne Møller estava no sofá assistindo a *Beat for Beat*. Ele gostava de Ivar Dyrhaug. Gostava das músicas. E não ligava para algumas pessoas do trabalho que achavam que o programa era coisa de "titia" e o cúmulo da diversão em família. Ele gostava de diversão em família. E ocorreu-lhe que devia haver muitos cantores talentosos na Noruega que nunca chegavam às luzes da ribalta. Mas, naquela noite, Møller não conseguia se concentrar nas letras e na competição musical, ficava olhando sem ver, deixando os pensamentos rondarem o relatório circunstancial que Harry acabara de lhe passar por telefone.

Pela quinta vez em meia hora lançou um olhar para o relógio e outro para o telefone. Combinaram que Harry ia ligar assim que soubesse mais alguma coisa. E o chefe do DIC queria uma orientação de Møller assim que a operação tivesse acabado. Talvez o chefe do DIC tivesse TV na casa de veraneio e estivesse assistindo também a algum programa bobo, com um olhar na tela, a solução na ponta da língua e a cabeça em outro lugar.

Tangen tragou o cigarro, fechou os olhos e viu as janelas iluminadas; ouviu o vento farfalhar nas folhas secas e ficou com aquele sentimento desanimador quando fecharam as cortinas. A outra lata havia sido jogada na vala da estrada. Nils já tinha voltado para casa.

Seus cigarros haviam acabado, mas o policial mané chamado Harry lhe dera um. Harry tirara o maço de Camel Light do bolso, meia hora depois de Waaler ter se mandado. Uma boa escolha, não fosse por ser light. Falkeid lançara um olhar de desaprovação quando começaram a fumar, mas não disse nada. Harry tinha vislumbrado o rosto de Falkeid atrás de uma névoa azul, que também lançara um véu conciliatório sobre as enervantes imagens imóveis dos corredores e escadas.

Harry empurrou a cadeira mais para perto de Tangen para ver os monitores melhor. Fumava devagar enquanto estudava as imagens intensamente, uma por uma. Como se houvesse algo ali que eles ainda não tivessem visto.

— O que é aquilo ali? — perguntou Harry, apontando para uma das imagens no monitor da esquerda.
— Ali?
— Não, mais para cima. No quarto andar.
Tangen viu uma imagem de um corredor vazio e paredes de cor creme.
— Não estou vendo nada de especial — disse Tangen.
— Acima da terceira porta à direita. No reboco.

Tangen se concentrou. Havia umas marcas brancas. Primeiro pensou que podiam ser de uma tentativa malsucedida de montar uma das câmeras, mas não se lembrava de ter quebrado o reboco naquele lugar.

Falkeid se inclinou para a frente.

— O que é?

— Não sei — respondeu Harry. — Tangen, tem como ampliar aquilo?

Tangen arrastou o cursor para a imagem e desenhou um quadradinho em cima da porta. Depois segurou dois botões. O corte sobre a porta do apartamento agora cobria toda a tela de 21 polegadas.

— Nossa! — disse Harry, baixinho.

— Pois é. Isto aqui não é uma merda qualquer — disse Tangen com orgulho, e afagou o gabinete com carinho. Estava começando a gostar daquele cara.

— A estrela do diabo — sussurrou Harry.

— O quê?

Mas o policial já estava virado para Falkeid.

— Peça para Delta um, ou sei lá como se chama, se prepararem para entrar no 406. Espere até me verem na tela.

O policial se levantou e tirou uma pistola Glock 21 que Tangen reconheceu de madrugadas surfando na rede sob a palavra-chave *handguns*. Ele não entendeu o quê, mas percebeu que algo estava acontecendo, algo que talvez significasse que ele afinal teria seu furo.

O policial se mandou.

— Alfa para Delta um — disse Falkeid, e soltou o botão do walkie-talkie.

Estalos. Deliciosos estalos estelares.

Harry parou em frente ao elevador da entrada. Hesitou um segundo. Botou a mão na maçaneta do elevador e abriu. O coração parou de bater quando viu a grade preta. Grade de correr.

Ele soltou a porta como tivesse se queimado e deixou-a se fechar.

De qualquer maneira era tarde demais, isso era apenas a patética corridinha final na plataforma, aquela que a gente dá mesmo sabendo que o trem já foi, apenas para vê-lo pelo menos de relance antes de ele desaparecer.

Ele subiu pelas escadas. Tentou ir devagar. Quando é que o homem tinha estado ali? Dois dias antes? Na semana anterior?

Não conseguia mais, e as solas de seus sapatos soavam como lixa de papel quando ele começou a correr. Ele queria ver, mesmo que de relance.

No mesmo instante em que entrou no corredor à esquerda do quarto andar, três homens vestidos de preto saíram do último apartamento.

Harry parou embaixo da estrela branca entalhada que reluzia na parede de cor creme.

Embaixo do número da quitinete havia um nome: VELAND. E embaixo do nome havia uma folha de papel presa com dois pedaços de fita adesiva: VOLTO EM QUATRO SEMANAS. MARIUS.

Ele acenou para Delta um que podiam começar.

Seis segundos depois, a porta estava aberta.

Harry pediu que os outros esperassem e entrou sozinho. Vazio. Ele varreu o quarto com o olhar. Estava limpo e arrumado. Arrumado demais. Não combinava com o pôster do Iggy Pop na parede acima do sofá-cama. Alguns livros de bolso velhos na prateleira em cima da escrivaninha arrumada. Ao lado dos livros, cinco ou seis chaves num chaveiro em forma de caveira. Uma foto de uma moça bronzeada, sorrindo. Namorada ou irmã, pensou Harry. Entre um livro de Bukowski e um aparelho de som portátil havia um polegar branco, que parecia ser de cera, apontando para cima, fazendo aquele conhecido sinal otimista. Tudo certo. Tudo OK. Será?

Harry olhou para Iggy Pop, o torso nu, magro, as cicatrizes autoinfligidas, o olhar intenso nas cavidades oculares fundas, um homem que parecia ter passado por várias crucificações. Harry tocou o polegar na prateleira. Macio demais para ser gesso ou plástico, quase parecia um dedo de verdade. Frio, mas real. Ele pensou no consolo na casa do Sr. Barli enquanto tentava identificar o cheiro do polegar. Uma mistura de formol e tinta. Ele o segurou entre dois dedos e apertou. A tinta estourou. Harry deu um passo para trás quando sentiu o cheiro nauseante.

— Beate Lønn.

— Aqui é o Harry. Como estão indo?

— Ainda esperando. Waaler ocupou o corredor e mandou a Srta. Sivertsen e eu para a cozinha. Viva a emancipação da mulher.

— Estou ligando do quarto 406 do prédio dos estudantes. Ele esteve aqui.

— Esteve aí?

— Ele entalhou uma estrela do diabo em cima da porta. O rapaz que mora aqui, um tal de Marius Veland, sumiu. Os outros moradores não o veem há várias semanas. E na porta há um bilhete dizendo que ele viajou.

— Bem, talvez esteja mesmo viajando, não?

Harry notou que Beate estava começando a falar igual a ele.

— Improvável — disse Harry. — O polegar dele ainda está aqui. Embalsamado.

Fez-se silêncio do outro lado da linha.

— Liguei para seu pessoal da Perícia Técnica. Estão vindo para cá agora.

— Mas eu não estou entendendo — disse Beate. — Vocês não monitoraram o prédio inteiro?

— Sim. Mas não há vinte dias, quando isso aconteceu.

— Vinte dias? Como você sabe?

— Porque achei o número de telefone dos pais dele e liguei. Eles receberam uma carta dizendo que Marius estava indo para o Marrocos. O pai disse que foi a primeira vez que ele recebeu uma carta do filho; ele costumava ligar. A carta foi carimbada há vinte dias.

— Vinte dias... — disse Beate, baixinho.

— Vinte dias. Quer dizer exatamente cinco dias antes do primeiro assassinato, de Camila Loen. Ou melhor... — ele ouviu Beate respirar fundo no fone — ... o que a gente até agora achou que fosse o primeiro assassinato — concluiu.

— Meu Deus.

— Tem mais. Reunimos os moradores e perguntamos se alguém se lembrava de algo daquele dia e a moça do 303 diz que ela se lembrava de estar tomando banho de sol no gramado em frente ao prédio naquela tarde. E que no caminho de volta para o prédio encontrou um motoboy. Ela se lembra disso porque não é tão comum ver motoboys por aqui e porque ela fez piada disso para outros moradores do corredor quando os jornais começaram a escrever sobre o Motoboy Assassino, duas semanas depois.

— Ele burlou a sequência, então?

— Não — disse Harry. — Eu é que sou burro demais. Você se lembra de que eu me perguntei se o dedo que ele corta das vítimas não seria também uma forma de código? Bem, é a mais simples de todas. O polegar. Ele começou com o primeiro dedo da mão esquerda da primeira vítima e foi seguindo. Não é preciso ser um gênio para entender que Camilla Loen foi a vítima número dois.

— Hum.

Agora ela está fazendo aquilo de novo, pensou Harry.

— Então só falta o número cinco — disse Beate. — O mindinho.

— Sabe o que significa, não sabe?

— Que é a nossa vez. Que foi a nossa vez o tempo todo. Meu Deus, será que ele está planejando... você sabe...

— A mãe dele está ao seu lado?

— Sim. Me diga o que ele vai fazer, Harry.

— Não faço ideia.

— Sei que não sabe, mas diga mesmo assim.

Harry hesitou.

— OK. Uma força motriz de muitos assassinos em série é o desprezo por si mesmo. E sendo que o quinto assassinato será o último, há a grande possibilidade de ele planejar matar os genitores. Ou a si mesmo. Ou ambos. Não tem nada a ver com a relação com a mãe, mas com a relação dele consigo mesmo. Independentemente da escolha lógica do local do crime.

Pausa.

— Ainda está aí, Beate?

— Estou, sim. Ele cresceu como um menino nazista.

— Quem?

— Aquele que está a caminho daqui.

Nova pausa.

— Por que Waaler está esperando sozinho no corredor?

— Por que pergunta?

— Porque o normal seria que vocês dois o pegassem. É mais seguro do que ficar na cozinha.

— Talvez — disse Beate. — Tenho pouca experiência com esse tipo de trabalho de campo. Ele deve saber o que está fazendo.

— É — disse Harry.

Vieram-lhe à mente alguns pensamentos. Do tipo que ele tentava evitar.

— Algo errado, Harry?

— Bem... — disse Harry. — Estou sem cigarros.

29
Sábado. Afogamento

Harry devolveu o celular ao bolso do paletó e se inclinou para trás no sofá. A perícia talvez não fosse gostar, mas não parecia haver provas ali que ele pudesse estragar. Era evidente que o assassino havia arrumado tudo direitinho dessa vez também. Harry tinha até sentido um leve cheiro de sabão quando pôs o rosto no chão para ver de perto algumas bolotas de borracha derretida incrustadas no linóleo.

Um rosto apareceu no vão da porta.

Bjørn Holm, da Perícia Técnica.

— Ótimo — disse Harry. — Tem cigarros?

Ele se levantou e ficou olhando pela janela enquanto Holm e seus colegas começavam o trabalho. A luz enviesada da noite caía como ouro e dourava as casas, as ruas e as árvores. Harry não conhecia outra cidade mais linda que Oslo em noites assim. Devia haver outras. Mas ele não conhecia nenhuma.

Harry olhou para o polegar na estante. O assassino havia mergulhado o dedo cortado na tinta e colado na estante para que ficasse de pé. Provavelmente ele mesmo levara a tinta, pois Harry não achou cola ou tinta nas gavetas por baixo da escrivaninha.

— Quero que descubram de que são aquelas bolotas.

Ele apontou para o chão.

— Está bem — respondeu Holm.

Harry estava tonto. Ele fumara oito cigarros, um após o outro. A vontade de beber havia diminuído. Diminuído, mas não passado. Ele olhou o polegar. Parecia cortado com alicate. Tinta e cola. Cinzel e martelo para entalhar a estrela do diabo em cima da porta. Ele levara muitas ferramentas dessa vez.

Ele entendia a estrela do diabo. E o dedo. Mas por que a cola?

— Parece borracha derretida — disse Holm, que estava de cócoras.

— Como se faz para derreter borracha? — perguntou Harry.

— Bem, pode-se colocar fogo. Ou usar um ferro de passar. Ou um maçarico.

— Para que se usa borracha derretida?

Holm deu de ombros.

— Vulcanização — disse o colega. — É usada para emendar ou selar alguma coisa. Pneus, por exemplo. Ou para deixar alguma coisa impermeável. Coisas assim.

— E essas bolotas?

— Não faço ideia. Desculpe.

— Obrigado.

O polegar apontava para o teto. Seria melhor se apontasse para a solução do código, pensou Harry. Porque evidentemente era um código. O assassino havia atado uma corda nos pescoços dos policiais e os levava como bestas parvas para onde ele queria, e por isso esse código também tinha uma solução. Uma solução bem simples se o alvo fosse um animal com inteligência média como ele.

Ele olhou para o dedo. Apontar para cima. OK. Tá legal. Tudo certo.

A luz da noite perdurava.

Ele sugou o cigarro com força. A nicotina viajou pelas veias, pelos estreitos capilares dos pulmões, e para o norte. Envenenava, machucava, manipulava, esclarecia. Merda!

Harry tossiu com força.

Apontar para o teto. Apartamento 406. O teto do 406. Claro. Besta. Besta.

Harry girou a chave, abriu a porta e encontrou o interruptor na parede perto da porta. Deu um passo por sobre a soleira. O sótão era alto e arejado, mas sem janelas. Cubos para armazenamento numerados de 2 metros quadrados cada estavam enfileirados ao longo das paredes. Atrás da tela de arame havia pilhas de pertences em trânsito entre o proprietário e o lixo. Colchões furados e móveis fora de moda, caixas de papelão com roupas e aparelhos elétricos que ainda funcionavam e por isso o dono tinha pena de jogar fora.

— Que inferno — murmurou Falkeid quando ele e dois policiais da tropa de elite entraram.

Uma imagem bem precisa, pensou Harry. Mesmo que o sol lá fora estivesse baixo e sem força, o dia inteiro as telhas tinham esquentado e eram agora verdadeiros aquecedores, fazendo o sótão virar uma sauna.

— Acho que o depósito do 406 é por aqui — disse Harry, entrando à direita.

— Por que tem certeza de que ele está no sótão?

— Porque o assassino nos apontou o fato evidente de que bem em cima do quarto andar há o quinto. Neste caso, o sótão.

— Apontou?

— Uma espécie de charada.

— Está ciente de que é totalmente impossível ter um corpo aqui?

— Por quê?

— Estivemos aqui ontem com um cão farejador. Um corpo que ficasse aqui durante quatro semanas neste calor... Traduzido do aparelho sensitivo de um cão para o nosso é quase como se estivéssemos procurando uma sirene de fábrica buzinando aqui dentro. Seria impossível não ser encontrado, mesmo que por um cachorro ruim. E aquele que trouxemos ontem é top de linha.

— A não ser que o corpo tenha sido embrulhado em algo que justamente evitasse que o cheiro se alastrasse.

— Moléculas de cheiro são muito voláteis e penetram até em aberturas microscópicas. Não é possível que...

— Vulcanização — disse Harry.

— O quê?

Harry parou em frente a um dos depósitos. Os dois policiais uniformizados já estavam prontos com um pé de cabra.

— Vamos testar este jeitinho primeiro, rapazes.

Harry balançou o molho de chaves com a caveira na frente deles.

A menor entrou no cadeado.

— Vou entrar sozinho — disse Harry. — Os peritos não gostam de pegadas.

Ele pegou uma lanterna emprestada e se pôs à frente de um grande guarda-roupa branco com portas duplas que ocupava a maior parte do depósito. Colocou a mão numa das maçanetas e se preparou mentalmente antes de abrir a porta com um puxão. E respirou o cheiro de roupas guardadas, poeira e madeira. Acendeu a lanterna. Parecia que Marius Veland tinha herdado três gerações de ternos azuis, que estavam pendurados em fileira. Harry iluminou o interior e passou a mão no tecido. Lã grossa. Um tinha um plástico fino por cima. Dentro, uma capa para ternos, de cor cinza.

Harry fechou a porta e se virou para a parede do fundo, onde um par de cortinas — pareciam feitas em casa — estava pendurado por cima de um varal de roupas portátil. Harry as afastou com um puxão. Uma boca aberta com pequenos dentes afiados de predador rosnou, muda, para ele. O que ainda sobrava de pele estava acinzentado e os olhos castanhos tipo bola de gude precisavam de um polimento.

— Uma doninha — disse Falkeid.
— Hum.

Harry olhou em torno. Não havia outros lugares para procurar. Será que ele tinha mesmo se enganado?

Então viu o rolo de tapete. Era um tapete persa — pelo menos parecia —, encostado à tela de arame, quase alcançando o teto. Harry empurrou uma cadeira de vime estragada para perto do tapete, subiu e iluminou a parte interior. Os policiais do lado de fora observavam ansiosos.

— Bem — disse Harry, descendo da cadeira e desligando a lanterna.
— Então? — indagou Falkeid.

Harry fez que não com a cabeça. Sentiu uma raiva repentina. Deu um chute forte no guarda-roupa, que ficou balançando feito uma dançarina do ventre. Os cães latiam. Um drinque. Um drinque, um momento sem dor. Ele se virou para sair do depósito quando ouviu um ruído. Como se algo deslizasse pela parede. Automaticamente se virou e conseguiu ver a porta do guarda-roupa se abrir antes que a capa para ternos caísse em cima dele e o levasse ao chão.

Harry sentiu que devia ter apagado por um momento, porque quando abriu os olhos novamente estava de costas e sentia uma dor oca na parte de trás da cabeça. Ele arfou no meio da nuvem de poeira que se levantara do piso de madeira seca. O peso do saco de terno o fizera ficar sem ar e ele tinha a sensação de que ia se afogar, como se estivesse dentro de um enorme saco plástico cheio d'água. Ele se debateu em pânico e sentiu o punho acertar a superfície lisa e algo macio ceder por dentro do saco.

Harry enrijeceu e ficou muito quieto. Teve de se concentrar para fixar o olhar. Aos poucos a sensação de afogamento sumiu. E foi substituída pela sensação de já estar afogado.

Por trás de uma película de plástico cinza, um olhar vítreo o fitava.

Achara Marius Veland.

30
Sábado. Detenção

Lá fora, o trem para o aeroporto passou como um sopro leve, prateado e silencioso. Beate olhou para Olaug Sivertsen. Ela estava com a cabeça altiva olhando pela janela, piscando sem parar. As mãos enrugadas na mesa da cozinha pareciam uma paisagem vista das alturas. As rugas eram vales, as veias pretas azuladas, rios e as articulações, cordilheiras, com a pele esticada como uma lona branca. Beate olhou para as próprias mãos. E pensou em todas as coisas que duas mãos conseguem fazer durante uma vida. E quantas coisas que não se pode fazer. Ou para as quais não se tem a força necessária.

Às 21h56, Beate ouviu o rangido do portão e passos no caminho da entrada.

Ela se levantou com o coração batendo depressa e leve como um contador Geiger.

— É ele — disse Olaug.

— Tem certeza?

Olaug deu um sorriso triste.

— Ouço esses passos nesse caminho desde que ele era um menino. Quando ele começou a ter idade para ficar fora à noite, eu costumava abrir a porta no segundo passo. São 12. Pode contar.

Waaler apareceu de repente na porta da cozinha.

— Está vindo alguém — disse. — Quero que fiquem aqui. Não importa o que acontecer. Está bem?

— É ele — disse Beate, e acenou para Olaug com a cabeça.

Waaler fez sinal que sim e sumiu.

Beate pôs a mão em cima da mão idosa.

— Vai dar tudo certo — disse ela.

— Vocês vão perceber que houve um erro — respondeu Olaug, sem olhar para ela.

Onze, doze. Beate ouviu alguém na porta de casa.

Depois o grito de Waaler:

— Polícia! Meu distintivo está no chão bem à sua frente. Solte a pistola, senão eu atiro!

Ela sentiu a mão de Olaug se contrair.

— Polícia! Solte a pistola senão vou ter que atirar!

Por que ele estava gritando tão alto? Não podiam estar a mais de 6 metros um do outro.

— Pela última vez! — gritou Waaler.

Beate se levantou e tirou o revólver do coldre que ela carregava no cinto às costas.

— Beate... — A voz de Olaug tremia.

Beate levantou o olhar e enfrentou o olhar de súplica da velha senhora.

— Solte a arma! Você está apontando para um policial!

Beate deu quatro passos até a porta, abriu-a com um puxão e irrompeu no corredor com a arma levantada. Waaler estava de costas, a 2 metros dela. No vão da porta havia um homem num terno cinza. Em uma das mãos segurava uma mala. Beate havia tomado sua decisão com base naquilo que achou que veria. Por isso, ficou meio confusa.

— Vou atirar! — gritou Waaler.

Beate viu a boca aberta do rosto paralisado do homem no vão da porta e a maneira com que Waaler já estava enrijecendo o corpo para receber o impacto na hora de atirar.

— Tom...

Ela falou baixo, mas as costas de Waaler enrijeceram como se ela tivesse atirado nele.

— Ele não está segurando uma arma, Tom.

Beate tinha a sensação de estar assistindo a um filme. A uma cena absurda na qual alguém apertou o botão de pausa, congelando a imagem, que agora tremia, puxando e esticando o tempo. Ela esperou ouvir o estalo da pistola, mas ele não veio. Claro que não veio. Waaler não era louco. Não no sentido clínico. Ele controlava seus impulsos. Era provável que tivesse sido isso que mais a apavorara daquela vez. O controle frio quando ele abusara dela.

— Já que está aqui — disse Waaler, por fim. Sua voz soava sufocada —, talvez possa colocar as algemas no nosso prisioneiro.

31
Sábado. "Não é ótimo ter alguém para odiar?"

Era quase meia-noite quando Bjarne Møller se reuniu com a imprensa pela segunda vez em frente à porta principal da sede da polícia. Apenas as estrelas mais brilhantes conseguiam transparecer no mormaço que pairava sobre Oslo, mas ele teve de cobrir os olhos com a mão para se proteger de todas as lâmpadas de flash e as de filmagem. Perguntas curtas e incisivas vinham em sua direção.

— Um de cada vez — disse Møller, e apontou para uma das mãos levantadas. — E, por favor, se apresentem.

— Roger Gjeldem, *Aftenposten*. Sven Sivertsen já confessou?

— Neste momento, o suspeito está sendo interrogado pelo policial que está à frente dessa investigação, inspetor Tom Waaler. Só posso responder a essa pergunta quando ele acabar.

— É verdade que acharam armas e diamantes na mala de Sivertsen? E que os diamantes são idênticos àqueles que encontraram nas vítimas?

— Sim, está confirmado. Você, por favor.

Uma voz jovem de mulher:

— O senhor disse hoje mais cedo que Sven Sivertsen mora em Praga, e aliás eu consegui descobrir o endereço dele. É uma pensão, mas disseram que ele se mudou de lá há mais de um ano e ninguém sabe onde ele está morando agora. Vocês sabem?

Os outros jornalistas começaram a tomar nota antes de Møller responder:

— Ainda não.

— Consegui até fazer algumas das pessoas falarem bastante — disse a jovem, sem esconder seu orgulho. — Parece que Sven Sivertsen tem uma namorada nova por lá. Eles não souberam dizer o nome dela, mas uma das pessoas insinuou que é uma prostituta. A polícia está sabendo disso?

— Até agora não — disse Møller. — Mas agradecemos sua ajuda.

— Nós também — gritou uma voz da multidão, seguido de risadas zombeteiras. A jovem sorriu, confusa.

Dialeto do sul:

— Jornal *Dagbladet*. Como a mãe está reagindo?

Møller conseguiu contato visual com o jornalista e mordeu o lábio inferior para não perder o controle.

— Não tenho nenhuma ideia sobre isso. Por favor.

— O *Dagsavisen* quer saber como Marius Veland ficou num sótão durante quatro semanas no verão mais quente da história sem ser descoberto.

— O assassino usou um saco do tipo que se usa normalmente para guardar vestidos ou sobretudos e o vedou com borracha antes de... — Møller procurou a palavra certa — ... pendurá-lo no armário do sótão.

Um murmúrio perpassou a multidão e Møller pensou que talvez tivesse exagerado na descrição dos detalhes.

Gjendem estava perguntando sobre alguma coisa.

Møller viu a boca dele se mover enquanto prestava atenção à melodia que circulava na sua cabeça. *I just called to say I love you*. Ela cantara essa música tão bem no *Beat for Beat*, a irmã, aquela que estava no papel principal do musical, como se chamava mesmo?

— Desculpe — disse Møller. — Pode repetir?

Harry e Beate estavam sentados num muro perto do pessoal da imprensa, assistindo à agitação e fumando. Beate explicara que só fumava para festejar, então ganhara um cigarro do maço recém-comprado de Harry.

Harry não sentia nenhum desejo de comemorar. Apenas de dormir.

Eles viram Waaler sair pela porta principal e sorrir para a chuva de flashes. As sombras dançavam na parede da sede da polícia, festejando a vitória.

— Ele está se tornando uma celebridade — disse Beate. — O homem à frente da investigação que prendeu o Motoboy Assassino sozinho.

— Com duas pistolas? — Harry sorriu.

— É, foi mesmo um faroeste. E pode me dizer por que ele pede para um cara baixar uma arma que não tem?

— Waaler deve ter pensado na arma que Sivertsen carregava no corpo. Eu teria feito a mesma coisa.

— Tá legal, mas sabe onde encontramos aquela pistola? Na mala.

— Pelo que Waaler sabia, ele podia ser o atirador de arma de mala mais rápido do Oeste.

Beate riu.

— Você vem com a gente tomar uma cerveja depois, não vem?

Ele a olhou, e seu sorriso congelou enquanto o rubor subia pelo pescoço até o rosto.

— Eu não quis...

— Tudo bem. Comemore por nós dois, Beate. Já fiz a minha parte.

— Mas não pode vir conosco mesmo assim?

— Acho que não. Este foi meu último caso.

Harry estalou os dedos e a guimba voou como um vaga-lume no escuro.

— Na semana que vem nem serei mais policial. Talvez devesse sentir que isso é algo a comemorar, mas acontece que não é bem assim.

— O que vai fazer, Harry?

— Outra coisa — respondeu Harry. — Algo totalmente diferente.

Waaler alcançou Harry no estacionamento.

— Indo embora tão depressa, Harry?

— Cansado. Como é o gosto da fama?

Os dentes de Waaler luziam brancos no escuro.

— São apenas algumas fotos para os jornais. Você também já esteve lá, deve saber.

— Se estiver pensando naquela vez em Sydney, eles fizeram de mim um caubói, porque matei meu criminoso. Você conseguiu capturar o seu vivo. É um policial herói do jeito que a social-democracia quer.

— Estou notando uma ponta de sarcasmo?

— De maneira alguma.

— Tá legal. Porque para mim tanto faz quem eles escolham para herói. Se isso aumentar a estima pela corporação, deixo pintarem um belo retrato de caras como eu. De qualquer maneira, nós da casa sabemos quem é o verdadeiro herói.

Harry pescou as chaves do carro e parou em frente a seu Escort branco.

— Era o que eu queria lhe dizer, Harry. Em nome de todos que participaram. Foi você que resolveu o caso, nem eu nem mais ninguém.

— Acho que só fiz meu trabalho.

— Seu trabalho, sim. É a outra coisa que eu queria falar com você. Vamos nos sentar um pouco?

Cheirava a gasolina no carro. De um furo de ferrugem em algum canto, supôs Harry.

— Sua primeira missão já está definida — disse Waaler. — Não é fácil, nem é sem risco. Mas se você conseguir, será admitido como parceiro.

— De que se trata? — perguntou Harry, soprando fumaça no retrovisor.

Waaler tocou com as pontas dos dedos um dos fios que saíam do buraco no painel onde antes havia um rádio.

— Como era a aparência de Marius Veland? — perguntou Waaler.

— Quatro semanas num saco plástico, o que você acha?

— Ele só tinha 24 anos, Harry, 24. Você consegue se lembrar das suas expectativas quando tinha 24 anos, o que esperava da vida?

Harry se lembrava.

Waaler abriu um sorriso torto:

— No verão em que completei 22 anos, fui viajar de trem com Geir e Solo. Acabamos na Riviera italiana, mas os hotéis eram caros demais para a gente. Mesmo Solo tendo levado todo o dinheiro do pai no dia em que partimos. Então montamos uma barraca na praia à noite e de dia vagávamos por lá olhando as mulheres, os carros e os barcos. Estranho era que a gente se sentia riquíssimo. Porque tínhamos 22 anos. Então, achávamos que tudo era para nós, que havia presentes nos esperando embaixo da árvore de Natal. Camilla Loen, Barbara Svendsen, Lisbeth Barli, todas elas eram jovens. Talvez ainda não tivesse dado tempo para se desapontarem, Harry. Talvez ainda estivessem esperando pela noite de Natal. — Waaler passou a mão no painel. — Acabei de interrogar Sven Sivertsen, Harry. Pode ler o relatório mais tarde, mas já posso adiantar o que vai acontecer. Ele é um cara frio e inteligente. Provavelmente vai fazer o papel de louco, enganar o júri e deixar os psicólogos com tanta dúvida que não terão coragem de mandá-lo para a prisão. Em suma, vai acabar numa ala psiquiátrica, onde vai mostrar um progresso tão impressionante que será libertado após alguns poucos anos. Agora é assim, Harry. É o que fazemos com o lixo humano que nos cerca. A gente não o limpa, não o joga fora, mas o muda um pouco de lugar. E não entende que quando a casa vira um ninho de ratos infectado e fedorento, é tarde demais. É só olhar para outros países em que a criminalidade já fincou raízes. Infelizmente moramos num país tão rico no momento que os políticos brigam para ver quem pode ser mais generoso. Tornamo-nos tão sensíveis e bonzinhos que ninguém tem mais coragem de assumir a responsabilidade pelas coisas desagradáveis. Entende?

— Até agora, sim.

— É aí que a gente entra, Harry. A gente assume responsabilidades. Encare como um trabalho sanitário que a sociedade não ousa assumir.

Harry sugava ruidosamente o cigarro.

— O que quer dizer? — perguntou, ao inalar.

— Sven Sivertsen — disse Waaler, lançando um olhar vigilante para fora. — Lixo humano. Você vai fazer a limpeza.

Harry, se dobrou no assento e tossiu fumaça.

— É isso que você faz? E aquela outra atividade? O contrabando?

— Todas as outras atividades são para financiar essa.

— Sua catedral?

Waaler fez que sim com um lento balanço de cabeça. Depois se inclinou para Harry que sentiu algo ser colocado no bolso de seu paletó.

— Uma ampola — disse Waaler. — Chama-se a Bênção de José. Desenvolvida pela KGB durante a guerra no Afeganistão para usar em atentados. Mais conhecida como o método suicida de soldados tchecos ao serem levados como prisioneiros. Paralisa a respiração, mas, ao contrário de ácido cianídrico, não tem cheiro nem gosto. A ampola cabe direitinho no reto ou embaixo da língua. Se beber o conteúdo dissolvido num copo d'água, a pessoa morre em poucos segundos. Entendeu a missão?

Harry se endireitou. Não tossia mais, mas tinha lágrimas nos olhos.

— É para parecer um suicídio, então?

— Testemunhas na prisão vão confirmar que, infelizmente, o reto não foi checado na recepção do prisioneiro. Já está tudo combinado, não se preocupe.

Harry respirou fundo. O vapor de gasolina lhe dava náuseas. Lá longe, o som estridente de uma sirene.

— Você queria matá-lo, não é? — Waaler não respondeu. Harry viu um carro policial parar na frente da prisão. — Você nunca pensou em prendê-lo. Você tinha duas pistolas porque tinha planejado plantar a outra na mão dele depois que o tivesse matado para fazer parecer que ele o tinha ameaçado com ela. Mandou Beate e a mãe ficarem na cozinha, e ficou gritando para que elas depois pudessem testemunhar que ouviram você agir em legítima defesa. Mas Beate apareceu cedo demais e seu plano foi por água abaixo.

Waaler suspirou fundo.

— A gente faz limpeza, Harry. Da mesma maneira que você tirou do caminho aquele assassino em Sydney. A legislação não funciona, foi feita para outros tempos, mais inocentes. E até que ela seja alterada, não podemos permitir que a cidade seja tomada pelos criminosos. Mas você deve saber de tudo isso, você vê isso de perto todo dia.

Harry estudou a brasa do cigarro. Depois fez que sim com a cabeça.

— Só queria o quadro todo — disse.

— Tá legal, Harry. Preste atenção. Sven Sivertsen vai estar na cela de detenção número 9 até amanhã à noite. Isto é, até segunda de manhã. Então é provável que seja levado para uma cela de segurança, onde a gente não terá mais acesso a ele. A chave número 9 está no balcão de atendimento à esquerda. Você tem até meia-noite de amanhã, Harry. Nessa hora vou ligar para a prisão para saber se o Motoboy Assassino já recebeu a pena merecida. Entendido?

Harry novamente fez que sim com a cabeça.

Waaler sorriu.

— Sabe de uma coisa, Harry? Mesmo estando contente porque a gente finalmente está no mesmo time, sinto uma ponta de tristeza. Sabe por quê?

Harry deu de ombros.

— Porque achava que havia coisas que não podiam ser compradas com dinheiro?

Waaler riu.

— Essa é boa, Harry. É porque sinto como se tivesse perdido um bom inimigo. Somos iguais. Entende o que eu estou dizendo, não?

— *Não é ótimo ter alguém para odiar?*

— Como é?

— Michael Krohn. Da banda Raga Rockers.

— Vinte e cinco horas, Harry. Boa sorte.

Parte 5

32
Domingo. Andorinhas

Rakel estava no quarto olhando-se no espelho. A janela estava aberta para que ela pudesse ouvir carros ou passos nos pedregulhos que havia na frente da casa. Ela olhou a foto do pai na mesa em frente ao espelho. Como sempre, pensou em como ele parecia jovem e inocente naquela imagem.

Ela prendera o cabelo com um grampo simples, como costumava fazer. Será que deveria fazer diferente? O vestido tinha sido da mãe, um vestido de musselina vermelha que ela mandara reformar, e tentou se convencer de que não estava enfeitada demais. Quando era pequena, o pai sempre lhe contava a história da primeira vez que ele vira a mãe dela naquele vestido, e Rakel nunca se cansava de ouvir, era sempre como um conto de fadas.

Ela soltou o grampo e balançou a cabeça, deixando o cabelo escuro cobrir-lhe o rosto. A campainha tocou. Ela ouviu os passos rápidos de Oleg no corredor lá embaixo. Ouviu a voz animada dele e o riso baixo de Harry. Lançou um último olhar para o espelho. Sentiu o coração bater um pouco mais forte. Abriu a porta e saiu.

— Mamãe, Harry che...

Oleg se calou repentinamente quando Rakel apareceu no topo da escada. Com cuidado, ela colocou o pé no primeiro degrau; os saltos altos pareciam de repente instáveis e cambaleantes. Mas logo recuperou o equilíbrio e levantou o olhar. Oleg estava ao pé da escada, boquiaberto. Harry estava ao lado. Seus olhos brilharam e ela teve a sensação de que o calor que emanava deles queimava-lhe o rosto. Harry segurava um buquê de rosas.

— Você está linda, mamãe — sussurrou Oleg.

* * *

Rakel fechou os olhos. Os vidros estavam abertos e o vento afagava-lhe o cabelo e a pele enquanto Harry conduzia com cuidado o Escort pelas curvas na descida da colina de Holmenkollen. O carro tinha um leve cheiro de sabão. Rakel baixou o quebra-sol para conferir o batom e viu que até o espelhinho fora polido.

Ela sorriu ao lembrar-se do primeiro encontro deles. Harry se oferecera para levá-la ao trabalho e ela teve de ajudar a empurrar o carro para pegar no tranco.

Incrível que ele ainda tivesse o mesmo carro, depois de tanto tempo merecendo o ferro-velho.

Ela o olhou de soslaio.

O mesmo nariz marcante. Os mesmos lábios suaves, quase femininos, que contrastavam com os outros traços duros, masculinos. E os olhos. Não diria que era bonito, não no sentido clássico. Mas ele era — qual era a expressão? — viril. Varonil. Talvez fossem os olhos. Não, os olhos não. O olhar.

Ele se virou para ela como se tivesse escutado seus pensamentos.

Ele sorriu. E lá estava. A suavidade infantil no olhar, como se um menino estivesse ali por trás, olhando para ela. Tinha um ar de sinceridade. Uma franqueza sincera. Honestidade. Integridade. Era o olhar de alguém em quem se podia confiar. Ou se quisesse confiar.

Rakel devolveu o sorriso.

— Em que está pensando? — perguntou ele, e teve de olhar para a frente de novo.

— Em tudo um pouco.

Ela havia tido bastante tempo para pensar nas últimas semanas. Bastante tempo para entender que Harry nunca prometera nada a ela que não tivesse cumprido. Nunca prometera que não voltaria a beber de novo. Nunca prometera que o trabalho deixaria de ser a coisa mais importante na vida dele. Nunca prometera que seria fácil. Essas promessas ela é que havia feito, a si mesma; entendia isso agora.

Olav Hole e Søs estavam esperando no portão quando eles chegaram à casa de Oppsal. Harry já contara tantas coisas daquela casinha que Rakel de vez em quando sentia como se fosse ela que tivesse crescido lá.

— Oi, Oleg — disse Søs, de maneira adulta e como irmã mais velha. — Fizemos pão doce.

— É mesmo? — Oleg empurrou o encosto do assento de Rakel, impaciente para sair.

No caminho para a cidade, ela encostou a cabeça no banco e disse que o achava bonito, mas que não era para ele começar a imaginar coisas. Harry respondeu que a achava ainda mais bonita e que, por ele, ela podia imaginar o que quisesse. Quando chegaram à colina de Ekeberg, deixando a cidade lá embaixo, ela viu "Vs" pretos atravessarem o ar embaixo deles.

— Andorinhas — disse Harry.

— Estão voando baixo — observou ela. — Não é um sinal de que vai chover?

— É. A previsão é de chuva mesmo.

— Ah, que bom. É por isso que estão voando por aí, para avisar que vai chover?

— Não — respondeu Harry. — Elas fazem um trabalho ainda mais útil. Limpam o ar de insetos. Pragas.

— Mas por que elas têm tanta pressa, por que parecem histéricas?

— Porque têm pouco tempo. Os insetos estão fora agora, e quando o sol se puser a caçada tem que ter terminado.

— Quando o sol se põe a caçada *termina*, não?

Ela se virou para ele. Harry olhava para a frente, distraído.

— Harry?

— É, isso mesmo. Viajei um pouco.

O público da estreia já estava a postos na praça sombreada em frente ao Teatro Nacional. Socialites conversavam, jornalistas rodopiavam e as câmeras zuniam. Além de boatos de um ou outro romance de verão, o assunto era o mesmo para todos: a prisão do Motoboy Assassino.

A mão de Harry estava pousada nas costas de Rakel ao se dirigirem à entrada, e ela sentia o calor dos dedos dele através do tecido fino. Um rosto surgiu na frente deles.

— Roger Gjendem, do *Aftenposten*. Desculpe, mas estamos fazendo uma enquete junto às pessoas sobre a captura do homem que sequestrou a mulher que ia fazer o papel principal hoje à noite.

Eles pararam, e Rakel sentiu sumir abruptamente a mão nas suas costas.

O sorriso do jornalista era firme, mas seu olhar, vacilante:

— Já nos conhecemos, Hole. Sou repórter de polícia. Conversamos algumas vezes quando você voltou daquele caso em Sydney. Uma vez disse que eu era o único jornalista que citava o que você dizia corretamente. Está lembrado de mim agora?

Harry olhou pensativo para Gjendem e fez que sim com a cabeça.

— Hum. E o que está fazendo cobrindo o setor de cultura?

— É por causa das férias. Eu poderia ter um comentário do policial Harry Hole?

— Não.

— Não? Nem algumas palavras?

— Quis dizer não, não sou policial — disse Harry.

O jornalista parecia surpreso.

— Mas eu vi você...

Harry lançou um rápido olhar em volta antes de se inclinar.

— Tem cartão de visita?

— Sim...

Gjendem estendeu um cartão branco com letras góticas e azuis do *Aftenposten*. Harry o guardou no bolso de trás.

— A deadline é hoje às 11.

— Vamos ver — disse Harry.

Gjendem ficou com uma expressão inquiridora enquanto Rakel subia a escada com os dedos quentes de Harry novamente no lugar em que estavam antes.

Na entrada havia um homem com barba longa sorrindo para eles com olhos cheios de lágrimas. Rakel reconheceu seu rosto dos jornais. Era Willy Barli.

— Estou tão feliz por vocês virem juntos... — ronronou ele, e abriu os braços. Harry hesitou, mas foi capturado. — Você deve ser Rakel.

O Sr. Barli piscou para ela por cima do ombro de Harry enquanto apertava o homem alto como se fosse um ursinho de pelúcia achado, depois de estar um longo tempo sumido.

— O que foi aquilo? — perguntou Rakel, depois de acharem as poltronas no meio da fileira D.

— Afeição masculina — disse Harry. — Ele é artista.

— Não isso. A história de você não ser policial.

— Meu último dia de trabalho na polícia foi ontem.
Ela o fitou.
— Por que não me contou?
— Eu contei. Naquele dia no jardim.
— E o que vai fazer agora?
— Outra coisa.
— O quê?
— Algo totalmente diferente. Recebi uma proposta de um amigo e aceitei. Espero que assim eu tenha mais tempo. Conto mais sobre isso depois.
Abriram-se as cortinas.

Os aplausos eclodiram quando as cortinas desceram e persistiram na mesma intensidade por quase dez minutos.
Os atores saíram e entraram correndo em novas formações até esgotar as ensaiadas e ficarem parados recebendo os aplausos. Os gritos de bravo retumbavam todas as vezes que Toya Harang dava um passo à frente e se curvava outra vez. Por fim, todas as pessoas envolvidas na peça foram chamadas para subir ao palco e Toya foi abraçada por Willy Barli. As lágrimas corriam, no palco e na plateia.
Até Rakel teve de procurar o lenço, enquanto apertava a mão de Harry.

— Vocês estão com caras estranhas — disse Oleg do banco de trás. — Algo de errado?
Sincronizados, Rakel e Harry fizeram que não com a cabeça.
— São amigos de novo, é isso?
Rakel sorriu.
— Nunca deixamos de ser amigos, Oleg.
— Harry?
— Sim, chefe? — Harry olhou no retrovisor.
— Isso quer dizer que podemos ir ao cinema de novo? Ver filmes de garotos?
— Talvez. Se for um filme de garotos de verdade.
— Ah, é? — perguntou Rakel. — E eu vou fazer o quê?
— Você pode brincar com o Olav e a Søs — disse Oleg, animado. — É superlegal, mãe. O Olav me ensinou a jogar xadrez.

Harry parou na praça em frente à casa dela e deixou o motor ligado. Rakel deu as chaves de casa para Oleg e o deixou sair. Ele correu pelos pedregulhos e eles o seguiram com o olhar.

— Meu Deus, como ele já cresceu — disse Harry.

Rakel encostou a cabeça no ombro de Harry.

— Quer entrar?

— Agora não. Há uma última coisa que preciso resolver no trabalho.

Ela passou a mão no rosto dele.

— Pode vir mais tarde. Se quiser.

— Hum. Isso está bem pensado, Rakel?

Ela suspirou, fechou os olhos e colocou a testa no pescoço dele.

— Não. E sim. É um pouco como pular de uma casa em chamas. Cair é melhor do que ser queimado.

— Pelo menos até chegar lá embaixo.

— Cheguei à conclusão de que cair e viver têm certas semelhanças. Entre outras, ambos são altamente temporários.

Ficaram se olhando em silêncio ouvindo o ronco irregular do motor. Harry pôs um dedo embaixo do queixo de Rakel e a beijou. E ela teve a sensação de perder o controle, o equilíbrio, as estribeiras, e só havia um em quem se agarrar, e ele a deixava cair e queimar, tudo ao mesmo tempo.

Ela não sabia quanto tempo havia durado o beijo quando ele, com cuidado, se libertou dela.

— Vou deixar a porta aberta — sussurrou ela.

Ela já devia saber que não era uma boa ideia.

Já devia saber que era perigoso.

Mas tinha pensado nisso durante semanas. Estava farta de pensar.

33
Madrugada de segunda-feira. A Bênção de José

No estacionamento em frente à prisão preventiva havia poucos carros e nenhuma alma.

Harry desligou o motor, que apagou com um clangor de morte.

Olhou o relógio: 23h10. Ainda tinha cinquenta minutos.

Seus passos ecoaram entre as paredes de alvenaria.

Respirou fundo duas vezes antes de entrar.

Não havia ninguém atrás dos balcões de atendimento e o silêncio na sala era total. Ele notou um movimento à direita. Um encosto de cadeira girava devagar na sala da segurança. Harry viu a metade de um rosto com uma cicatriz descendo como uma lágrima de um olho inexpressivo que o fitava. Então a cadeira girou de volta, mostrando-lhe as costas.

Groth. Estava sozinho. Estranho. Ou talvez não.

Harry encontrou as chaves da cela número 9 atrás do balcão à esquerda. Entrou na ala das celas. Ouviu vozes na sala dos guardas, mas a cela número 9 estava convenientemente localizada de forma que ele não precisasse passar pelos guardas.

Harry enfiou a chave na fechadura e girou. Esperou um segundo, ouviu um movimento lá dentro. E abriu a porta.

O homem que o olhou do catre não tinha jeito de assassino. Harry sabia, porém, que isso não queria dizer nada. Às vezes pareciam ser o que eram. Outras vezes, não.

Esse homem era bonito. Traços limpos, robusto, cabelo escuro curto e um par de olhos azuis que outrora talvez fossem parecidos com os da mãe, mas que com os anos se tornaram próprios. Harry estava perto dos 40 anos, Sven Sivertsen tinha passado dos 50. Harry pensou que a maioria apostaria no contrário.

Por um motivo qualquer, Sivertsen já vestia o uniforme vermelho da prisão.

— Boa-noite, Sivertsen. Sou o inspetor Hole. Levante e vire-se, por favor.

Sivertsen ergueu uma sobrancelha; Harry segurou as algemas.

— São as regras.

Sivertsen se levantou sem uma palavra; Harry o algemou e o empurrou de volta ao catre.

Não havia cadeira na cela, nada que pudesse servir para machucar a si mesmo ou a outros; ali, o estado de direito tinha o monopólio do punir. Harry encostou-se à parede e pescou um maço de cigarros amassado do bolso.

— Vai fazer disparar o alarme de incêndio — disse Sivertsen. — São muito sensíveis.

Sua voz era surpreendentemente fina.

— Correto. Você já cumpriu pena antes.

Harry acendeu o cigarro, ficou na ponta dos pés, abriu a tampa do alarme e tirou a bateria.

— E o que as regras dizem sobre isso? — perguntou Sivertsen, um tanto ácido.

— Não me lembro. Cigarro?

— O que é isso? O truque do *policial bonzinho*?

— Não. — Harry sorriu. — Temos tantas provas contra você que não precisamos fazer teatro, Sivertsen. Não precisamos esclarecer detalhes, não precisamos do corpo de Lisbeth Barli, não precisamos de nenhuma confissão. Simplesmente não precisamos da sua ajuda.

— Então, por que está aqui?

— Curiosidade. Estamos praticando pesca submarina e eu queria dar uma olhada em que tipo de criatura pegamos desta vez.

Sivertsen soltou um riso curto.

— Uma imagem fantasiosa, mas vai se decepcionar, inspetor Hole. Talvez eu pareça um peixe grande, mas receio que seja apenas uma bota velha.

— Fale mais baixo, por favor.

— Tem medo de que alguém possa nos ouvir?

— Apenas faça o que estou mandando. Você parece muito calmo para um homem que acabou de ser detido por quatro assassinatos.

— Sou inocente.

— Hum. Deixe-me dar um breve resumo da situação, Sivertsen. Na sua mala encontramos um diamante vermelho que não é exatamente um produto feito aos milhares, mas que foi encontrado em todas as vítimas. Além da Česká Zbrojovka, uma arma relativamente rara aqui na Noruega, mas da mesma marca que foi usada para matar Barbara Svendsen. De acordo com seu depoimento, você alega ter estado em Praga nas datas dos assassinatos, mas verificamos com as companhias aéreas e constatamos que você fez visitas curtas a Oslo em todas as cinco datas em questão, inclusive ontem. Como fica seu álibi em torno das cinco datas, Sivertsen?

Sivertsen não respondeu.

— Foi o que pensei. Então não me venha com essa de *inocente* pra cima de mim, Sivertsen.

— Tanto faz para mim o que você pensa, Hole. Mais alguma coisa?

Harry ficou de cócoras, com as costas na parede.

— Sim. Conhece Tom Waaler?

— Quem?

A pergunta veio rápido. Rápido demais. Harry fez uma pausa, soprou fumaça para o teto. A julgar pela expressão, Sivertsen estava morrendo de tédio. Harry já conhecera assassinos com casca dura e psique igual a gelatina por dentro. Mas também o variante congelado, que era casca dura por fora e por dentro. Ele se perguntou até que ponto aquele ali era durão.

— Não precisa fazer de conta que não se lembra do nome do cara que o prendeu e o interrogou, Sivertsen. Queria saber se você o conhecia de antes.

Harry viu um leve tremor no olhar.

— Você já foi condenado por contrabando. A arma que foi encontrada na sua mala e as outras pistolas têm algumas marcas especiais da máquina usada para raspar os números de série. As mesmas marcas que durante os últimos anos foram encontradas em cada vez mais armas sem registro aqui na cidade. Acreditamos que haja um grupo de contrabandistas por trás disso.

— Interessante.

— Já contrabandeou armas para Waaler, Sivertsen?
— Nossa, vocês fazem essas coisas também?

Sivertsen nem sequer piscou. Mas uma gota de suor estava em vias de escorrer por cima de sua testa.

— Está com calor, Sivertsen?
— Um pouco.
— Hum.

Harry se levantou, foi à pia e, com as costas para Sivertsen, tirou um copo plástico do suporte e abriu a torneira até a água jorrar.

— Sabe de uma coisa, Sivertsen? A ideia só me ocorreu quando um colega me contou como Waaler o prendeu. Aí me lembrei da reação de Waaler quando contei que Beate Lønn tinha descoberto quem você era. Normalmente, ele é um cara frio, mas ficou pálido feito neve e paralisado por vários minutos. Na hora achei que era porque havia percebido que tínhamos sido derrotados, que a gente corria o risco de ter outro assassinato nas mãos. Mas quando Lønn contou sobre as duas pistolas de Waaler, e que ele gritava para você não apontar a arma para ele, a ficha começou a cair. Não foi o perigo de outro assassinato que o deixou trêmulo. Foi porque eu disse seu nome. Ele o conhecia. Porque você é um dos capangas deles. E Waaler entendeu obviamente que se você fosse acusado de assassinato, tudo viria à tona. Tudo sobre as armas que você usava, o motivo das suas viagens frequentes a Oslo, todos os contatos que conhecia. Um juiz talvez aplicasse uma pena mais branda se você cooperasse. Por isso ele planejou matá-lo.

— Matar...

Harry encheu o copo d'água, virou-se e se aproximou de Sivertsen. Colocou o copo no chão na frente dele e abriu as algemas. Sivertsen esfregou os punhos.

— Beba tudo — disse Harry. — Depois lhe dou um cigarro antes de recolocar as algemas.

Sivertsen hesitou. Harry olhou o relógio. Ele ainda tinha uma hora e meia.

— Vamos.

Sivertsen pegou o copo, inclinou a cabeça para trás e o esvaziou sem tirar os olhos de Harry. Harry pôs um cigarro entre os lábios, acendeu-o e o estendeu a Sivertsen.

— Você não está acreditando em mim, está? — perguntou Harry. — Pelo contrário, acredita que Waaler é o cara que vai tirá-lo desta, como vamos chamar?, situação desagradável. Que ele vai arriscar algo por você como recompensa por sua longa fidelidade no serviço de encher o bolso dele. Na pior das hipóteses, que você, com todas as provas que tem contra ele, poderá pressioná-lo a ajudá-lo. — Harry balançou a cabeça devagar. — Pensei que você fosse um cara esperto, Sivertsen. Essas charadas que inventou, a maneira como encenou tudo, um passo à frente o tempo todo. Tudo isso me fez imaginar um cara que sabia exatamente como iríamos pensar e o que iríamos fazer. E agora não consegue entender como um tubarão como Waaler opera.

— Tem razão — disse Sivertsen, e, com os olhos semicerrados, soprou a fumaça para o teto. — Não acredito em você.

Sivertsen bateu o cigarro. A cinza caiu fora do copo plástico que segurava por baixo.

Harry se perguntou se aquilo era uma brechinha. Mas ele tinha visto brechinhas antes e havia se enganado.

— Sabia que a previsão é de tempo mais frio? — perguntou Harry.

— Não acompanho o noticiário norueguês.

Sivertsen mostrou um sorriso torto. Parecia que o cara acreditava ter vencido.

— Chuva — disse Harry. — Aliás, como estava a água?

— Com gosto de água.

— Então, a Bênção de José cumpre o que promete.

— Do que está falando?

— Bênção. De José. Sem sabor nem cheiro. Você parece que ouviu falar do produto. Talvez tenha sido você mesmo que o contrabandeou para ele, não? Tchechênia, Praga, Oslo? — Harry esboçou um sorriso. — Uma incrível ironia do destino.

— Do que está falando?

Harry jogou algo no ar que Sivertsen apanhou e examinou. Parecia uma larva. Era uma cápsula branca.

— Está vazia... — Ele olhou um pouco perplexo para Harry.

— Já está servido.

— O quê?

— Mando lembranças do nosso chefe Tom Waaler.

Harry soprou fumaça pelo nariz enquanto fitava Sivertsen. Viu o puxão involuntário na testa. O pomo de adão que subia e descia. Os dedos que de repente precisavam coçar o queixo.

— Como suspeito por quatro assassinatos, você deveria estar na prisão de segurança máxima, Sivertsen. Já pensou sobre isso? Mas não, está numa cela de detenção temporária comum, onde qualquer um com um distintivo policial pode entrar e sair à vontade. Como investigador, posso levá-lo para fora, dizer para os guardas que estou levando você para uma interrogação, assinar o protocolo com um rabisco qualquer e depois lhe dar uma passagem de avião para Praga. Ou, como é o caso aqui, para o inferno. Quem você acha que arranjou as coisas para você estar aqui, Sivertsen? Aliás, como está se sentindo?

Sivertsen engoliu em seco. Uma brecha. Uma brecha enorme.

— Por que está me contando isso? — sussurrou ele.

Harry deu de ombros.

— Waaler é restritivo com o que conta a seus súditos, e, como pode ver, sou curioso por natureza. Assim como eu, você quer ver o quadro todo, não é, Sivertsen? Ou você é um daqueles que acham que vai sacar tudo depois de morto? Bem. Meu problema é que para mim vai demorar bastante...

Sivertsen estava pálido.

— Outro cigarro? — perguntou Harry. — Ou já está sentindo enjoo?

Como que por comando, Sivertsen abriu a boca, fez um movimento com a cabeça e no instante seguinte jorrou vômito amarelo sobre o piso. Endireitou-se ofegante.

Harry olhou com desgosto para algumas gotas que ricochetearam nas suas calças, foi até a pia, arrancou umas folhas do rolo de papel higiênico e as estendeu a Sivertsen, que limpou a boca. Em seguida, deixou a cabeça cair para a frente e escondeu o rosto nas mãos. Tinha choro na voz quando finalmente abriu a boca:

— Quando entrei em casa... fiquei perplexo, mas entendi que ele estava fazendo teatro. Ele piscou para mim e virou a cabeça para que eu entendesse que ele estava gritando para outras pessoas ouvirem. Passaram-se alguns segundos até eu sacar o lance. O que imaginei que fosse o lance. Eu pensei... pensei que ele queria que parecesse que eu estivesse armado para que tivesse uma razão para me deixar escapar. Ele tinha duas pistolas. Pensei que a outra fosse para mim. Para que eu estivesse armado caso alguém nos visse. Fiquei esperando que ele me desse a pistola. Mas aí aquela mulher chegou e estragou tudo.

Harry retomou a posição com as costas contra a parede.

— Você confessa, então, que sabia que a polícia estava procurando você devido ao Motoboy Assassino?

Sivertsen fez que não com a cabeça.

— Não, não, não sou nenhum assassino. Pensei que tivesse sido pego por contrabando de armas. E pelos diamantes. Eu sabia que Waaler era responsável por aquelas coisas, era por isso que tudo estava correndo tão bem. E que esse fosse o motivo para ele me ajudar a fugir. Preciso...

Mais vômito chapinhou no piso, agora verde.

Harry estendeu mais papel.

Sivertsen começou a chorar.

— Quanto tempo tenho?

— Depende — respondeu Harry.

— De quê?

Harry apagou o cigarro com a bota, enfiou a mão no bolso e lançou o trunfo:

— Está vendo este aqui?

Ele estava segurando uma pílula branca entre o polegar e o indicador. Sivertsen fez que sim com a cabeça.

— Se tomar isto durante os dez primeiros minutos depois de ter tomado a Bênção de José, há chances reais de você sobreviver. Consegui com um amigo que trabalha com drogas. Por quê? Quer saber? Bem. Porque quero fazer um trato com você. Quero que você testemunhe contra Waaler. Que conte tudo o que sabe sobre sua participação no contrabando de armas.

— Sim, sim. Só me dê a pílula.

— Mas posso confiar em você, Sivertsen?

— Eu juro.

— Preciso de uma resposta bem pensada, Sivertsen. Como vou saber que você não vai trocar de lado de novo assim que eu sumir de vista?

— O quê?

Harry colocou a pílula de volta no bolso.

— Os segundos estão passando. Por que devo confiar em você, Sivertsen? Convença-me.

— Agora?

— A Bênção paralisa a respiração. De acordo com as pessoas que viram alguém tomar o negócio, é muito doloroso.

Sivertsen piscou duas vezes antes de começar a falar:

— Você deve confiar em mim porque seria lógico. Se eu não morrer esta noite, Waaler vai entender que eu descobri os planos dele de me matar. Então não terá nenhum caminho de volta, vai ter que me pegar antes que eu o pegue. Simplesmente não tenho escolha.

— Bom, Sivertsen. Continue.

— Aqui dentro estou sem chances, estarei acabado muito antes de eles virem me pegar amanhã cedo. Minha única chance é Waaler ser descoberto e colocado atrás das grades o mais rápido possível. E a única pessoa que pode me ajudar nisto é... você.

— Bingo, acertou em cheio — disse Harry, e se levantou. — Mãos nas costas, obrigado.

— Mas...

— Faça o que eu mando, vamos sair daqui.

— Me dê a pílula...

— A pílula se chama Flunipam e só funciona contra insônia.

Sivertsen olhou incrédulo para Harry.

— Seu...

Harry estava preparado para o ataque, deu um passo para o lado e bateu com força, baixo. Sivertsen soltou um ruído que soou como se alguém tivesse aberto a válvula de uma bola e caiu.

Harry o segurou com uma das mãos e prendeu as algemas com a outra.

— Eu não me preocuparia tanto, Sivertsen. Ontem à noite, derramei na pia o conteúdo daquela ampola que você viu. Qualquer gosto ruim da água você vai ter que tratar com o Departamento de Água e Esgoto de Oslo.

— Mas... eu...

Os dois olharam para o vômito.

— Puro medo — disse Harry. — Não vou contar a ninguém.

* * *

O encosto da cadeira na sala da segurança girou devagar. Metade de um olho fechado apareceu. Por fim reagiu e as dobras flácidas deslizaram para trás do globo ocular, que cresceu e o fitou. O Groth Chorão tirou o corpo gordo da cadeira com rapidez surpreendente.

— O que é isso? — latiu.

— O prisioneiro da cela de detenção preventiva número 9 — respondeu Harry, e acenou com a cabeça em direção a Sivertsen. — Ele vai para o interrogatório no sexto andar. Onde assino?

— Interrogatório? Não estou sabendo de interrogatório.

O Chorão se posicionou atrás do balcão com os braços cruzados e as pernas afastadas.

— Pelo que eu saiba a gente não costuma avisar a vocês, Groth — disse Harry.

O olhar do Chorão pulou confuso de Harry para Sivertsen e voltou para Harry.

— Relaxe — disse Harry. — Só algumas mudanças nos planos. O prisioneiro não quer tomar os remédios. Nós vamos dar um jeitinho.

— Não faço ideia do que você está falando.

— Não, e se você quer evitar saber mais, sugiro que coloque o bloco de recibos no balcão *agora,* Groth. Estamos com pressa.

Groth o fitou com um olho choroso e outro cerrado.

Harry se concentrou na respiração e esperou que o pulsar de seu coração não fosse audível.

O plano inteiro podia desmoronar como um castelo de cartas já ali. Boa imagem. Uma merda de castelo. Sem um único ás. Sua única esperança era que o cérebro de rato de Groth não conectasse, conforme ele tinha previsto. Uma previsão com base frouxa no postulado de Aune que diz que a capacidade do ser humano de pensar racionalmente quando o próprio interesse está em jogo é inversamente proporcional à inteligência.

O Chorão grunhiu.

Harry torceu para que fosse um sinal de que ele já tivesse entendido. Que representava risco menor para Groth se Harry assinasse pelo prisioneiro de acordo com as normas. Nesse caso podia mais tarde contar aos investigadores como exatamente tudo tinha acontecido. Em vez de se arriscar a ser pego numa mentira ao dizer que ninguém chegou ou saiu em torno do horário da morte misteriosa na cela 9. Com sorte, Groth pensava nesse instante que Harry com apenas uma assinatura o livraria dessa dor de cabeça e que isso era uma boa notícia. Não havia motivo para checar de novo, Waaler já dissera que esse idiota agora estava do lado deles.

O Chorão pigarreou.

Harry rabiscou seu nome na linha pontilhada.

— Vamos embora — disse, e empurrou Sivertsen à frente.

O ar da noite no estacionamento em frente à prisão era como um gole refrescante de um chope gelado.

34
Madrugada de segunda-feira. Ultimato

Rakel acordou.

Ouviu alguém na porta no andar de baixo.

Virou-se na cama e olhou o relógio: 00:45.

Ela se esticou e aguçou o ouvido. Percebeu como a sensação de bem-estar sonolenta aos poucos foi substituída por uma comichão cheia de expectativa. Ela ia fazer de conta que estava dormindo quando ele chegasse perto da cama. Ela sabia que era uma brincadeira infantil, mas gostava disso. Ele ia ficar deitado e apenas respirar. E quando ela se virasse no escuro e sua mão casualmente pousasse na barriga dele, ela ia sentir sua respiração ficar mais rápida e profunda. Ficariam assim sem se mexer para ver quem aguentaria por mais tempo, como uma competição. E ele iria perder.

Talvez.

Ela fechou os olhos.

Logo em seguida os reabriu. Uma inquietação havia entrado por baixo de sua pele.

Ela levantou, abriu a porta do quarto e atentou para os sons.

Nenhum ruído.

Foi até o topo da escada.

— Harry?

Sua voz soou ansiosa, o que só aumentou seu medo. Ela se recompôs e desceu.

Não havia ninguém.

Decidiu acreditar que a porta de casa estivesse entreaberta e que ela tivesse acordado ao ouvir o vento batê-la.

Depois de trancar a porta, sentou-se na cozinha com um copo de leite. Ficou ouvindo o ranger da casa de toras de madeira, a conversa entre as paredes velhas.

À 1h30 se levantou. Harry tinha ido para casa. E nunca ficaria sabendo que, naquela noite, ele poderia ter sido o vencedor.

No caminho para o quarto foi tomada por uma ideia que por um momento a deixou em pânico total. Respirou aliviada quando viu pela fresta da porta que Oleg estava na cama, dormindo.

Mesmo assim, uma hora depois ela acordou de um pesadelo e ficou o resto da noite se virando na cama.

Como um velho e estrondoso submarino, o Ford Escort branco deslizava na noite quente de verão.

— A rua de Økern — murmurou Harry. — A rua de Son.

— O quê? — perguntou Sivertsen.

— Só estou ensaiando.

— Para quê?

— Para achar o caminho mais curto.

— Para ir aonde?

— Logo você vai ver.

Estacionaram numa ruazinha de mão única com algumas vilas entre os blocos habitacionais. Harry se inclinou por cima de Sivertsen e empurrou a porta aberta no lado do passageiro. Depois de um arrombamento, anos antes, não dava mais para abri-la pelo lado de fora. Rakel já havia tirado sarro dele por causa disso, sobre carros e a personalidade dos donos. Ele não sabia se tinha entendido direito o sentido subjacente. Deu a volta no carro, arrastou Sivertsen para fora e pediu-lhe que ficasse de costas para ele.

— Você é canhoto? — perguntou Harry enquanto destrancava as algemas.

— O quê?

— Você bate melhor com a esquerda ou com a direita?

— Sei lá. Eu não bato.

— Maravilha.

Harry prendeu a algema da mão direita de Sivertsen à sua própria mão esquerda. Sivertsen o olhou com ar inquiridor.

— Não quero perdê-lo, meu chapa.

— Não seria mais fácil me ameaçar com uma pistola?

— Com certeza, mas tive que entregá-la duas semanas atrás. Vamos.

Atravessaram um campo em direção a uns prédios que desenhavam grandes perfis pretos contra o céu noturno.

— Legal estar de volta a locais conhecidos? — perguntou Harry, quando estavam em frente ao alojamento estudantil.

Sivertsen deu de ombros.

Depois de entrarem, Harry ouviu o que ele preferia não ouvir. Passos na escada. Lançou um olhar em volta, viu luz na janelinha da porta do elevador, entrou e arrastou Sivertsen consigo. O elevador tremeu com o peso.

— Adivinhe a que andar vamos — disse Harry.

Sivertsen levantou os olhos para o céu quando Harry balançou em frente ao rosto dele um molho de chaves com uma caveira de plástico.

— Não está a fim de brincar hoje? Bem, leve-nos ao quarto andar, Sivertsen.

Sivertsen apertou o botão preto com o número 4 e olhou para cima como se faz quando se espera que o elevador comece a andar. Harry estudou o rosto de Sivertsen. Teve de admitir que era muito bom ator.

— A porta pantográfica — disse Harry.

— O quê?

— O elevador não vai andar se a porta pantográfica não estiver fechada. O que você sabe muito bem.

— Esta?

Harry fez que sim com a cabeça. O ferro rangeu quando Sivertsen puxou a grade para a direita. O elevador ainda não tinha se mexido.

Harry sentiu uma gota de suor na testa.

— Puxe até o fim — disse Harry.

— Assim?

— Corte o teatrinho — disse Harry, e engoliu em seco. — Você tem que puxar até o fim mesmo. Se a porta não fechar totalmente, o elevador não vai andar.

Sivertsen sorriu.

Harry cerrou a mão direita.

O elevador deu um puxão e a parede de alvenaria branca começou a se mover atrás da grade de ferro preta. Passaram uma porta de elevador e, pela janelinha, Harry viu a nuca de alguém descer a escada. Com sorte um dos moradores, porque Bjørn Holm tinha dito que os peritos já haviam terminado seu trabalho ali.

— Você não gosta de elevadores, não é?

Harry não respondeu, só ficou olhando para a parede deslizando.

— Uma fobiazinha?

O elevador parou tão de repente que Harry teve de dar um passo à frente para não cair. O piso balançou. Harry olhou para a parede.

— Que diabos você está fazendo? — sussurrou ele.

— Você está molhado de suor, inspetor Hole. Pensei que fosse um bom momento para esclarecer uma coisa a você.

— Isso não é um bom momento para coisa nenhuma. Saia do caminho, senão...

Sivertsen ficara em frente aos botões do elevador e não estava a fim de se mexer. Harry levantou a mão direita. Foi então que o viu. O cinzel na mão esquerda de Sivertsen. Com cabo verde.

— Estava entre o assento e o encosto — disse Sivertsen, e sorriu como se se desculpasse. — Você deveria limpar seu carro. Vai me escutar agora?

O aço reluziu. Harry tentou pensar. Tentou afastar o pânico.

— Estou ouvindo.

— Ótimo, porque o que eu vou dizer exige um pouco de concentração. Sou inocente. Quero dizer, contrabandeei armas e diamantes. Durante anos. Mas nunca matei ninguém.

Sivertsen levantou o cinzel quando Harry mexeu a mão. Harry a deixou cair.

— O contrabando passa por uma pessoa que chamamos de o Príncipe, que já há algum tempo estou sabendo que é o inspetor Tom Waaler. E o mais interessante: posso provar que é Waaler. E se eu entendi direito a situação, você depende do meu testemunho e das minhas provas para acabar com Waaler. Se não conseguir acabar com ele, ele acaba com você, certo?

Harry não tirava os olhos do cinzel.

— Hole?

Harry fez que sim com a cabeça.

O riso de Sivertsen era fino como o de uma moça.

— Não é um belo paradoxo, Hole? Aqui estamos, um contrabandista e um policial, atados e totalmente dependentes um do outro, e mesmo assim estamos pensando em como vamos matar o outro.

— Paradoxos reais não existem — disse Harry. — O que você quer?

— Quero... — disse Sivertsen, que jogou o cinzel no ar e o pegou de novo com o cabo apontando para Harry — ... que você descubra quem fez parecer que eu matei quatro pessoas: se conseguir, vai ter a cabeça de Waaler numa bandeja de prata. Você me ajuda, eu ajudo você.

Harry olhou longamente para Sivertsen. As algemas roçaram uma contra a outra.

— Está bem — disse Harry. — Mas vamos fazer isso na sequência certa. Primeiro vamos pôr Waaler atrás das grades. Só então teremos paz para que eu possa ajudar você.

Sivertsen fez que não com a cabeça.

— Conheço minha situação. Tive 24 horas para pensar, Hole. Minhas provas contra Waaler são a única coisa que eu tenho para negociar, e você é o único com quem eu posso fazer essa troca. A polícia já cantou vitória e não tem ninguém lá dentro disposto a ver o caso com outro olhar e arriscar fazer com que o triunfo do século seja transformado no erro do século. O maluco que matou essas mulheres quer que eu seja o culpado. Caí numa armadilha. E sem ajuda não tenho chances.

— Está sabendo que Waaler e seus comparsas neste momento estão loucos atrás da gente? E que estão chegando mais perto a cada hora que passa? E que quando, não se, eles nos acharem, nós dois estaremos acabados?

— Estou.

— Então por que está correndo o risco? Vamos levar em conta que o que você está dizendo sobre a polícia é verdade, que de qualquer maneira não vão investigar o caso novamente. Vinte anos na prisão não é melhor do que perder a vida?

— Vinte anos na prisão não é uma opção para mim, Hole.

— Por que não?

— Porque eu acabei de receber uma notícia que vai mudar minha vida radicalmente.

— Que é...?

— Vou ser pai, inspetor Hole.

Harry piscou duas vezes.

— Você tem que encontrar o verdadeiro assassino antes que Waaler encontre a gente, Hole. É simples.

Sivertsen estendeu o cinzel a Harry.

— Acredita em mim?

— Sim — mentiu Harry, e botou o cinzel no bolso do paletó.

Cabos de aço zuniram quando o elevador se pôs em movimento.

35
Madrugada de segunda-feira. Disparate fascinante

— Espero que goste de Iggy Pop — disse Harry, e atou Sivertsen ao aquecedor embaixo da janela do apartamento 406. — Vai ser a única vista que teremos por algum tempo.

— Podia ser pior — disse Sivertsen, e olhou para o pôster. — Eu vi Iggy and The Stooges em Berlim. Provavelmente antes que o cara que morava aqui tivesse nascido.

Harry olhou o relógio: 1h10. Waaler e seu pessoal já deviam ter checado o apartamento dele na rua Sofie e estavam fazendo a ronda nos hotéis. Era impossível dizer quanto tempo eles ainda tinham. Harry deixou-se cair no sofá e esfregou o rosto com as duas mãos.

Maldito Sivertsen!

O plano era tão simples... Era só ir a um lugar seguro e ligar para Bjarne Møller e o chefe do DIC e deixá-los ouvir o testemunho de Sivertsen contra Waaler pelo telefone. Contar que eles tinham três horas para prender Waaler antes que Harry ligasse para a imprensa e detonasse a bomba. Uma escolha simples. Daí, era só ficar quieto feito um ratinho até confirmarem que Waaler estava atrás das grades. Depois, Harry discaria o número de Roger Gjendem, no *Aftenposten,* para pedir que ele ligasse para o chefe do DIC pedindo um comentário sobre a prisão. Só então — quando o caso fosse a público — Harry e Sivertsen poderiam sair da toca.

Um jogo razoavelmente seguro se Sivertsen não tivesse vindo com aquele seu ultimato.

— E se...

— Nem tente, Hole.

Sivertsen nem sequer olhou para ele.

Maldição!

Harry olhou o relógio de novo. Ele sabia que tinha de parar de fazer aquilo, tinha de deixar o fator tempo de fora e juntar os pensamentos, rearrumá-los, improvisar, tentar enxergar as possibilidades que a situação permitia. Merda!

— Está bem — disse Harry, e fechou os olhos. — Me conte sua história.

As algemas rangeram quando Sivertsen se inclinou para a frente.

Harry estava fumando em frente à janela aberta enquanto ouvia a voz fina de Sivertsen. Ele começou a contar de quando tinha 17 anos, a primeira vez que vira o pai.

— Minha mãe achou que eu estava em Copenhague, mas fui a Berlim para tentar achá-lo. Ele morava numa casa enorme com cães de guarda, na área da embaixada, perto do parque Tiergarten. Consegui fazer o jardineiro me acompanhar até a entrada e tocar a campainha. Quando ele abriu a porta, foi como me olhar no espelho. Nós dois ficamos lá olhando um para o outro, nem precisei dizer quem eu era. Por fim, ele começou a chorar e me abraçou. Fiquei lá por quatro semanas. Ele era casado e tinha três filhos. Não perguntei o que ele fazia e ele tampouco me contou. Randi, sua mulher, estava num sanatório caríssimo nos Alpes com uma doença cardíaca incurável. Parecia parte de uma história de amor, e eu cheguei a pensar que tinha sido isso o que o inspirara a mandá-la para lá. Não havia dúvida de que ele a amava. Ou talvez seja mais correto dizer que estava apaixonado. Quando ele disse que ela ia morrer, parecia uma novela de TV. Uma tarde, uma amiga da mulher dele veio fazer uma visita, tomamos chá e papai disse que era o destino que tinha colocado Randi no caminho dele, mas que eles tinham se amado descaradamente e com tanta força que o destino os punia, deixando-a definhar com a beleza ainda intacta. Ele dizia essas coisas sem enrubescer. Quando, na mesma noite, fui pegar algo no bar, pois não conseguia dormir, vi a amiga sair do quarto dele na ponta dos pés.

Harry fez que sim com a cabeça. O ar da noite estava mais frio ou era só imaginação dele? Sivertsen mudou de posição.

— De dia eu tinha a casa só para mim. Ele tinha duas filhas moças, uma de 14 anos e outra de 16. Bodil e Alice. Para elas eu era irresistivelmente interessante. Um meio-irmão mais velho e desconhecido vindo do grande mundo. As duas estavam apaixonadas por mim, mas me decidi pela mais nova. Um dia ela chegou cedo da escola e eu a levei para o quarto do meu pai. Quando, depois, ela quis tirar os lençóis manchados de sangue, eu a mandei embora, tranquei a porta, dei a chave para o jardineiro e pedi para que a entregasse a meu pai. No café da manhã do dia seguinte, meu pai perguntou se eu queria trabalhar para ele. E assim comecei a contrabandear diamantes.

Sivertsen parou.

— O tempo está passando — disse Harry.

— Eu trabalhava com base em Oslo. Exceto por dois erros no início, que me renderam penas condicionais, eu me saía bem. A minha especialidade era passar pela alfândega nos aeroportos. Era tão simples... Era só me vestir como uma pessoa respeitável e não demonstrar medo. E eu não tinha medo, eu não estava nem aí. Costumava usar uma gola de padre. Claro que é um truque tão óbvio que podia chamar a atenção dos fiscais. Mas o segredo é conhecer o andar do padre, seu corte de cabelo, que tipo de sapatos usa, como usa as mãos e a expressão facial. Se aprender todas essas coisas, quase nunca vão parar você. Porque mesmo que um fiscal suspeite de você, parar um padre é mais difícil. Um fiscal que está vasculhando a mala de um padre sem achar nada, enquanto hippies de cabelos longos estão passando livremente, certamente vai ser repreendido. E a alfândega é como todos os outros órgãos, ela quer que o público tenha uma impressão positiva, mesmo que errada, de que eles estão fazendo um bom trabalho. Em 1985, meu pai morreu de câncer. A doença incurável de Randi ainda era incurável, mas não a ponto de impedi-la de voltar para casa e assumir os negócios. Não sei se ela ficou sabendo que eu tenha desvirginado sua caçula, mas sei que de repente eu estava sem trabalho. A Noruega não era mais uma área interessante para investir, disse ela, mas também não me ofereceu outra coisa. Após alguns anos de inatividade em Oslo, me mudei para Praga, onde havia um eldorado de contrabando depois que a Cortina de Ferro ruiu. Meu alemão era razoável e em pouco tempo me adaptei. Ganhava dinheiro fácil, mas me desfiz dele com a mesma facilidade. Ganhei alguns amigos, mas não me apeguei a ninguém.

Nem a mulheres. Não precisava. Porque, sabe de uma coisa, Hole?, descobri que eu tinha herdado o dom do meu pai: a capacidade de estar apaixonado.

Sivertsen indicou com a cabeça o pôster de Iggy Pop.

— Não há afrodisíaco mais poderoso para as mulheres do que um homem apaixonado. Fiz das mulheres casadas minha especialidade, pois me davam menos encrenca depois. Em períodos com dinheiro escasso podiam também servir como uma bem-vinda, embora temporária, fonte de renda. E assim os anos se passaram, sem me afetar demais. Durante mais de trinta anos meu sorriso era de graça, minha cama, um terreno comunitário, e meu pau, um bastão de revezamento.

Sivertsen encostou a cabeça na parede e fechou os olhos.

— Deve soar cínico. Mas, acredite, cada declaração de amor que saía da minha boca era tão verdadeira e sincera quanto aquelas que minha madrasta recebeu do meu pai. Dei a elas tudo o que tinha. Até o tempo se esgotar e eu as mandar para a rua. Eu não tinha dinheiro para um sanatório. Acabava assim todas as vezes e assim pensei que iria continuar. Até um dia de outono, dois anos atrás, quando entrei num café no Grand Hotel Europa, na praça Václav, e lá estava ela. Eva. Sim, era o nome dela, e não é verdade que não existem paradoxos, Hole. A primeira coisa que me ocorreu foi que ela não era nenhuma beleza, só se comportava como se fosse. Mas pessoas convencidas de que são bonitas, se tornam bonitas. Exerço certa atração sobre as mulheres, e me aproximei dela. Ela não me mandou para o inferno, mas me tratou com uma distância educada que me enlouqueceu.

Sivertsen esboçou um sorriso.

— Pois não há afrodisíaco mais poderoso para um homem do que uma mulher que não está apaixonada. Ela era 26 anos mais jovem do que eu, tinha mais estilo do que eu jamais teria e, o mais importante, não precisava de mim. Ela podia ter continuado seu trabalho tranquilamente, ela ainda acha que eu não sei o que ela fazia. Chicotear e chupar executivos alemães.

— Então, por que ela não fez isso? — perguntou Harry, e soprou fumaça sobre Iggy.

— Ela não tinha chance. Porque eu estava apaixonado. O bastante para dois. Mas eu a queria só para mim, e Eva é como a maioria das mulheres quando não estão apaixonadas, aprecia a segurança econômica. Então, para ter exclusividade, eu tinha que arrumar bastante dinheiro. Contrabandear diamantes de sangue de Serra Leoa era de baixo risco, mas não rendia o suficiente para me fazer irresistivelmente rico. Drogas eram alto risco. Foi assim que cheguei ao contrabando de armas. E ao Príncipe. Nos encontramos duas vezes em Praga para combinar esquemas e condições. A segunda vez foi num restaurante ao ar livre na praça Václav. Fiz Eva fazer o papel de turista com uma câmera, e a mesa onde eu estava com o Príncipe foi casualmente registrada na maioria das fotos. Pessoas que não querem acertar as contas após um trabalho meu recebem junto com a cobrança cópias dessas fotos. Funciona. Mas o Príncipe era a pontualidade em pessoa, nunca tive problemas com ele. E foi só mais tarde que descobri que ele era policial.

Harry fechou a janela e se sentou no sofá-cama.

— Na primavera fui contatado por telefone — continuou Sivertsen. — Por um norueguês com dialeto da região sudeste. Não faço ideia de como ele conseguiu meu número. Ele parecia saber tudo sobre mim, foi quase arrepiante. Não, foi arrepiante *mesmo*. Ele sabia quem era minha mãe. Sabia das minhas condenações. Sabia dos diamantes vermelhos em forma de pentagramas que durante anos tinham sido minha especialidade. O pior: ele sabia que eu tinha começado com armas. Ele queria as duas coisas. Um diamante e uma Čescká com silenciador. Ofereceu um valor alto, sem precedente. Eu disse não à arma, que teria que passar por outros canais, mas ele insistia, tinha que ser diretamente de mim, sem intermediário. E aumentou a oferta. E, como eu disse, Eva é uma mulher exigente, e eu não podia perdê-la. Então fizemos um acordo.

— Exatamente em quê consistia o acordo?

— Ele tinha exigências muito específicas para a entrega. Tinha que acontecer no parque Frogner, perto do chafariz, logo depois do Monólito. A primeira entrega foi há pouco mais de cinco semanas. Estava marcada para as 17 horas, bem na hora do pico de turistas e pessoas indo ao parque depois do expediente. Facilitaria tanto para mim quanto para ele chegar e ir embora sem sermos notados, disse ele. As chances de eu ser reconhecido por alguém eram de qualquer maneira mínimas. Há muitos anos, eu vi um norueguês no meu bar predileto em Praga que me batia muito quando eu estava na escola. Ele parecia olhar através de mim. Ele e uma mulher com quem tive um caso quando ela estava em lua de mel em Praga são as únicas pessoas de Oslo que vi desde que saí daqui, entende?

Harry fez que sim com a cabeça.

— De qualquer maneira — continuou Sivertsen —, o cliente não queria que a gente se encontrasse, o que para mim era perfeito. Eu deveria levar a mercadoria num saco plástico pardo, colocá-lo na lixeira verde bem em frente ao chafariz e ir embora. Era muito importante que eu fosse bem pontual. O valor combinado foi depositado na minha conta suíça antes da entrega. Ele disse que presumia que o simples fato de ter me encontrado me impediria de querer enganá-lo. Ele tinha razão. Pode me dar um cigarro?

Harry acendeu um para ele.

— No dia seguinte ao da primeira entrega, ele me ligou de novo, encomendando uma Glock 23 e um novo diamante vermelho para a semana seguinte. Mesmo lugar, mesma hora, mesmo procedimento. Era domingo, mas havia tanta gente quanto da primeira vez.

— O mesmo dia e a mesma hora do primeiro assassinato, de Marius Veland.

— O quê?

— Nada. Continue.

— Isso se repetiu três vezes. Com intervalos de cinco dias. Mas a última vez foi um pouco diferente. Recebi o pedido de duas encomendas. Uma no sábado e uma no domingo, isto é, ontem. O cliente pediu que eu dormisse na casa da minha mãe de sábado para domingo para que ele soubesse onde eu estaria caso houvesse mudanças de planos. Por mim tudo bem, era o que eu tinha planejado fazer mesmo. Eu estava feliz por rever minha mãe, já que tinha boas notícias.

— Que ela ia ser avó?

— É. — E que eu ia me casar.

Harry apagou o cigarro.

— Então está dizendo que o diamante e a pistola que encontramos na sua mala eram para ser entregues no domingo?

— Correto.

— Hum.

— Então? — perguntou Sivertsen, quando o silêncio se prolongou demais.

Harry pôs as mãos atrás da cabeça, inclinou-se para trás no sofá-cama e bocejou.

— Como fã do Iggy, você já deve ter ouvido *Blah-blah-blah*. Álbum bacana. Disparate fascinante.

— Disparate fascinante?

Sivertsen bateu o cotovelo no aquecedor. Retumbou oco do lado de dentro.

Harry se levantou.

— Preciso arejar a cabeça um pouco. Tem um posto de gasolina aqui perto. Quer que eu traga alguma coisa?

Sivertsen fechou os olhos.

— Escute, Hole. Mesmo barco. Barco afundando. OK? Você não é só feio, é burro também.

Harry riu e se levantou.

Quando Harry voltou, vinte minutos depois, Sivertsen estava dormindo sentado no chão encostado ao aquecedor com a mão algemada para cima, como se acenando.

Harry colocou dois hambúrgueres, batatas fritas e uma Coca grande na mesa.

Sivertsen esfregou os olhos para acordar.

— Conseguiu pensar, Hole?

— Consegui.

— E o que pensou?

— Nas fotos que a sua namorada tirou de você e Waaler em Praga.

— O que isso tem a ver com o caso?

Harry destrancou as algemas.

— As fotos não têm nada a ver com o caso. Pensei que ela estava fazendo o papel de turista. E fez o que turistas fazem.

— E o que seria?

— O que você disse. Tirar fotos.

Sivertsen esfregou os punhos e olhou para a comida na mesa.

— Que tal copos, Hole?

Sivertsen abriu a tampa da Coca enquanto olhava para Harry com olhos semicerrados.

— Então você corre o risco de beber da mesma garrafa que um serial killer?

Harry respondeu com a boca cheia de hambúrguer:

— Mesma garrafa. Mesmo barco.

* * *

Olaug Sivertsen estava na sala olhando para o nada. Ela não acendera as luzes para fazê-los pensar que não estava em casa, para que desistissem. Eles haviam ligado, tocado a campainha, gritado do jardim e jogado pedrinhas na janela da cozinha.

— Sem comentários — dissera ela, tirando o fio do telefone da tomada.

Por fim, ficaram apenas esperando com suas teleobjetivas compridas. Uma vez fora à janela para fechar as cortinas e ouvira de imediato o zumbido que parecia insetos. Zum, zum, clique. Zum, zum, clique.

Já haviam se passado quase 24 horas e a polícia ainda não tinha descoberto o mal-entendido. Era fim de semana. Talvez eles esperassem até segunda-feira no horário comercial para dar um jeito nesse tipo de caso.

Se pelo menos ela tivesse alguém com quem conversar... Mas Ina ainda não voltara da viagem à cabana com o cavaleiro misterioso. Será que deveria ligar para aquela policial, Beate? Não era culpa dela terem pegado Sven. Ela parecia entender que seu filho não era do tipo que matava pessoas. Tinha até lhe dado seu número de telefone para que Olaug ligasse se tivesse algo para contar. Qualquer coisa.

Olaug olhou pela janela. A silhueta da pereira morta parecia dedos tentando alcançar a lua que pendia baixo acima do jardim e do prédio da estação de trem. Ela nunca tinha visto a lua assim. Parecia o rosto de um homem morto. Veias azuis desenhadas na pele branca.

Onde estava Ina? No mais tardar domingo à tarde, dissera ela. E Olaug tinha pensado em como seria agradável: elas tomariam chá e Ina conheceria Sven. Ina, que era tão confiável quanto a horários e coisas assim.

Olaug esperou o relógio na parede bater duas vezes.

Então encontrou o número de telefone.

Atendeu na terceira chamada.

— Beate — disse uma voz sonolenta.

— Boa-noite, aqui é Olaug Sivertsen. Me desculpe por ligar tão tarde.

— Tudo bem, Srta. Sivertsen.

— Olaug.

— Olaug. Desculpe, ainda não acordei direito.

— Estou ligando porque estou preocupada com Ina, minha inquilina. Ela deveria ter chegado faz tempo, e com tudo o que aconteceu... Bem, é que estou preocupada.

Quando Olaug não obteve uma resposta imediata, achou que Beate talvez tivesse adormecido de novo. Mas então sua voz voltou, e desta vez não estava sonolenta:

— Está me dizendo que tem uma inquilina, Olaug?

— Claro. Ina. Ela mora no quarto de empregada. Ah, claro, eu não lhe mostrei. É porque fica nos fundos, do outro lado da escada. Ela esteve fora o fim de semana inteiro.

— Onde? Com quem?

— É o que eu gostaria de saber. Com alguém que ainda não conheço. Ela só disse que eles iam para a cabana dele.

— Você deveria ter nos contado isso antes.

— É? Bem, então lamento muito... Eu...

Olaug sentiu o choro embargar sua voz, mas não conseguiu evitar.

— Não, não quis dizer dessa forma, Olaug. — Ela ouviu Beate se apressar em dizer. — Não estou zangada com você. É meu trabalho verificar coisas desse tipo, você não podia saber que era uma informação importante para nós. Vou ligar para a central de emergência, depois ligo para você de novo para pegar os dados pessoais de Ina, e assim começarão uma busca. Provavelmente não aconteceu nada com ela, mas é melhor ter certeza, não é? Depois acho que seria bom você dormir um pouco, e amanhã cedo ligo para você. Está combinado, Olaug?

— Está — disse Olaug, e tentou fazer a voz sorrir. Tinha vontade de perguntar a Beate se ela sabia como estava Sven, mas não conseguiu. — Está combinado, então. Até logo, Beate.

Ela desligou com lágrimas escorrendo-lhe pela face.

Beate tentou pegar no sono de novo. Ficou ouvindo a casa. Ela falava. Sua mãe tinha desligado a TV às 23 horas, e agora estava totalmente silencioso no andar de baixo. Beate queria saber se a mãe também pensava nele, no pai de sua filha. Raramente falavam dele. Exigia demais. Beate já estava à procura de outro apartamento no centro; no último ano começara a pensar em se mudar, sair do andar de cima da casa da mãe. Ainda mais depois que começara a namorar Halvorsen, o policial quieto que ela chamava pelo sobrenome e que a tratava com uma espécie de respeito apreensivo que ela por algum motivo apreciava. Ela teria menos espaço no Centro. E sentiria falta dos ruídos da casa, dos monólogos sem palavras que ela escutara a vida toda antes de dormir.

O telefone tocou de novo. Beate suspirou e esticou o braço.

— Olaug?

— É Harry. Parece que você está acordada.

Ela se sentou na cama.

— É, o telefone não para de tocar essa noite. O que foi?

— Estou precisando de ajuda. E você é a única pessoa em quem posso confiar.

— É? Conhecendo bem você, isso significa encrenca para mim.

— Bastante encrenca. Topa?

— E se eu disser não?

— Escute primeiro o que eu tenho a dizer, depois você pode dizer não.

36
Segunda-feira. Fotografia

Segunda-feira às 5h15, o sol brilhava enviesado sobre a colina de Ekeberg. Na recepção da sede da polícia, o guarda bocejou alto e levantou o olhar do jornal quando o primeiro cartão de identificação foi colocado no leitor.

— Diz aqui que vai chover — disse o guarda, feliz por finalmente ver alguém.

O homem alto e sombrio lançou para ele um olhar breve, mas não respondeu.

Durante os dois minutos seguintes chegaram mais três homens, igualmente mudos e sombrios.

Às 6 horas havia quatro pessoas no gabinete do chefe de polícia, no sexto andar.

— Então — disse o chefe —, um de nossos inspetores tirou um possível assassino da prisão preventiva e agora ninguém sabe onde os dois estão.

Uma das coisas que faziam o chefe de polícia ser relativamente apto para seu cargo era sua capacidade de fazer um breve resumo de um problema qualquer. Outra era sua capacidade de formular em poucas palavras o que tinha de ser feito:

— Então sugiro que nós os achemos o quanto antes. O que foi feito até agora?

O chefe do DIC lançou um olhar para Møller e Waaler, pigarreou e respondeu:

— Colocamos um pequeno grupo de investigadores experientes no caso. Foram selecionados a dedo pelo inspetor Waaler aqui, que está à frente da busca. Três policiais do Serviço Secreto. Dois da Homicídios. Começaram esta noite, apenas uma hora depois que a prisão avisou que Sivertsen não tinha sido devolvido.

— Agiram rápido. Mas por que as patrulhas não foram informadas? E o plantão criminal?

— A gente queria aguardar o desenrolar da situação para tomar uma decisão depois desta reunião, Lars. Ouvir sua opinião.

— Minha opinião?

O chefe do DIC passou um dedo sobre o lábio inferior.

— O inspetor Waaler prometeu que vão achar Hole e Sivertsen até o fim do dia. Até agora temos controle da informação. Apenas nós quatro e Groth, da prisão preventiva, sabemos que Sivertsen sumiu. E ligamos para a prisão para onde Sivertsen seria transferido, cancelando a cela e o transporte. Justificamos que havia informações sobre Sivertsen não estar seguro lá e que por isso será transferido para um local por enquanto não divulgado. Em suma, temos todas as chances de encobrir tudo até Waaler e sua equipe solucionarem o caso. Mas você deve decidir isso, Lars.

O chefe de polícia comprimiu a ponta dos dedos e balançou a cabeça, pensativo. Levantou-se e foi à janela, onde permaneceu de costas para os outros.

— Na semana passada peguei um táxi. O motorista tinha um jornal aberto no banco do passageiro. Perguntei o que ele achava do Motoboy Assassino. É sempre interessante saber o que o povo pensa. Ele respondeu que era como o World Trade Center: as perguntas foram feitas na ordem errada. Todos perguntavam "quem" e "como". Mas para solucionar um mistério, era preciso primeiro fazer outra pergunta. E sabe qual é, Torleif?

O chefe do DIC não respondeu.

— É o "porquê", Torleif. O motorista não era bobo. Algum de vocês já se fez essa pergunta, senhores?

O chefe de polícia esperou, balançando-se nas solas do sapato.

— Com todo o respeito aos motoristas de táxi — disse por fim o chefe do DIC —, não sei se existe um "porquê" neste caso. Pelo menos não um "porquê" racional. Todos aqui sabem que Hole é um funcionário psiquicamente instável e alcoolizado. Por isso foi demitido.

— Até pessoas malucas têm motivos, Torleif.

Ouviu-se um pigarro discreto.

— Sim, Waaler?

— Batouti.

— Batouti?

— O piloto de avião egípcio que intencionalmente fez um avião cheio de passageiros cair apenas para se vingar da companhia aérea que o rebaixara.

— Aonde quer chegar, Waaler?

— Sábado à noite, corri atrás de Harry e conversei com ele no estacionamento depois que prendemos Sivertsen. Ele não queria participar das comemorações. Estava claramente magoado. Por causa da demissão, além de alegar que a gente não lhe deu o mérito de ter capturado o Motoboy Assassino.

— Batouti...

O chefe de polícia fez sombra com a mão em cima dos olhos quando os primeiros raios de sol alcançaram sua janela.

— Você ainda não disse nada, Bjarne. O que acha?

Bjarne Møller olhou para a silhueta na frente da janela. Estava com tanta dor de estômago que não só achava que ia explodir como tinha começado a torcer para que isso acontecesse. E desde a hora em que recebera a notícia do sequestro, no meio da noite, ficara esperando que alguém o acordasse de verdade para dizer que tudo não passara de um pesadelo.

— Não sei. — Ele suspirou. — Na verdade, não entendo o que está se passando.

O chefe de polícia assentiu com a cabeça.

— Se vazar que estamos encobrindo o caso, seremos crucificados — disse ele.

— Um resumo preciso, Lars — disse o chefe do DIC. — Mas se vazar que perdemos um assassino em série, também seremos crucificados. Mesmo que a gente o recapture. Ainda temos uma chance de solucionar este problema sem alarde. Waaler tem, pelo que estou entendendo, um plano.

— E qual é esse plano, inspetor?

Waaler envolveu o punho direito com a mão esquerda.

— Deixe-me colocar a situação assim — começou. — Estou ciente de que não podemos falhar. Talvez eu tenha que usar alguns métodos não convencionais. Devido a eventuais consequências, sugiro que vocês não fiquem sabendo do plano.

O chefe de polícia se virou, levemente surpreso.

— É muito generoso da sua parte, Waaler. Mas receio que não possamos aceitar...

— Eu insisto.

O chefe de polícia franziu a testa.

— Você insiste? Está sabendo do risco que está correndo, Waaler?

Waaler ficou olhando para as palmas das próprias mãos.

— Estou. Mas é de minha responsabilidade. Estou à frente da investigação e trabalhei próximo a Hole. Como responsável, eu deveria ter captado os sinais antes e tomado as providências. Pelo menos depois da conversa que tivemos no estacionamento.

O chefe de polícia olhou longamente para Waaler. Virou-se para a janela de novo e ficou assim enquanto um retângulo de luz atravessava o piso. Então deu de ombros e se sacudiu como se sentisse frio.

— Você tem até a meia-noite — disse para o vidro da janela. — É quando a notícia do desaparecimento será divulgada. E esta reunião nunca aconteceu.

Na saída, Møller notou que o chefe de polícia apertou a mão de Waaler e mostrou-lhe um sorriso caloroso de agradecimento. Como se agradece um funcionário pela lealdade, pensou Møller. Como se recompensa uma vítima com uma promessa. Como se nomeia tacitamente um príncipe herdeiro.

O policial Bjørn Holm, da Perícia Técnica, sentiu-se um total idiota com o microfone na mão, em frente a todos os rostos japoneses que o fitavam cheios de expectativas. As palmas de suas mãos estavam molhadas de suor e não era por causa do calor. Pelo contrário: a temperatura no ônibus de luxo refrigerado em frente ao hotel Bristol estava muito mais baixa do que lá fora, no sol matinal.

Ele fora apresentado pelo guia como oficial da polícia norueguesa e um velho sorridente havia tirado uma foto sua, como se Holm fizesse parte do passeio turístico. Ele olhou o relógio: 19 horas. Havia outros grupos esperando e o tempo estava escasso. Melhor começar. Respirou fundo e começou com as frases em inglês que praticara no caminho:

— Verificamos os horários com todas as operadoras de turismo aqui em Oslo — disse Holm. — E este aqui é um dos grupos que no sábado visitaram o parque Frogner por volta das 17 horas. O que eu gostaria de saber é: quem de vocês tirou fotos aqui?

Reação zero.

Holm olhou inquiridor para a guia.

Sorridente, ela se curvou, libertou-o do microfone e repassou aos passageiros o que Holm presumia que fosse mais ou menos sua mensagem. Em japonês. Ela concluiu se curvando brevemente. Holm observou as mãos levantadas. Seria um dia movimentado no laboratório fotográfico.

Ao trancar o carro, Roger Gjendem cantarolou uma música sobre desemprego. O caminho que levava do estacionamento até as novas instalações do *Aftenposten* era curto, mas mesmo assim ele sabia que ia correr. Não porque estivesse atrasado, pelo contrário. É que Gjendem era dessas pessoas afortunadas que todo dia anseiam para pegar no batente, como se não pudesse esperar até estar no meio de tudo que lhe lembrasse seu trabalho: a redação com o telefone e o PC, a pilha de jornais do dia, o zunido das vozes dos colegas, o gorgolejo da cafeteira, as fofocas no fumódromo, o clima aguçado na reunião da manhã. O dia anterior ele passara em frente à casa de Olaug Sivertsen, sem outro resultado além de uma foto da velha senhora à janela. Mas servia. Ele gostava do desafio. E disso tinha de sobra na editoria de polícia. Viciado em crime. Fora do que Devi o acusara. Ele não gostava que ela usasse essa expressão. Thomas, seu irmão caçula, era um viciado em drogas. Gjendem era um cara certinho formado em ciências políticas que por acaso gostava de trabalhar com jornalismo policial. Além disso, é claro que Devi tinha razão em dizer que alguns aspectos do seu trabalho lembravam vício. Depois de ter trabalhado com política, colocaram-no como substituto na editoria de polícia, mas em poucas semanas já sentia a fome que apenas doses diárias de histórias de vida ou morte podiam satisfazer. No mesmo dia tinha falado com o chefe de redação e fora efetivado. O editor chefe já devia ter visto isto acontecer com outros antes dele. E a partir desse dia, Gjendem começara a correr do carro até o trabalho.

Mas naquela manhã alguém o parou no meio do caminho.

— Bom-dia — disse o homem, que surgiu do nada e se pôs na sua frente.

Ele vestia uma curta jaqueta de couro preto e óculos de piloto, mesmo havendo uma penumbra no estacionamento. Gjendem já conhecera bastantes policiais para saber identificá-los.

— Bom-dia — respondeu Gjendem.

— Tenho um recado para você, Gjendem.

Os braços do homem pendiam ao lado do corpo. Seus dedos tinham pelos pretos. Gjendem pensou que seria mais natural se ele colocasse as mãos nos bolsos da jaqueta. Ou nas costas. Ou dobrados no peito. Do jeito que estavam, parecia que o homem estava em vias de usar as mãos para alguma coisa, mas era impossível imaginar para quê.

— Sim? — perguntou Gjendem. Ele ouviu o eco de sua voz vibrar brevemente entre os muros, o som de uma interrogação.

O homem se inclinou para a frente.

— Seu irmão caçula está na prisão — disse o homem.

— E daí?

Gjendem sabia que o sol da manhã lá fora brilhava sobre a cidade, mas na catacumba dos carros tinha ficado gelado de repente.

— Se você se preocupa com ele, vai ter que nos fazer um favor. Está prestando atenção, Gjendem?

Ele assentiu rápido com a cabeça.

— Se o inspetor Harry Hole ligar para você, queremos que faça o seguinte: pergunte onde ele está. Se ele não quiser contar, combine um encontro. Diga que você não quer correr o risco de publicar a história dele sem encontrá-lo cara a cara. O encontro tem que ser hoje antes da meia-noite.

— Que história?

— Pode ser que ele levante acusações infundadas sobre um inspetor, não quero dizer o nome dele, nem é da sua conta. De qualquer forma, isso nunca vai ser publicado.

— Mas...

— Está ouvindo? Depois que ele te ligar, você disca este número para avisar onde Hole está ou onde e quando vocês combinaram de se encontrar. Entendido?

O homem enfiou a mão esquerda no bolso e estendeu um bilhete ao jornalista.

Gjendem olhou para o papel e fez que não com a cabeça. Mesmo morrendo de medo, sentiu o riso borbulhar dentro dele. Ou talvez por isso mesmo.

— Sei que você é policial — disse ele, fazendo força para tirar o sorriso dos lábios. — Você tem que entender que não vai dar. Sou jornalista, não posso...

— Gjendem. — O homem havia tirado os óculos. Mesmo no escuro, suas pupilas eram apenas pontinhos nas íris acinzentadas. — Seu irmão caçula está na cela A107. Igual a todos os outros drogados por lá, toda terça ele recebe ilegalmente suas doses de uso pessoal. Ele injeta a droga diretamente no braço e nunca a verifica. Até agora não houve nada. Sacou?

Gjendem nem se perguntou se tinha ouvido direito. Ele sabia que tinha.

— Bem — disse o homem —, alguma dúvida?

Gjendem teve de umedecer os lábios antes de conseguir responder:

— Por que acham que Harry Hole vai me ligar?

— Porque ele está desesperado — respondeu o homem, e recolocou os óculos de sol. — E porque você lhe deu seu cartão em frente ao Teatro Nacional ontem. Tenha um bom dia.

Gjendem ficou parado até o homem desaparecer. Respirou o fúnebre ar úmido e poeirento do estacionamento subterrâneo. E quando finalmente começou a percorrer o curto caminho até o jornal, seus passos eram lentos e relutantes.

Os números de telefone pulavam na tela na frente de Klaus Torkildsen na sala de controle da Companhia Telefônica da Noruega, a Telenor. Ele explicou aos colegas que não podia ser interrompido e trancou a porta.

Sua camisa estava ensopada de suor. Não porque tivesse corrido para o trabalho. Tinha caminhado normalmente — nem rápido nem devagar —, e se aproximava do escritório quando a recepcionista o detivera, chamando-o pelo nome. Pelo sobrenome. Como ele preferia.

— Visita — dissera ela, apontando para um homem que estava sentado no sofá da recepção.

Torkildsen ficara surpreso. Surpreso porque seu cargo não permitia receber visitas. Não era fortuito: sua escolha de profissão e de vida privada fora regida pelo desejo de não ter contato direto com outras pessoas além do estritamente necessário.

O homem no sofá se levantara, dizendo que era da polícia, e pedira para ele se sentar. E Torkildsen havia se deixado cair numa cadeira, sentindo o suor brotar no corpo inteiro. A polícia. Ele não tinha nada com eles havia 15 anos, e mesmo que fosse apenas uma multa, reagia com paranoia imediata apenas ao ver o uniforme na rua. E desde que o homem abrira a boca, os poros por onde escorria suor também permaneceriam abertos.

O homem foi direto ao assunto: disse que estavam precisando dele para rastrear um telefone celular. Torkildsen havia feito um trabalho semelhante uma vez. Era relativamente simples. Um celular ligado emite um sinal a cada meia hora. Esse sinal é registrado nas centrais em várias partes da cidade. Além disso, as centrais captam e registram todas as conversas das ligações que os clientes recebem ou efetuam. Por isso, pelas áreas cobertas pelas centrais, é possível localizar o paradeiro do aparelho celular na cidade, normalmente dentro de um raio de 1 quilômetro quadrado. E era isso que tinha dado tantos problemas na única vez que ele participara do rastreamento na cidade de Kristiansand.

Torkildsen disse que para uma eventual escuta ele precisava da permissão do chefe, mas o homem disse que era um caso urgente, que não havia tempo para burocracia. Além de um número de celular em particular (que Torkildsen verificou pertencer a um tal de Harry Hole), o homem queria que ele monitorasse o tráfego de ligações de pessoas que o sujeito pudesse tentar contatar. Ele deu a Torkildsen uma lista de números de telefone e endereços de e-mail.

Torkildsen perguntou por que ele o tinha procurado, pois havia outras pessoas com mais experiência nesse tipo de trabalho. O suor já tinha endurecido nas suas costas e ele estava começando a sentir frio na recepção com ar-condicionado.

— Porque a gente sabe que você vai ficar de bico calado, Torkildsen. Da mesma forma que continuamos de bico calado sobre aquela vez no parque em janeiro de 1987, quando você literalmente foi pego com as calças arriadas. A policial disse que você estava totalmente nu por baixo do sobretudo. Deve ter sentido um frio danado...

Torkildsen engoliu em seco. Eles tinham dito que após alguns anos isso seria apagado de sua ficha criminal.

Ele continuou engolindo em seco.

Porque era totalmente impossível rastrear aquele celular. Certamente estava ligado, pois a cada meia hora emitira um sinal. Mas cada vez de um lugar diferente da cidade, como se estivesse zombando dele.

Ele se concentrou nas outras pessoas da lista. Uma tinha um número na rua Kjølberg 21. Ele verificou. Era da Perícia Técnica da polícia.

Beate atendeu assim que tocou.

— E aí? — disse a voz do outro lado.

— Até agora nada — respondeu ela.

— Hum.

— Tenho dois homens revelando as fotos, que vêm à minha mesa o tempo todo.

— E nada de Sven Sivertsen?

— Se ele estava no chafariz do parque Frogner quando Barbara Svendsen foi morta, não deu sorte de ser fotografado. Pelo menos não está em nenhuma das fotos que eu vi, e estamos falando de cem até agora.

— Camisa branca de mangas curtas e...

— Você já disse isso tudo, Harry.

— Nem mesmo um rosto parecido?

— Tenho olho clínico para rostos, Harry. Ele não está em nenhuma das fotos.

— Hum.

Ela acenou para Bjørn Holm, que chegou com uma nova pilha de fotos ainda cheirando a produtos químicos. Holm as deixou cair na mesa, apontou para uma em especial, virou o polegar para cima e saiu.

— Espere — disse ela no fone. — Acabei de receber alguma coisa. São daquele grupo que estava lá nesse sábado em torno das 17 horas. Vamos ver...

— Vamos logo.

— Estou olhando. Epa... Imagine quem estou vendo agora?

— Verdade?

— Verdadeira. Sven Sivertsen em pessoa. De perfil, bem em frente às seis esculturas gigantes do parque. Está andando.

— Ele tem um envelope pardo na mão?

— A foto foi cortada alto demais, não dá para ver.

— Tudo bem, mas pelo menos ele esteve lá.

— Sim, mas ninguém foi morto no sábado, Harry. Então não é álibi para coisa alguma.

— Mas pelo menos quer dizer que alguma parte do que ele diz é verdade.

— Bem, as melhores mentiras contêm 99 por cento de verdade.

Beate sentiu as pontas das orelhas esquentarem quando lembrou que essa era uma citação vinda direto do Evangelho de Harry. Tinha até usado a inflexão de voz dele.

— Onde você está? — perguntou ela depressa.

— Como eu disse, é melhor para nós dois que você não saiba.

— Desculpe, eu esqueci.

Pausa.

— Nós... hã... vamos continuar verificando as fotos — disse Beate. — Holm está atrás das listas dos grupos de turistas que se encontravam no parque nos horários dos outros assassinatos.

Harry desligou com um grunhido que Beate interpretou como "obrigado".

Harry colocou o dedo indicador e o polegar em cada lado do dorso do nariz e cerrou os olhos com força. Contando as duas horas daquela manhã, tivera seis horas de sono ao todo nos últimos três dias. E ele sabia que podia demorar bastante até poder dormir de novo. Ele sonhava com ruas. Via o mapa do escritório deslizar em frente ao seu olhar e sonhou com nomes de ruas de Oslo. A Son, a Nettedal, a Sorum, a Skedsmo, todas as ruazinhas sinuosas do bairro de Kampen. Esse se transformou em outro sonho que se passava de noite. Caía neve, ele estava andando pela rua no bairro de Grünerløkka (rua Mark? rua Tofte?) e havia um carro esporte vermelho estacionado com duas pessoas dentro. Quando se aproximou, ele viu que uma das pessoas era uma mulher. Chamou o nome dela, chamou Ellen, mas quando ela se virou para ele e abriu a boca para responder, um monte de pedregulhos caiu-lhe da boca. Harry alongou o pescoço, que estava duro.

— Escute — disse ele, e tentou focar o olhar em Sivertsen, que se deitara no colchão, no chão. — A pessoa com quem conversei por telefone acabou de fazer algo por mim e por você que faz com que ela não apenas corra o risco de perder o emprego, mas também de ir presa como cúmplice. Estou precisando de algo para dar um pouco de paz à alma dela.

— O que você quer dizer?

— Quero que ela veja uma cópia de uma das fotos que você tem de Waaler contigo em Praga.

Sivertsen riu.

— Você é idiota, Harry? Estou dizendo, é minha única carta de negociação. Se eu jogá-la agora, você simplesmente aborta a ação de salvamento de Sivertsen.

— Talvez a gente faça isso antes do que você imagine. Eles acharam uma foto sua no parque sábado. Mas nenhuma do dia em que Barbara Svendsen foi morta. Estranho, já que os japoneses no verão inteiro bombearam o chafariz com flashes não acha? Pelo menos são notícias ruins para a sua história. Por isso quero que você ligue para sua namorada e faça-a mandar a foto por e-mail ou fax para Beate Lønn, na Perícia Técnica. Ela pode mascarar o rosto de Waaler, se você achar que tem que manter a tal carta de trunfo. Mas quero ver uma foto sua com outro cara naquela praça. Um cara que *poderia* ser Tom Waaler.

— A praça Vàclav.

— Não importa. Ela tem uma hora a partir de agora. Senão, nosso acordo vira pó. Entendeu?

Sivertsen olhou longamente para Harry antes de responder:

— Não sei se ela está em casa.

— Ela não trabalha — disse Harry. — Sua namorada está grávida e preocupada. Ela está em casa esperando uma ligação sua, não está? Assim espero, por sua causa. Faltam 59 minutos.

O olhar de Sivertsen pulava pelo quarto, e por fim parou novamente em Harry. Ele fez que não com a cabeça.

— Não posso, Hole. Não posso envolvê-la nisso. Ela é inocente. Por enquanto, Waaler não sabe sobre ela ou onde a gente mora em Praga, mas se nós dois falharmos sei que ele vai descobrir. E aí vai atrás dela também.

— E o que ela vai achar de cuidar sozinha de um filho que tem um pai que foi condenado à prisão perpétua por quatro homicídios? A peste ou a cólera, Sivertsen. Cinquenta e oito.

Sivertsen apoiou o rosto nas mãos.

— Meu Deus...

Quando levantou o olhar, Harry estava estendendo o celular para ele.

Ele mordeu o lábio inferior. Pegou o telefone. Discou um número. Pôs o telefone vermelho ao ouvido. Harry olhou o relógio. O ponteiro dos segundos dava pequenas voltas e rápidas. Sivertsen se mexeu, inquieto. Harry contou vinte segundos.

— Então?

— Talvez ela tenha ido para a casa da mãe em Brno — disse Sivertsen.

— Sinto muito por você — disse Harry, ainda com o olhar no relógio. — Cinquenta e sete.

Ele ouviu o telefone bater no chão, levantou o olhar e viu o rosto retorcido de Sivertsen antes de sentir a mão dele se fechar em volta de seu pescoço. Harry levantou os dois braços de um golpe só e acertou os punhos de Sivertsen, que teve de soltá-lo. Harry deu um golpe com a mão no rosto à sua frente e sentiu algo ceder. Bateu de novo, sentiu o sangue correr quente e pegajoso entre os dedos e teve uma imagem bizarra: parecia a geleia de morango que sua vovó fazia. Levantou a mão para bater outra vez. Viu o homem algemado e indefeso tentar se proteger, mas isso o deixou ainda mais colérico. Cansado, com medo e colérico.

— *Wer ist da?*

Harry congelou. Ele e Sivertsen se entreolharam. Não tinham dito nada. A voz nasal vinha do celular no chão.

— *Sven? Bist du es, Sven?*

Harry pegou o celular e o colocou ao ouvido.

— Sven está aqui — disse devagar. — Quem é você?

— Eva — disse a voz feminina, exasperada. — *Bitte, was ist passiert?*

— Beate Lønn.

— Sou eu. Harry. Eu...

— Desligue e ligue para meu celular. – Ela desligou.

Dez segundos depois ele estava falando com ela de novo.

— O que está acontecendo?

— Estamos sendo monitorados.

— Como assim?

— Temos um programa contra hacking e está mostrando que o tráfego do nosso telefone e e-mail está sendo verificado por um terceiro. É para nos proteger contra criminosos, mas Bjørn está dizendo que parece ser da própria operadora de telefonia.

— Na escuta?

— Provavelmente não. Mas todas as conversas e e-mails recebidos ou enviados estão sendo registrados.

— É Waaler e os capangas dele.

— Sei. Então eles sabem que você me ligou, o que também quer dizer que não posso mais ajudá-lo, Harry.

— A namorada de Sivertsen vai enviar uma foto de um encontro que Sivertsen teve com Waaler em Praga. A foto mostra Waaler de costas e não pode ser usada para provar qualquer coisa, mas quero que você dê uma olhada e me diga se parece crível. Ela tem a foto no computador e vai mandar por e-mail para você. Qual é o seu endereço?

— Você não está ouvindo o que eu estou dizendo, Harry? Eles estão vendo todos os e-mails e ligações para cá. O que acha que vai acontecer se a gente receber um e-mail ou fax de Praga neste momento? Não posso fazer isso, Harry. Tenho que encontrar um motivo plausível para explicar por que você me ligou, e eu não penso tão rápido quanto você. Meu Deus, o que vou dizer a eles?

— Relaxe, Beate. Não precisa dizer nada. Eu não liguei para você.

— Como não? Você já me ligou três vezes.

— Sim, mas eles não sabem. Estou usando um celular que troquei com um amigo.

— Então você previu isso?

— Não, isso não. Fiz a troca porque os celulares emitem sinais às centrais mostrando em que área da cidade estão. Se Waaler tem pessoal na operadora da rede que está tentando me achar através do meu celular, vão ter uma baita dor de cabeça. Porque o meu está em movimento mais ou menos constante na cidade inteira.

— Disso eu quero saber o menos possível, Harry. Mas não envie nada para cá. Tudo bem?

— Tudo bem.

— Desculpe, Harry.

— Você já me deu seu braço direito, Beate. Não precisa pedir desculpas por querer ficar com o esquerdo.

* * *

Ele bateu à porta. Cinco batidas breves logo abaixo da placa com o número 303. Com sorte, alto o bastante para ser ouvido por cima da música. Esperou. Ia bater novamente quando ouviu alguém abaixar a música e o ruído de passos miúdos de pés descalços chegar mais perto. A porta se abriu. Parecia que ela tinha acabado de acordar.

— Sim?

Ele mostrou sua carteira de identidade, que formalmente era inválida, já que não era mais policial.

— Sinto muito por tudo o que aconteceu no sábado — disse Harry. — Espero que não tenham ficado assustados demais quando a gente irrompeu no seu apartamento.

— Tudo bem — disse ela, fazendo careta. — Estavam fazendo o trabalho de vocês.

— Foi — Harry se levantou nos calcanhares e lançou um olhar pelo corredor. — Um colega da Perícia Técnica e eu estamos procurando pistas no apartamento de Marius Veland. Ia enviar um documento por e-mail agora, mas meu laptop travou. É muito importante, então me lembrei que você estava navegando na internet no sábado e pensei...

Ela sinalizou que o resto da explicação era desnecessário e abriu a porta.

— O computador já está ligado. Eu deveria me desculpar pela bagunça, mas espero que não se importe por eu não estar nem aí para isso.

Ele se instalou em frente à tela, abriu o e-mail e o papel com o endereço de Eva Marvanova e digitou rápido no teclado engordurado. A mensagem era curta. *Pronto. Este endereço.* Enviar.

Virou-se na cadeira e olhou a garota sentada no sofá. Ele nem tinha notado que ela estava só de calcinha, provavelmente por causa da camiseta com aquela grande planta de cânhamo.

— Sozinha hoje? — perguntou, mais para dizer algo enquanto esperava a resposta de Eva. Viu pela expressão dela que sua tentativa de puxar conversa não estava dando muito certo.

— Só transo nos fins de semana — disse ela, cheirando as meias antes de enfiar os pés nelas. E abriu um sorriso contente quando constatou que Harry não estava pensando em continuar tentando. Ele notou que ela estava precisando fazer uma visita ao dentista.

— Você recebeu um e-mail — disse ela.

Ele se virou para a tela. Era de Eva. Nenhum texto, apenas um anexo. Deu um clique duplo. A tela ficou preta.

— Essa máquina é velha e lerda — disse a garota, e abriu um sorriso maior ainda. — Você vai conseguir, só tem que dar um tempinho.

A foto já estava começando a escorrer pela tela, primeiro como um esmalte azul, depois, — quando não tinha mais céu, um muro cinza e um monumento preto e verde. Então apareceu a praça. E as mesas. Sven Sivertsen. E um homem com jaqueta de couro de costas para a câmera. Cabelo escuro. Nuca forte. É claro que não iria servir como prova, mas Harry não teve um pingo de dúvida de que era Tom Waaler. Mas não foi isso que o fez olhar melhor para a foto.

— Ô cara, eu preciso ir ao banheiro — disse a moça. Harry não tinha ideia de quanto tempo ele estava assim olhando. — E aqui se escuta tudo e eu sou tímida pra caramba, sabe? Então, se você pudesse...

Harry se levantou, murmurou um obrigado e saiu.

Na escada entre o terceiro e o quarto andar, parou.

A foto.

Não podia ser por acaso. Era teoricamente impossível.

Ou não?

De qualquer maneira, não podia ser verdade. Ninguém fazia esse tipo de coisa.

Ninguém.

37
Segunda-feira. Confissão

Os dois homens que estavam um diante do outro na igreja da Apostólica Princesa Santa Olga eram da mesma altura. O ar úmido e quente cheirava a incenso e tabaco azedo. Oslo tivera sol todo dia durante quase cinco semanas e o suor escorria em bicas por baixo da túnica de lã de Nikolaj Loeb enquanto ele lia a prece que iniciava a confissão:

— Veja, você chegou ao local de cura, Cristo está invisível recebendo sua confissão.

Ele tentara conseguir uma túnica mais leve e moderna, mas a loja não tinha nenhuma para padres russos ortodoxos. Quando a prece acabou, ele colocou o livro ao lado da cruz na mesa que havia entre eles. Dali a pouco, o homem à sua frente iria pigarrear. Eles sempre pigarreavam antes da confissão, como se os pecados estivessem encapsulados em mucos e cuspe. Nikolaj tinha uma vaga sensação de já ter visto o homem antes, mas não se lembrava de onde. E o nome não significava nada. O homem parecia um pouco surpreso quando entendeu que a confissão seria cara a cara, além de também ter de informar seu nome. E, de fato, Nikolaj ficou com a sensação de que o homem não tinha dado seu nome verdadeiro. Talvez fosse de outra paróquia. Às vezes iam com seus segredinhos para lá por ser uma igreja pequena e anônima onde não conheciam ninguém. Muitas vezes Nikolaj dera a absolvição a membros da Igreja Norueguesa. Se pedissem, eles a receberiam. A misericórdia do Senhor era grande.

O homem pigarreou. Nikolaj fechou os olhos e prometeu a si mesmo purificar seu corpo com um banho e os ouvidos com Tchaikovsky assim que chegasse em casa.

— Está escrito que o desejo, da mesma forma que a água, segue até o nível mais baixo, padre. Se houver uma abertura, rachadura ou fresta no seu caráter, o desejo a encontrará.

— Somos todos pecadores, meu filho. Tem algum pecado que gostaria de confessar?

— Tenho. Fui infiel à mulher que amo. Estive com uma devassa. Mesmo que eu não a ame, não consigo deixar de voltar lá.

Nikolaj sufocou um bocejo.

— Continue.

— Eu... ela era uma obsessão.

— Você disse "era". Quer dizer que parou de encontrá-la?

— Elas morreram.

Não era apenas o que ele tinha dito, mas algo em sua voz que fez Nikolaj se espantar.

— Elas?

— Ela estava grávida. Acho.

— Lamento saber de sua perda, meu filho. Sua esposa está sabendo de algo sobre isso?

— Ninguém está sabendo.

— Ela morreu de quê?

— Com uma bala na cabeça, padre.

O suor parecia de repente gelado na pele de Nikolaj. Ele engoliu em seco.

— Há outro pecado que gostaria de confessar, meu filho?

— Sim. Há uma pessoa. Um policial. Eu vi a mulher que amo ir para a casa dele. Tenho pensamentos que envolvem...

— Sim?

— Pecar. É só, padre. Pode ler a prece de absolvição agora?

O silêncio se instalou na igreja.

— Eu... — começou Nikolaj.

— Preciso ir agora, padre. Por favor.

Nikolaj semicerrou os olhos novamente. E começou a ler. E só abriu os olhos quando chegou a:

— Te absolvo de todos os seus pecados, em nome do Pai, do Filho e do Espírito Santo.

Ele fez o sinal da cruz sobre a cabeça do homem.

— Obrigado — sussurrou o homem, que se virou e deixou a pequena igreja com passos apressados.

Nikolaj ficou no mesmo lugar ouvindo o eco das palavras que ainda soavam entre as paredes. Pensou se lembrar de onde tinha visto aquele homem antes. Na casa da igrejinha de Gamle Aker. Ele tinha levado uma nova estrela de Belém para substituir aquela que fora destruída.

Como padre, Nikolaj estava sob sigilo e não tinha intenção de quebrá-lo devido ao que ouvira. Mas havia algo na voz do homem, a maneira como dissera que tinha pensamentos envolvendo... envolvendo o quê?

Nikolaj olhou pela janela. Para onde foram as nuvens? Estava tão abafado que logo iria acontecer alguma coisa. Chuva. Mas antes, trovoadas e raios.

Ele trancou a porta, ajoelhou-se em frente ao pequeno altar e fez uma prece. Com uma intensidade que não sentia havia anos. Sobre orientação e força. E perdão.

Às 14 horas, Bjørn Holm estava à porta da sala de Beate e disse que tinha algo que ela deveria ver.

Ela se levantou e o seguiu até o laboratório fotográfico, onde ele apontou para uma foto que ainda pendia no varal.

— É da segunda passada — disse Holm. — Foi tirada às 17h30, mais ou menos meia hora depois que Barbara Svendsen foi morta por um tiro na praça Carl Berner. Não demora muito para ir de moto ao parque Frogner nessa hora do dia.

A foto mostrava uma menina sorridente em frente ao chafariz. Ao seu lado dava para ver partes de uma escultura. Beate a conhecia. A menina se atirando no meio da árvore. Beate costumava ficar em frente a essa escultura quando ela e seus pais passeavam no parque aos domingos. O pai explicara que o escultor Gustav Vigeland queria que a escultura da menina simbolizasse o medo que as jovens sentiam da vida adulta e de tornar-se mãe.

Mas não foi a menina na árvore que chamou a atenção de Beate, e sim as costas de um homem no canto da foto. Ele estava em frente a uma lixeira verde. Segurava um saco plástico pardo. Estava usando uma roupa apertada na parte de cima e calças de motoqueiro pretas. Na cabeça, capacete, óculos de sol e máscara sobre a boca.

— O Motoboy — sussurrou Beate.

— Talvez — disse Holm. — Mas, infelizmente, mascarado.

— Talvez... — Soou como um eco. Beate esticou a mão sem desviar o olhar da foto.

— A lente de aumento...

Holm encontrou a lente na mesa entre os sacos de substância química e a estendeu para ela.

Ela semicerrou um dos olhos ao passar a lente convexa por cima da foto.

Holm ficou observando. Claro, já ouvira as histórias sobre Beate quando ela trabalhava na Roubos e Furtos. Que ela ficara dias e noites seguidas na Casa da Dor, a sala de vídeo hermeticamente fechada, vendo vídeos de roubos quadra por quadra, detalhadamente montando a figura, a expressão corporal, os contornos do rosto atrás das máscaras, para por fim revelar a identidade do assaltante. E isso unicamente por ela tê-lo visto em outra gravação anteriormente. Por exemplo, de um assalto aos correios 15 anos antes, na época em que ela nem chegara à adolescência. Uma gravação arquivada no disco rígido do PC dela que continha 1 milhão de rostos e cada assalto a banco na Noruega desde o início das gravações em vídeo. Havia quem alegasse que era porque Beate tinha um giro fusiforme — a parte do cérebro que reconhece rostos — excepcionalmente grande e que era uma qualidade nata. Por isso, Holm não olhou para a foto, mas para os olhos de Beate, que minuciosamente estudavam a foto à sua frente, procurando todos aqueles pequenos detalhes que ele mesmo nunca iria aprender a ver, por se tratar de uma sensibilidade para identidade que ele jamais teria.

Por isso, também notou que não era o rosto do homem que ela estudava pela lente de aumento.

— O joelho — disse ela. — Está vendo?

Holm se aproximou.

— O que tem? — perguntou.

— No joelho esquerdo. Parece um esparadrapo.

— Quer dizer que vamos procurar pessoas com esparadrapo no joelho?

— Engraçado, Holm. Antes de poder descobrir quem é esse aqui na foto, temos que descobrir se ele pode ser o Motoboy Assassino.

— E como a gente faz isso?

— Vamos visitar o único homem que sabemos ter visto o Motoboy Assassino de perto. Faça uma cópia da foto enquanto eu pego o carro.

Sivertsen olhou pasmo para Harry, que acabara de explicar sua teoria. A teoria impossível.

— Eu não fazia ideia — sussurrou Sivertsen. — Nunca vi fotos das vítimas nos jornais. Eles mencionaram os nomes durante os interrogatórios, mas para mim eram nomes desconhecidos.

— Por enquanto é apenas uma teoria — disse Harry. — Não sabemos se é o Motoboy Assassino. Precisamos de provas.

Sivertsen mostrou um sorriso torto

— Seria melhor você me convencer de que já tem o suficiente para me absolver. Para eu aceitar que a gente se entregue e que eu dê as minhas provas contra Waaler a você.

Harry deu de ombros.

— Posso ligar para o chefe do meu setor, Bjarne Møller, e pedir que ele venha com um carro da patrulha e nos tire daqui em segurança.

Sivertsen fez que não com a cabeça.

— Deve ter gente que está mais alta na hierarquia do que Waaler nesta história. Não confio em ninguém. Primeiro você precisa arranjar as provas.

Harry abria e fechava a mão.

— Temos uma alternativa. Uma que pode servir para nós dois.

— É?

— Ir à imprensa e dar o que temos. Sobre o Motoboy Assassino e sobre Waaler. Aí seria tarde demais para fazer alguma coisa.

Sivertsen o olhou, cético.

— O tempo está escorrendo entre nossos dedos — disse Harry. — Ele está se aproximando, você não sente?

Sivertsen esfregou o punho.

— Está bem — respondeu. — Faça isso.

Harry enfiou a mão no bolso de trás e retirou um cartão de visita dobrado. Hesitou um segundo. Talvez por pressentir as consequências do que estava prestes a fazer. Ou por não pressenti-las. Discou o número. Atenderam muito rápido:

— Roger Gjendem.

Harry ouviu zunido de vozes, digitação em computador e telefones ao fundo.

— Aqui é Harry Hole. Quero que você preste muita atenção, Gjendem. Tenho informações sobre o Motoboy Assassino. E do contrabando de armas envolvendo um colega meu na polícia. Entendeu?

— Acho que sim.

— Ótimo. Você vai ter exclusividade da matéria se colocar tudo no jornal on-line o mais rápido possível.

— Claro. De onde você está ligando, Hole?

Gjendem parecia menos surpreso do que Harry esperava.

— Não importa onde estou. Tenho informações que mostrarão que Sven Sivertsen não é o Motoboy Assassino e que um policial do alto escalão está envolvido numa quadrilha de contrabando de armas que opera há anos na Noruega.

— Isso é fantástico. Mas você deve entender que não posso escrever isso com base numa conversa por telefone.

— O que você quer dizer?

— Nenhum jornal sério iria publicar uma acusação de que certo inspetor da polícia contrabandeou armas sem pelo menos checar que a fonte seja crível. Não por duvidar de que você seja realmente Harry Hole, mas como vou saber se você não esta bêbado ou louco ou as duas coisas? Se eu não verificar direito, o jornal será processado. Vamos nos encontrar, Hole. Aí escrevo tudo como você quer. Prometo.

Na pausa que se seguiu, Harry ouviu alguém rir no fundo. Um riso alegre e despreocupado.

— Esqueça de ligar para outros jornais, eles vão lhe dar a mesma resposta. Confie em mim, Hole.

Harry prendeu a respiração.

— Está bem — disse. — No bar Underwater. Às 5. Só você, senão eu me mando. E bico calado, entendido?

— Entendido.

— Até já.

Harry desligou e mordeu o lábio inferior.

— Espero que você esteja fazendo a coisa certa — disse Sivertsen.

* * *

Bjørn Holm e Beate pegaram a saída da movimentada avenida Bygdøy Allé, e de repente estavam numa rua quieta com vilas enormes de um lado e prédios modernosos do outro. Os estacionamentos estavam enfeitados com marcas alemãs de carros.

— Ladeira de figurões — disse Holm.

Pararam em frente a um prédio amarelo, tipo casa de boneca.

Só depois do segundo toque ouviram uma voz pelo interfone:

— Pois não?

— André Clausen?

— Devo dizer que sim.

— Beate Lønn, da polícia. Podemos entrar?

Clausen estava esperando na porta vestindo um roupão curto. Coçou a casquinha de uma ferida na bochecha enquanto fazia uma tentativa tíbia de sufocar um bocejo.

— Desculpe — disse. — Cheguei tarde ontem à noite.

— Da Suíça, talvez?

— Não, fui apenas à minha casa de veraneio. Entrem.

A sala de Clausen era pequena demais para aquela acumulação de peças de arte, e Holm constatou logo que o gosto dele tendia mais para Liberace do que para o minimalismo. Um chafariz fazia jorrar água num dos cantos do cômodo, o mesmo em que uma deusa nua se estendia em direção às pinturas sistinas da abóbada.

— Primeiro quero que se concentre e relembre quando viu o Motoboy Assassino na recepção do escritório de advocacia — disse Beate. — E depois quero que olhe para esta foto.

Clausen pegou a foto e a estudou enquanto passava a ponta de um dedo por cima da ferida no rosto. Holm deu uma olhada pela sala. Ouviu passos de cachorro atrás de uma porta, depois o ruído de patas arranhando-a.

— Talvez — disse Clausen.

— Talvez? — Beate estava sentada na ponta da cadeira.

— Bem possível. As roupas são as mesmas. O capacete e os óculos de sol também.

— Ótimo. E o esparadrapo no joelho, ele também tinha?

Clausen riu baixinho.

— Como eu já disse, não tenho o costume de reparar no corpo de homens tão minuciosamente assim. Mas se isso os faz mais felizes, posso dizer que minha primeira impressão é que foi esse o homem que vi. Além disso...

Ele abriu os braços.

— Obrigada — disse Beate, e se levantou.

— Não há de quê — respondeu Clausen, acompanhando-os até a porta, onde estendeu a mão.

Um gesto meio estranho, pensou Holm, mas ele apertou a mão de Clausen. Porém, quando Clausen a estendeu para Beate, ela fez que não com a cabeça com um leve sorriso:

— Desculpe, mas tem sangue nos seus dedos. E seu rosto está sangrando.

Clausen levou a mão ao rosto.

— É mesmo — ele disse, e sorriu. — Foi Truls, meu cachorro. Nossa brincadeira ficou um pouco violenta nesse fim de semana na casa de veraneio.

Ele olhou Beate, abrindo o sorriso ainda mais.

— Até logo — disse ela.

Sem saber por quê, Holm sentiu arrepios quando voltaram ao calor.

Klaus Torkildsen tinha virado os dois ventiladores da sala para o rosto, mas era como se o vento quente da máquina apenas fosse relançado de volta a ele. Bateu o dedo contra o vidro grosso da tela. Embaixo do número da rua Kjølberg. O assinante acabara de desligar. Era a quarta vez hoje que o sujeito falava com aquele número de celular. Diálogos curtos.

Ele deu um clique duplo no número do celular para saber quem era o assinante. Um nome apareceu na tela. Deu outro clique duplo para saber o endereço e a profissão. Quando apareceu, Torkildsen ficou olhando para a profissão. Em seguida, ligou para o número que fora instruído a ligar caso tivesse algo para relatar.

Um fone foi tirado do gancho.

— Alô?

— É Torkildsen, da Telenor. Com quem estou falando?

— Não esquente com isso, Torkildsen. O que tem para nós?

Torkildsen sentiu a parte superior dos braços molhados grudar no corpo.

— Fiz uma pesquisa — disse. — O celular de Hole está em movimento constante e impossível de encontrar. Mas há outro celular que ligou para um número na rua Kjølberg várias vezes.

— E qual é?

— A assinatura pertence a um Øystein Eikeland. Está registrado como taxista.

— E daí?

Torkildsen esticou o lábio inferior e tentou soprar por baixo dos óculos úmidos.

— Só pensei que podia ter uma ligação entre um telefone que se move pela cidade inteira sem parar e um taxista.

Fez-se silêncio do outro lado.

— Alô? — perguntou Torkildsen.

— Recebido — disse a voz. — Continue o rastreamento, Torkildsen.

No momento em que Bjørn Holm e Beate entraram correndo na recepção da rua Kjølberg, o celular de Beate piou.

Ela o tirou do cinto, olhou o display e o levou ao ouvido num movimento amplo.

— Harry? Peça a Sivertsen que levante a perna esquerda da calça. Temos uma foto de um motoqueiro mascarado em frente ao chafariz às 17h30 da segunda passada com um esparadrapo no joelho. E está segurando um saco plástico pardo.

Holm teve de se apressar para acompanhar a mulher baixinha pelo corredor. Ele ouviu uma voz zunir no telefone.

Beate entrou na sala.

— Nem esparadrapo ou ferida? Claro, eu sei que não prova nada. Mas, para sua informação, André Clausen acabou de mais ou menos identificar o motoboy na foto como sendo o mesmo que viu no escritório da Halle, Thune & Wetterlid.

Ela se sentou à mesa.

— O quê?

Holm viu a testa dela ganhar vincos de sargento.

— Está bem.

Ela abaixou o celular e ficou olhando para ele, parecendo duvidar do que acabara de ouvir.

— Harry acha que sabe quem é o Motoboy Assassino — disse ela. Holm não respondeu. — Vá ver se o laboratório está livre — continuou. — Ele nos deu uma nova missão.

— Que tipo de missão? — perguntou Holm.

— Das piores.

Num táxi no ponto abaixo de St. Hanshaugen, Øystein Eiekland estava de olhos semicerrados observando o outro lado da rua, onde uma garota de pernas longas tomava cafeína numa cadeira na calçada em frente à cafeteria. Uma música country escapando dos alto-falantes abafava o zunido do ar-condicionado.

"*Faith has been broken. Tears must be cried...*"

Línguas maldosas insistiam que era uma música de Gram Parson e que Keith e os Stones a roubaram para usá-la no *Sticky Fingers* quando passaram uma temporada na França tentando se drogar para se tornarem geniais, depois que os anos 1960 acabaram.

"*Wild, wild horses couldn´t drag me away...*"

Uma das portas traseiras se abriu. Øystein pulou de susto. O sujeito devia ter vindo de trás, de dentro do parque. No retrovisor viu um rosto bronzeado com mandíbulas marcantes e óculos de sol espelhados.

— Lago de Maridal, por favor.

A voz era macia, mas o comando transpareceu.

— Se não for incômodo...

— Claro que não — murmurou Øystein, que abaixou a música e deu um último e profundo trago no cigarro antes de jogá-lo pela janela aberta.

— Onde fica o lago...

— Vamos sair daqui. Eu explico no caminho.

Passaram pela rua Ullevål.

— A previsão é de chuva — disse Øystein.

— Vou mostrar o caminho — repetiu a voz.

Lá se foi a gorjeta, pensou Øystein.

Depois de dez minutos saíram da área residencial e de repente viram campos, fazendas e o lago de Maridal, uma transição tão brusca da cidade para o campo que um passageiro americano uma vez havia perguntado a Øystein se eles tinham chegado a um parque temático.

— Pode pegar o caminho à esquerda ali na frente — disse a voz.

— Para dentro da mata? — perguntou Øystein.

— Isso mesmo. Isso o deixa nervoso?

A ideia não tinha ocorrido a Øystein. Até então. Olhou pelo retrovisor de novo, mas o homem estava perto da janela e ele só enxergou metade do rosto.

Øystein freou, ligou a seta e dobrou à esquerda. A estrada de terra à sua frente era estreita e emburricada com tufos de grama no meio.

Øystein hesitou.

Dos lados da rua pendiam galhos com folhas verdes brilhando na luz em várias cores, parecendo chamá-los mais para o fundo da mata. Øystein pisou no freio. O cascalho estalou por baixo dos pneus e o carro parou.

— Sinto muito — disse no retrovisor. — Acabei de gastar 40 mil para consertar o chassi do carro. E não somos obrigados a trafegar nestas estradas. Se quiser, posso ligar para outro carro...

O homem no banco de trás parecia sorrir, pelo menos na metade do rosto visível a Øystein.

— E que telefone pretende usar para ligar, Eikeland?

Øystein sentiu eriçarem os pelos na nuca.

— Seu telefone? — sussurrou a voz.

O cérebro de Øystein procurou alternativas.

— Ou o de Harry Hole?

— Não sei do que está falando, senhor, mas nosso passeio acaba aqui.

O homem riu.

— *Senhor?* Acho que não, Eikeland.

Øystein sentiu vontade de engolir, mas conseguiu resistir à tentação.

— Escute, você não precisar pagar, já que não posso ir até onde quer. Desça e espere aqui, vou chamar outro carro para você.

— Sua ficha diz que você é esperto, Eikeland. Por isso imagino que já sacou o que eu quero. Odeio ter que usar este clichê, mas fica a seu critério se a gente vai resolver isto de forma simples ou complicada

— Não estou entendendo o que... ai!

O homem dera um soco na sua cabeça logo acima do encosto, e quando Øystein automaticamente se inclinou para a frente, sentiu, para sua surpresa, os olhos se encherem de lágrimas. Não que doesse tanto. O soco era do tipo que se dá na escola primária, leve, como uma humilhação inicial. Mas os canais lacrimais pareciam já ter entendido o que o resto do cérebro se recusava a aceitar. Que ele estava numa enrascada das grandes.

— Onde está o telefone de Harry, Eikeland? No porta-luvas? No porta-malas? No bolso, talvez?

Øystein não respondeu. Ele ficou quieto enquanto seu olhar alimentava o cérebro. Floresta nos dois lados. Algo lhe dizia que o homem no banco de trás conhecia bem a área, que ele alcançaria Øystein em segundos. O homem estava sozinho? Será que deveria apertar o botão de alarme, que soava nos outros carros? Deveria envolver outros naquilo?

— Entendo — disse o homem. — De forma complicada, então. E sabe de uma coisa... — Øystein não teve tempo de reagir antes de sentir o braço em volta do pescoço pressioná-lo contra o encosto. — ... era o que eu mais queria.

Øystein perdeu os óculos. Esticou o braço em direção à coluna do volante, mas estava longe demais.

— Se acionar o alarme, eu o mato — sussurrou o homem ao seu ouvido.

E não estou falando figurativamente, Eikeland, vou mesmo *acabar com a sua vida*.

Apesar de o cérebro não receber oxigênio, Øystein ouviu, viu e sentiu cheiros sem problema. Ele viu a rede de veias no lado interno das próprias pálpebras, sentiu o cheiro da loção de barbear do homem e ao mesmo tempo ouviu o tom levemente sibilante de deleite na voz do homem, como uma corrente de carro frouxa:

— Onde ele está, Eikeland? Onde está Harry Hole?

Øystein abriu a boca e o homem afrouxou o braço.

— Não faço ideia do que você está...

O braço voltou a pressionar.

— Última tentativa, Eikeland. Onde está seu amigo beberrão?

Øystein sentiu as dores chegarem, a vontade incômoda de viver. Mas também sabia que logo passaria. Ele já havia estado em situações semelhantes, era apenas uma passagem, antes de chegar ao estágio seguinte — muito mais agradável —, de indiferença. Os segundos passaram. O cérebro começou a fechar filiais. A visão foi a primeira.

Aí sentiu um relacionamento no braço de novo e o oxigênio fluiu para o cérebro. A visão voltou. E as dores também.

— A gente vai achá-lo de qualquer maneira — disse a voz. — Pode escolher se vai ser antes ou depois de você ter deixado este mundo.

Øystein sentiu algo frio e duro passar pela sua têmpora. Depois pelo nariz. Ele já tinha assistido à sua cota de faroestes, mas nunca vira um revólver calibre 45 de perto.

— Abra a boca.

Tampouco abocanhado um.

— Vou contar até cinco, e aí eu atiro. Faça um sinal com a cabeça se tiver algo a me dizer. De preferência antes do cinco. Um...

Øystein tentou lutar contra o medo da morte. Tentou dizer a si mesmo que as pessoas são racionais e que o homem não ia ganhar nada por tirar sua vida.

— Dois...

A lógica está ao meu lado, pensou Øystein: o cano tinha um sabor nauseante de metal e sangue.

— Três. E não se preocupe com o banco do carro, Eikeland. Vou limpar tudinho depois.

Øystein sentiu seu corpo começar a chacoalhar, uma reação descontrolada que ele apenas podia observar, e pensou num foguete que vira na TV que tinha chacoalhado assim, segundos antes de ser lançado ao espaço frio e vazio.

— Quatro.

Øystein balançou a cabeça. Enérgica e repetidamente.

O revólver desapareceu.

— Está no porta-luvas — disse, ofegante. — Ele disse para deixar ligado e não atender se tocasse. Ele está com o meu.

— Não me interessam os telefones — disse a voz. — O que me interessa é o paradeiro de Hole.

— Eu não sei. Ele não me disse nada. Quero dizer, disse sim: que era melhor para nós dois se eu não soubesse.

— Ele mentiu — disse o homem.

As palavras vieram devagar e com calma, e Øystein não conseguiu decifrar se o homem estava zangado ou se divertindo.

— Melhor para *ele*, Eikeland. Não para você.

O cano frio parecia um ferro de passar incandescente contra a bochecha de Øystein.

— Espere! Harry disse alguma coisa. Lembrei agora. Ele disse que ficaria escondido em casa.

As palavras fluíram com tanta rapidez que Øystein tinha a sensação de bombeá-las mal formadas com as bochechas e a língua.

— Já estivemos lá, seu idiota — disse a voz.

— Não, não onde ele mora. Na casa de Oppsal. Onde ele cresceu.

O homem riu, e Øystein sentiu uma dor afiada quando o cano do revólver tentou penetrar sua narina.

— Monitoramos seu telefone durante as últimas horas, Eikeland. Sabemos em que parte da cidade ele está. E não é Oppsal. Você está mentindo descaradamente. Ou, para dizer de outra forma: cinco.

Apitou. Øystein fechou os olhos. O som de apito não parou.

Já estaria morto? Os apitos formaram uma melodia. Algo conhecido. "Purple Rain." Prince. O toque de um celular.

— É, o que foi? — perguntou a voz atrás dele.

Øystein não teve coragem de reabrir os olhos.

— No Underwater? Às 5? OK, chame os rapazes, estou indo.

Øystein ouviu o farfalhar de roupas atrás dele. A hora havia chegado. Ele ouviu um pássaro cantar lá fora. Um canto alto e lindo. Não sabia que tipo de pássaro era aquele. Deveria saber. E o motivo. Deveria saber por que estava cantando. Agora nunca iria saber. Depois sentiu uma mão no ombro.

Øystein abriu os olhos com cuidado e olhou no retrovisor.

Um flash de dentes brancos, depois a voz, com o mesmo tom de deleite:

— Para o centro, motorista. Depressa.

38
Segunda-feira. Nuvem

Rakel abriu os olhos de repente. O coração batia rápido e com força. Tinha adormecido. Ouviu o zunido regular das crianças nas piscinas do parque Frogner. Um cheiro levemente amargo de grama persistia nas suas narinas e o calor era como um edredom quente em suas costas. Ela tinha sonhado, será que fora isso o que a fizera acordar?

Um repentino golpe de vento frio levantou o edredom e ela sentiu um arrepio.

Estranho como os sonhos às vezes se esgueiram como um sabonete liso, pensou ela, e se virou. Oleg não estava lá. Ela se apoiou nos cotovelos e olhou ao redor.

Num instante já estava de pé.

— Oleg!

Ela começou a correr.

Encontrou-o perto da piscina de mergulho. Ele estava sentado na beirada conversando com um menino que ela pensou já ter visto antes. Um colega de turma, talvez.

— Oi, mamãe. — Ele riu para ela.

Rakel o pegou pelo braço, mais forte do que pretendia.

— Já disse para você não sair sem avisar!

— Mas você estava dormindo, mamãe. Eu não queria te acordar.

Oleg parecia surpreso e envergonhado. Seu colega se afastou um pouco.

Ela o soltou. Suspirou e olhou para o horizonte. O céu estava azul, salvo uma única nuvem branca que parecia apontar para cima, como se alguém tivesse acabado de lançar um foguete.

— São quase 5 horas, vamos para casa agora — disse ela, com voz distante.

No carro a caminho de casa, Oleg perguntou se Harry iria vê-los.

Rakel fez que não com a cabeça.

Enquanto esperavam pela luz verde num cruzamento, ela se inclinou para olhar o céu e ver se a nuvem ainda estava lá. Não tinha se mexido, mas estava mais esticada e com um toque de cinza no fundo.

Ela lembrou que não podia se esquecer de trancar a porta quando chegassem em casa.

39
Segunda-feira. Encontros

Roger Gjendem parou e olhou a água borbulhante no aquário da janela do Underwater. Uma imagem passou pela sua cabeça. Um menino de 7 anos estava nadando na sua direção, dando braçadas rápidas e curtas. A expressão de pânico em seu rosto era nítida, como se ele, o irmão mais velho, fosse a única pessoa no mundo que pudesse salvá-lo. Gjendem o chamou, rindo, mas Thomas não entendera que fazia tempo ele estava em água rasa, era só botar os pés no chão. Às vezes, Gjendem pensava que havia conseguido ensinar seu irmão caçula a nadar na água, mas fora em terra que ele se afogara.

Ele entrou no bar e ficou alguns segundos perto da porta até seus olhos se acostumarem ao escuro. Além do barman, só viu uma pessoa no recinto, uma mulher ruiva que estava meio de costas para ele, com um chope à sua frente e um cigarro entre os dedos. Gjendem desceu a escada para o subsolo e olhou lá dentro. Nenhuma alma. Decidiu esperar no primeiro andar. As tábuas rangiam sob seus pés e a ruiva levantou o olhar. Seu rosto tinha sombras, mas algo na sua maneira de sentar, sua postura, o fez pensar que fosse bonita. Ou que já fora bonita. Ele notou que havia uma maleta ao lado da mesa. Talvez ela também estivesse esperando alguém.

Ele pediu uma cerveja e olhou o relógio.

Para não chegar antes das 17 horas, conforme combinado, dera algumas voltas na vizinhança. Não queria parecer ansioso demais, podia levantar suspeita. Por outro lado, quem ia achar estranho um jornalista ansioso, tratando-se de informações que talvez se transformassem no maior caso daquele verão? Seria ótimo, caso se tratasse apenas disso.

Gjendem tentou avistá-los ao vagar pelas ruas. Um carro fora de lugar, alguém lendo um jornal numa esquina, um mendigo dormindo num banco. Mas não viu ninguém. Claro, eram profissionais. Era o que dava mais medo. A certeza de que podiam executar o plano e se safar. Ele ouvira um colega bêbado murmurar que nos últimos anos aconteceram coisas na sede da polícia que o povo não iria acreditar se escrevessem sobre isso, mas Gjendem era da mesma opinião que o povo.

Ele olhou o relógio de novo.

Será que iriam irromper no bar assim que Harry Hole chegasse? Eles não disseram nada, apenas que era para ele comparecer conforme combinado e se comportar como se estivesse trabalhando. Gjendem tomou um gole grande; talvez o álcool acalmasse seus nervos.

Eram 17h10. O barman estava num canto lendo a revista *Fiordes*.

— Com licença — disse Gjendem.

O barman mal levantou o olhar.

— Por acaso viu um cara aqui agorinha? Alto, louro, com...

— Lamento — respondeu o barman, que lambeu o dedo e virou a página. — Peguei no serviço logo depois que você chegou. Pergunte àquela mulher sentada ali.

Gjendem hesitou. Esvaziou o copo e se levantou.

— Com licença...

A mulher levantou o olhar com um meio-sorriso.

— Sim?

Foi aí que ele viu. Que não eram sombras que ele tinha visto no rosto dela. Eram marcas de contusões. Na testa. Na bochecha. E no pescoço.

— Eu ia encontrar um cara aqui, mas estou achando que ele talvez já tenha se mandado. Ele mede em torno de 1,90m e tem cabelo curtinho, louro.

— É? Jovem?

— Bem, uns 35 anos, acho. Parece um pouco... acabado.

— Nariz vermelho e olhos azuis, parecendo velho e jovem ao mesmo tempo?

Ela ainda sorria, mas de uma maneira introvertida que fez Gjendem entender que não era para ele.

— É, pode ser ele mesmo — disse Gjendem, um pouco inseguro. — Ele tem...

— Não, também estou meio que esperando por ele.

Gjendem a olhou. Será que ela era uma delas? Uma mulher espancada e meio bêbada de uns 30 e tantos anos? Não parecia provável.

— Você acha que ele ainda vem? — perguntou Gjendem.

— Não. — Ela levantou o copo. — As pessoas que você quer ver chegar nunca vêm. São os outros que vêm.

Gjendem voltou para o bar. Seu copo já fora retirado. Ele pediu outro.

O barman colocou uma música. A banda Gluecifer se esforçou para animar o lusco-fusco.

"I got a war, baby, I got a war with you!"

Não viria. Harry Hole não viria. E aí, o que iria acontecer? Não era culpa dele.

Às 18h30 alguém abriu a porta.

Esperançoso, Gjendem levantou o olhar.

Um homem de jaqueta de couro olhou-o do vão da porta.

Gjendem fez que não com a cabeça.

O homem varreu o recinto com o olhar. Passou a mão pelo pescoço. E se mandou.

O primeiro pensamento de Gjendem foi correr atrás dele. Perguntar o significado daquela mão. Se eles iam suspender a operação. Ou se Thomas... Seu celular tocou. Ele atendeu.

— Não apareceu? — perguntou uma voz.

Não era o homem de jaqueta de couro e definitivamente não era Harry. Mas havia algo vagamente familiar naquela voz.

— O que eu faço? — perguntou Gjendem.

— Fique aí até as 8 — disse a voz. — E se ele aparecer, ligue para o número indicado. Temos que continuar.

— Thomas...

— Não vai acontecer nada com seu irmãozinho enquanto você fizer direitinho o que a gente mandar. E nada disso pode vazar.

— Claro que não. Eu...

— Boa-noite, Gjendem.

Gjendem enfiou o celular no bolso e mergulhou no chope. Voltou arfando à superfície. Até as 8. Duas horas e meia.

— Eu não disse?

Gjendem se virou. Ela estava bem atrás dele, chamando com o dedo indicador o barman, que relutou para se levantar da cadeira.

— O que você quis dizer com os outros? — perguntou ele.

— Que outros?

— Você disse que em vez das pessoas que a gente quer que venha vêm outros.

— As pessoas com quem a gente tem que se contentar, meu bem.

— É?

— Pessoas como você e eu.

Gjendem se virou de vez. Era a maneira como ela dizia aquilo. Sem drama, sem seriedade, mas com um tom de sorriso meio resignado na voz. Ele reconhecia algo naquilo, uma espécie de parentesco. E agora a viu melhor. Os olhos. Os lábios vermelhos. Com certeza tinha sido bonita.

— Foi seu namorado que a espancou? — perguntou ele.

Ela levantou a cabeça e empinou o queixo. Olhou para o barman, que estava tirando chope.

— Acho que isso não é da sua conta.

Gjendem fechou os olhos por um segundo. Tinha sido um dia estranho. Um dos mais estranhos. Não precisava parar ali.

— Mas pode vir a ser — retrucou ele.

Ela se virou e o encarou com um olhar penetrante.

Ele fez um gesto com a cabeça para sua mesa.

— Julgando pelo tamanho da sua maleta, o cara já é ex. Se precisar de um lugar para pousar esta noite, tenho um apartamento espaçoso com um quarto vazio.

— É mesmo?

O tom de voz era áspero, mas ele viu a expressão dela se alterar. Ficou indagadora, curiosa.

— No inverno, o apartamento de repente ficou muito grande — continuou ele. — Aliás, me deixe pagar um chope se me fizer companhia. Tenho que ficar aqui algum tempo.

— Por que não? — perguntou ela. — Vamos esperar juntos, então.

— Por alguém que não vem?

Seu riso soou triste, mas pelo menos era um riso.

* * *

Sivertsen estava na cadeira, olhando o campo pela janela.

— Talvez você devesse ter ido — disse ele. — Pode ter sido um sinal inconsciente do jornalista.

— Não acho — respondeu Harry. Ele estava deitado no sofá acompanhando a fumaça do cigarro subir rodopiando para o teto cor de cinza. — Acho que ele inconscientemente me deu um aviso.

— Só porque você se referiu a Waaler como "um policial do alto escalão" e o jornalista o mencionou como "inspetor", não significa que ele já soubesse que era Waaler. Pode ter sido um chute.

— Mas então ele cometeu um deslize. A não ser que alguém estivesse na escuta e ele quisesse tentar me advertir.

— Você está paranoico, Harry.

— Talvez, mas não quer dizer necessariamente...

— ... que eles não estejam no seu encalço. Você já disse isso. Deve haver outro jornalista para quem você possa ligar.

— Ninguém de confiança. Além do mais, acho que a gente não deve mais usar este celular. Vou até desligá-lo. Os sinais podem ser usados para nos rastrear.

— O quê? Waaler não consegue saber que celular você está usando.

O display verde do Ericsson se apagou e Harry o enfiou no bolso do paletó.

— Pelo jeito você ainda não entendeu o que Waaler consegue ou não, Sivertsen. Estava combinado que meu amigo taxista ligasse de um orelhão entre as 17 e as 18 horas se tudo estivesse em ordem. São 18h10. Já ouviu o celular tocar?

— Não.

— O que pode significar que eles estão sabendo deste telefone. Ele está chegando perto.

Sivertsen gemeu.

— Alguém já te disse que você tem uma tendência a se repetir, Harry? Além do mais, já percebi que você na verdade não está fazendo tanta coisa para nos tirar desta encrenca.

Harry soprou um zero gordo para o teto e não respondeu.

— Tenho uma vaga sensação de que você *quer* que ele nos encontre. E de que todo o resto é só encenação. Deve ser para fazer parecer que a gente está fazendo um esforço danado para ficar escondido, para você ter certeza de que ele vai cair na armadilha e vir atrás da gente.

— Teoria interessante — murmurou Harry.

— O perito da empresa Norske Møller confirmou aquilo que você achou que fosse — disse Beate ao telefone, e fez um gesto para que Bjørn Holm saísse da sala.

Pelos cliques, ela entendeu que Harry estava ligando de um orelhão.

— Obrigado pela ajuda — respondeu ele. — Era disso mesmo que eu precisava.

— Era?

— Espero que sim.

— Acabei de falar com Olaug Sivertsen, Harry. Ela está morrendo de preocupação.

— Hum.

— E não só pelo filho. Ela está preocupada com a inquilina, que foi a uma cabana no fim de semana e ainda não voltou. Não sei o que dizer a ela.

— O mínimo possível. Logo vai estar acabado.

— Promete?

O riso de Harry parecia uma tosse seca, como uma metralhadora.

— Sim. *Isto* eu prometo.

O interfone tocou na sala de Beate.

— Visita para você — disse uma voz analasada.

Era um segurança, já que acabara o expediente, mas Beate tinha notado que até o pessoal da segurança começava a empinar o nariz depois de pouco tempo atrás do balcão da recepção.

Beate apertou o botão na caixa antiga à sua frente.

— Peça ao sujeito para esperar um pouco, estou ocupada.

— Sim, mas...

E desligou o interfone.

— Só chateação — ela disse ao fone.

Por cima da respiração estalante de Harry, ela ouviu um carro parar e o motor ser desligado. E ao mesmo tempo sentiu a luz de sua sala se alterar.

— Vou ter que ir — disse ele. — O tempo está acabando. Talvez eu ligue depois. Se as coisas saírem como eu espero. OK, Beate?

Beate desligou. Seu olhar dirigiu-se à porta.

— E aí? — perguntou Waaler. — Não diz tchau aos amigos no telefone?

— O porteiro não mandou você esperar?

— Mandou.

Waaler fechou a porta e puxou uma corda, que fez as persianas brancas caírem bruscamente, tapando as janelas que davam para o escritório panorâmico. Depois deu a volta na mesa, pôs-se ao lado da cadeira dela e olhou para a mesa.

— O que é aquilo? — perguntou, apontando para duas placas de vidro comprimidas uma contra a outra.

Beate respirou rápido pelo nariz.

— De acordo com o laboratório, é uma semente.

Ele encostou a mão de leve na nuca dela. Ela congelou.

— Pare com isso — disse ela, com controle forçado. — Tire a mão.

— Epa, foi mal!

Waaler levantou as duas mãos para o alto com as palmas viradas para ela e sorriu.

— Mas você costumava gostar disso, Beate.

— O que você quer?

— Dar-lhe uma chance. Acho que lhe devo isso.

— Você acha? E qual o motivo?

Ela inclinou a cabeça e olhou para ele. Ele molhou os lábios e se dobrou sobre ela.

— Pela sua diligência. E submissão. E pela boceta apertada e fria.

Ela fez menção de bater nele, mas ele agarrou o punho dela no ar, dobrou o braço dela nas costas e o forçou para cima. Ela arquejou, caiu para a frente na cadeira e quase bateu com a testa na mesa. A voz dele sibilou no ouvido dela.

— Eu lhe dou a chance de manter seu emprego, Beate. Sabemos que Harry ligou para você do celular do amigo taxista. Onde ele está?

Ela gemeu. Waaler forçou mais o braço.

— Sei que está doendo — disse. — E sei que não é pela dor que você vai abrir o bico. Isto é apenas para meu deleite. E seu.

Waaler pressionou a pelve contra a coxa dela. O sangue lhe zuniu nos ouvidos. Beate mirou e se deixou cair para a frente. Sua cabeça acertou a caixa do interfone, que estalou.

— Pois não? — disse a voz nasalada.

— Mande Holm entrar imediatamente — gemeu Beate, com a bochecha na mesa.

— Pois não.

Hesitante, Waaler soltou o braço dela. Beate se endireitou.

— Seu porco — ela disse. — Não sei onde ele está. Ele nunca me colocaria numa situação tão difícil.

Waaler olhou para ela longamente. Como se a estudasse. Enquanto isso, Beate descobriu algo estranho. Que não tinha mais medo dele. Sua mente dizia que ele era mais perigoso do que nunca, mas havia algo novo em seu olhar, uma ansiedade que ela nunca vira. E ele acabara de perder o controle. Por poucos segundos apenas, mas foi a primeira vez que ela o viu perder as estribeiras.

— Eu vou voltar — sussurrou ele. — É uma promessa. E você sabe que eu cumpro o que prometo.

— O que é...? — começou Holm, e deu um rápido passo para o lado quando Waaler passou por ele em disparada.

40
Segunda-feira. Chuva

Eram 19h30, o sol estava subindo a colina de Ullern e da sua varanda a viúva Danielsen constatou que várias nuvens brancas estavam se aglomerando sobre o fiorde de Oslo. Na rua abaixo, ela via André Clausen e Truls. Ela não conhecia o homem nem o golden retriever de nome, mas sempre os via passeando por lá. Pararam na luz vermelha no cruzamento ao lado do ponto de táxi de Bygdøy Allé. A viúva Danielsen presumiu que estivessem indo para o parque Frogner.

Os dois pareciam um tanto exauridos, ela pensou. E o cachorro parecia precisar de um banho.

Ela torceu o nariz quando viu o cachorro meio passo atrás do dono levantar a pelve e fazer ali mesmo na calçada. E quando o dono não deu nenhum sinal de querer apanhar as porcarias, muito pelo contrário, arrastou o cachorro atrás de si sobre a faixa de pedestres assim que o sinal ficou vermelho, a viúva Danielsen ficou indignada e um pouco animada ao mesmo tempo. Indignada porque sempre se ocupara do bem da cidade. Isto é, pelo menos daquele lado da cidade. E animada por ter assunto novo para a seção de cartas do *Aftenposten*, pois fazia tempo que não publicavam uma sua.

Por algum tempo ela ficou olhando o local do crime, seguindo com o olhar o cachorro e seu dono, que depressa, e claramente sob o peso da culpa, desceram a rua Frogner. E foi assim sem querer que ela testemunhou quando a mulher vindo na direção oposta, correndo para atravessar no sinal verde, foi vítima da total falta de responsabilidade de alguns cidadãos. A mulher estava tão ocupada em pegar o único táxi do ponto que não notou onde pisava.

A viúva Danielsen bufou alto, lançou um último olhar para a armada de nuvens e voltou para dentro de casa, para escrever para a caixa postal do jornal.

Um trem passou como um sopro longo e macio. Olaug abriu os olhos e descobriu que estava no jardim.

Estranho. Ela não se lembrava de ter saído da casa. Mas ali estava, entre as trilhas da estrada de ferro, com o último cheiro doce de rosas e lilases nas narinas. A pressão nas têmporas não havia melhorado, pelo contrário. Ela olhou para cima. Havia muitas nuvens, por isso estava tão escuro. Olaug olhou para os próprios pés descalços. Pele branca, veias azuis, os pés de uma velha. Ela sabia por que tinha parado justo naquele ponto. Fora ali — exatamente naquele ponto — que eles estiveram. Ernst e Randi. Ela estava na janela do quarto olhando para eles lá embaixo na penumbra, perto dos rododendros que já não havia mais. O sol estava se pondo e ele murmurou algo baixinho em alemão ao catar uma rosa, que pôs atrás da orelha da esposa. Randi riu e apertou o nariz contra o pescoço dele. Depois, os três haviam se virado para o oeste para ver o pôr do sol. Olaug não sabia o que eles tinham pensado, mas ela pensara que o sol talvez nascesse de novo um dia. Tão jovem.

Automaticamente, Olaug olhou para a janela do quarto de empregada. Não viu Ina, não viu a jovem Olaug, viu apenas uma superfície preta refletindo nuvens que pareciam pipoca.

Ela choraria até acabar o verão. E mais um pouco, talvez. E depois, o que restava da vida recomeçaria, como sempre fazia. Era um plano. É preciso ter um plano.

Algo se mexeu atrás dela. Olaug se virou, pesada e lentamente. Sentiu a grama fresca ser arrancada do solo ao girar as solas dos pés. Então — no meio do movimento — congelou.

Era um cachorro.

Ele olhou para Olaug como se quisesse pedir desculpas por algo que ainda não havia acontecido. No mesmo instante, alguma coisa saiu silenciosamente das sombras embaixo das fruteiras e se pôs ao lado do cachorro. Era um homem. Seus olhos eram grandes e pretos, iguais aos do cachorro. Ela não conseguia respirar, parecia que alguém enfiara algo em sua garganta.

— A gente estava lá dentro, mas a senhora tinha saído — disse o homem, que inclinou a cabeça e a olhou como se observasse um inseto interessante. — A senhora não sabe quem eu sou, Sra. Sivertsen. Mas estou ansioso para conhecê-la.

Olaug abriu a boca e voltou a fechá-la. O homem chegou mais perto. Olaug olhou por cima do ombro dele.

— Meu Deus — sussurrou ela, e abriu os braços.

Ela veio da escada, correndo sorridente sobre o pedregulho da entrada para os braços abertos de Olaug.

— Eu estava tão preocupada com você — disse Olaug.

— É? — perguntou Ina, surpresa. — A gente ficou na cabana um pouco mais do que o planejado. Estamos de férias, você sabe.

— Claro — disse Olaug, e abraçou-a com força.

O cachorro, um setter inglês, animado pela alegria do reencontro, pulou e pôs as patas nas costas de Olaug.

— Thea! — chamou o homem. — Senta!

Thea se sentou.

— E quem é ele? — perguntou Olaug quando finalmente soltou Ina.

— É Terje Rye. O rosto de Ina brilhava à luz do crepúsculo. — Meu noivo.

— Meu Deus! — disse Olaug, e bateu as mãos.

O homem estendeu a mão e abriu um largo sorriso. Não era nenhum bonitão. Nariz arrebitado, cabelo desalinhado e olhos muito próximos um do outro. Mas tinha um olhar direto e aberto de que Olaug podia vir a gostar.

— Prazer — disse ele.

— Igualmente — respondeu Olaug, com a esperança de que o escuro escondesse suas lágrimas.

Toya Harang não percebeu o cheiro até estarem quase no fim da rua Josefine.

Ela olhou desconfiada para o taxista. Ele era escuro, mas pelo menos não era africano. Se fosse, não teria tido a coragem de entrar. Não que fosse racista, era apenas uma questão de cálculo percentual.

Mas o que seria aquele cheiro?

Ela notou o olhar do motorista no retrovisor. Será que sua roupa era ousada demais, o decote vermelho exagerado, a saia muito curta por cima das botas de caubói? Ela teve outro pensamento, bem mais agradável. Que ele a reconhecesse das manchetes nos jornais do dia em que publicaram fotos grandes dela. Toya Harang. Herdeira do trono da rainha da música, disseram. Decerto que o crítico do *Dagbladet* a chamara de "desajeitadamente charmosa" e dissera que ela era mais crível como a vendedora de flores Eliza do que como a socialite em que o professor a transformara. Mas todos os críticos eram unânimes: ela sabia cantar e dançar melhor do que ninguém. Pronto. O que Lisbeth teria dito?

— Festa? — perguntou o motorista.
— De certa forma — respondeu Toya.

Uma festa a dois, pensou. Festa para a Vênus e... o que era, que outro nome ele tinha usado? Bem, de qualquer maneira, Vênus era ela. Ele havia se aproximado dela durante a festa da estreia, na noite anterior, sussurrado em seu ouvido que era seu admirador secreto. E então a convidara para ir a sua casa essa noite. Ele não se preocupara em esconder suas intenções e ela deveria ter dito não. Em nome da decência deveria ter dito não.

— Com certeza vai ser muito bom — disse o motorista.

Decência. E não. Ela ainda podia sentir o cheiro de silo e poeira de feno entre as tábuas no celeiro e ver o cinto esvoaçante do pai cortar os feixes de luz das fendas enquanto tentara ensinar-lhe a lição à força. Decência e não. E ela podia sentir a mão da mãe afagar-lhe o cabelo na cozinha depois, enquanto perguntava por que não podia ser como Lisbeth. Boazinha e aplicada. E certo dia, Toya se desprendeu do afago e disse que ela era assim mesmo e que devia ser algo que herdara do pai, ela já tinha visto ele cobrir Lisbeth como se ela fosse uma porca lá no estábulo, ou a mãe não sabia? Toya viu o rosto da mãe se transformar, não porque ela não soubesse que era mentira, mas porque a filha lançava mão de qualquer meio para feri-los. Aí, Toya gritou bem alto que odiava todos, e o pai veio da sala com o jornal na mão, e ela viu pela expressão dos dois que eles entenderam que agora ela não estava mentindo. Ainda os odiava, agora que todos já tinham morrido? Não sabia. Não. Hoje não odiava ninguém. Não era por isso que fazia o que fazia. Fazia pelo prazer. Pelo sim e pela falta de decência. E porque era tão irresistivelmente proibido.

Ela deu 200 coroas e um sorriso ao taxista e disse que ele podia ficar com o troco, apesar do mau cheiro no carro. Foi só quando o carro estava longe que ela entendeu por que o taxista havia olhado tanto para ela no retrovisor. O cheiro não vinha dele, vinha dela.

— Merda!

Ela raspou a sola das botas de caubói na calçada, desenhando listras marrons. Olhou em torno para procurar uma poça d'água, mas já fazia quase cinco semanas que não chovia em Oslo. Ela desistiu, foi ao portão e tocou a campainha.

— Pois não?

— É Vênus — arrulhou.

— E aqui está Pigmalião — disse a voz.

Era esse o nome!

A fechadura do portão zuniu. Por um instante ela hesitou. A última chance de recuar. Jogou o cabelo para trás e abriu o portão.

Ele a esperava na porta com um drinque na mão.

— Fez como falei? — perguntou. — Manteve segredo total sobre aonde ia?

— Claro, está louco?

Ela levou o olhar para o céu.

— Talvez — disse ele, e abriu bem a porta. — Entre e cumprimente a Galateia.

Ela riu, mesmo sem entender o que ele queria dizer. Riu, mesmo sabendo que algo terrível iria acontecer.

Harry encontrou uma vaga no estacionamento na extremidade da rua Mark, desligou o motor e desceu do carro. Acendeu um cigarro e olhou em volta. As ruas estavam desertas, parecia que todos procuravam abrigo em suas casas. As brancas nuvens inocentes da tarde se transformaram num carpete azul-acinzentado no céu.

Ele seguiu as fachadas grafitadas dos prédios até chegar em frente ao portão. Percebeu que estava fumando filtro e o jogou longe. Tocou a campainha e esperou. A noite estava tão abafada que ele suava nas palmas das mãos. Ou seria medo? Ele olhou o relógio e registrou o horário.

— Pois não? — A voz parecia irritada.

— Boa-noite. É Harry Hole.

Nenhuma resposta.

— Da polícia — acrescentou.
— Claro. Desculpe, eu estava meio distraída. Entre.
O interfone zuniu.
Harry subiu os degraus com passos longos e lentos.
As duas o esperavam na porta.
— Nossa — disse Ruth. — Vai estourar já já.
Harry parou no alto da escada.
— A chuva — explicou a Águia de Trondheim.
— Ah, claro. — Harry esfregou as palmas das mãos nas calças.
— Em que podemos ajudar, Sr. Hole?
— A capturar o Motoboy Assassino — respondeu Harry.

Toya estava dobrada como um feto no meio da cama e se olhava no espelho da porta solta encostada à parede. Ouvia o chuveiro no andar de baixo. Ele a tirava de seu corpo com água e sabão. Ela se virou. O colchão se modelou suavemente aos contornos de seu corpo. Ela olhou o retrato. Estavam sorrindo para a câmera. De férias. Na França, talvez. Ela passou a mão no lençol fresco. O corpo dele também tinha estado frio durante o ato. Frio, duro e musculoso para a idade dele. As nádegas e as coxas em particular. Porque tinha sido dançarino, ele dissera. Ele havia exercitado aqueles músculos todos os dias durante 15 anos, nunca iam desaparecer.

Ela olhou para o cinto preto na calça dele, jogada no chão.

Quinze anos. Nunca se libertaria daquilo.

Ela se virou de costas, arrastou-se até a cabeceira e ouviu o gorgolejar da água por dentro do colchão. Mas agora tudo seria diferente. Toya aprendera a ser aplicada. Boazinha. Exatamente como mamãe e papai queriam que ela fosse. Tornara-se Lisbeth.

Toya pousou a cabeça na parede e afundou mais na cama. Algo fazia cócegas entre suas escápulas. Era como estar deitado num barco que navegava por um rio, ela pensou, sem saber de onde surgia a imagem.

Barli perguntara se ela podia usar um consolo enquanto ele olhava. Ela dera de ombros. Boazinha. Ele abrira a caixa de ferramentas. Ela fechara os olhos, mas mesmo assim vira os feixes de luz nas fendas entre as tábuas do celeiro, no interior das pálpebras. E quando ele gozou na sua boca, ela sentiu um gosto de silo. Mas ela não disse nada. Aplicada.

Como foi aplicada quando Barli a instruiu a falar e cantar igual à irmã. Andar por aí, sorrir como ela. Barli dera uma foto de Lisbeth ao maquiador, explicando que era assim que ele queria Toya. A única coisa que ela não tinha conseguido era rir igual a Lisbeth, e então Barli pediu-lhe que não risse. De vez em quando ela ficava insegura quando se tratava do papel de Eliza Doolittle e quando se tratava das saudades desesperadas que Barli sentia de Lisbeth. E agora estava naquela cama. E quem sabe se isso também tivesse a ver com Lisbeth, tanto para ele como para ela? O que é que Barli havia dito? O desejo sempre vai na direção do nível mais baixo?

De novo sentiu algo incômodo entre as escápulas e se virou, irritada.

Para dizer a verdade, Toya não sentia tanto a falta de Lisbeth. Não que não tivesse ficado tão chocada quanto todo mundo ao ouvir a notícia do desaparecimento dela. Mas as portas haviam se aberto para ela. Toya fora entrevistada e a Spinnin' Wheel tinha acabado de receber uma proposta para fazer vários shows bem pagos em memória de Lisbeth. E agora o papel principal no *My Fair Lady*. Que além do mais prometia se tornar um sucesso. Barli dissera, na festa de abertura, que ela teria de se preparar para ficar famosa. Estrela. Diva. Ela colocou a mão nas costas. O que a incomodava nas costas? Algum objeto. Por baixo do lençol. Desaparecia quando ela o apertava. Depois voltava. Tinha de descobrir.

— Willy?

Ela ia gritar mais alto para que Barli a ouvisse do chuveiro no andar de baixo, mas lembrou que ele a mandara descansar a voz. Porque depois do dia livre de hoje, eles estariam no espetáculo todas as noites a semana inteira. Quando ela chegou, ele simplesmente pediu para ela não dizer uma palavra sequer. Apesar de ele ter dito antes que queria repassar alguns diálogos da peça que não tinham soado bem e pedido para ela se maquiar igual a Eliza para ficar mais real.

Toya arrancou o lençol de elástico de um canto da cama. Não havia nada embaixo, apenas o colchão azul, semitransparente. Mas o que podia a estar picando? Ela pôs a mão no colchão. Sentiu algo por baixo da borracha. Mas não dava para ver nada. Rolou para um lado, acendeu o abajur na mesinha e virou a lâmpada para a cama. A coisa já não estava mais ali. Ela pressionou a borracha de novo e esperou. Sentiu a coisa voltar, devagar, e entendeu que era algo que afundava quando ela empurrava e depois tornava a subir. Mudou a mão de lugar.

Primeiro viu apenas o contorno de algo pressionando por baixo da borracha. Como um perfil. Não, não *como* um perfil. Um perfil. Toya estava de bruços. Ela prendeu a respiração. Porque agora sentira, na barriga até os dedos dos pés, que ali dentro havia um corpo inteiro. Um corpo que flutuava para cima na sua direção, ao mesmo tempo que a força da gravidade o forçava para baixo, como se fossem duas pessoas tentando se tornar uma. E talvez já fossem. Porque era como se ver no espelho.

Queria gritar. Queria destruir sua voz. Não queria ser boazinha. Ou aplicada. Queria voltar a ser Toya. Mas não conseguia. Não conseguia parar de olhar para o pálido rosto azul da irmã que a fitava com o olhar sem pupilas. Ouvia o chuveiro que zunia como a televisão depois de encerrar as transmissões. E as gotas d'água no parquete atrás dela, ao pé da cama, que diziam que Barli não estava mais no banho.

— Não pode ser ele — disse Ruth. — Não é possível.

— Da última vez que estive aqui, vocês me contaram que brincaram com a ideia de subir pelo telhado até o apartamento do Sr. Barli para espionar — disse Harry. — E que ele sempre deixava a porta do terraço semiaberta durante o verão. Vocês têm certeza disso?

— Claro, mas você não pode simplesmente tocar a campainha?

Harry fez que não com a cabeça.

— Ele vai ficar desconfiado e pode escapar. Preciso encontrá-lo hoje a noite, senão será tarde demais.

— Tarde demais para quê? — perguntou a Águia de Trondheim, e semicerrou um olho.

— Escute, só estou pedindo para usar o balcão para subir no telhado.

— E você vai sem mais ninguém? — perguntou a Águia de Trondheim.

— E não tem um mandado de busca ou algo parecido?

Harry fez que não com a cabeça de novo.

— Suspeita fundamentada — disse. — Não será preciso.

Um estrondo de trovão ameaçador explodiu por cima da cabeça de Harry. A calha em cima do terraço fora outrora amarela, mas agora estava descascada, deixando grandes manchas de ferrugem vermelha à mostra. Harry segurou com as duas mãos e puxou com cuidado para testar se estava firme. A calha cedeu com um som queixoso, um parafuso se soltou da parede e caiu tinindo para o pátio interno. Harry soltou a calha e praguejou. Mas não tinha escolha: pôs os pés no parapeito do terraço e se içou para cima. E olhou para baixo. Quase perdeu a respiração. O lençol no varal lá embaixo parecia um pequeno selo branco voando ao vento.

Ele deu impulso com o pé, conseguiu se levantar e mesmo no telhado inclinado a aderência das solas dos sapatos nas telhas era suficiente para dar dois passos até a chaminé, que ele abraçou como a um amigo saudoso. Endireitou-se e olhou em torno. Um raio lampejou em algum lugar em cima do fiorde de Oslo. E o ar, que não movia uma folha quando ele chegara, bicava de leve seu paletó. Harry deu um salto quando uma sombra preta de repente passou rente ao seu rosto. E continuou sobre o pátio. Uma andorinha. Harry a viu buscar abrigo sob uma telha.

Ele engatinhou até o cume do telhado, mirou o cata-vento 15 metros ao lado, respirou fundo e começou a andar pelo cume, esticando os braços como um equilibrista.

Aconteceu na metade do caminho.

Harry ouviu um zunido que ele primeiro pensou que viesse das copas de árvores lá embaixo. O som aumentou e o varal começou a rodar e a berrar. Mas ele não sentiu o vento, ainda não. Veio de súbito. A seca de chuvas terminara. O vento bateu no peito de Harry como um deslocamento de ar empurrado pelo volume de água que caía. Ele deu um passo para trás, cambaleante, e ficou balançando de um lado a outro. Ouviu alguma coisa vir correndo na sua direção sobre as telhas, zunindo. A chuva. O dilúvio. A chuva martelava nas telhas e num segundo estava tudo molhado. Harry tentou recuperar o equilíbrio, mas não havia mais aderência, era como pisar em sabão. A sola derrapou e ele deu um pulo desesperado em direção ao cata-vento. Os braços estavam esticados ao máximo, os dedos também. A mão esquerda arranhou as telhas molhadas, procurou algo para se segurar, mas não encontrou nada. A força da gravidade o sugou e ele foi caindo, as unhas fazendo o mesmo ruído áspero de uma foice sendo amolada. Ele ouviu o berro do varal esvanecer, sentiu a calha nos joelhos, sabia que estava prestes a cair e esticou o corpo numa tentativa desesperada, tentando alongá-lo, se fazer de antena. Antena. A mão esquerda fisgou algo, se agarrou. O metal cedeu, se dobrou. Ameaçou ir junto para baixo, mas se manteve firme.

Harry se agarrou com ambas as mãos e se içou para cima de novo. Firmou as solas de borracha e conseguiu. Com a chuva irascível açoitando seu rosto, conseguiu chegar ao cume do telhado, montou por cima e respirou fundo. O mastro metálico retorcido embaixo dele apontava direto para o chão. Alguém teria problemas para assistir à novela aquela noite.

Harry esperou o coração se acalmar. Levantou-se e continuou no papel de equilibrista. O cata-vento acabou ganhando um beijo.

O terraço do Sr. Barli estava embutido no telhado, então foi fácil ele se deixar cair nos ladrilhos vermelhos. Chapinhou por baixo dos pés quando aterrissou, mas o zunido das calhas cheias de água da chuva falou mais alto.

As cadeiras haviam sido guardadas. A churrasqueira estava preta e morta num canto. Mas a porta do terraço estava entreaberta.

Harry se aproximou na ponta dos pés e parou.

Primeiro não ouvia nada além da chuva tamborilando no telhado, mas ao passar por cima da soleira e entrar no apartamento, distinguiu outro som, também de água. Era do banheiro no andar de baixo. Do chuveiro. Finalmente um pouco de sorte. Harry apalpou o bolso do paletó ensopado e sentiu o cinzel. Ele preferia um Sr. Barli nu e desarmado, especialmente se ele ainda tivesse a pistola que Sivertsen lhe entregara no parque Frogner no sábado.

A porta do quarto estava aberta. Da outra vez tinha visto uma faca de caça no estojo de ferramentas ao lado da cama. Entrou rapidinho na ponta dos pés.

O quarto estava escuro, mal iluminado pela lâmpada na mesa de cabeceira. Harry se pôs ao pé da cama e seu olhar foi primeiro para a parede, para a foto de Lisbeth e Barli com sorriso de lua de mel em frente a um antigo prédio majestoso e uma estátua de um cavaleiro. Agora Harry sabia que não fora tirada na França. De acordo com Sivertsen, qualquer pessoa razoavelmente educada deveria reconhecer a estátua do herói nacional tcheco Václav em frente ao Museu Nacional na praça homônima que havia em Praga.

Os olhos de Harry já haviam se acostumado ao escuro e, ao olhar para a cama, ele gelou. Parou de respirar e ficou imóvel feito um homem de neve. O edredom estava no chão e o lençol fora puxado, de forma que dava para ver a borracha azul. Em cima havia uma pessoa nua de bruços, apoiada nos cotovelos. O olhar estava fixo no ponto onde o cone de luz da lâmpada encontrava o colchão azul.

A chuva no telhado deu um vórtice antes de parar repentinamente. Com certeza, a pessoa não tinha percebido que Harry entrara no quarto, mas Harry tinha o mesmo problema que a maioria dos homens de neve no verão. Escorria. A água pingava do paletó para o parquete com um ruído que para Harry parecia estrondos.

A pessoa no colchão enrijeceu. E se virou. Primeiro a cabeça. Depois o corpo inteiro, nu.

A primeira coisa que Harry notou foi o pênis rijo balançando para lá e para cá feito um metrônomo.

— Meu Deus! Harry?

A voz de Willy Barli soou assustada e aliviada ao mesmo tempo.

41
Segunda-feira. Final feliz

— Boa-noite.

Rakel beijou Oleg na testa e apertou o edredom em volta dele. Depois desceu a escada, sentou-se na cozinha e ficou olhando a chuva cair lá fora.

Ela gostava da chuva. Refrescava o ar e limpava todas as coisas passadas. Um novo começo. Era do que precisava. Recomeçar.

Ela foi até a porta de casa para ver se estava trancada. Pela terceira vez naquela noite. Do que é que tinha tanto medo?

Ligou a televisão.

Era uma espécie de programa musical. Três pessoas no mesmo banco de piano. Sorriam uma para a outra. Como uma pequena família, pensou Rakel.

Ela levou um susto quando um estrondo de trovão rasgou o ar.

— Você não faz ideia de como me assustou agora.

Willy Barli balançou a cabeça, e sua ereção em declínio acompanhou o movimento.

— Posso imaginar — disse Harry. — Já que eu entrei pela porta do terraço.

— Não, Harry, você realmente não faz ideia.

O Sr. Barli se esticou, pegou o edredom do chão e se cobriu.

— Parece que o senhor está tomando banho — disse Harry.

O Sr. Barli negou com a cabeça e fez uma careta.

— Eu não — disse ele.

— Quem, então?

— Tenho visita. É... uma mulher.

Ele abriu um sorriso torto e indicou com a cabeça uma cadeira com uma saia de camurça, um sutiã preto e uma meia preta solitária com elástico na borda.

— A solidão deixa o homem fraco. Não é mesmo, Harry? Procuramos conforto onde achamos que podemos encontrá-lo. Algumas pessoas, numa garrafa. Outras...

O Sr. Barli deu de ombros.

— A gente se engana porque quer, não é? E, claro, eu tenho a consciência pesada, Harry.

Apesar de estar escuro, dava para ver as marcas de lágrimas no rosto do Sr. Barli.

— Promete não contar a ninguém, Harry? Foi um erro.

Harry foi até a cadeira, pendurou as roupas no encosto e se sentou.

— A quem eu ia contar, Sr. Barli? À sua esposa?

O quarto foi subitamente iluminado por um lampejo, seguido de um estrondo de trovão.

— Está bem acima da gente — disse o Sr. Barli.

— Sim. — Harry passou uma das mãos na testa molhada.

— Então, o que você quer?

— Acho que já sabe, Sr. Barli.

— Diga assim mesmo.

— Nós viemos para levá-lo.

— Nós não. Você está sozinho, não é? Totalmente sozinho.

— O que o faz pensar assim?

— Seu olhar. Sua expressão corporal. Conheço as pessoas, Harry. Você chega furtivamente, precisa do momento de surpresa. Não é assim quando se caça em grupo, Harry. Por que está sozinho? Cadê os outros? Alguém sabe que você está aqui?

— Isso não é importante. Suponhamos que eu esteja sozinho. De qualquer maneira, o senhor terá que responder pelo assassinato de quatro pessoas.

O Sr. Barli levou o dedo indicador aos lábios e parecia refletir enquanto ouvia Harry dizer os nomes:

— Marius Veland. Camilla Loen. Lisbeth Barli. Barbara Svendsen.

Por um momento, o Sr. Barli ficou olhando o vazio. Depois fez que sim com a cabeça, devagar, e baixou o braço.

— Como foi que você descobriu, Harry?

— Quando entendi o porquê. Ciúme. Queria se vingar dos dois, não é? Quando você descobriu que Lisbeth conheceu Sivertsen e dormiu com ele quando vocês estavam em lua de mel em Praga.

O Sr. Barli fechou os olhos e inclinou a cabeça para trás. Marulhou no colchão.

— Só percebi que a sua foto com Lisbeth era de Praga até ver a mesma estátua na foto de Praga que recebi por e-mail hoje de manhã.

— E então entendeu tudo?

— Bem, quando a ideia me ocorreu, eu a descartei por parecer absurda. Mas depois começou a fazer sentido. Mesmo com a loucura toda. Que o Motoboy Assassino não era um serial killer. Que tudo fora encenado por alguém para deixar essa impressão. Que deveria parecer que Sivertsen era o assassino. E só havia um homem que pudesse pôr isso tudo em cena. Um profissional. Alguém do ramo e com paixão pelo trabalho.

O Sr. Barli abriu um olho.

— Se eu entendi direito, você quer dizer que essa pessoa planejou matar quatro pessoas para se vingar de apenas uma?

— Das vítimas selecionadas, apenas três foram escolhidas por acaso. O senhor conseguiu fazer o local do crime parecer determinado por uma estrela do diabo aleatória, mas na verdade desenhou a estrela a partir de dois pontos. Do seu endereço e da casa da mãe de Sivertsen. Esperto, mas a geometria é simples.

— Você realmente acredita nessa sua teoria, Harry?

— Sivertsen nunca tinha ouvido falar de Lisbeth Barli. Mas sabe o que mais, Sr. Barli? Ele se lembrou direitinho quando eu há pouco mencionei seu nome de solteira, Lisbeth Harang.

O Sr. Barli não respondeu.

— Só tem uma única coisa que eu não entendo — prosseguiu Harry. — Por que esperou tantos anos para se vingar?

O Sr. Barli se sentou na cama.

— Vamos partir do princípio de que eu não estou entendendo o que você está insinuando, Harry. Não gostaria de colocar nós dois numa situação difícil ao lhe dar uma confissão. Mas já que estou na posição cômoda de saber que você não tem prova nenhuma, não me importo de falar um pouco. Como você sabe, aprecio pessoas que sabem escutar.

Harry se mexeu, inquieto.

— Sim, Harry, é verdade que sei que Lisbeth teve uma relação com esse homem. Mas só descobri isso há poucos meses.

A chuva voltou, as gotículas batiam na janela do teto com um som quebradiço.

— Foi ela mesma que lhe contou?

O Sr. Barli fez que não com a cabeça.

— Ela nunca teria me contado. Era de uma família que tem por costume guardar segredos. Provavelmente isso nunca teria vindo à tona se a gente não tivesse reformado o apartamento. Encontrei uma carta.

— E daí?

— No escritório de Lisbeth, a parede externa é de tijolos aparentes. É a parede original de quando o prédio foi construído, no início do século XX. Sólido, mas um gelo no inverno. Eu queria revestir a parede com madeira e aplicar um isolante no lado interno. Lisbeth não queria. Estranhei, porque ela é do tipo prático, que cresceu numa fazenda, e não daquelas que ficam sentimentais por causa de uma parede velha. Então, um dia que ela tinha saído, fui examinar a parede. Não encontrei nada até afastar um pouco a mesa. Ainda não vira nada fora do normal, mas eu apertei todos os tijolos. Um cedeu de leve. Puxei, e o tijolo se soltou. Ela camuflara as fendas em volta com cal. No lado de dentro encontrei duas cartas. No envelope estava escrito Lisbeth Harang e um endereço que eu não fazia ideia que ela tivesse. Meu primeiro pensamento era que eu deveria recolocar as cartas sem lê-las e depois convencer a mim mesmo que nunca as tinha visto. Mas sou um homem fraco. Não consegui. "Meu amor, penso em você o tempo todo. Ainda sinto seus lábios nos meus, sua pele na minha." Assim começava a carta.

Ouviu-se a água ondear dentro da cama.

— As palavras doeram como golpes de açoite, mas continuei lendo. Estranho, pois parecia que cada palavra ali tinha sido escrita por mim. Quando ele terminou de descrever o quanto a amava, passou a detalhar o que haviam feito juntos no quarto de hotel em Praga. Mas não foi a descrição disso que mais me feriu. Foi ele citar coisas que ela contara sobre a nossa relação. Que para ela era apenas "uma solução prática numa vida sem amor". Pode imaginar como é sentir uma coisa dessas, Harry? Descobrir que a mulher que você ama não apenas o enganou, mas nunca o amou? Não ser amado, não seria essa a definição por excelência de uma vida errante?

— Não — disse Harry.

— Não?

— Continue, por favor.

O Sr. Barli olhou para Harry com uma expressão inquisidora.

— Ele anexara uma foto dele, ela deve ter implorado para que fizesse isso. Eu o reconheci. Era o norueguês que encontráramos num café em Perlova, um bairro em Praga de nível duvidoso, com prostituição e bordéis meio camuflados. Ele estava no bar quando entramos. Eu o notei porque ele parecia um desses senhores maduros e distintos que a Boss usa como modelos. Elegantemente vestido e velho mesmo. Mas com um olhar tão jovem e brincalhão que faz os homens quererem cuidar melhor de suas mulheres. Por isso, não fiquei muito surpreso quando o homem mais tarde veio à nossa mesa, apresentou-se em norueguês e ofereceu um colar para comprarmos. Declinei educadamente, mas quando ele mesmo assim tirou o colar do bolso e o mostrou a Lisbeth, ela quase desmaiou, dizendo que amara o colar. Tinha um diamante vermelho em forma de uma estrela de cinco pontas. Perguntei quanto queria pelo colar e ele mencionou um preço tão ridiculamente alto que só poderia ser interpretado como provocação. Pedi para que fosse embora. Ele sorriu para mim como se tivesse acabado de fazer uma conquista, anotou o endereço de outro café num pedaço de papel e disse que poderíamos aparecer no mesmo horário no dia seguinte, caso mudássemos de ideia. Ele deu o papel, claro, a Lisbeth. Lembro que fiquei de mau humor o resto daquela manhã. Mas logo esqueci tudo. Lisbeth sabe bem como fazer a gente esquecer. Às vezes ela consegue... — O Sr. Barli passou um dedo por baixo do olho — ... apenas por sua presença.

— Hum. O que estava escrito na outra carta?

— Era uma carta que ela escrevera e tentara enviar para ele. O envelope tinha um carimbo de retorno. Ela dizia que tinha tentado encontrá-lo de todas as maneiras, mas que ninguém tinha atendido o telefone no número que ele lhe dera, e nem o auxílio à lista ou o registro de endereços em Praga havia conseguido localizá-lo. Dizia que tinha esperanças de que a carta chegasse até ele e perguntava se ele tinha precisado deixar Praga. Talvez ele não tivesse conseguido se desvencilhar dos problemas financeiros que fizeram com que pegasse dinheiro emprestado dela.

O Sr. Barli deu um sorriso triste.

— Nesse caso, era só entrar em contato com ela, que ela o ajudaria novamente. Porque ela o amava. Ela não pensava em mais nada, estar longe dele a enlouquecia. Ela achava que fosse passar com o tempo, mas, ao contrário, havia se alastrado como uma doença, doía em cada centímetro do seu corpo. E alguns centímetros doíam mais do que outros, porque ela escrevia que quando deixava o marido, eu, portanto, fazer amor com ela, tinha passado a fechar os olhos e a imaginar que fosse ele. É claro que fiquei chocado. Paralisado, até. Mas só morri quando vi a data no envelope.

O Sr. Barli cerrou os olhos com força.

— A carta era de fevereiro. Deste ano.

Um novo relâmpago jogou sombras nas paredes. As sombras permaneceram como fantasmas de luz.

— O que se faz numa situação dessas? — perguntou o Sr. Barli.

— Pois é, o que se faz?

O Sr. Barli esboçou um sorriso pálido.

— Eu, da minha parte, servi *foie gras* com vinho branco doce. Cobri a cama com rosas e fizemos amor a noite toda. Quando ela dormiu, ao amanhecer, fiquei lá olhando para ela. Eu sabia que não podia viver sem ela. Mas também sabia que para ela ser minha novamente, precisava primeiro conseguir perdê-la.

— Então o senhor começou a planejar tudo. Fez um roteiro de como ia matar sua esposa e ao mesmo tempo fazer parecer que o homem que ela amava fosse o culpado.

O Sr. Barli deu de ombros.

— Eu me dediquei ao trabalho como se fosse uma mera produção teatral. Como todos os homens do teatro, sei que o mais importante é a ilusão. A mentira precisa parecer tão verdadeira que a verdade se torna bem improvável. Pode parecer difícil, mas na minha profissão descobre-se depressa que isso em geral é mais fácil do que o contrário. As pessoas estão mais acostumadas com a mentira do que com a verdade.

— Hum. Conte-me como fez.

— Por que eu iria correr esse risco?

— Porque de qualquer maneira eu não posso usar o que está me contando no tribunal. Não tenho testemunhas, além de ter entrado ilegalmente no seu apartamento.

— Mas você é um cara esperto, Harry. Eu poderia vir a desvendar alguma coisa que você pudesse usar na investigação.

— Talvez. Mas acho que o senhor está disposto a correr esse risco.

— Por quê?

— Porque você *quer* contar. Está louco para contar. É só ouvir a si mesmo.

O Sr. Barli soltou uma gargalhada.

— Então acha que me conhece, Harry?

Harry fez que não com a cabeça enquanto procurou o maço de cigarros. Em vão. Talvez o tivesse perdido quando caíra no telhado.

— Não o conheço, Sr. Barli. Nem conheço pessoas como o senhor. Trabalho com assassinos faz 15 anos e mesmo assim só sei de uma coisa: que todos procuram alguém a quem contar. Lembra-se do que me fez prometer no teatro? Que encontrasse o culpado. Bem, cumpri minha promessa. Então, vamos fazer um acordo. O senhor me conta como e eu lhe dou as provas que tenho contra o senhor.

O Sr. Barli estudou Harry. Esfregou o colchão de água com uma das mãos.

— Tem razão, Harry. Quero contar. Ou melhor, quero que você entenda. Se bem o conheço, acho que você seria capaz disso. Porque acompanho você desde que tudo começou.

O Sr. Barli riu quando viu a expressão no rosto de Harry.

— Não sabia disso, não é?

Harry deu de ombros.

— Levei mais tempo do que pensei para localizar Sivertsen — continuou o Sr. Barli. — Fiz uma cópia da foto que ele dera a Lisbeth e viajei até Praga. Percorri todos os cafés e bares em Mustek e Perlova. Mostrava a foto e perguntava se alguém conhecia um norueguês chamado Sven Sivertsen. Em vão. Mas ficou claro que algumas pessoas sabiam mais do que estavam a fim de contar. Então, após alguns dias, mudei de tática. Comecei perguntando se alguém podia me arranjar diamantes vermelhos, pois eu sabia que eram vendidos em Praga. Eu me fiz passar por um colecionador de diamantes dinamarquês chamado Peter Sandmann e sinalizei que estava disposto a pagar bem por uma variante especial, uma que tinha o corte de uma estrela de cinco pontas. Informei o nome do hotel onde estava hospedado. Dois dias depois, o telefone do meu quarto tocou. Assim que ouvi a voz, soube que era ele. Disfarcei a minha e falei em inglês. Disse que estava numa reunião negociando outra compra de diamantes e perguntei se podia ligar para ele mais tarde naquela noite. Se ele tinha um número para o qual eu pudesse ligar a qualquer hora. Ouvi como ele tentou disfarçar o entusiasmo e entendi como seria fácil marcar um encontro num beco escuro na mesma noite. Mas eu tinha que me controlar, igual a um caçador com a presa na mira que tem que esperar até o momento perfeito. Entende?

Harry balançou a cabeça devagar.

— Entendo.

— Ele me deu o número de um telefone celular. No dia seguinte voltei para Oslo. Levei uma semana para descobrir o que precisava saber sobre Sivertsen. Identificá-lo era a coisa mais fácil de todas. Havia 25 Sven Sivertsen no Registro Civil, nove deles na idade certa, e desses apenas um não tinha residência fixa na Noruega. Anotei o último endereço registrado, consegui o número pelo serviço de informações e liguei. Atendeu uma senhora idosa. Ela disse que Sven era seu filho, mas que havia saído de casa há muitos anos. Eu disse que eu e mais dois colegas dele da escola primária estávamos tentando localizar todos para uma reunião. Ela disse que ele morava em Praga, mas que viajava muito e não tinha endereço fixo, nem telefone. Além do mais, duvidou que ele tivesse vontade de rever os antigos colegas. Com que nome eu tinha me apresentado? Respondi que só estudara na turma dele por seis meses, por isso talvez ele não se lembrasse de mim. E se por acaso lembrasse, talvez fosse por eu uma vez ter tido um problema com a polícia naquela época. Perguntei se era verdade o boato que Sven também tinha tido problemas. A mãe afiou a voz e disse que aquilo acontecera muito tempo antes e que não era estranho Sven ter ficado rebelde, levando-se em conta como a gente o tratava. Eu me desculpei em nome da turma, desliguei e liguei para o Tribunal de Justiça. Disse que era jornalista e perguntei se podia localizar a sentença de Sven Sivertsen. Uma hora depois tinha uma ideia bastante clara das suas atividades em Praga. Contrabando de diamantes e armas. Um plano começou a se esboçar na minha cabeça. Foi construído em torno das coisas que eu tinha descoberto. Que ele era contrabandista. Os diamantes de cinco pontas. Armas. E o endereço da sua mãe. Está começando a ver as conexões agora?

Harry não respondeu.

— Quando liguei para Sivertsen de novo, haviam se passado três semanas desde que eu estivera em Praga. Falei norueguês com voz normal, fui direto ao assunto e disse que fazia tempo procurava alguém que pudesse me fornecer armas e diamantes, sem intermediários, e que achava que finalmente tinha encontrado um. Ele mesmo, Sven Sivertsen. Quando ele me perguntou como tinha descoberto seu nome e telefone, respondi que minha discrição também o beneficiaria e sugeri que não fizéssemos mais perguntas desnecessárias um ao outro. Ele não engoliu bem a história e nossa conversa quase emperrou, até eu mencionar a soma que estava disposto a pagar pela mercadoria. Adiantado e numa conta suíça, se assim ele quisesse. Tivemos até aquela fala clássica de ele me perguntar se eu estava falando de coroas e eu, com surpresa na voz, dizer que estávamos evidentemente falando de euros. Eu sabia que o montante de dinheiro por si só excluía a suspeita de eu ser um policial. Pardais que nem Sivertsen não se abatem com canhões tão caros. Ele disse que achava que daria para arranjar. Respondi que voltaria em breve. Então, quando a gente estava ensaiando *My Fair Lady* a todo vapor, dei o último toque no plano. É suficiente, Harry?

Harry fez que não com a cabeça. O zunido do chuveiro. Quanto tempo ela pretendia ficar lá?

— Quero saber os detalhes.

— São apenas coisas técnicas — disse o Sr. Barli. — Não é chato?

— Para mim não.

— Muito bem. A primeira coisa que eu tinha que fazer era inventar uma personalidade para Sivertsen. A coisa mais importante para desvendar uma personalidade para o público é mostrar o que a motiva, seus desejos e sonhos, em suma, o que faz a pessoa levar a vida. Decidi mostrá-lo como um assassino sem motivo racional, mas com certo anseio sexual pelo assassinato ritual. Um pouco simplório, talvez, mas o mais importante era que todas as vítimas, exceto a mãe de Sivertsen, pareciam ter sido escolhidas aleatoriamente. Li sobre assassinos seriais e descobri alguns detalhes engraçados que decidi usar. Por exemplo, aquilo sobre ligação materna e a escolha do local do crime de Jack, o Estripador, que os investigadores consideraram um código. Então fui ao escritório de planejamento urbano e comprei um mapa do centro de Oslo. Quando voltei para casa, tracei uma linha do nosso prédio à casa da mãe de Sivertsen. A partir dessa linha tracei um pentagrama exato e encontrei os endereços mais próximos às outras pontas da estrela. E confesso que me deu uma injeção de adrenalina colocar a ponta do lápis no mapa e saber que exatamente ali, naquele exato instante, selava-se o destino de uma pessoa. Nas primeiras noites fantasiei sobre quem seriam, como seria a aparência delas e como suas vidas tinham sido até então. Mas logo as esqueci, pois não eram importantes, apenas peças do cenário, figurantes sem falas.

— Material de construção.

— Como é?

— Nada. Continue.

— Sabia que os diamantes de sangue e as armas poderiam ser vinculados a Sivertsen depois que o prendessem. Para reforçar a ilusão do serial killer, plantei os indícios dos dedos cortados, cinco dias entre cada morte, o horário das 5 e o quinto andar.

O Sr. Barli sorriu.

— Não queria facilitar nem complicar demais. E inserir um pouco de graça. Boas tragédias sempre têm humor, Harry.

Harry deu ordens a si mesmo de ficar quietinho.

— Você recebeu a primeira arma poucos dias antes do primeiro assassinato, o de Marius Veland, não foi?

— Foi. A pistola estava numa lata de lixo do parque Frogner, como combinado.

Harry respirou fundo.

— E como foi, Sr. Barli? Como foi matar?

O Sr. Barli botou o lábio inferior para a frente, fazendo parecer que teria de pensar.

— Está certo quem diz que a primeira vez é a mais difícil. Foi fácil entrar no prédio, mas usar o maçarico e soldar o saco de borracha onde eu o coloquei levou mais tempo do que imaginei usar o maçarico e soldar. E apesar de ter gastado a metade da vida levantando bailarinas bem nutridas, foi um trabalho duro botar o menino no sótão.

Pausa. Harry pigarreou.

— E depois?

— Depois fui de bicicleta até o parque pegar a outra pistola e o diamante. O meio-alemão Sivertsen mostrou-se tão pontual e ávido como eu queria. O lance de mandá-lo ao parque no horário de cada assassinato foi genial, não acha? Afinal de contas, ele cometia um crime, por isso ele tinha cuidado para não ser reconhecido e para que ninguém ficasse sabendo onde estivera. Simplesmente deixei ele mesmo agir de forma que não tivesse álibi.

— Bravo — disse Harry, e passou um dedo nas sobrancelhas molhadas.

Ele tinha a sensação de que tudo era vapor e umidade, como se a água viesse pelas paredes, pelo telhado do terraço e pelo chuveiro.

— Mas tudo que disse até agora eu já tinha imaginado, Sr. Barli. Me conte algo que eu não saiba. Algo sobre sua mulher. Onde a escondeu? Os vizinhos o viram no terraço a intervalos regulares, então como conseguiu tirá-la do apartamento e escondê-la antes de chegarmos?

O Sr. Barli sorriu.

— Não está me dizendo nada — disse Harry.

— Se é para uma peça manter um pouco do mistério, o autor deve se abster de explicar demais.

Harry deu um suspiro.

— OK, mas pelo menos me conte isto: por que complicou tanto? Por que simplesmente não matou Sivertsen? O senhor teve a chance em Praga. Seria muito mais simples e menos arriscado do que assassinar três pessoas inocentes, além da sua mulher.

— Primeiro porque eu precisava de um bode expiatório. Se Lisbeth tivesse desaparecido sem que o caso fosse esclarecido, todo mundo ia botar a culpa em mim. Porque o culpado é sempre o marido, não é, Harry? Mas antes de mais nada, fiz assim porque o amor tem sede, Harry. Precisa beber. Água. "Sede de vingança" é uma bela expressão, não é? Você sabe do que estou falando, Harry. Morte não é vingança. Morte é libertação, final feliz. O que eu queria preparar para Sivertsen era uma verdadeira tragédia, sofrimento sem fim. E consegui. Sivertsen se tornou uma alma atormentada vagando à beira do rio Styx, e eu sou o barqueiro Caronte, que se recusa a levá-lo ao reino dos mortos. Isso é grego para você? Eu o condenei à vida, Harry. Ele será devorado pelo ódio da mesma forma que o ódio me devorou. Odiar sem saber a quem odiar faz com que acabemos odiando a nós mesmos e a nosso destino maldito. É o que acontece quando se é traído pela pessoa amada. Ou quando se passa o resto da vida atrás das grades, condenado por algo que se sabe não ter cometido. Pode imaginar uma vingança melhor, Harry?

Harry verificou se ainda estava com o cinzel no bolso.

O Sr. Bali soltou uma risada curta. A frase seguinte foi um déjà-vu para Harry:

— Não precisa responder. Está na sua cara.

Harry fechou os olhos e escutou a voz do Sr. Barli, que continuou:

— Você não é diferente de mim, o desejo é sua motriz. E o desejo sempre vai na direção do...

— ... do nível mais baixo.

— O nível mais baixo. Mas agora acho que é sua vez, Harry. Qual é a prova de que está falando? É algo com que eu deva me preocupar?

Harry reabriu os olhos.

— Primeiro tem que me contar onde ela está, Barli.

O Sr. Barli riu baixinho e pôs a mão no coração.

— Ela está aqui.

— Deixe de tolice — disse Harry.

— Se Pigmalião estava apto para amar Galateia, a estátua de uma mulher que ele nunca tinha visto, por que eu não poderia amar uma estátua da minha esposa?

— Não estou entendendo...

— Não é preciso, Harry. Sei que não é fácil para os outros entenderem.

No silêncio que se seguiu, Harry ouviu a água do chuveiro cair na mesma intensidade de antes. Como iria conseguir tirar a mulher do apartamento sem perder o controle da situação?

A voz baixa do Sr. Barli se misturou ao zunido de outros ruídos:

— O erro foi eu achar que era possível ressuscitar a estátua. Não; a mulher que ia fazer isso não conseguia entender. Que a ilusão é mais forte do que aquilo que a gente chama de realidade.

— De quem estamos falando agora?

— Da outra. A Galateia viva, a nova Lisbeth. Ela entrou em pânico e ameaçou destruir tudo. Agora reconheço que tenho que me contentar em viver com a estátua. Mas tudo bem.

Harry sentiu algo subir-lhe pelo corpo. Algo frio que vinha do estômago.

— Alguma vez já passou a mão numa estátua, Harry? É fascinante sentir a pele de uma pessoa morta. Nem quente nem fria.

O Sr. Barli passou a mão para lá e para cá no colchão azul.

Harry sentiu o frio paralisá-lo por dentro. A voz estava pesada quando disse:

— Sr. Barli entende que está tudo acabado?

O Sr. Barli se endireitou na cama.

— Por que estaria acabado, Harry? Sou apenas um contador de histórias que terminou de lhe contar uma história. Você não tem prova de nada.

Ele se esticou procurando algo na mesa de cabeceira. Reluziu um metal e Harry gelou. Willy levantou o braço. Era um relógio.

— É tarde, Harry. Acho que podemos dizer que a visita acabou. Não é melhor você já ter ido embora quando ela voltar do chuveiro?

Harry ficou sentado.

— Encontrar o culpado era só a metade da promessa que o senhor obteve de mim, Sr. Barli. A outra parte era puni-lo. Severamente. E acho que era um desejo sincero. Afinal uma parte do senhor está ansiando pela punição, não está?

— Freud já caducou, Harry. Como esta visita.

— Não quer primeiro saber da prova?

O Sr. Barli suspirou, irritado:

— Se isso o fizer ir embora depois, tudo bem.

— Na verdade, eu deveria ter entendido tudo quando recebemos pelo correio o dedo de Lisbeth com o anel de diamante. Que o assassino gostaria que essa pessoa o amasse. Paradoxalmente, foi também esse dedo que o desmascarou.

— Desmascarou?

— Para ser mais exato, os excrementos por baixo da unha.

— Com o meu sangue. Sim, mas isso não é novidade, Harry. E já expliquei que a gente gostava de...

— Sim, e quando entendemos isso os excrementos não foram examinados mais profundamente. Normalmente não se acha grande coisa. A comida leva de 12 a 24 horas da boca até o reto. Durante esse tempo, o estômago e o intestino transformam a comida num resíduo biológico irreconhecível e, mesmo sob o microscópio, é difícil determinar o que a pessoa comeu. Mas mesmo assim há algo que consegue passar inalterado pelo sistema digestivo. Sementes de uvas e...

— Não preciso de uma palestra sobre assunto, Harry.

— ... de outras plantas. Encontramos duas sementes. Não há nada especial nisso. Por isso foi apenas hoje, quando entendi quem podia ser o assassino, que mandei o laboratório analisar melhor as sementes. E sabe o que descobriram?

— Não faço ideia.

— Uma semente inteira de funcho.

— E daí?

— Conversei com o chef do Café do Teatro. O senhor tinha razão quando me disse que é o único lugar na Noruega em que fazem pão de funcho com as sementes inteiras. Fica muito gostoso com...

— Arenque — disse o Sr. Barli. — Porque você sabe que eu costumo comer lá. Aonde quer chegar?

— O senhor contou que naquela quarta-feira em que Lisbeth desapareceu, o senhor, como de costume, tomou seu café da manhã no Café do Teatro. Entre as 9 e as 10 da manhã. O que quero saber é como o funcho teve tempo de descer do seu estômago e se alojar por baixo da unha de Lisbeth.

Harry esperou para ter certeza de que Barli estava assimilando tudo.

— O senhor disse que Lisbeth havia saído do apartamento por volta das 5. Quer dizer, oito horas depois que o senhor comeu seu arenque de manhã. Imaginemos que a última coisa que fizeram antes de ela sair foi sexo e que ela o penetrou com o dedo. Mas não obstante a máxima eficácia do seu intestino, o senhor não iria conseguir transportar a semente de funcho até o reto em oito horas. É uma impossibilidade da medicina.

Harry percebeu um esgar no rosto pasmo do Sr. Barli quando disse a palavra "impossibilidade".

— A semente de funcho não poderia ter tido tempo de chegar ao reto antes das 21 horas. Então, o dedo de Lisbeth deve ter mexido em você mais tarde da noite, de madrugada ou no dia seguinte. De qualquer maneira, depois que o senhor denunciou o desaparecimento dela. Está entendendo o que estou dizendo, Barli?

O Sr. Barli encarou Harry. Ou melhor, ele olhou na direção de Harry, mas seu olhar estava fixo em algum lugar bem além dele.

— É o que a gente chama de prova material — continuou Harry.
— Estou entendendo. — O Sr. Barli assentiu devagar. — Prova material.
— Sim.
— Fato concreto e irrefutável?
— Correto.
— O juiz e os jurados adoram isso, não é? É melhor que uma confissão, não é, Harry?

O policial fez que sim com a cabeça.

— Uma farsa, Harry. Penso nisso como uma farsa. De pessoas que entram e saem pelas portas. Eu cuidei para ficarmos no terraço para que os vizinhos nos vissem antes de pedir para Lisbeth ir comigo para o quarto, onde peguei a pistola da caixa de ferramentas e onde ela olhou... sim, exatamente como numa farsa... com olhos arregalados para o cano longo com silenciador.

O Sr. Barli agora mostrava a mão que estava embaixo do edredom. Harry olhou para a pistola com a peça preta em volta do cano. Que apontava para ele.

— Sente-se, Harry.

Harry sentiu o cinzel espetar na cintura quando se deixou cair na cadeira novamente.

— Ela entendeu tudo errado, foi até cômico. E seria bem poético. Tê-la cavalgando na minha mão quando eu ejaculasse chumbo quente onde ela deixara o outro chegar.

O Sr. Barli se levantou da cama, e a água jogava para todos os lados dentro do colchão.

— Mas a farsa exige tempo, por isso fui forçado a um adeus rápido.

Ele se pôs nu na frente de Harry e levantou a pistola.

— Coloquei a boca do cano na testa dela, que ela franziu, espantada, como costumava fazer quando achava que o mundo era injusto ou apenas confuso. Como naquela noite quando contei sobre a peça de Bernard Shaw, *Pigmalião*, na qual *My Fair Lady* é baseada. Nessa peça, Eliza Doolittle não se casa com o professor Higgins, o homem que pegou a menina de rua e a transformou numa jovem mulher educada. Em vez disso, ela foge com o jovem Freddy. Lisbeth ficou transtornada e achava que Eliza devia muito ao professor e que Freddy era um peso-leve sem interesse. Sabe de uma coisa, Harry? Comecei a chorar.

— O senhor está louco — sussurrou Harry.

— É evidente — disse o Sr. Barli, sério. — O que fiz foi horroroso, com a total falta de controle que você encontra em pessoas guiadas pelo ódio. Sou apenas um homem simples que seguiu os ditames do coração. E ele dita o amor, aquele tipo de amor que não é dado por Deus e que nos torna a ferramenta de Deus. Não foram os profetas e Jesus também considerados loucos? Claro que somos loucos, Harry. Loucos e os mais saudáveis do mundo. Porque quando as pessoas chamam de loucura o que fiz, que devo ter um coração estropiado, eu pergunto: que coração é mais estropiado, aquele que não consegue deixar de amar ou aquele que é amado mas que não pode corresponder ao amor do outro?

Seguiu-se um longo silêncio. Harry pigarreou.

— Então o senhor a matou?

O Sr. Barli fez que sim com a cabeça. Devagar.

— A testa ficou com uma pequena cavidade — disse ele, com estranheza na voz. — E um buraquinho preto. Exatamente como quando se martela um prego em uma lata.

— E depois a escondeu. No único lugar que você sabia que nem um cachorro policial a encontraria.

— Estava quente no apartamento. — O Sr. Barli estava com o olhar fixo em algum lugar acima da cabeça de Harry. — Uma mosca zumbia no caixilho da janela e eu tirei toda a roupa para não sujá-la de sangue. Tudo estava pronto na caixa de ferramentas. Usei alicate para cortar o dedo. Depois a despi, tirei o spray com espuma de silicone e tapei rapidamente o buraco da bala, a ferida do dedo e todas as outras aberturas do corpo. Mais cedo naquele mesmo dia, eu tinha enchido o colchão de água até a metade. Não derramei nenhuma gota quando enfiei Lisbeth pela abertura que tinha feito no colchão. Depois fechei-o com cola, borracha e pistola de ar quente. Foi mais fácil do que da primeira vez.

— E a manteve aqui desde então? Enterrada no próprio colchão d'água?

— Não, não — disse o Sr. Barli, e olhou pensativo para o ponto acima da cabeça de Harry. — Eu não a enterrei. Ao contrário, eu a introduzi em um útero. Foi o começo da ressurreição.

Harry sabia que deveria estar com medo. Que seria perigoso não estar com medo agora, que deveria estar com a boca seca e sentir o coração bater. Não deveria sentir-se invadido por aquele cansaço.

— E o dedo cortado, o senhor enfiou no próprio ânus — disse Harry.

— Hum — disse o Sr. Barli. — Um esconderijo perfeito. Como eu disse, imaginei que fossem usar um cão farejador.

— Há outros esconderijos que não deixam cheiro. Mas talvez tenha lhe dado um prazer perverso, não? Onde escondeu o dedo de Camilla Loen, por exemplo? Aquele que cortou antes de matá-la?

— Camilla, sim...

O Sr. Barli sorriu e fez que sim com a cabeça, como se estivesse se lembrando de algo prazeroso.

— Vamos deixar isso como um segredo entre mim e ela, Harry.

O Sr. Barli soltou a trava de segurança. Harry engoliu em seco.

— Me dê a pistola, Barli. Já acabou. Não vai mudar nada.

— Mas é claro que vai.

— E o que seria?

— A mesma coisa de sempre, Harry. Que o espetáculo tenha um final de verdade. E você acha que o público vai ficar contente se eu calmamente me deixar ser levado preso? Precisamos de um *grand finale*, Harry. Final feliz. Se não há final feliz, eu faço um. É meu...

— ... lema de vida — sussurrou Harry.

O Sr. Barli sorriu e encostou a arma na testa de Harry.

— Ia dizer lema de morte.

Harry fechou os olhos. Ele só queria dormir. Ser carregado rio abaixo. Para a outra margem.

Rakel teve um sobressalto e abriu os olhos.

Tinha sonhado com Harry. Estavam num barco.

O quarto estava escuro. Será que tinha ouvido algum ruído? Acontecera algo?

Ela escutou a chuva tamborilar tranquilizadora no telhado. Por garantia, verificou o celular, que estava na mesa de cabeceira. Caso ele telefonasse.

Voltou a fechar os olhos. Voltou a flutuar.

Harry perdeu o contato com o tempo. Quando reabriu os olhos, era como se a luz caísse diferente no quarto vazio, e ele não sabia se tinha se passado um segundo ou um minuto.

A cama estava vazia. O Sr. Barli tinha sumido.

O barulho de água voltara. A chuva. O chuveiro.

Harry se levantou trôpego e olhou para o colchão azul. Sentiu uma comichão por baixo da roupa. À luz da lâmpada da mesa de cabeceira viu os contornos do corpo no colchão. O rosto estava para cima e se delineou como um molde de gesso.

Ele saiu do quarto. A porta para o terraço estava escancarada. Ele foi ao parapeito e olhou para o pátio. Deixou um rastro de marcas molhadas dos pés nos degraus brancos ao descer para o andar de baixo. Abriu a porta para o banheiro. A silhueta de um corpo de mulher se desenhou no vidro da janela atrás da cortina cinza. Harry puxou a cortina. O pescoço de Toya Harang estava inclinado contra o jato de água, o queixo quase tocando o peito. Uma meia preta estava amarrada em volta do pescoço e presa à torneira do chuveiro. Os olhos estavam fechados e as gotas de água pendiam dos longos cílios pretos. A boca estava semiaberta, cheia de uma massa amarela que parecia espuma endurecida. A mesma matéria enchia as narinas, as orelhas e o pequeno buraco na têmpora.

Ele fechou o chuveiro antes de sair.

Não havia ninguém na escada.

Harry movia os pés com cuidado à sua frente. Sentia-se dormente, como se seu corpo estivesse prestes a virar pedra.

Bjarne Møller.

Ele tinha de ligar para Bjarne Møller.

Harry passou pela portaria e chegou ao pátio. A chuva caía macia na sua cabeça, mas ele não sentia nada. Logo estaria todo paralisado. O varal não gritava mais. Ele evitou olhá-lo. Notou um maço amarelo no asfalto e se aproximou. Abriu, tirou um cigarro e o colocou na boca. Tentou acender com o isqueiro, mas viu que a ponta do cigarro estava molhada. Devia ter entrado água no maço.

Ligar para Bjarne Møller. Fazê-los ir até ali. Ir com Møller até o alojamento de estudantes. Interrogar Sivertsen. Gravar o testemunho contra Waaler imediatamente. Ouvir Møller dar ordens para prender o inspetor Waaler. Depois ir para casa. Para a casa de Rakel.

Ele viu o varal com o canto do olho.

Praguejou, rasgou o cigarro em dois, pôs o filtro entre os lábios e conseguiu acender na segunda tentativa. Por que se estressava tanto? Não havia mais nada para correr atrás. Está terminado, acabado.

Ele se virou para o varal.

Pendia um pouco para um lado, mas a estaca enfiada no asfalto devia ter recebido o impacto maior. Apenas um dos fios de plástico do varal de onde Willy Barli pendia tinha rompido. Os braços apontavam para os lados, o cabelo molhado grudava no rosto e o olhar estava virado para cima, como numa prece. Ocorreu a Harry que era uma visão estranhamente bela. Com o corpo nu parcialmente envolto no lençol molhado, parecia a carranca de uma nau antiga. O Sr. Barli conseguira o que queria. Um *grand finale*.

Harry tirou o celular do bolso e digitou o código PIN. Os dedos mal obedeciam. Em breve seriam pedra. Discou o número de Bjarne Møller. Ia apertar o botão para chamar o número quando o telefone gritou em advertência. Harry pulou de susto e quase deixou cair o celular. O display avisou que havia uma mensagem. E daí? O telefone não era de Harry. Ele hesitou. O instinto lhe dizia que ele deveria primeiro ligar para Møller. Ele fechou os olhos. E apertou.

Uma voz feminina informou que ele tinha uma mensagem. Bipou, seguido de um silêncio de alguns segundos. Depois, uma voz sussurrou para ele:

"Olá, Harry. Sou eu."

Era Tom Waaler.

"Você desligou o telefone, Harry. Não é bom. Porque eu tenho que falar com você, sabe?"

Waaler falava tão perto do fone que Harry teve a sensação de que ele estava bem ao seu lado.

"Desculpe por ter que sussurrar, mas não queremos acordá-lo, não é? Pode adivinhar onde estou agora? Acho que pode. Deve ter previsto isso."

Harry sugou o cigarro sem perceber que já estava apagado.

"Está um pouco escuro aqui, mas ele tem uma foto de um time de futebol bem acima da cama. Vejamos. Tottenham? Tem um daqueles aparelhos pequenos de jogos na mesa de cabeceira. Gameboy. E preste atenção, porque agora estou segurando o telefone em cima da cama."

Harry apertou o telefone no ouvido com tanta força que doía na cabeça.

Ele ouviu a respiração calma e regular de um menino dormindo tranquilo numa casa de madeira escura na rua Holmenkollen.

"Temos ouvidos e olhos em todo lugar, Harry, por isso não tente ligar para outro número ou falar com alguém. Apenas faça o que digo. Ligue para este número e fale comigo. Se fizer qualquer outra coisa, o menino está morto. Entendeu?"

O coração começou a bombear sangue no corpo empedrado, e aos poucos a dormência foi substituída por uma dor quase insuportável.

42
Segunda-feira. Estrela do diabo

Os limpadores do para-brisa oscilavam e os pneus cantavam.

O Escort passou pelo cruzamento planando na água. Harry ia o mais rápido que podia, mas a água caía como riscos de lápis no asfalto à sua frente e ele sabia que o que restava de relevo nos pneus era meramente estético.

Ele acelerou e atravessou o cruzamento seguinte no sinal amarelo. Por sorte, as ruas estavam vazias. Olhou o relógio.

Faltavam 12 minutos. Fazia oito minutos que saíra do pátio com o telefone na mão, discando o número que tinha de discar. Oito minutos desde que a voz sussurrara no seu ouvido:

— Até que enfim.

E Harry tinha dito o que não queria dizer, mas não se conteve:

— Se tocar nele, eu mato você.

— Calma. Onde estão você e Sivertsen?

— Não faço ideia — respondeu Harry, olhando para o varal. — O que você quer?

— Quero me encontrar com você. Saber por que quer quebrar o acordo que fizemos. Saber se está descontente com algo que podemos melhorar. Ainda não é tarde demais, Harry. Estou disposto a ir longe para ter você no time.

— OK — respondeu Harry. — Vamos nos encontrar. Vou até vocês.

Tom Waaler riu baixinho.

— Eu queria encontrar Sivertsen também. Acho que seria melhor eu ir até vocês. Me passe o endereço. Agora.

Harry hesitou.

— Conhece aquele ruído de quando se corta o pescoço de uma pessoa, Harry? Primeiro o leve chiado quando o aço corta a pele e a cartilagem, depois um som sibilante, como o sugador do dentista. Vem da traqueia cortada. Ou do esôfago, nunca sei a diferença.

— O alojamento dos estudantes. Quarto 406.

— Nossa, o local do crime? Eu deveria ter pensado nisso.

— Deveria.

— OK. Mas se pensar em ligar para alguém ou montar uma armadilha, é melhor esquecer, Harry. Vou levar o menino.

— Não! Não... Tom... seja razoável.

— Razoável? Você disse razoável?

Harry não respondeu.

— Eu tirei você da sarjeta e lhe dei uma nova chance. E você teve a gentileza de me apunhalar pelas costas. Não é culpa minha fazer o que estou fazendo. É sua. Lembre-se disso, Harry.

— Escute...

— Daqui a vinte minutos. Deixe a porta escancarada e fiquem sentados no chão onde eu possa vê-los com as mãos na cabeça.

— Tom!

Waaler já havia desligado.

Harry girou o volante e sentiu os pneus perderem o controle. Flutuavam lateralmente na água e por um momento era como se ele e o carro estivessem num voo, como num sonho no qual as leis da física estavam suspensas. Durou apenas um instante, mas deixou Harry com a sensação libertadora de que tudo tinha acabado e que era tarde demais para fazer algo a respeito. Os pneus aderiram de novo ao chão e ele voltou a si.

O carro entrou enviesado em frente ao prédio e parou próximo à porta. Harry desligou o motor. Ainda tinha nove minutos. Ele saiu e deu a volta no carro. Abriu o porta-malas, jogou fora peças do limpador de para-brisas e estopas sujas e pegou um rolo com fita adesiva preta. Enquanto subia as escadas, tirou a pistola da cintura e desatarraxou o silenciador. Não teve tempo de checá-la, mas supunha que a qualidade tcheca fosse confiável o bastante para suportar cair 15 metros de um terraço vez ou outra. Em frente à porta do elevador no quarto andar, parou. A maçaneta era como ele se lembrava: de metal com uma peça de madeira sólida na ponta. Do tamanho exato para poder prender a pistola sem silenciador sem que desse na vista. Ele carregou a arma e a prendeu com dois pedaços de fita adesiva. Se tudo ocorresse de acordo com seus planos, ele não ia precisar da arma. A porta da lixeira perto do elevador rangeu quando ele a abriu, mas o silenciador caiu no poço escuro sem fazer barulho. Quatro minutos.

    Abriu a porta do 406.

    Ouviu-se ferro tinir contra o aquecedor.

    — Boas notícias?

    Sivertsen parecia quase suplicante. Harry sentiu seu mau hálito ao abrir as algemas.

    — Não — respondeu ele.

    — Não?

    — Ele está chegando com Oleg.

Harry e Sivertsen esperaram sentados no chão do corredor.

    — Ele está atrasado — disse Sivertsen.

    — Está.

    Silêncio.

    — Músicas de Iggy Pop começando com C — disse Sivertsen. — Você começa.

    — Corta essa.

    — "China-girl."

    — Agora não.

    — Isso ajuda. "Candy."

    — "Cry for love."

    — "China girl."

    — Essa você já disse, Sivertsen.

    — Mas têm duas versões.

    — "Cold metal."

    — Está com medo, Harry?

    — Estou.

    — Eu também.

    — Ótimo. Aumenta as chances de sobreviver.

    — Em quanto? Dez por cento? Vint...

    — Quieto! — disse Harry.

— É o elevador que... — sussurrou Sivertsen.

— Estão chegando. Respire fundo e pausadamente.

Ouviram o elevador parar com um gemido baixo. Passaram-se dois segundos. Ouviram o ranger da grade sendo aberta. Um chiado longo informou a Harry que Waaler estava abrindo a porta do elevador com cuidado. Murmúrio baixo. O som da portinha do lixo sendo aberta. Sivertsen olhou indagador para Harry.

— Levante as mãos para ele poder vê-las — sussurrou Harry.

As algemas rangeram quando eles levantaram as mãos de forma sincronizada. A porta de vidro do corredor se abriu.

Oleg estava de chinelos e com um casaco esporte por cima do pijama, e de repente as imagens passaram piscando pela cabeça de Harry.

Waaler estava logo atrás de Oleg. Tinha as mãos nos bolsos da jaqueta curta, mas Harry viu o cano da pistola sob o couro preto.

— Pare — disse Waaler, quando havia 5 metros entre eles e Harry e Sivertsen.

Oleg fitou Harry, com medo nos olhos negros. Harry devolveu o olhar e torceu para que fosse firme e seguro.

— Por que vocês estão atados, rapazes? Já são inseparáveis?

A voz de Waaler ressoou pelas paredes, pelo que Harry entendeu que ele havia revisto a lista que elaboraram antes da ação e já sabia o mesmo que Harry: que não havia ninguém no quarto andar.

— Chegamos à conclusão de que estamos no mesmo barco — disse Harry.

— E por que não estão dentro do apartamento como eu mandei?

Waaler se mantinha atrás de Oleg.

— Por que você queria que a gente ficasse lá dentro? — perguntou Harry.

— Não é você que faz as perguntas agora, Harry. Entrem. Agora.

— Desculpe, Tom.

Harry abriu a mão que não estava atada a Sivertsen. Entre os dedos havia duas chaves. Uma Yale e outra menor.

— Uma do apartamento e a outra das algemas — disse.

Harry abriu a boca, pôs as duas chaves na língua e fechou a boca. Piscou para Oleg e as engoliu.

Waaler olhou descrente para o pomo de adão de Harry, que rolava para cima e para baixo.

— É melhor você mudar os planos, Tom — gemeu Harry.

— E que plano seria?

Harry dobrou as pernas e se levantou com as costas contra a parede. Waaler tirou a mão do bolso da jaqueta. A pistola apontou para Harry, que fez uma careta e bateu duas vezes no peito antes de falar:

— Não esqueça que eu acompanho você há alguns anos, Tom. E aos poucos fui descobrindo como você opera. Como matou Sverre Olsen no quarto dele e fez parecer que tinha sido em legítima defesa. E como você fez a mesma coisa no armazém do porto. Por isso imagino que o plano é matar a mim e a Sivertsen dentro do apartamento e fazer parecer que eu o matei e depois cometi suicídio. Depois você iria embora do local do crime, deixando um colega me encontrar. E talvez ligasse deixando um aviso anônimo de que alguém havia escutado tiros no prédio.

Waaler lançou um olhar impaciente para o corredor.

Harry continuou:

— E a explicação falaria por si. Acabou sendo demais para Harry Hole, o policial psicótico e alcoolizado. Abandonado pela namorada, demitido da polícia. Sequestra um prisioneiro. Raiva autodestrutiva terminando em horror. Uma tragédia pessoal. Quase, mas apenas quase, incompreensível. Não foi algo assim que você pensou?

Waaler esboçou um sorriso.

— Nada mau. Mas esqueceu a parte em que você, devido à dor de cotovelo, vai para a casa da namorada à noite, entra despercebido e sequestra o filho dela. Que é encontrado com vocês.

Harry se concentrou em respirar.

— E você acha que vão engolir essa história? Møller? O chefe da Perícia Técnica? A mídia?

— Claro — respondeu Waaler. — Não lê os jornais? Não vê televisão? Essa história vai estar nas manchetes durante alguns dias, no máximo uma semana. Se não acontecer outra coisa. Algo realmente sensacional.

Harry não respondeu.

Waaler sorriu.

— A única coisa sensacional aqui é você não ter acreditado que eu conseguiria encontrar você.

— Tem certeza disso?

— Certeza de quê?

— Que eu não sabia que você me encontraria aqui?

— Nesse caso, eu teria dado no pé, se fosse você. Não há mais saídas, Harry.

— É verdade — disse Harry, e pôs uma das mãos no bolso do paletó.

Waaler levantou a pistola. Harry tirou um maço de cigarros molhado.

— Caí na armadilha. A questão é saber para quem é a armadilha.

Ele tirou um cigarro do maço.

Waaler semicerrou os olhos.

— O que quer dizer?

— Bem — disse Harry, que rasgou o cigarro em dois e pôs o filtro entre os lábios. — Férias coletivas são uma merda, não acha? Nunca tem gente suficiente de plantão para fazer as coisas, tudo é adiado. Como por exemplo montar o monitoramento de um prédio. Ou desmontá-lo.

Harry viu uma vibração leve nas pálpebras do colega. Ele apontou com o dedo sobre o ombro.

— Olhe ali em cima à direita, Tom. Está vendo?

O olhar de Waaler saltou para onde Harry apontava e voltou.

— Como eu disse, sei como você funciona, Tom. Eu sabia que mais cedo ou mais tarde iria nos encontrar aqui. Só tive que dificultar as coisas um pouco para que não suspeitasse que estava sendo atraído para uma cilada. Domingo de manhã tive uma conversa longa com um cara que você conhece. Desde então, ele está no ônibus esperando para gravar este encontro. Dê um tchauzinho para Otto Tangen.

Waaler piscou sem parar, como se tivesse um cisco no olho.

— Você está blefando, Harry. Conheço Tangen, ele nunca teria coragem de participar de algo assim.

— Dei-lhe todos os direitos para revender a gravação. Pense bem, Tom. Uma gravação de uma grande revelação, estrelando o alegado Motoboy Assassino, o investigador louco e o inspetor corrupto. Canais de TV no mundo inteiro vão fazer fila.

Harry deu um passo à frente.

— Seria melhor você me dar essa pistola antes de tornar as coisas piores do que já estão, Tom.

— Fique exatamente onde está, Harry — sussurrou Waaler, e Harry viu que o cano da pistola agora estava apontando para as costas de Oleg.

Ele parou. Não piscava mais. A musculatura de seu maxilar trabalhava arduamente. Ninguém se mexia. O silêncio era tão grande no prédio que Harry pensou ouvir o som das paredes, uma longa onda de vibração, quase inaudível, que o ouvido registrou como sendo minúsculas alterações na pressão de ar. Enquanto as paredes cantavam, passaram-se dez segundos. Dez segundos intermináveis. Dez segundos intermináveis e Waaler nem piscou. Øystein uma vez contara a Harry a quantidade de dados que um cérebro humano era capaz de elaborar num segundo. Ele não se lembrava do número, mas Øystein explicara que isso significava que um ser humano podia facilmente escanear uma biblioteca popular média durante dez segundos desses.

Por fim, Waaler piscou e Harry viu uma espécie de calma cair sobre ele. Ele não sabia o que significava, mas eram provavelmente más notícias.

— O interessante em casos de assassinato — disse Waaler — é que somos inocentes até provarem o contrário. E por enquanto nenhuma câmera me filmou fazendo algo ilegal.

Ele se aproximou de Harry e Sivertsen, puxou as algemas e forçou Sivertsen a se levantar. Com a mão livre, Waaler apalpou as roupas dos dois, sem tirar os olhos de Harry.

— Estou apenas fazendo meu trabalho. Prender um policial que sequestrou um prisioneiro.

— Você acabou de confessar na frente de uma câmera — disse Harry.

— A vocês, sim. — Waaler sorriu. — Pelo que me lembro, essas câmeras gravam imagens, não sons. Esta é uma detenção regular. Comece a andar até o elevador.

— E como fica sequestrando um menino de 10 anos? — perguntou Harry.

— Tangen tem imagens de você apontando uma arma para o menino.

— Ah, ele — disse Waaler, e deu um empurrão nas costas de Harry que o fez cambalear para a frente, levando Sivertsen de reboque.

— Parece que ele acordou no meio da noite e foi à delegacia da polícia sem avisar a mãe. Ele já fez isso antes, não é? Encontrei o menino quando estava saindo da delegacia para procurar por Sivertsen e você. Parece que ele pressentiu que havia algo de errado. Quando expliquei a situação, ele disse que queria ajudar. Aliás, foi ele quem sugeriu este teatrinho de eu usá-lo como refém para evitar que você cometesse alguma tolice e se machucasse, Harry.

— Um menino de 10 anos? — gemeu Harry. — Você realmente acha que alguém vai acreditar nisso?

— Veremos — disse Waaler. — OK, pessoal, vamos sair daqui e parar em frente ao elevador. Se alguém tentar alguma coisa, leva a primeira bala.

Waaler foi até o elevador e apertou o botão. Ribombou no fundo do poço do elevador.

— Estranho como está quieto um prédio desses nas férias coletivas, não é?

Ele sorriu para Sivertsen.

— Como uma casa mal-assombrada.

— Desista, Tom. — Harry teve de se concentrar para que as palavras saíssem, pois sua boca parecia estar cheia de areia. — É tarde demais. Não entende que ninguém vai acreditar em você?

— Está se repetindo, caro colega — disse Waaler, e lançou um olhar para o ponteiro torto que girava devagar no vidro redondo acima da porta do elevador. Parecia um compasso.

— Vão acreditar em mim, Harry. Pelo simples fato... — ele passou um dedo sobre os lábios — ... de que não haverá mais ninguém para me contradizer.

Harry já entendia o plano. O elevador. Não havia câmera no elevador. Era lá que ia acontecer. Ele não sabia como Waaler contaria a história depois — se teriam lutado ou se Harry havia conseguido pegar a pistola —, mas não restava dúvida: eles iam morrer ali, no elevador.

— Papai... — começou Oleg.

— Vai dar tudo certo, meu filho — disse Harry, e esboçou um sorriso.

— Sim — disse Waaler. — Vai dar tudo certo.

Ouviram um estalo de metal. O elevador estava chegando e Harry viu a maçaneta roliça da porta. Ele havia prendido a pistola para que pudesse pegar no cabo, pôr o dedo no gatilho e arrancá-la, tudo num único movimento.

O elevador parou com um solavanco e tremeu de leve.

Harry respirou fundo e esticou o braço. Os dedos deslizaram pela superfície gasta da maçaneta. Ele queria sentir o aço duro e frio nas pontas dos dedos. Nada. Absolutamente nada. Apenas mais madeira. E um pedaço solto de fita adesiva.

Waaler suspirou.

— Receio que a tenha jogado no poço do lixo, Harry. Você realmente achou que eu não fosse procurar uma arma escondida?

Waaler abriu a porta de ferro com uma das mãos, a pistola na outra, apontando para eles.

— Primeiro o menino.

Harry evitou o olhar de Oleg. Não conseguiu encarar o olhar pedindo um novo estímulo. Em vez disso, fez que sim com a cabeça. Oleg entrou e se pôs no fundo do elevador. Uma luz pálida do teto iluminava a parede de madeira falsa com um mosaico de declarações de amor, slogans, órgãos sexuais e lembranças riscadas na superfície.

FODA-SE estava escrito em cima da cabeça de Oleg.

Um túmulo, pensou Harry. Aquilo era um túmulo.

Ele pôs a mão livre no bolso do paletó. Não gostava de elevadores. Deu um puxão com a mão algemada, Sivertsen perdeu o equilíbrio e caiu para o lado de Waaler. Esse se virou para Sivertsen no mesmo instante em que Harry levantou a mão direita por cima da cabeça. Ele mirou como um toureiro que levanta a espada sabendo que só terá uma única chance e que a precisão é mais importante que a força.

Deixou cair a mão.

A ponta do cinzel furou o couro com um som rascante. O metal deslizou para dentro do tecido macio logo acima da clavícula direita, cortou a veia jugular, penetrou nos nervos entrelaçados no plexo braquial direito e paralisou os nervos motores que vão para o braço. Ouviu-se um som oco quando a pistola bateu no chão, escorregou e caiu escada abaixo. Waaler olhou para o ombro direito com uma expressão de espanto. Por baixo da pequena haste que ficou despontando, o braço pendia, frouxo.

Fora um longo dia de merda para Waaler. A merda começou quando ele foi acordado com a mensagem de que Harry havia sumido com Sivertsen. E continuou quando encontrá-lo tornou-se mais difícil do que ele tinha imaginado. Waaler havia explicado para seus comparsas que teriam de usar o menino, e eles haviam recusado. Era arriscado demais, disseram. No fundo, ele sempre soubera que teria de percorrer o último trecho sozinho. Era sempre assim. Lealdade era uma questão de escolher o que era mais vantajoso, todos cuidavam apenas de si. E a merda simplesmente continuara. Agora não sentia mais o braço. Sentia apenas o fluxo quente sobre o peito, o que indicava que alguma coisa com muito sangue estava perfurada.

Ele se virou para Harry de novo, a tempo de ver o rosto dele crescer na sua frente, e no instante seguinte sua cabeça deu um estalo quando a de Harry acertou seu nariz. Waaler cambaleou para trás. Harry o golpeou com a direita, mas Waaler conseguiu se desviar. Harry o seguiu, mas estava preso a Sivertsen pelo braço esquerdo. Waaler respirou ofegante pela boca, sentindo como a dor fazia a revigorante raiva cega fluir nas veias. Ele recuperou o equilíbrio. Em todos os sentidos. Avaliou a distância, a força nos joelhos, pegou impulso e rodou num pé, com o outro no ar. Um perfeito *oou tek*, que acertou Harry na têmpora e o fez cair de lado, arrastando Sivertsen. Waaler se virou e procurou a pistola. Estava no primeiro lance das escadas, logo abaixo. Ele agarrou o corrimão e desceu em dois pulos. A mão direita não obedecia. Ele praguejou, agarrou a pistola com a mão esquerda e correu para cima.

Harry e Sivertsen não estavam mais ali.

Ele se virou a tempo de ver a porta do elevador se fechar. Colocou a pistola entre os dentes, agarrou a maçaneta com a mão esquerda e puxou com força. Parecia que o braço ia se desconjuntar. Fechado. Encostou o rosto na janelinha da porta. Já haviam fechado a grade, e ele ouviu vozes exaltadas.

Um dia de merda mesmo. Mas agora ia acabar. Ficaria perfeito. Waaler levantou a pistola.

Harry se encostou ofegante na parede e esperou o elevador começar a descer. Tinha acabado de fechar a grade de dentro e apertado o botão SUBSOLO quando Waaler puxou a porta soltando palavrões.

— A merda não quer andar! — sibilou Sivertsen. Ele havia caído de joelhos ao lado de Harry.

O elevador deu um tranco, como um soluço grande, mas continuou no mesmo lugar.

— Com esta merda de elevador tão lerdo, ele pode correr escada abaixo e nos dar as boas-vindas lá embaixo!

— Cale a boca — disse Harry, baixinho. — A porta entre o corredor e o porão está trancada.

Harry viu uma sombra se mexer atrás da janelinha da porta.

— Abaixem-se! — gritou, e empurrou Oleg contra a grade.

Soou como uma rolha sendo tirada do gargalo quando a bala se encravou no painel de madeira falsa acima da cabeça de Harry. Ele puxou Sivertsen para perto de Oleg.

No mesmo instante, o elevador deu outro tranco e começou a descer, rangendo.

— Meu Deus — sussurrou Sivertsen.

— Harry... — começou Oleg.

Ouviu-se um estrondo e Harry viu o punho cerrado entre as barras de ferro da grade acima da cabeça de Oleg antes de involuntariamente fechar os olhos contra o jato de cacos de vidro.

— Harry!

O grito de Oleg o encheu. Encheu-lhe os ouvidos, o nariz, a boca, a garganta, o afogou. Harry reabriu os olhos e olhou direto nos olhos escancarados de Oleg, a boca aberta, contorcido de dor e pânico, o longo cabelo preto preso numa grande mão branca. Oleg foi levantado do chão.

— Harry!

Harry ficou cego. Ele abriu os olhos o mais que pôde, mas não enxergava nada. Apenas uma cortina branca de pânico. Mas podia ouvir. Os gritos de sua irmã.

— Harry!

Os gritos de Ellen. Os gritos de Rakel. Todos gritavam seu nome.

— Harry!

Ele olhou para dentro do branco que aos poucos se tornou preto. Teria desmaiado? Os gritos foram abafados, como ecos morrendo. Flutuou para longe. Estavam certos. Ele sempre se mandava na hora H. Fazia questão de não estar presente. Arrumava as malas. Abria a garrafa. Trancava a porta. Ficava com medo. Ficava cego. Eles sempre têm razão. E se não tinham, vão acabar tendo.

— Papai!

Um pé acertou Harry no peito. Ele recuperou a visão. Oleg estava espernando no ar na sua frente com a cabeça parecendo sair da mão de Waaler.

O elevador havia parado. Ele viu logo por quê. A grade não estava encaixada. Harry olhou para Sivertsen, que estava sentado no chão com um olhar congelado.

— Harry! — gritou a voz de Waaler do lado de fora. — Faça o elevador subir, senão atiro no menino!

Harry se levantou e se abaixou rapidinho, mas deu para ver o que precisava. A porta para o quarto andar estava meio metro acima do elevador.

— Se atirar daí, Tangen terá o assassinato gravado em filme — disse Harry.

Ele ouviu o riso baixo de Waaler.

— Diga, Harry: se essa cavalaria existisse, não deveria ter cavalgado para cá faz tempo?

— Papai... — Oleg gemeu.

Harry fechou os olhos.

— Escute, Tom. O elevador não vai andar enquanto a grade não estiver bem fechada. Seu braço está entre as barras de ferro, por isso tem que soltar Oleg para podermos fechá-la.

Waaler riu novamente.

— Você acha que eu sou idiota, Harry? É só puxar aquela grade alguns centímetros. Dá para fazer isso sem eu soltar o menino.

Harry olhou para Sivertsen, mas este o fitou com um olhar distante.

— OK — disse Harry. — Mas estamos algemados, por isso preciso da ajuda de Sivertsen. E parece que ele está viajando.

— Sivertsen! — gritou Waaler. — Está ouvindo?

Sivertsen levantou um pouco a cabeça.

— Lembra de Lodin, Sivertsen? Seu antecessor em Praga?

O eco rolou escada abaixo. Sivertsen engoliu em seco.

— A cabeça no torno mecânico? Quer experimentar?

Sivertsen se levantou cambaleando. Harry pegou o colarinho dele e o puxou para perto de si.

— Está entendendo o que fazer, Sivertsen? — gritou para o rosto pálido e sonâmbulo enquanto enfiava a mão no bolso de trás e pegava uma chave. — Tem que cuidar para que a grade não desencaixe de novo. Está ouvindo? Tem que segurar a grade quando eu acionar o elevador.

Harry apontou para um dos botões gastos na parede.

Sivertsen olhou longamente para Harry, que enfiou a chave na fechadura das algemas e a girou. Depois fez que sim com a cabeça.

— OK — gritou Harry. — Estamos prontos. Vamos botar a grade no lugar.

Sivertsen se posicionou com as costas para a grade. Agarrou-a com as duas mãos e puxou-a para a direita. Waaler gemeu quando as barras puxaram seu braço na mesma direção. Ouviu-se um clique macio quando a grade se encaixou no ponto certo do chão.

— Pronto! — gritou Harry.

Esperaram. Harry deu um passo à frente e olhou para cima. Na fenda entre a janelinha da porta e o ombro de Waaler, viu dois olhos encarando-o. Um olho escancarado de Waaler e outro cego da pistola preta.

— Venham para cá — disse Waaler.

— Se poupar o menino — disse Harry.

— Combinado.

Harry fez que sim com a cabeça, devagar. Depois apertou o botão do elevador.

— Eu sabia que você ia acabar fazendo a coisa certa, Harry.

— É o que se costuma fazer.

Ele viu uma das sobrancelhas de Waaler se abaixar de repente. Talvez por descobrir que a algema pendia do braço de Harry. Talvez por algo no tom de voz dele. Ou talvez por ele também sentir que o momento havia chegado.

Zuniu um cabo de aço quando o elevador deu um tranco. No mesmo instante, Harry deu um passo rápido para a frente e ficou na ponta dos pés. Ouviu-se um clique seco quando a algema se fechou em volta do punho de Waaler.

— Que mer... — começou Waaler.

Harry levantou os pés. As algemas se encravaram nos punhos de ambos quando os 92 quilos de Harry puxaram Waaler para baixo. Waaler tentou resistir, mas o braço foi arrastado para dentro da janelinha até parar no ombro.

Um dia de merda.

— Me solte! — Waaler gritou com o lado do rosto prensado contra a fria porta de ferro. Tentou puxar o braço, mas era pesado demais. Gritou de raiva e bateu com a pistola com toda a força na porta de ferro. Não era para ser assim. Eles destruíram tudo para ele. Destruíram e pisotearam o castelo de areia e depois ficaram lá rindo. Mas eles iriam ver, um dia todos iriam ver. Foi quando percebeu. Que as barras da grade se moveram contra o braço, que o elevador estava em movimento. Mas para o lado errado. Para baixo. Ele sentiu um aperto na garganta quando a ficha caiu. Que seria prensado. Que o elevador se tornara uma guilhotina em câmera lenta. Que a maldição estava prestes a atingi-lo.

— Segure a grade, Sivertsen! — gritou Harry.

Waaler soltou Oleg e tentou recuperar o braço. Mas Harry era pesado demais. Waaler entrou em pânico. Fez uma nova tentativa desesperada de puxar o braço. E mais uma. Seus pés deslizaram no piso liso. Ele sentiu o interior do teto do elevador encostar em seu ombro. Perdeu a razão.

— Não, Harry. Pare.

Ele queria gritar, mas o choro abafou suas palavras.

— Por piedade...

43
Noite de terça-feira. Rolex

Tique-taque.
Harry estava de olhos fechados contando as batidas do ponteiro de segundos. Pensou que o tempo devia estar razoavelmente certo, já que era um relógio Rolex de ouro.
Tique-taque.
Se estivesse contando corretamente, já estariam no elevador havia 15 minutos. Novecentos segundos. Apertou o botão entre o primeiro andar e o porão, dizendo que estavam seguros, mas era preciso esperar um pouco. Havia novecentos segundos estavam bem quietinhos, tentando ouvir passos, vozes, portas sendo abertas ou fechadas. De olhos fechados, Harry contava os novecentos tiques do relógio Rolex no pulso do braço ensanguentado no chão do elevador, ao qual ele ainda estava algemado.
Tique-taque.
Abriu os olhos. Destrancou as algemas, tentando imaginar uma forma de entrar no porta-malas do carro agora que tinha engolido a chave.
— Oleg — sussurrou Harry, e chacoalhou com cuidado o ombro dormente do menino. — Estou precisando da sua ajuda.
Oleg se pôs de pé.
— Qual é a ideia? — perguntou Sivertsen, e olhou para Oleg, que subira no ombro de Harry e agora tentava soltar o tubo fluorescente do teto.
— Pegue — disse Harry.
Sivertsen levantou os braços para pegar o tubo que Oleg estendera para ele.

— Primeiro para acostumar meus olhos ao escuro do porão antes de eu sair — respondeu Harry. — Segundo, para que a gente não sirva de mira iluminada na hora em que a porta do elevador se abrir.

— Waaler? No porão? — A voz de Sivertsen soava incrédula. — De jeito nenhum, ninguém pode sobreviver a uma coisa dessas. — Ele apontou com o tubo para o pálido braço no chão que parecia ser moldado em cera. — Imagine a quantidade de sangue que ele perdeu. E o choque.

— Estou tentando imaginar qualquer coisa — disse Harry.

Ficou escuro.

Tique-taque.

Harry saiu do elevador, deu um passo para o lado e se agachou. Ouviu a porta se fechar atrás de si. Esperou até ouvir o elevador se mover. Combinaram de parar o elevador entre o porão e o primeiro andar, onde estariam seguros.

Ele prendeu a respiração e prestou atenção a ruídos. Por enquanto nenhum sinal de fantasmas. Ele se levantou. Uma luz pálida entrou por uma porta que dava para o outro lado do porão. Atrás da tela de arame vislumbrou móveis de jardim, cômodas velhas e pontas de esquis. Harry apalpou a parede. Encontrou uma porta e abriu. Sentiu o cheiro doce de lixo. Estava no caminho certo. Pisou em sacos de lixo rasgados, cascas de ovo e caixas de leite enquanto procurava no calor úmido do apodrecimento. A pistola estava perto da parede. Ainda com um pedaço de fita adesiva. Antes de sair, certificou-se de que ainda estava carregada.

Ele se agachou e foi em direção à porta de onde vinha a luz. Devia ser a que dava para a escadaria.

Só quando chegou mais perto é que viu o contorno escuro contra o vidro. De um rosto. Automaticamente agachou-se até entender que a pessoa não podia vê-lo no escuro. Ele segurou a pistola com as duas mãos, na frente do corpo, deu mais dois passos. O rosto estava prensado contra o vidro com os traços irreconhecíveis. Harry o mantinha bem na mira. Era Waaler. Os olhos escancarados olhavam fixamente para algo no escuro atrás dele.

O coração de Harry batia com tanta força que ele não conseguia mirar sem tremer.

Ele esperou. Segundos se passaram. Nada aconteceu.

Então baixou a pistola e se endireitou.

Aproximou-se do vidro e olhou para dentro do olhar vítreo de Waaler.

Os olhos já estavam cobertos por uma película branco-azulada. Harry se virou e olhou para o escuro. Não importava o que Waaler tinha visto, já não estava mais lá.

Harry ficou quieto e sentiu seu pulso bater, teimoso e insistente. Tique-taque. Ele não sabia bem o significado daquilo. Além de que estava vivo. Porque o homem no outro lado da porta estava morto. E ele poderia abrir a porta, pôr a mão na pele dele e sentir o calor abandoná-lo, sentir a pele se transformar, perder a materialidade e se tornar embalagem.

Harry encostou a testa na de Waaler. O vidro frio queimava como gelo na pele.

44
Madrugada de terça-feira. Murmúrio

Estavam parados no sinal vermelho na praça Alexander Kielland.

Os limpadores de para-brisa lutavam à direita e à esquerda. Em uma hora e meia, o amanhecer daria a primeira pincelada de luz. Mas ainda era noite e as nuvens formavam uma lona preto-acinzentada sobre a cidade.

Harry estava no banco de trás com o braço em torno de Oleg.

Uma mulher e um homem vieram cambaleando na sua direção no calçadão vazio.

Já havia passado uma hora desde que Harry, Sivertsen e Oleg deixaram o elevador, saíram na chuva para o campo em frente ao prédio e se sentaram no gramado seco embaixo do grande carvalho que Harry vira da janela. De lá, Harry ligou primeiro para o jornal Dagbladet e falou com o redator de plantão. Depois ligou para Bjarne Møller, contou os acontecimentos e pediu para rastrear Øystein Eikeland. Por fim ligou para Rakel e a acordou. Vinte minutos depois, a praça em frente ao prédio dos estudantes foi iluminada por flashes e luzes giratórias da polícia e da imprensa, como sempre unidas.

Harry, Oleg e Sivertsen ficaram embaixo do carvalho observando todos entrarem e saírem do prédio.

Ele apagou o cigarro.

— Pois é — disse Sivertsen.

— "Character" — disse Harry.

Sivertsen fez que sim com a cabeça e disse:

— Dessa não me lembrei.

Em seguida foram para a praça e Møller veio correndo para enfiá-los num carro da polícia.

Primeiro foram à sede da polícia para um breve interrogatório. Ou "relato de missão", termo mais suave usado por Møller. Quando Sivertsen foi levado para a prisão, Harry fez questão de que fosse vigiado 24 horas por dia por dois policiais. Um pouco surpreso, Møller perguntou a Harry se ele achava que o risco de o prisioneiro fugir era tão grande assim. Ele fez que não com a cabeça e Møller se aquietou sem mais perguntas.

Ligaram para pedir uma patrulha para deixar Oleg em casa.

O sinal zuniu forte na noite quieta quando um casal atravessou a rua. O homem tinha cedido sua jaqueta à mulher, que a segurava por cima da cabeça. A camisa do homem estava grudada ao corpo e algo o fazia dar gargalhadas. Harry achou que havia algo de familiar neles.

O sinal ficou verde.

De relance viu o cabelo ruivo por baixo da jaqueta antes de o casal desaparecer.

Logo depois, como num passe de mágica, parou de chover e as nuvens desapareceram. Uma lua nova brilhou no céu preto sobre o fiorde de Oslo.

— Finalmente — disse Møller, e se virou sorridente no banco de passageiro.

Harry supôs que ele se referia à chuva.

— Finalmente — respondeu, sem tirar o olhar da lua.

— Você é um rapaz bastante corajoso — disse Møller, dando um tapa no joelho de Oleg, que sorriu palidamente e olhou para Harry.

Møller se virou para a frente.

— A dor de estômago passou — disse. — Sumiu.

Haviam encontrado Øystein Eikeland no mesmo lugar para o qual levaram Sivertsen. Na prisão. De acordo com os documentos de Groth Chorão, Eikeland fora levado por Waaler por suspeita de dirigir alcoolizado. O exame de sangue confirmou um nível baixo de álcool. Quando Møller deu ordens para cancelar todas as formalidades e soltar Eikeland de imediato, o Groth Chorão, surpreendentemente, não tinha nenhuma objeção, pelo contrário, estava gentil como nunca.

Rakel estava esperando na porta quando o carro da polícia entrou no cascalho do pátio em frente de casa.

Harry se inclinou por cima de Oleg e abriu a porta. Oleg saltou e correu para a mãe.

Møller e Harry ficaram olhando os dois se abraçarem em silêncio na escadaria.

O celular de Møller tocou e ele atendeu. Disse dois "sim" e um "OK" e desligou.

— Era Beate. Acharam um saco cheio de trajes de motoboy na lata de lixo do pátio do Barli.

— Hum.

— Vai ser um inferno — disse Møller. — Todos vão querer um pedaço de você, Harry. A imprensa, as rádios, a TV2. Estrangeiros também. Já ouviram falar do Motoboy Assassino até na Espanha, imagine. Bem, você já passou por tudo isso antes, já sabe como é.

— Vou sobreviver.

— Com certeza. Também temos fotos do que aconteceu no prédio dos estudantes esta noite. Só queria saber como Tangen conseguiu ligar o equipamento do ônibus no domingo à tarde, esquecer de desligá-lo e depois pegar o trem para sua cidade no interior.

Møller olhou indagador para Harry, mas ele não respondeu.

— E sorte sua que ele apagou o suficiente no disco rígido para ter espaço para vários dias de gravação. De fato, é incrível. Quase daria para pensar que foi planejado.

— Quase — murmurou Harry.

— Vai haver uma investigação interna. Entrei em contato com a Corregedoria informando sobre as atividades de Waaler. Não estamos descartando a ideia de que este caso possa ter ramificações dentro da corporação. Vou ter a primeira reunião com eles amanhã. Vamos apurar tudo em detalhes, Harry.

— OK, chefe.

— OK? Você não me parece muito convencido.

— Bem, você está?

— Por que, deveria não estar?

— Você também não sabe em quem confiar.

Møller piscou duas vezes, sem achar uma resposta, e lançou um olhar ao policial no volante.

— Pode esperar um pouco, chefe?

Harry saltou do carro. Rakel soltou Oleg, que entrou em casa.

Ela estava de braços cruzados e olhava fixamente para a camisa dele quando Harry parou diante dela.

— Está molhado — disse ela.

— Bem. Quem está na chuva...

— ... é para se molhar. — Ela esboçou um sorriso triste e pousou a palma da mão no rosto dele. — Acabou agora? — perguntou ela, sussurrando.

— Acabou, por ora.

Ela fechou os olhos e se inclinou para a frente. Ele a abraçou.

— Ele vai ficar bem — disse Harry.

— Eu sei. Ele disse que não estava com tanto medo. Porque você estava lá.

— Hum.

— E você?

— Estou bem.

— E é verdade? Que acabou?

— Acabou — murmurou ele por entre seus cabelos. — Último dia no trabalho.

— Ótimo — disse ela.

Ele sentiu o corpo dela se aconchegar, preenchendo todos os pequenos espaços vazios entre eles.

— Na semana que vem começo no emprego novo. Vai ser muito bom.

— Aquele que um colega seu arranjou para você? — perguntou ela, e pôs a mão na nuca dele.

— Sim. — O cheiro dela enchia a cabeça dele. — Øystein. Você se lembra do Øystein?

— O motorista de táxi?

— É. Tem exame de carteira de motorista de táxi na terça. Todos os dias tenho decorado os nomes das ruas de Oslo.

Ela riu e o beijou na boca.

— O que você acha? — perguntou ele.

— Acho que está maluco.

O riso dela rumorejou feito um córrego nos seus ouvidos. Ele secou uma lágrima no seu rosto.

— Preciso ir.

Ela esboçou um sorriso, mas Harry viu que ela não ia conseguir.

— Não estou conseguindo — disse ela, antes de o choro rasgar sua voz.

— Vai conseguir — disse Harry.

— Não vou conseguir... sem você.

— Não é verdade — respondeu Harry, e a puxou para perto de si de novo.

— Você consegue, se arranja muito bem sem mim. A questão é se você consegue se arranjar comigo.

— É essa a pergunta? — sussurrou ela.

— Eu sei que você tem que pensar na questão.

— Você não sabe de nada.

— Pense bem, Rakel.

Ela se inclinou para trás e ele sentiu a curva das costas dela. Ela estudou o rosto dele. Procurando por algo diferente, pensou ele.

— Não vá, Harry.

— Tenho um compromisso. Se quiser, posso vir amanhã cedo. Podemos...

— Sim?

— Não sei. Não tenho nenhum plano. Ou ideias. Está bem assim?

Ela sorriu.

— Está perfeito.

Ele olhou para os lábios dela. Hesitou. Beijou-os e foi embora.

— Aqui? — perguntou o policial ao volante, olhando no retrovisor. — Não está fechado?

— Meio-dia às 3 em dias úteis — respondeu Harry.

O motorista parou na calçada em frente ao Boxer.

— Você vem, chefe?

Møller fez que não com a cabeça.

— Ele quer falar com você sozinho.

O serviço já havia terminado havia tempo e os últimos fregueses estavam saindo.

O chefe do DIC estava à mesma mesa da outra vez. A cavidade ocular profunda oculta na sombra. O grande copo de chope estava quase vazio. Uma brecha se abriu em seu rosto.

— Parabéns, Harry.

Harry se sentou no banco comprido.

— Excelente trabalho. Mas tem que contar como chegou à conclusão de que Sivertsen não era o Motoboy Assassino.

— Eu vi uma foto de Sivertsen em Praga e lembrei que tinha visto uma foto de Barli e Lisbeth do mesmo lugar. Além do quê, a Perícia Técnica verificou restos de excrementos sob a unha de...

O chefe do DIC se inclinou por cima da mesa e pôs uma das mãos no braço de Harry. Seu hálito cheirava a cerveja e tabaco.

— Não me referi às provas, Harry. Estou falando da ideia. Da suspeita. O que fez com que ligasse os indícios ao homem certo. Qual foi o momento inspirador, quando lhe ocorreu a ideia pela primeira vez?

Harry deu de ombros.

— A gente tem todos os tipos de pensamento o tempo todo. Mas...

— Sim?

— Estava certinho demais.

— O que quer dizer?

Harry se coçou no queixo.

— Sabia que Duke Ellington costumava pedir ao afinador de piano para não afinar totalmente?

— Não.

— Quando um piano está afinado e tecnicamente perfeito, o som não é bom. Não há nada de errado, mas ele perde um pouco do calor, da sensação de ser verdadeiro.

Harry cutucou um pedaço de tinta solta na superfície da mesa.

— O Motoboy Assassino nos deu um código perfeito que informou exatamente onde e quando. Mas não o porquê. Por isso, ele nos fez focar direto nas ações em vez de no motivo. E todos os caçadores sabem que se quiserem ver a presa no escuro, não devem focar diretamente nela, mas um pouco ao lado. E foi só quando parei de olhar diretamente para os fatos que ouvi o motivo.

— Ouviu?

— Sim. Que esses assassinatos seriais eram perfeitos demais. Parecia certo, mas não verdadeiro. Os assassinatos seguiram a receita à risca, dando uma explicação tão plausível quanto uma mentira, mas raramente tão plausível quanto a verdade.

— E então você entendeu?

— Não. Mas parei de fixar o olhar num ponto só. Meu olhar se expandiu.

O chefe do DIC fez que sim com a cabeça enquanto olhava para o copo de chope bojudo que girava entre as mãos na mesa. Soava como um afiador de facas no recinto quieto, quase vazio.

Ele pigarreou.

— Eu me enganei a respeito de Waaler, Harry. E sinto muito por isso.

Harry não respondeu.

— O que queria dizer é que não vou assinar seu documento de demissão. Quero que continue no emprego. Quero que saiba que tem minha confiança. Minha total confiança. E espero, Harry... — ele levantou o rosto, e uma brecha, uma espécie de sorriso, apareceu na parte inferior — ... que eu tenha a sua.
— Vou ter que pensar sobre isso — disse Harry.
A brecha sumiu.
— Aquilo sobre o trabalho — emendou.
O chefe do DIC voltou a sorrir. Desta vez chegou aos olhos.
— Claro. Deixe-me pagar um chope, Harry. Estão fechados, mas se eu mandar...
— Sou alcoólatra.
Por um momento, o chefe do DIC ficou perplexo. Depois soltou um riso curto.
— Desculpe. Fui leviano. Outra coisa, Harry. Você já... — Harry esperou até o copo completar outra volta — ... pensou sobre a maneira como quer expor este caso?
— Expor?
— Sim. No relatório. E para a imprensa. Todos vão querer falar com você. E vão pôr a polícia toda sob a lupa se o contrabando de armas de Waaler vazar. Por isso é importante você não dizer...
Harry procurou o maço de cigarros enquanto o chefe procurava as palavras.
— Não dar uma versão que possa dar margem a interpretações erradas — disse, por fim.
Harry esboçou um sorriso e olhou para seu último cigarro.
Resoluto, o chefe do DIC tomou o resto do chope e enxugou a boca com o dorso da mão.
— Ele disse alguma coisa?
Harry levantou uma sobrancelha.
— Waaler, quer dizer?
— Sim. Ele disse algo antes de morrer? Mencionou os comparsas? Outras pessoas envolvidas?
Harry se decidiu a guardar o último cigarro.
— Não. Ele não disse nada. Nada mesmo.
— Uma pena. — O chefe do DIC o olhou sem expressão no rosto. — E aquelas gravações? Elas revelam alguma coisa nesse sentido?

Harry encarou o olhar azul do chefe. Pelo que Harry sabia, o chefe estava na polícia durante toda a sua vida profissional. O nariz era afiado como a lâmina de um machado, a boca reta e transversal e as mãos eram grandes e grossas. Ele fazia parte da fundação da corporação, granito duro, mas seguro.

— Quem sabe? — respondeu Harry. — De qualquer maneira, não há motivo para se preocupar. Pois neste caso haverá uma versão que não dará margem a... — Harry conseguiu por fim soltar a crosta seca da tinta — ... interpretações erradas.

Como por comando, as luzes do local começaram a piscar.

Harry se levantou.

Eles se olharam.

— Quer uma carona? — perguntou o chefe do DIC.

Harry fez que não com a cabeça.

— Vou a pé.

O chefe do DIC se despediu de Harry com um aperto de mão forte e demorado. Harry começou a se dirigir à porta, mas parou e se virou.

— Aliás, lembrei de uma coisa que Waaler disse.

A sobrancelha branca do chefe abaixou.

— É? — disse, com cautela.

— Sim. Ele pediu clemência.

Harry pegou o atalho pelo Cemitério do Nosso Salvador. As árvores pingavam. As gotas acertavam as folhas com breves suspiros antes de chegar à terra, que as chupava, sedenta. Ele andou pelo atalho entre os túmulos, ouvindo os mortos conversarem entre si, murmurando. Parou, escutou. A sede da igrejinha de Gamle Aker estava na sua frente, escura, dormindo. Eles sussurravam estalando suas línguas molhadas. Ele virou à esquerda e saiu pelo portão.

Quando Harry chegou ao seu apartamento, tirou as roupas, ligou o chuveiro e abriu a água quente. O vapor grudou nas paredes e ele ficou lá até sua pele ficar vermelha e sensível. Entrou no quarto. A água evaporou e ele deitou na cama sem se enxugar. Fechou os olhos e esperou. Pelo sono. Ou pelas imagens. O que viesse primeiro.

Em vez disso, veio o murmúrio.

Ele escutou.

Sobre o que estariam murmurando?

Que planos faziam?

Falavam em código.

Ele se sentou. Encostou a cabeça na parede e sentiu o contorno da estrela do diabo no couro cabeludo.

Olhou o relógio. Logo ia amanhecer.

Ele se levantou e foi até o corredor. Procurou no paletó e encontrou o último cigarro. Rasgou o filtro e acendeu. Sentou-se na poltrona da sala e esperou o dia clarear.

A luz da lua entrou na sala.

Pensou em Waaler, que olhava para a eternidade. E no homem com quem tinha conversado na Cidade Velha depois do diálogo com Waaler no terraço em frente à cantina. Fora fácil encontrá-lo, porque ele tinha mantido seu apelido e ainda trabalhava na banca de jornal da família.

— Tom Brun? — respondeu o homem atrás do balcão velho, passando a mão pelo cabelo seboso. — Claro que me lembro dele. Coitado. Em casa apanhava bastante do pai, um pedreiro desempregado. Bebia. Amigo? Não, eu não era camarada de Tom Brun. Isso mesmo, sou aquele que eles chamam de Solo. Viagem de trem?

O homem soltou uma gargalhada.

— Nunca peguei o trem para além da cidade de Moss, sabe. Na verdade, não acho que Tom Brun tivesse muitos amigos. Eu me lembro dele como um cara bonzinho, um cara que ajudava velhinhas a atravessar a rua, um pouco escoteiro. Mas um pouco esquisito. Aliás, houve suspeita em torno da morte do pai. Um acidente bastante estranho, sabe?

Harry passou o dedo na superfície lisa da mesa. Sentiu pequenas partículas grudarem na pele. Sabia que era a poeira amarela do cinzel. A luz vermelha da secretária eletrônica piscava. Devia ser algum jornalista. Começaria aquela manhã. Harry pôs a ponta do dedo na língua. Sentiu um gosto amargo. Alvenaria. Ele já imaginava que fosse da parede acima da porta do 406, quando Willy Barli talhara a estrela do diabo com seu cinzel. Harry estalou a língua. Nesse caso, a mistura que o pedreiro tinha usado era bastante curiosa, pois tinha gosto de outra coisa também. Algo doce. Não, metálico. Tinha gosto de ovo.

Este livro foi composto na tipologia Chaparral Pro,
em corpo 11,3/15,7, impresso em papel off-white 80g/m²,
no Sistema Cameron da Divisão Gráfica
da Distribuidora Record.